Isabel Wolff est née dans le Warwickshire, en Angleterre. Après des études de littérature anglaise à Cambridge, elle devient journaliste et collabore à divers quotidiens comme l'*Evening Standard* et le *Daily Telegraph*. Reporter radio à la BBC, elle fait la revue de presse du journal télévisé du matin sur la BBC1, quand, en 1999, elle publie son premier roman, *Les tribulations de Tiffany Trott*. Toute la presse anglaise salue aussitôt la prose vive et expressive d'un auteur qui parvient à mêler élégamment l'humour à une critique très subtile des caractères. Ce premier roman devient bientôt un formidable succès de librairie en Grande-Bretagne et dans de nombreux pays. Avec *Les Mésaventures de Minty Malone*, paru en 2000, Isabel Wolff s'est définitivement imposée comme un grand auteur de la littérature de mœurs. Elle a ensuite publié *Avis de grand frais* (2002), *Rose à la rescousse* (2003) et *Misérable Miranda* (2004). Isabel Wolff vit aujourd'hui à Londres (West London) avec son compagnon et leur petite fille.

Retrouvez toute l'actualité d'Isabel Wolff sur son site : www.isabelwolff.com

MISÉRABLE MIRANDA

ISABEL WOLFF

MISÉRABLE MIRANDA

Traduit de l'anglais (Grande-Bretagne)
par Denyse Beaulieu

JC LATTÈS

Titre de l'édition originale :

Behaving Badly
Publié par HarperCollins Publishers, UK

© Isabel Wolff, 2003
© 2004, éditions Jean-Claude Lattès pour la traduction française.
ISBN 2-266-14990-3

Pour Greg

« La beauté sans la vanité
La force sans l'insolence
Le courage sans la férocité
Et toutes les vertus de l'homme, sans ses vices. »

Lord BYRON, « Épitaphe pour un chien »

1

— Ça va aller maintenant, Miranda ? Miranda... ?
Je sortis lentement de ma rêverie.
— Pardon ?
— Je vous ai demandé si ça allait, répéta Clive, mon entrepreneur.
Est-ce que ça ira maintenant ? Je réfléchis. Je n'en étais pas du tout certaine.
— C'est juste qu'il faut que je sois à Barnes pour cinq heures, expliqua-t-il tout en rassemblant ses bâches éclaboussées de peinture. Alors si cela ne vous dérange pas...
Je chassai mes pensées pénibles et me forçai à me concentrer.
— Ah. Oui. Bien sûr. Vous voulez partir.
Je jetai un coup d'œil à mon nouveau lieu de travail – qui était également mon nouveau foyer. En trois semaines, Clive avait transformé la carcasse délabrée du numéro six de St. Michael's Mews en coquet cabinet, avec un petit logement à l'étage. L'agent immobilier avait négocié un loyer raisonnable – du moins, raisonnable selon les tarifs en vigueur sur Primrose Hill –, à condition que je prenne moi-même à ma charge les travaux de réfection.
— Merci, Clive, dis-je. C'est parfait.

Il pinça les lèvres d'un air avisé, tout en pressant un mouchoir chiffonné à son cou.

— Ouais, j'en suis assez content. J'ai vérifié l'installation électrique, ajouta-t-il tandis que je prenais mon sac. Et j'ai inspecté le toit une dernière fois. Il est solide. Vous avez besoin de moi pour autre chose ?

Je griffonnai le chèque qui représentait, hélas, tout ce qui restait de mes économies.

— Non. Je ne crois pas. Tout semble... parfait.

Je contemplai les murs coquille d'œuf fraîchement repeints et les plinthes luisantes, puis allumai et éteignis les appliques. Je remontai et redescendis les stores verts, et ouvris les tiroirs de mon nouveau bureau. J'examinai les joints du parquet flambant neuf et m'assurai que les verrous de sécurité des fenêtres fonctionnaient.

— Vous avez assez d'étagères pour vos livres ? demanda-t-il en remballant ses pinceaux.

Je hochai la tête.

— Bon, alors si vous êtes satisfaite, je vais y aller.

Je jetai un coup d'œil à ma check-list finale.

— En fait, il reste encore une dernière chose : la plaque.

Je pris la plaque en céramique que j'avais fait fabriquer et la lui remis.

— Pourriez-vous la poser pour moi ?

— Bien sûr.

Nous sortîmes, en protégeant nos yeux du soleil d'été aveuglant.

— Impossible de lancer votre nouvelle affaire sans ça, pas vrai ? fit remarquer Clive d'un ton affable.

Il tira un crayon de derrière son oreille droite et traça rapidement des repères sur le mur ; puis il le perça, précipitant une fine avalanche de poudre de brique rose sur le sol pavé.

— Vous avez assez de clientèle ? questionna-t-il en vissant la plaque.

Mon estomac se serra.

— Pas vraiment.

— Ça viendra. Bon. C'est fait. Terminé.

Il recula d'un pas pour évaluer le résultat avec moi. « Animaux idéaux », lisait-on sous le dessin stylisé d'un chien sur un divan de psychanalyste. En dessous, en plus petit : « Miranda Sweet, vétérinaire comportementaliste. » Clive déverrouilla sa fourgonnette d'un bip.

— Je connais pas mal de gens qui auraient besoin de vos services, reprit-il en chargeant son équipement. Déjà, mes voisins. Ils ont un labrador. Adorable, mais fou à lier. Il ne fait qu'aboyer. Toute la journée.

— Le pauvre. Il se sent probablement seul. Il appelle ses humains.

— Ça, j'sais pas, fit Clive en haussant les épaules. Tout ce que je sais, c'est que ma femme et moi, on n'en peut plus. Enfin, passez-moi un coup de fil si vous avez un problème, Miranda. Sinon...

Il se glissa derrière le volant.

— ... bonne chance. Prenez soin de vous, ajouta-t-il avec sollicitude en démarrant.

— Merci, Clive, répondis-je en souriant. J'essaierai.

Avant de tourner sur Regent's Park Road, Clive klaxonna deux fois pour dire au revoir et disparut. Je jetai un coup d'œil à ma montre – il était quatre heures moins dix. Daisy serait bientôt là avec Herman. Elle s'en occupait depuis près d'un mois. Elle avait été merveilleuse depuis que « c' » était arrivé. Sans elle, je ne sais pas ce que je serais devenue...

Tout en grattant les éclaboussures de peinture sur les fenêtres, je me demandais comment Herman réagirait au fait de me retrouver. Hormis quelques rares visites, je l'avais à peine vu. Sans doute serait-il froid et distant. Il me signifierait très clairement qu'il avait le sentiment d'avoir été négligé. Ce qui était le cas. Mais j'aurais été incapable de m'occuper de lui. J'étais sous le choc. Ça avait été tellement inattendu. Non seulement la fin de notre histoire, mais aussi la façon dont cela s'était produit – qui m'avait fait comprendre à quel point je m'étais méprise sur Alexander. En tant que vétérinaire comportementaliste, on est censé pouvoir décrypter aussi les êtres humains... Manifestement, j'avais loupé un truc énorme chez Alexander.

Tout en grattant le verre de l'ongle du pouce, je jetai un coup d'œil aux différentes enseignes de la ruelle. Tout au bout, il y avait le centre de thérapie crânienne, et un aromathérapeute au numéro douze. Deux portes plus bas, il y avait un ostéopathe. Et puis, un hypno-thérapeute au numéro dix. Avec un chiropracteur juste en face et un herboriste chinois au numéro neuf, St. Michael's Mews était une oasis de thérapies alternatives et, par conséquent, l'emplacement idéal pour une affaire comme la mienne.

Je l'avais trouvé fin avril. Alexander et moi étions invités à dîner par Mark, l'un de ses amis, réalisateur télé, pour fêter la fin du tournage de *Ohé, terre !*, un drame historique où Alexander tenait, pour la première fois, le rôle principal. Je songeai, le cœur serré, que la minisérie serait bientôt diffusée. Serais-je capable de la regarder ? Supporterais-je de le regarder, lui ? Non. L'idée même me rendait malade... Enfin, Mark avait réservé une table chez Odette, dans le quartier de Primrose Hill. Arrivés en avance, Alexander et moi nous étions promenés. Tout en gravissant la colline, main dans la main, nous avons discuté de la façon dont *Ohé, terre !* allait sans doute transformer sa carrière. Puis, en redescendant, nous avions parlé de mon travail. Tout en spéculant sur l'endroit où j'installerais mon nouveau cabinet de consultation, et sur la façon dont je l'appellerais, nous nous étions retrouvés sur St. Michael's Mews. J'avais été frappée par la tranquillité de cette ruelle regroupant d'anciennes écuries transformées en habitations. Elle n'avait pas l'air chic et friqué comme la plupart des Mews de Londres ; plutôt bohème et légèrement débraillée. Puis, au-dessus de la porte du numéro six, j'avais aperçu la pancarte « à louer ». C'était comme si on m'avait donné un coup sur la tête.

— Ce serait idéal, tu ne crois pas ? avais-je dit tandis que nous scrutions l'intérieur poussiéreux par un carreau fêlé.

— En tout cas, c'est un bon emplacement.

— Et puis il y a une boutique d'animaux dans la rue principale, et des tas de gens qui ont des animaux, et la colline n'est qu'à quelques mètres d'ici. Ce serait l'endroit idéal pour mon nouveau cabinet, avais-je répété joyeusement.

— Alors tu devrais l'appeler « Animaux idéaux ».

— D'accord !

Tout à mon enthousiasme, je n'avais pas imaginé un seul instant, tandis que je notais le numéro de l'agent immobilier, que cet endroit serait également mon foyer. Je venais d'emménager avec Alexander tout récemment et nous étions très heureux – si heureux que nous venions de nous fiancer. Nous avions prévu d'habiter son appartement à Archway pendant un temps, avant d'acheter autre chose ensemble, plus tard. Mais il y avait à peine un mois maintenant que « c' » était arrivé, et du jour au lendemain, tout avait changé...

Je rentrai, humant l'arôme citronné de la peinture fraîche, pour continuer à déballer mes affaires. Je n'ai pas grand-chose. Aucun meuble, parce que je n'ai jamais été propriétaire. Tout ce que je possède, ce sont mes vêtements, quelques ustensiles de cuisine et mes livres.

D'un carton, je tirai *L'Expression des émotions chez l'homme et les animaux* de Charles Darwin, puis *L'Agression* de Lorenz – un classique ; *Études de psychologie animale* de Justin Lyle et *Pourquoi mon lapin... ?* d'Anne McBride. Je déballai ma trentaine de bouquins sur le comportement animal, ainsi que tous mes vieux manuels de vétérinaire ; tandis que je les rangeais sur les étagères, je repensai à quel point j'étais heureuse de ne plus être véto. Pourtant, j'en rêvais depuis l'âge de huit ans ; je n'avais jamais envisagé de faire autre chose. J'avais étudié la médecine vétérinaire à Bristol, puis exercé pendant cinq ans, mais j'avais rapidement perdu mes illusions. Je ne sais pas exactement pourquoi, mais cette désillusion avait envahi mon âme comme une moisissure, et je m'étais rendu compte que le fait de vivre mon rêve d'enfant ne me comblait pas autant que je ne l'aurais cru. Ce n'étaient pas tant les longues heures de travail – j'étais assez jeune pour les supporter – que le stress affectif permanent.

Évidemment, c'était merveilleux de guérir un animal malade. De voir un chat arriver mal en point, avec sa famille en pleurs, et de pouvoir le remettre sur pied. Mais trop souvent, c'était tout le contraire. Les gens s'attendaient à ce que je fasse des miracles ; je recevais des coups de fil hystériques en pleine nuit qui m'empêchaient de dormir. Certains clients – surtout les riches – ne cessaient de se plaindre des prix trop élevés. Mais le pire, c'est que je ne pouvais me résoudre à euthanasier un animal. Pas les animaux très vieux ou incurables – ma formation m'y avait préparée – mais les animaux jeunes et en parfaite santé qu'on m'amenait parfois. J'étais incapable de m'y faire. D'ailleurs, c'est comme ça que j'ai eu Herman.

Je travaillais dans East Ham comme suppléante, et un matin une femme bronzée, la quarantaine, était entrée avec un teckel nain – un mâle noir et roux d'environ un an. Il avait l'air inquiet – cela dit, les teckels font toujours cette tête-là, c'est leur expression naturelle –, comme s'il venait d'y avoir un nouveau krach boursier. Mais ce teckel-là avait l'air persuadé que c'était la fin du monde, ce qui était d'ailleurs le cas pour lui. Car lorsque je le posai sur la table d'examen et demandai à la femme quel était le problème, elle me répondit qu'il venait d'« attaquer violemment » son enfant et qu'elle voulait le faire endormir. Je la fixai, sous le choc, et lui demandai ce qui s'était passé au juste. Elle m'expliqua que sa fille de cinq ans jouait « très gentiment » avec lui lorsqu'il lui avait brusquement et méchamment « pincé » la main. Lorsque je voulus savoir si l'enfant avait eu besoin de points de suture, elle avoua que non, tout en ajoutant que « ce sale petit cabot » l'avait « mordue jusqu'au sang ».

— A-t-il déjà fait ça auparavant ? m'enquis-je, tandis que le chien, figé sur la table d'examen, patientait d'un air tragique – et avec raison.

— Non, concéda-t-elle. C'est la première fois.

— Et vous voulez que je l'achève ?

— Oui. Sinon, ça pourrait se reproduire, n'est-ce pas, et ça pourrait être pire la prochaine fois. Enfin, on ne peut pas garder un chien méchant, non ? rétorqua-t-elle. Pas lorsqu'on a des enfants. Si ce n'est pas la mienne, ce sera le gamin d'un autre, et alors on me collera un procès.

— Je comprends votre inquiétude, mais avez-vous assisté à la scène ?

— Non. En tout cas, pas en tant que telle. J'ai entendu Leah crier, puis elle s'est précipitée dans la cuisine, avec ses petits yeux pleins de larmes, en disant

que le chien l'avait mordue à la main. Il s'est brusquement retourné contre elle, ajouta-t-elle, véhémente.
Comme ça !

Elle fit claquer ses doigts griffus pour appuyer ses
propos.

— Il a sans doute du mauvais sang. Je n'ai jamais
voulu de chien, c'est mon mari qui l'a acheté à l'ami
d'un ami. Il l'a payé quatre cents livres, marmonna-
t-elle amèrement. Et tout le monde jurait que les teckels
étaient de bons compagnons pour les enfants !

— C'est en effet le cas, en général. Ils ont un caractère très doux.

— Écoutez, je ne veux courir aucun risque, point
final. Il ne va pas s'en tirer comme ça après avoir mordu
ma fille, ajouta-t-elle, indignée.

— Mais il y a des refuges. Je trouve injuste...

— Et qui voudrait d'un teckel méchant ? J'ai pris
ma décision, dit-elle en ouvrant son sac à main. Dites-
moi combien ça coûte.

J'étais sur le point d'aller consulter le vétérinaire en
chef parce que je n'avais vraiment aucune envie
d'obtempérer, lorsque je remarquai que le chien gémis-
sait doucement en secouant la tête. Je relevai ses oreilles et regardai à l'intérieur. Une aiguille à tricoter
d'enfant était logée dans l'oreille gauche.

— Mon Dieu ! soufflai-je.

Maintenant fermement le chien, je la retirai doucement et la brandis.

— Voici pourquoi il a mordu votre fille.

La femme fixa l'aiguille, interdite.

— Ah. Enfin... comme je le disais, elle jouait avec
le chien, pas vrai ? Ce n'était qu'un jeu. Elle n'a que
cinq ans.

— Mais est-ce que vous vous imaginez combien il
a dû souffrir ?

— Il n'aurait pas dû la mordre, un point c'est tout.

J'étais abasourdie.

— Et comment pouvait-il réagir autrement, à votre avis ? En lui dépêchant un avocat ? En appelant la SPA ? C'est un chien. Il a fait ce que n'importe quel chien aurait fait à sa place.

— Oui, mais...

— Il n'y a pas de mais. Cet animal a un comportement normal. Si on les énerve trop, les chiens mordent. Et vous, que feriez-vous si quelqu'un vous enfonçait une aiguille à tricoter dans l'oreille ? J'imagine que vous réagiriez !

— Je veux que vous l'endormiez, insista-t-elle en agitant son index bagué sous mon nez. C'est mon teckel et je veux le faire euthanasier.

— Non, répondis-je fermement. Je ne le ferai pas. Je refuse d'assassiner votre chien.

Elle parut extrêmement offusquée de cette réponse et répliqua que, dans ce cas, elle s'adresserait à un autre vétérinaire. Je lui signalai posément qu'il était absolument inutile de s'adresser ailleurs, car je serais très heureuse de garder le chien pour moi. Elle hésita, puis, tout en me lançant un regard hostile et honteux à la fois – un mélange plutôt inhabituel –, elle partit. Elle ne me laissa même pas le nom du chien. Je l'ai donc baptisé Herman. Herman l'Allemand. C'était il y a quatre ans.

Le plus triste dans toute cette histoire, ce fut la détresse d'Herman après son départ – il se mit à geindre, inconsolable, dès qu'elle eut disparu. Il n'aurait pas été aussi bouleversé si j'avais été capable de lui apprendre l'affreuse vérité.

— Ne gaspille pas tes larmes, lui dis-je. Elle ne te méritait pas. Tu seras bien mieux avec moi.

Au bout d'une semaine, Herman sembla se rallier à mon avis. Il paraissait reconnaissant de mes soins, et nous commencions à nous rapprocher. Depuis, nous sommes devenus presque inséparables. Mais c'est en le sauvant d'une mort prématurée que je me mis à songer sérieusement à changer de carrière. J'avais déjà remarqué comment, dans la plupart des cas, ce ne sont pas les animaux qui ont un « problème », mais les humains – et je commençais à me rendre compte à quel point il serait intéressant de travailler là-dessus. Une semaine plus tard, alors que j'assistais à une conférence donnée par un vétérinaire qui avait suivi une formation de comportementaliste, je décidai d'en faire autant. Je travaillerais encore avec des animaux, comme j'en avais toujours rêvé, mais sans pressions et sans stress.

Je n'avais aucune dette, aussi pus-je utiliser mes économies pour retourner à la fac. Je m'installai à Édimbourg pour un an – avec Herman – afin de passer une maîtrise en comportementalisme animal. C'était fascinant. Nous n'étudiions pas uniquement les animaux de compagnie, mais également de nombreuses autres espèces : primates, animaux de la ferme, oiseaux, cerfs ; il y avait aussi des conférences sur les animaux marins, les reptiles, ainsi que sur les animaux des zoos. Je n'oublierai jamais ce que nous avons appris. Que les ours polaires sont toujours gauchers et que les poulets préfèrent la pop au rock. Que si vous parlez gentiment à une vache elle produira plus de lait, et que lorsqu'un chat crache il imite le serpent ; que les fourmis pratiquent une forme d'agriculture, et que les corbeaux sont aussi intelligents que les chimpanzés.

Lorsque j'obtins mon diplôme, je retournai à Londres pour ouvrir une clinique en comportementalisme trois fois par semaine dans un cabinet vétérinaire de Highgate, où j'avais déjà travaillé. Je fus stupéfaite de constater la vitesse à laquelle la nouvelle se répandit, et je reçus très vite un défilé continuel de dobermans désaxés et de siamois stressés. J'obtins de bons résultats. Je faisais aussi des visites à domicile, et je créai un site web où les gens pouvaient me demander conseil, gratuitement. Puis, il y a un peu plus d'un an, j'ai eu un coup de chance.

Je fus contactée par un documentaliste télé qui me demanda si je voulais bien être l'experte « maison » d'une nouvelle série intitulée *Folies animales*. J'ai passé une audition et décroché le poste. Ils recherchaient une femme de préférence, jeune, futée et télégénique – ce qu'on s'accorde généreusement à me reconnaître. Non pas que je sois spécialement glamour. Tout d'abord, je suis beaucoup trop petite, je me maquille rarement et mes cheveux blonds sont toujours coupés très court. Mais je crois que je passais bien parce que j'avais confiance en moi – je connaissais mon sujet sur le bout des doigts. Au cours de deux séquences par émission, j'analysais un problème particulier et j'y revenais dix jours plus tard pour vérifier si mes conseils avaient porté leurs fruits. Certains cas étaient très intéressants – un chien policier qui était terrifié par le tonnerre, un chat qui devenait fou dès que la télé était allumée. Il y avait aussi un iguane irritable – il souffrait de problèmes sentimentaux – et un poney qui refusait de se laisser attraper.

À mon grand étonnement, la série avait fait beaucoup de bruit. Quelqu'un avait rédigé un papier sur moi dans le *Mail*, en me surnommant « Mademoiselle Doolittle », ce qui était assez idiot. Je ne parle pas « aux » animaux – je me contente de penser comme eux. Il y eut un article du même genre dans le *Times*. Mais la médiatisation m'attira de nouveaux clients : je décidai donc que je devrais ouvrir mon propre cabinet. Et c'est comme ça que j'ai trouvé St. Michael's Mews...

Dehors, j'entendis des pneus crisser sur les pavés tandis qu'une voiture se garait. Le bip aigu du verrouillage automatique résonna, puis l'on frappa à la porte.

— Miranda ! C'est moiiii !

Je fis glisser la chaîne du loquet et ouvris la porte.

— Ouaouh ! C'est génial, ici !

Les grands yeux bruns de Daisy brillaient d'enthousiasme. Je la connais depuis quinze ans – nous partagions un appartement à Bristol – et ce que j'adore, chez elle, c'est qu'elle est toujours positive.

— C'est sublime ! répéta-t-elle en entrant, Herman calé sur l'épaule comme un bébé. C'est spacieux, non ? Et si lumineux ! Ton entrepreneur a fait un boulot formidable.

— C'est vrai.

— Et cette rue est magnifique.

— En effet.

— Très accueillante.

— Je crois. L'aromathérapeute et l'ostéopathe sont déjà venus se présenter. Et tous les autres m'ont souri.

— J'ai toujours rêvé de vivre dans ce genre de ruelle avec d'anciennes écuries... Qu'est-ce que tu as de la chance ! Tu vas te sentir en sécurité, ici, ajouta-t-elle en calant une mèche de cheveux bruns et brillants derrière une oreille. C'est Herman, sur la plaque ?

— Évidemment.

— Il mourait d'envie de te revoir, pas vrai, Herman ? Dis bonjour à ta maman, mon mignon.

Herman me fixa d'un air sinistre. Daisy me le passa.

— Bonjour, Herman. Je t'ai manqué ?

Les deux points roux au-dessus de ses yeux frémirent et se froncèrent profondément, puis il émit un soupir grognon.

— Il est fâché contre moi, dis-je en le câlinant. C'est tout ce remue-ménage. Il s'en remettra bientôt. Je suis désolée de t'avoir délaissé, Herman, ajoutai-je doucement. Mais tu comprends... en fait...

Je sentis ma voix s'érailler.

— ... les choses ont été un peu compliquées, ces derniers temps.

— Ça va ? demanda gentiment Daisy.

Je hochai la tête, mais le petit visage de renard de Herman s'était brouillé.

— Ne t'en fais pas, Miranda, murmura Daisy alors que je m'effondrais dans un fauteuil.

Elle ouvrit son sac.

— Tu ne dois pas t'en faire, même si ça a été horrible et que tu as subi un choc épouvantable. Je sais que tout ira bien pour toi. Pas vrai, Herman ? ajouta-t-elle gaiement en fourrant un mouchoir dans ma main.

Je le pressai contre mon visage, inspirai profondément à plusieurs reprises et sentis la vague de panique se retirer. Le visage d'Herman arborait son expression habituelle d'anxiété exagérée, ce qui me fit brusquement sourire.

— Merci, Daisy.

Je me mouchai.

— Et merci d'avoir pris soin de lui, ajoutai-je en déposant Herman, qui se mit à renifler le nouveau parquet.

— Mais il ne m'a pas du tout dérangée. Il est venu travailler avec moi presque tous les jours.

Daisy travaille pour « L'Aide-Fête », une société d'organisation de fêtes et de mariages située à Bloomsbury.

— Les clients l'adorent, ajouta-t-elle. Et quand je ne pouvais pas m'en occuper, je le laissais chez ma mère. Elle adore l'avoir chez elle, et elle est vraiment désolée que... Enfin, elle est vraiment désolée.

— Tu ne lui as rien raconté, dis-moi ?

— Non. Bien sûr que non.

— Très bien. Qu'est-ce que tu lui as dit ?

— Simplement que tu avais rompu avec Alexander, que tu squattais ici pendant les travaux et que tu traversais... une passe difficile.

— Parfait. Tu es la seule à savoir, ajoutai-je d'une petite voix alors qu'elle posait ses sacs.

— Ne t'inquiète pas. Mes lèvres sont scellées. Mais tu n'en as même pas parlé à ta mère ?

Elle s'assit. Je secouai la tête. Il y a tellement de choses – des trucs énormes – que je n'ai jamais racontées à ma mère. J'ai trop honte, alors j'ai tout gardé pour moi.

— Mais pourquoi pas ? demanda Daisy, perplexe.

— Eh bien, elle a une assez piètre idée de l'institution du mariage, alors je connaissais d'avance sa réaction. Je lui ai simplement annoncé que les fiançailles étaient rompues. Elle a surtout semblé soulagée de ne pas devoir revoir mon père.

— Mais elle n'a pas voulu savoir pourquoi vous aviez rompu ?

— En fait, non. Cela dit, elle est tellement occupée... Tu la connais. Avec deux adolescentes à surveiller, sans compter les garçons...

Daisy hocha la tête, diplomate.

— Bien entendu... les garçons...

— De toute façon, moins il y a de personnes au courant, mieux c'est.

— Mais ce n'est pas comme si tu avais commis quoi que ce soit de répréhensible, toi.

— Non, mais...

— Mais quoi ?

Je fixai un losange de soleil sur le mur.

— Toute cette affaire me fait confusément... honte. L'idée d'avoir pu commettre une telle erreur.

— Mais tu ne pouvais pas savoir. Tu ne pouvais pas savoir qu'Alexander était... comme ça, fit-elle avec délicatesse. Il semblait tellement, enfin...

Elle haussa les épaules.

— ... parfait.

— Oui, répondis-je. En effet.

— Alors, toujours pas de nouvelles de lui ? dit-elle en retirant son cardigan.

— Non, répondis-je amèrement. Mais nous savons tous les deux que c'est fini, alors à quoi bon ?

— Tu as raison, acquiesça-t-elle. Il y a certaines choses sur lesquelles on peut passer l'éponge. Mais je ne vois vraiment pas comment tu aurais pu passer l'éponge sur... ça. Enfin... Aujourd'hui, c'est le solstice d'été, reprit-elle résolument, ce qui représente un tournant dans l'année. Un tournant pour toi, aussi. Tu es sur le point d'aborder une phase nouvelle, active, heureuse de ta vie, Miranda. Et tout ira pour le mieux. Maintenant, veux-tu me faire faire le tour du propriétaire ?

Je me levai.

— Ça ne sera pas long. Heureusement qu'Herman et moi, on est des petits formats.

Je mesure 1,56 m et un quart (pour ma taille, ce quart de centimètre compte beaucoup) et j'ai une ossature fine. Les gens disent souvent que j'ai le style « gamine ». Daisy, elle, mesure 1,69 m et elle est tout en rondeurs. À Bristol, on nous surnommait XS et XL.

Daisy admira le cabinet de consultation avec son parquet en bouleau clair ainsi que – oui – son divan de psy beige, c'est plus pratique. Puis nous passâmes à la minuscule kitchenette à l'arrière.

— Quel jardin adorable, fit-elle remarquer en se penchant sur la cour miniature. Ce sera merveilleux lorsque tu auras mis des plantes en pot.

Puis nous gravîmes l'escalier exigu. Je portais Herman – parce que les teckels ont tendance à avoir des problèmes de dos.

— J'aime bien cette lucarne au-dessus du lit, déclara-t-elle. Très romantique. Tu peux rester allongée et regarder les étoiles.

— Je ne suis pas d'humeur romantique, répondis-je platement.

— Non, pas maintenant. Mais tu le seras. Un jour. Elle pressa mon bras.

— Tu t'en remettras, Miranda. Tu n'as que trente-deux ans.

— J'ai l'impression d'en avoir cinquante-deux. C'est le stress.

Et pas simplement le stress à cause d'Alexander, bien que je n'en aie rien dit à Daisy. J'ai toujours eu tendance à garder mes problèmes pour moi.

— Heureusement, les projets de mariage n'étaient pas très avancés, souffla Daisy en jetant un coup d'œil au dressing.

En effet. Nos fiançailles étaient tellement récentes que nous n'avions pas encore publié les bans. Nous en étions juste au choix de l'alliance. Daisy inspecta la minuscule salle de bains.

— Je dois dire que ton entrepreneur a fait un boulot formidable. De quoi pulvériser toutes les idées préconçues contre son engeance.

— Je sais. Il est resté dans les limites du budget, et il a respecté les délais. Et il a fait des tas de trucs en plus, juste pour m'aider. Il a assemblé le lit et le bureau. Il a même installé mon ordinateur. Manifestement, il a eu pitié de moi.

— Il savait que tu étais... ?

Daisy laissa sa phrase en suspens.

— Eh bien... il a eu le tact de ne faire aucun commentaire, mais je crois qu'il avait deviné.

— Et toi, comment tu te sens ? ajouta-t-elle en s'asseyant sur le lit.

Je poussai un soupir douloureux.

— Bien mieux qu'avant.

— Tu en prends toujours ? s'enquit-elle en saisissant mon flacon de somnifères.

Je hochai la tête.

— Eh bien, essaie de t'en passer. Et tu dois manger, tu es bien trop maigre.

— Mouais.

En ce moment, je pèse environ 45 kilos alors que je devrais en faire 50. Curieusement, ma taille est la première chose qui a séduit Alexander, parce qu'il mesure 1,85 m et qu'il est baraqué. Il adorait ma silhouette menue de jeune garçon – il disait que cela lui donnait l'impression d'être « viril ». Il adorait le fait que je lui arrive au menton. Il avait l'habitude de m'attirer vers lui pour me caler dessous. Et moi, j'avais l'impression de m'abriter sous un énorme rocher.

— Je n'arrive toujours pas à le croire, entendis-je Daisy murmurer tandis que nous redescendions au rez-de-chaussée. Tu parles d'une déception, ajouta-t-elle, indignée.

Je haussai les épaules. Toute ma vie, j'ai été déçue par les hommes.

— Enfin, je t'ai acheté des œufs, du pain et des tomates, et je vais te préparer à manger ! reprit Daisy.

Pendant qu'elle ouvrait l'un des cartons pour y chercher un bol et une fourchette, je me demandai, comme souvent – c'est plus fort que moi –, ce qu'Alexander faisait en ce moment. Même si tout est fini entre nous, il me manque ; et je suis certaine que je dois lui manquer aussi. Mis à part tout le reste, nous étions devenus les meilleurs amis du monde ; nos rapports avaient toujours été faciles, presque sans effort.

Je l'ai rencontré il y a un peu plus d'un an, pas loin d'ici, au théâtre en plein air de Regent's Park. J'étais allée avec Daisy et son fiancé, Nigel, voir *La Tempête*. Une pièce que j'adore. C'était l'une de ces soirées d'été magiques que l'on connaît parfois à Londres. Le ciel était dégagé et un croissant de lune brillait dans le crépuscule. Lorsque les lampes au pied de la scène se sont illuminées, Alexander a fait son apparition, dans le rôle de Ferdinand, et un léger frisson parcourut la foule. Il était d'une beauté à couper le souffle – un visage magnifique, avec des lèvres pleines et ourlées dont on aurait voulu suivre les contours du bout du doigt, des pommettes hautes, des cheveux sombres et des yeux bleus. Je me rappelle l'actrice qui jouait Miranda déclarer qu'il était *une chose divine*. Et il l'avait appelée *Admirable Miranda !*, comme si elle était une œuvre d'art d'une grande rareté. Et, bien que je n'aie pas vu la pièce depuis de longues années, je me rappelai de nombreuses répliques. Ariel, chantant *Full fathom five* de façon si poignante, l'extase de Miranda déclamant *O brave new world* ; puis, enfin, l'instant merveilleux où Prospero se rachète. Car plutôt que de se venger de son méchant frère, il lui pardonne, parce que c'est l'acte le plus courageux qu'il puisse accomplir.

— *L'action rare est dans le pardon, et non la vengeance*, avait-il dit, tout simplement.

Cela m'avait fait dresser les cheveux sur la nuque. Puis il avait brisé sa baguette magique et ouvert les bras pour demander à son tour pardon :

Comme tu veux être pardonné de tes crimes,
Que ton indulgence me libère...

28

Nous étions tous si envoûtés qu'un silence d'environ dix secondes précéda les applaudissement. Puis, lorsque ceux-ci s'éteignirent, après au moins trois rappels, Daisy déclara qu'elle souhaitait féliciter le metteur en scène, John, qu'elle connaissait. Et nous nous sommes rendus dans les coulisses.

Pendant que Daisy et Nigel bavardaient avec John, je patientais non loin d'eux, agrippant mon programme, un peu gênée, lorsque à mon grand étonnement je me retrouvai en pleine conversation avec « Ferdinand ». Ou plus précisément, c'est lui qui me parla. Je me demandais bien pourquoi il s'en donnait la peine. Je suis tellement petite que j'ai du mal à croire qu'on puisse me remarquer, encore moins s'intéresser à moi. Je lui ai donc simplement dit que j'avais beaucoup aimé sa prestation, ce qui était la pure vérité.

— Merci, répondit-il en m'adressant un sourire qui me fit monter le rouge aux joues. Vous auriez fait un Ariel ravissant, ajouta-t-il brusquement. Vous êtes une elfe.

— Ah...

Je rougis à nouveau.

— ... C'est une pièce... merveilleuse..., n'est-ce pas ? marmonnai-je en tentant de dissimuler mon désarroi.

— Et selon vous, quel en est le sujet ?

Il sortit un paquet de Gitanes de sa poche et m'en offrit une. Je secouai la tête. De quoi parlait la pièce ? En quoi mon avis importait-il ? Encore une fois, je fus prise de court.

— Eh bien..., fis-je prudemment tandis qu'il tapotait le bout de sa cigarette sur le paquet. Ça parle de pénitence et de réconciliation, non ? De la recherche du pardon. De l'espoir que nous portons tous en nous d'être rachetés.

Il hocha la tête lentement.

Et c'est ainsi que nous sommes tous allés prendre un verre. Je me souviens de l'odeur délicieuse de sa cigarette pendant que nous traversions le parc ; et bien que nous fussions assez nombreux, je me retrouvai, je ne sais trop comment, assise à côté d'Alexander dans le pub. Nous parlâmes encore de la pièce et il m'apprit que Shakespeare avait en fait inventé le prénom de « Miranda » exprès pour *La Tempête*, ce que j'ignorais jusqu'alors. J'en connaissais depuis toujours le sens – « admirable », du latin *mirare*, s'émerveiller – mais cette information m'était inconnue. Et tandis que nous sirotions nos bières, sans prêter attention aux autres convives, Alexander me posait toutes sortes de questions sur mon travail et ma famille, tout en me parlant un peu de la sienne ; ses parents étaient tous les deux médecins, en semi-retraite, et son grand-père, comme moi, avait été vétérinaire. Quand nous sommes partis, une heure et demie plus tard, j'avais l'impression de discuter avec Alexander depuis des journées entières. En me raccompagnant au métro – je vivais à Stockwell à l'époque –, il me demanda ma carte.

— Il n'appellera jamais, me répétai-je sévèrement en roulant vers le sud. Oublie. C'était simplement une attitude amicale, c'est tout.

Mais il rappela. Deux jours plus tard, il téléphona pour me demander de dîner avec lui le dimanche suivant, chez Joe Allen's, et à mon grand étonnement, les événements se sont enchaînés.

Eh oui, évidemment, j'étais physiquement attirée par Alexander. Eh oui, j'étais flattée qu'il s'intéresse à moi. Mais surtout, j'éprouvais une véritable affection pour lui. Il était si facile à vivre, si intelligent, et, chose plus importante, il me faisait rire. Il avait trente-cinq ans, avait étudié l'histoire à Oxford, puis poursuivi ses études dans une école d'art dramatique. Il avait débuté comme figurant à Stratford, puis, en plus de rôles secondaires à la télé, il avait passé dix ans dans le théâtre de répertoire.

— Mais je n'ai jamais véritablement réussi, précisait-il modestement. Contrairement à certains de mes contemporains, qui n'arrêtent pas de travailler, alors que je patauge encore dans les bas-fonds.

— Je suis sûre que tu réussiras très bien, toi aussi.

Il haussa les épaules.

— Peut-être. Qui sait ?

— Il suffit d'un coup de chance.

— C'est vrai. Tu as déjà été mariée, Miranda ? me demanda-t-il brusquement.

Un léger frisson me parcourut l'échine.

— Euh... non. Pas encore. Enfin, non, toujours pas. Je veux dire, jamais.

Il sourit.

— Et toi ?

Il secoua la tête. Il m'expliqua que sa dernière relation amoureuse avait pris fin trois mois auparavant mais qu'il était toujours « en bons termes » avec son ex. Lorsque, cœur battant, je lui demandai pourquoi ils avaient rompu, il se contenta de hausser les épaules avant de répondre que « ça n'avait pas marché ».

À la fin de ce premier rendez-vous, alors qu'il me raccompagnait à la station de métro, j'étais au septième ciel – non, au soixante-dix-septième ! Je me sentais absurdement heureuse, je souriais aux passants. Alexander me dit qu'il me rappellerait. Ce qu'il fit.

Peu à peu, je me rendis compte que j'étais tout simplement amoureuse de lui. J'aimais sa chaleur, son sens de l'humour. J'aimais qu'il parle bien ; il n'y avait jamais de silences tendus entre nous, il avait toujours des tas de choses à raconter. Il n'était pas narcissique ni cabotin, malgré un petit côté capricieux. Il pouvait être légèrement impétueux – c'était un instinctif, capable de dire ou de faire des choses étonnantes. Par exemple, la première fois qu'il m'a avoué qu'il m'aimait, nous nous trouvions au rayon crèmerie du supermarché. Je venais de prendre un pot de yaourt à la grecque lorsqu'il m'a déclaré :

— Je t'aime, Miranda, tu le sais ?

— Vraiment ?

Je le dévisageai avec stupéfaction. Il sourit.

— Oui, vraiment.

Évidemment, j'étais ravie... Mais quel endroit bizarre pour une déclaration !

— Tu es merveilleuse. Tu es digne de ton nom.

Et quand nous nous sommes fiancés, peu de temps après, il fit graver *Admirable Miranda !* sur la bague. Mais je ne l'ai plus... De toute façon, je suis plutôt Misérable Miranda...

— Et les clients ? fit soudain Daisy en cassant deux œufs dans un bol en Pyrex. Tu ouvres demain, as-tu déjà des rendez-vous ?

— Seulement deux.

— Pourquoi si peu ?

— Je n'ai pas encore eu le temps de faire savoir que j'avais un nouveau cabinet. Je mettrai un certain temps à me faire une clientèle.

— Je vois.

— Mais j'ai un setter irlandais dépressif demain matin... Et puis une certaine Lily Jago m'a contactée...

— Ah oui ? s'exclama Daisy, les yeux écarquillés. La rédactrice en chef de *Moi ! magazine*. Elle ressemble à Naomi Campbell, et elle a souvent le même comportement. J'ai une amie qui a travaillé pour elle dans le temps... Elle a mis six mois à s'en remettre.

— Voilà, c'est elle. Enfin, elle m'a envoyé un e-mail

32

hystérique à propos de son shihtzu. Elle prétend qu'il fait une dépression nerveuse – alors je vais passer mardi après-midi. Mais c'est tout ce que j'ai au programme jusqu'ici.

— Dommage que la psychiatrie animale ne ressemble pas plus à la psychiatrie humaine, ajouta Daisy en battant les œufs.

Je hochai la tête. En effet. Les êtres humains allaient chez leur psy pendant des mois, sinon des années, mais avec les animaux, c'est différent. Ils ne viennent pas me voir semaine après semaine pour fixer le plafond pendant que j'évalue l'état de leur inconscient, de leur moi et de leurs relations avec leur mère. Je me contente de les observer, de repérer le problème et de donner des conseils pour y remédier, ce qui signifie que je ne les vois qu'une fois.

— Tu vas demander combien ? demanda Daisy tout en allumant le feu.

— Cent livres pour une consultation d'une heure et demie au cabinet, et, si je me déplace, cent trente pour me dédommager du temps de trajet. Je vais continuer à donner des conseils gratuits par e-mail, parce que ça me fait connaître et que ça ne me prend pas tellement de temps. Et puis je vais faire des fêtes de chiots, ajoutai-je, ce qui devrait aider. J'ai besoin de beaucoup de nouveaux patients pour que cela devienne rentable. Surtout que j'ouvre avec un mois de retard.

— Tu avais besoin de temps pour te... remettre, dit Daisy.

Effectivement.

— Et puis les affaires reprendront quand la nouvelle saison de *Folies animales* démarrera.

— Avec un peu de chance... Mais ce ne sera que dans trois semaines.

— J'ai peut-être une nouvelle cliente pour toi, poursuivit Daisy en ouvrant un pack de lait. Quelqu'un que j'ai rencontré l'autre jour à une fête de charité. Caroline... comment, déjà ? Ah oui, Mulholland. Elle se plaignait de son braque de Weimar. Elle disait que c'était un emmerdeur. Comme je ne connaissais pas ton nouveau numéro, je lui ai conseillé de te contacter sur ton site web.

— Merci. J'espère qu'elle le fera. Et toi, comment ça se passe côté boulot ? m'enquis-je en déballant mes assiettes.

— C'est la folie, dit-elle gaiement en attrapant une petite poêle. J'ai un hommage à Abba pour un enterrement de vie de jeune fille à Hammersmith mercredi, un anniversaire à thème sibérien avec des danseurs cosaques samedi, et je suis en quête d'un couple de contorsionnistes pour une soirée « La Route de Tombouctou » à Thames Ditton le mois prochain. En plus de tous les mariages ! geignit-elle. On en a déjà six, et j'en ai dégoté trois de plus. Il faut absolument que je trouve des confettis biodégradables pour un mariage à Holland Park, fin juillet, reprit-elle en fouettant les œufs. Je suis parvenue à en repérer sur le Net. Des pétales de delphiniums séchés de cinq couleurs différentes, absolument sublimes. Je dois joindre un sachet à chaque invitation – il y en a deux cents. Génial, non ? murmura-t-elle, mélancolique. Deux cents invitations... Holland Park... des pétales de delphiniums séchés...

— Oui, fis-je d'une petite voix. En effet.

— Désolée, Miranda, se reprit-elle. J'ai un manque de tact...

— Ce n'est pas grave.

— En fait, je pensais à moi.

— Je sais. Il t'a dit quelque chose ?

Elle secoua la tête.

— Pas même une allusion ?

— Non, fit-elle amèrement. Pas même un hoquet.

— Alors pourquoi ne lui demandes-tu pas sa main, toi ?

Elle arrêta de battre les œufs, écarquillant ses grands yeux étonnés.

— Parce que cela manquerait totalement de romantisme.

— Et le fait qu'il ne dise rien, c'est romantique ?

— Oui, je sais, dit-elle, contrariée.

Elle prit le moulin à poivre et le fit tourner furieusement.

— Tu n'en parles jamais avec lui ? demandai-je en m'attablant.

Elle secoua la tête.

— Je ne veux pas déstabiliser la situation.

— Je vois.

— Je crois que je redoute de ne pas obtenir la réponse que je souhaite. Alors je préfère ne pas faire de vagues. Mais il est amoureux de moi, c'est certain, ajouta-t-elle, optimiste. Lorsque je demande : « Tu m'aimes, Nigel, pas vrai ? », il répond toujours « Oui, Daisy, bien sûr ».

— Il devrait te le prouver, ce con. Ça traîne depuis assez longtemps.

— Mouais. C'est ce que dit ma mère. Enfin, avec Alexander, cela n'a pas traîné, n'est-ce pas ?

Je soupirai.

— Non. Ça s'est passé assez rapidement.

En fait de demande en mariage, celle-ci avait été assez inhabituelle... Mais, comme je l'ai déjà dit, Alexander est un impulsif. Nous étions ensemble depuis neuf mois et nous étions très heureux ; je venais d'emménager chez lui, et tout se passait bien. Nous nous trouvions tous les deux dans la salle de bains un samedi matin, en train de nous brosser les dents au-dessus du lavabo et de nous sourire dans la glace, quand, soudain, il s'était arrêté en plein brossage et avait dit :

— ... anda, u veux m'éouser ?

— Pardon ?

Il avait retiré la brosse à dents de sa bouche, pris un peu d'eau dans le verre, recraché proprement dans le lavabo.

— J'ai dit : « Miranda, me ferais-tu l'honneur inestimable de devenir mon épouse ? » Je viens de décider, à l'instant même, que je veux t'épouser.

Je l'avais fixé, incrédule.

— Pourquoi ?

— Parce que de se retrouver comme ça, l'un à côté de l'autre, à nous brosser les dents ensemble, m'a fait comprendre à quel point j'étais heureux avec toi... Et alors... bon, je crois que c'est pour ça. Je préférerais ne pas... m'agenouiller si ça ne te gêne pas, ajouta-t-il d'un ton désinvolte, à cause de mes problèmes d'articulations. Mais, tu acceptes, Miranda ? Hein ?

Une vague d'émotion me submergea lorsque je compris qu'il était sincère.

— Veux-tu m'épouser ? répéta-t-il.

Ses yeux bleu piscine me fixaient.

— Euh... tu es sûr ? bégayai-je. Je veux dire...

— Je n'ai jamais été aussi sûr de quoi que ce soit, répondit-il posément.

— Alors oui, fis-je, émerveillée. Je t'épouserai.

Et alors, parce que tout cela me dépassait un peu, j'ajoutai simplement « merci » avant de fondre en larmes.

Il m'enveloppa de ses bras.

— Non, merci à toi. Ne pleure pas, Miranda. Il n'y a aucune raison de pleurer. Je t'aime. Je t'aimerai toujours.

Je séchai mes yeux, nous échangeâmes un baiser mentholé, et tout fut réglé.

Je ne mens pas en affirmant que j'ai été complètement prise de court, parce que je ne m'attendais vraiment pas à me fiancer. Peut-être parce que mes parents ont divorcé il y a très longtemps – et qu'ils ne se sont jamais reparlé courtoisement depuis –, je n'ai jamais eu d'illusions sur le mariage. Pour moi, c'était déjà bien assez de vivre une relation heureuse, d'avoir eu la chance de trouver l'amour. Mais pour Daisy, c'est différent – elle est beaucoup plus conventionnelle. Elle veut l'église, la meringue, tout le tralala.

— C'est un peu rageant d'organiser tous ces mariages alors que Nigel ne se décide toujours pas à me poser la question, lâcha-t-elle tristement, fourchette en l'air. Mais je crois qu'il finira par m'épouser.

Elle dit souvent ça.

— Cependant, je ne pense pas que ce soit le moment de lui forcer la main.

En réalité, l'idée de forcer la main à Nigel tétanise Daisy. Je le sais, parce qu'elle est avec Nigel depuis cinq ans et demi et que nous avons la même conversation depuis trois ans.

— Je ne dois pas lui mettre la pression, affirmat-elle le plus sérieusement du monde. C'est ce que disent tous les bouquins.

— Les bouquins disent aussi que tu devrais être un peu plus détachée. Que tu ne devrais pas être aussi disponible. Fais en sorte de lui manquer. Sois mystérieuse. Change de ville s'il le faut. Voire de pays.

— Aïe... c'est un jeu très dangereux.

— Pourquoi donc ?

— Parce que, fit-elle d'un ton docte, si je me retire soudain, si je fais la distante, il pourrait s'imaginer que je ne l'aime pas vraiment. Tu ne crois pas que cela pourrait devenir désastreux ?

Je la dévisageai.

— Je n'en suis pas si sûre. D'après moi, ça lui ferait du bien de se sentir un peu moins sûr de toi.

— Non, je crois que tout arrivera avec le temps, ajouta-t-elle avec une sérénité un peu affectée.

— Mouais. Enfin, c'est ta vie.

Je trouve curieux que Daisy redoute tant de demander à Nigel s'il a l'intention de l'épouser, parce que en d'autres circonstances elle est incroyablement courageuse. Par exemple, elle passe son temps à sauter à l'élastique, à faire du parapente, de la planche à voile et de la varappe... et elle vient de faire son premier saut en parachute il y a quelques semaines.

— Si je l'obligeais à fixer une date, et qu'ensuite il me plaque, ce serait une catastrophe, dit-elle sagement. Qu'est-ce que je deviendrais ? J'ai investi près de six ans de ma vie dans cette relation. Et, pour parler crûment, j'aimerais un retour sur investissement. Alors je ne veux pas tout faire capoter sur la dernière ligne droite – et très délicate – en manquant de patience.

Je hochai la tête, même si, comme je l'ai déjà dit, j'avais déjà entendu plus d'une fois cet argument.

— Je veux des enfants, reprit Daisy posément. Et j'ai maintenant trente-trois ans. Alors, si on se sépare avec Nigel (elle frissonna) je mettrai au moins deux, voire trois ans à parvenir au même stade avec quelqu'un d'autre, auquel cas...

Elle versa les œufs dans la poêle à frire.

— ... mes ovaires auront peut-être tiré leur révérence. Et puis je ne veux pas le piéger, ajouta-t-elle. Les hommes ont horreur de ça. Je veux qu'il ait envie de m'épouser.

— Et pourquoi n'en aurait-il pas envie ? protestai-je.

— Parce qu'il est du genre prudent.

Ça, c'était malheureusement trop vrai. Nigel est très prudent ; il avance à la vitesse d'un paresseux. Ces bestioles se déplacent si lentement – ils mettraient une journée entière à traverser un terrain de foot – qu'ils ont de la moisissure dans le poil. Hélas, en amour, Nigel leur ressemble. Et cette pusillanimité se reflète dans son hobby – la culture des bonsaïs. Il a déjà remporté une médaille à Chelsea pour l'un de ses érables japonais qu'il tripotait depuis vingt ans. À vrai dire, je n'ai jamais vraiment compris ce qu'ils avaient en commun, Daisy et lui. Pourtant, elle semble en être folle. Il est vrai qu'elle vit dans un minuscule appartement à Tooting tandis que Nigel possède une grande maison à Fulham – et elle (Daisy) m'a déjà avoué, après un verre de trop, que, oui, c'était en partie la « sécurité » qui l'attirait. Je n'arrive pas à concevoir en quoi une femme qui passe ses week-ends à se jeter d'un avion en plein vol puisse être attirée par la « sécurité ». Cela dit, son père est mort tragiquement lorsqu'elle avait neuf ans, c'est sans doute pour cette raison qu'elle a toujours recherché quelqu'un de « stable » et de « rassurant ».

Ça, c'est tout Nigel. Il est avocat à la City, chez Bloomfields. Solide et compétent plutôt que brillant sans effort, il travaille d'arrache-pied ; et bien que je sois certaine qu'il tient beaucoup à Daisy, je ne vois pas pourquoi il se presserait. Il a trente-neuf ans, il n'a jamais été marié, alors pourquoi diable ferait-il le grand saut maintenant ? Il ne lui a même pas demandé d'emménager chez lui. Daisy le lui a suggéré une ou deux fois, sur le ton de la plaisanterie, mais elle prétend qu'il n'a pas l'air d'accrocher – je crois tout simplement qu'il n'y tient pas. Elle est assez bordélique et peut faire pas mal de bruit –, je le dis le plus gentiment du monde. Non pas qu'elle crie ou qu'elle aime les disputes. Simplement, elle rit beaucoup – un glousse-ment ravissant – et elle a toujours des tas de choses à dire. Alors que Nigel aime passer ses soirées tranquille avec ses bonsaïs, et disputer une partie de bridge de temps à autre. Ne vous méprenez pas. J'aime bien Nigel – il est agréable et généreux – mais il est aussi très égoïste : c'est lui qui dicte les conditions de sa relation avec Daisy. Mais si c'est lui qu'elle a choisi, alors ça me suffit.

— Je crois que tout ira très bien avec Nigel, répétat-elle, sans grande conviction, tandis que je picorais l'omelette.

— Je l'espère. Mais je pense, Daisy, qu'il va falloir que tu le coinces à un moment donné.

Si nécessaire, en lui agrafant la tête à la moquette.

— Mouais, fit-elle anxieusement. Tu as peut-être raison.

Après son départ, Herman s'endormit dans son coussin, enroulé comme une noix de cajou brûlée, tandis que je me concentrais à nouveau sur mon boulot. Le stress et les bouleversements de ma vie m'avaient empêchée de m'y consacrer pleinement : je m'obligeai à me remettre en mode professionnel. J'allumai mon ordinateur et lus mes courriels. Il y en avait un de mon papa, qui vit en Californie, à Palm Springs, où il dirige un club de golf. Il voulait juste savoir si j'allais bien. Puis je me connectai à mon site web, « Animaux Idéaux.com », où je trouvai plusieurs demandes de conseils. « *Mon caniche terrorise le postier* », expliquait la première. « *Après ses dernières tentatives pour nous "défendre" (il y avait du sang sur les lettres), nous avons été informés que dorénavant, nous devrions passer prendre notre courrier à la poste – pouvez-vous nous aider ?* » « *Je crois que ma chatte est schizophrène* », m'apprenait le deuxième message. « *Un moment elle est enroulée sur mes genoux pour se faire câliner, en ronronnant comme un moteur, puis la seconde d'après elle me mord – pourquoi ?* » « *Pouvez-vous m'expliquer pourquoi mon cocker femelle s'obstine à lever la patte ?* » s'enquérait le troisième. Il y avait les problèmes habituels de chiens qui sautent sur les gens ou qui courent après leur propre queue ; il y avait un lapin domestiqué qui n'arrêtait pas d'attaquer les pieds de ses propriétaires. Un cochon d'Inde gay, un sloughi somnambule, et un hamster qui avait dévoré sa compagne. J'envoyai des réponses à chacun, avec des références de bouquins à lire, lorsqu'un autre courriel tomba. Il venait de la femme dont Daisy m'avait parlé, Caroline Mulholland.

« *Chère Miranda, j'ai rencontré votre amie Daisy à une soirée caritative et je lui disais que j'ai un jeune braque de Weimar qui me rend folle. Il malmène nos deux autres chiens, qui sont beaucoup plus petits, et nous n'arrivons pas à l'en empêcher. Si vous étiez assez aimable pour me rappeler, j'aimerais que vous passiez chez nous.* » Suivait un numéro de téléphone, à l'extérieur de Londres. Je le composai. Caroline Mulholland répondit et m'apprit qu'elle habitait près de St. Albans. Nous prîmes rendez-vous pour le lendemain.

Entre-temps, je devais m'occuper du setter irlandais dépressif. Le lendemain matin, je rangeai donc ma salle de consultation, puis sortis – en m'arrêtant un instant pour répondre à Russell, le chiropraticien, qui voulait savoir si j'étais bien installée – pour acheter des biscuits et des fleurs. Puis j'enfermai Herman dans la cuisine – il ne fréquente pas la clientèle. Et, à dix heures et demie, Fiona et Miles Green débarquèrent. Ils avaient environ mon âge, beaux, élégants et manifestement en pleine réussite, à en juger d'après leur adresse chic de Notting Hill Gate. Je leur offris un café puis m'installai derrière mon bureau pour observer le chien, qui affichait en effet un air sinistre. Fiona et Miles se calèrent côte à côte sur le divan.

— Nous sommes tous les deux très pris, m'expliqua Fiona en grignotant une tuile aux amandes. Mais vous comprenez, Sinead fait notre joie et notre fierté...

Sinead était étendue sur le tapis avec la tête entre les pattes.

— ... et nous considérons qu'il est important de lui apporter un soutien psychologique.

— Elle semble en effet assez abattue, dis-je en prenant des notes. D'habitude, les setters irlandais sont incroyablement vivants. Alors, de quand date ce comportement ?

— Environ trois mois, répliqua Mme Green.

— Non, pas autant que ça, la corrigea doucement son mari. Je dirais plutôt six semaines, en fait.

— Non, pas du tout ! trancha-t-elle. Il y a trois mois. Tu crois que je n'aurais pas remarqué ? Après tout, c'est mon chien à moi !

Je notai discrètement « substitut d'enfant » et « tension conjugale ».

— *Notre* chien, insista-t-il.

Sinead leva la tête et les dévisagea anxieusement.

— Tout va bien, bébé, dit Fiona en se penchant pour la caresser. Papa et maman ne sont pas fâchés.

— Elle a quel âge ? demandai-je. Deux ans ?

— Un peu moins. Nous l'avons depuis un an et demi.

— Et a-t-elle subi un quelconque traumatisme ? S'est-elle battue avec un autre chien, par exemple ? Ou a-t-elle failli se faire renverser par une voiture ?

— Non. Rien du tout, dit Fiona. Je travaille à la maison, alors je suis avec elle toute la journée. Tout ce que je sais, c'est qu'elle semble constamment déprimée et qu'elle reste toute la journée dans son panier. Ça me brise le cœur, ajouta-t-elle, la voix soudain étranglée.

— Je ne voudrais pas être indiscrète, monsieur et madame Green, mais y a-t-il des stress précis dans la, disons... dans la dynamique familiale, auxquels elle pourrait être en train de réagir ?

Question toute rhétorique : manifestement, c'était le cas.

— Eh bien non, pas... vraiment, répliqua Fiona en croisant les bras comme pour se protéger.

Je vis son mari lever les yeux au ciel.

— Allez, Fiona, fit-il d'une voix lasse. Tu sais très bien qu'il y en a. Et je crois que c'est pertinent. Je te le répète depuis le début.

Il se tourna vers moi.

— Vous voyez...

— Je ne veux pas en parler ! siffla-t-elle.

— Mais ce pourrait être important, protesta Miles.

— C'est personnel !

— Ne vous inquiétez pas, madame Green, intervins-je. Personne ne vous obligera à en parler si vous n'y tenez pas. Mais je puis vous assurer que je suis tenue à un code de déontologie. Quoi que vous puissiez me confier, j'emporterai votre secret dans la tombe.

— Alors d'accord, soupira-t-elle.

Elle ouvrit son sac et en sortit un Kleenex ; son mari lui pressa le bras affectueusement pour l'encourager.

— Nous essayons d'avoir un bébé depuis quatre ans, expliqua-t-elle. C'est pour ça que nous avons adopté Sinead, en fait, pour nous faire oublier ce stress. Cette année, nous avons commencé les FIV, mais nos deux premières tentatives ont échoué.

— Cela peut entraîner des tensions dans n'importe quel couple, même le plus harmonieux, dis-je.

Tous deux hochèrent la tête.

— Et les chiens sont incroyablement sensibles aux changements d'atmosphère. Je crois que Sinead réagit tout simplement à cela. Je crois que vous devriez essayer de la protéger du stress affectif en n'abordant des sujets délicats que lorsqu'elle est hors de la pièce.

— Elle n'est pas seulement déprimée, reprit Fiona. Elle se comporte de façon étrange. Elle s'est mise à voler des objets.

— Vraiment ?

— Oui, des trucs très bizarres... les chemises de Miles dans le panier de linge, par exemple.

— Cela doit la réconforter quand il n'est pas là.

— Mais elle vole aussi de vieux emballages d'œufs. Et l'autre jour, elle a pris cinq pots à fleurs en plastique dans le jardin. Un par un. Et elle les a rangés dans son lit. Elle les a disposés soigneusement, presque tendrement, comme si elle les aimait. C'était vraiment curieux. Nous ne savons qu'en penser.

Ah.

Je me levai et m'approchai de Sinead, la fis rouler doucement sur le flanc, et soulevai les poils duveteux de son ventre. Il était légèrement distendu et rosé.

— A-t-elle approché d'autres chiens ?

— Non.

— Vous en êtes sûrs ?

— Oui. Tout à fait. Et quand elle est en chasse, nous l'empêchons de sortir.

— Alors elle fait une grossesse nerveuse. C'est pour ça qu'elle a perdu son entrain. Les femelles qui ne se sont jamais accouplées peuvent être en mal d'enfant. Elles deviennent apathiques, puis elles restent dans leur lit, elles l'arrangent soigneusement, parce que, en fait,

44

elles se font un nid. Elles recherchent des objets à placer dans leur « pouponnière », pour les « materner »... d'où les boîtes à œufs et les pots de fleurs. Elles vont jusqu'à manifester des symptômes de grossesse, comme elle. Regardez ses tétines.

Fiona en resta bouche bée.

— Mon Dieu !

— Si elle avait eu le poil ras vous l'auriez remarqué, mais sa longue fourrure le cache. Voilà ce que c'est. Une grossesse nerveuse. J'en ai déjà vu quand j'étais vétérinaire.

— Je vois.

— Alors ne vous inquiétez pas, elle ne souffre d'aucun problème psychologique, d'aucune dépression. Elle veut simplement être mère.

Mme Green s'essuya les yeux.

— C'est peut-être par empathie pour moi.

— En fait, on voulait l'opérer, murmura Miles.

— Puis-je faire une suggestion ? dis-je.

Ils acquiescèrent.

— Ne le faites pas. En tout cas, pas tout de suite. Pourquoi ne la laissez-vous pas avoir une portée ?

— En fait... je trouve que c'est une excellente idée, dit lentement Miles.

Il sourit tout d'un coup.

— Nous n'y avions pas songé.

— Non, dit Fiona en caressant la tête de la chienne. On était tellement préoccupés par nos propres problèmes.

— Et c'est bien pour les chiens filles d'avoir au moins une portée, fis-je remarquer. Sinon, disons qu'elles peuvent être un peu tristes.

— Ah, dit Fiona. Je vois. On pourrait avoir des petits chiens. Ce serait drôle, tu ne trouves pas, mon chéri ?

Miles hocha la tête.

— On n'aura peut-être pas de bébé, mais au moins on aurait d'adorables petits chiots.

— C'est ce que je ferais à votre place.

— C'est un excellent conseil, déclara Fiona en se levant. Je suis assez émue.

Elle m'adressa un sourire mouillé de larmes.

— Merci.

— Je vous en prie.

J'étais moi-même très émue.

2

Sinead était peut-être bien sensible à la frustration de Fiona, songeai-je tout en m'apprêtant à me rendre chez Caroline Mulholland, une demi-heure plus tard. Elle essayait peut-être même d'avoir un bébé pour elle, qui sait. C'est vrai, les chiens nous imitent, parce qu'ils nous aiment. Ils veulent faire la même chose que nous. On s'assoit... ils s'assoient. On chante... ils hurlent. On libère le siège du conducteur... ils sautent dessus. Alors si on a envie d'un bébé, eux aussi... Voilà ce qu'implique la profession de vétérinaire comportementaliste : il faut savoir comprendre ce que vivent les propriétaires avant de régler les problèmes de leurs animaux. Avant de partir, je vérifiai mon apparence dans le miroir, remis une touche d'anticernes – j'en ai de moins en moins besoin ces derniers temps –, passai un coup de brosse dans mes cheveux. Daisy a raison, à propos des Mews, c'est effectivement un endroit chaleureux, me dis-je alors que Joy, l'ostéopathe, me saluait joyeusement.

Caroline Mulholland habitait un village appelé Little Gateley, près de St. Albans. Je mettrais une heure et quart si la circulation n'était pas trop mauvaise.

Tout en traversant Archway, je passai devant la rue d'Alexander, le cœur battant comme un tam-tam, la bouche sèche comme de la poussière. Masochiste, je jetai un coup d'œil à Haberton Road – pour la première fois depuis que « c' » était arrivé – et une vague de détresse me submergea. Mais, une fois sortie des embouteillages de Finchley et Barnet, alors que je filais sur les routes de la campagne verdoyante, j'ouvris la vitre pour admirer le jaune intense du colza et les champs de blé vert, et je me détendis. Daisy avait raison. J'étais bel et bien parvenue à un point tournant : c'était le début d'une nouvelle phase de mon existence. J'étais décidée à la réussir. Quinze minutes plus tard, je parvins à St. Albans, d'où je repérai rapidement le panneau du village. Je passai devant le square avec ses marronniers, chargés de bougies en cire rose, puis, par-delà l'église, j'aperçus les grilles. « Little Gateley Manor » était inscrit sur l'un des piliers. J'entrai.

La maison ressemblait bien à ce que j'avais imaginé – sortie tout droit de *Country Life*. Néoclassique du XVIIIe siècle, peinte en blanc, avec une allée circulaire menant droit à une porte imposante, croulant sous les roses. Tandis que mes roues crissaient sur le gravier, j'entendis un aboiement grave et rauque, entrevis un éclair argenté, et le braque de Weimar bondit vers moi. Puis une femme apparut, courant derrière lui, visiblement agitée.

— Hé, Trigger ! Vilain garçon ! Viens ici ! Bonjour, je suis Caroline, dit-elle, légèrement essoufflée, tandis que je sortais de la voiture.

Le chien sauta sur moi.

— Je vous suis tellement reconnaissante d'avoir fait le voyage !

D'ordinaire, je suis un peu réservée avec les inconnus, mais elle me plut immédiatement. La trentaine, avec des cheveux blond foncé relevés en queue de cheval, elle était séduisante sans être tape-à-l'œil.

48

— Je vous suis tellement reconnaissante, répéta-t-elle.

Tout en gravissant les marches, je respirai le parfum des roses.

— Je ne sais plus quoi faire. Vous voyez, j'adore Trigger mais il est si difficile à gérer, et surtout, il est détestable avec mes deux westies, Tavish et Jock.

Je les observai, trottinant à ses pieds sur le parquet en marbre noir et blanc du hall d'entrée, tout en jetant des regards anxieux au gros chien.

— Et puis, ils sont arrivés les premiers, pas vrai ?

— Oui. Je les avais avant de me marier, l'an dernier. Mais mon mari a décidé qu'il voulait un vrai chien « de mec » (elle gloussa), alors je lui ai acheté Trigger pour son anniversaire, mais parfois je me dis que j'ai commis une erreur.

— Il est magnifique, en tout cas, dis-je en la suivant dans le grand salon. Ces chiens ont chacun leur caractère, pas vrai ?

Je contemplai sa robe, couleur d'étain clair, et ses yeux ambrés, intenses, presque extraterrestres.

— En effet, acquiesça-t-elle. Ce sont des êtres sublimes.

— Mais ils sont également têtus, et il faut les contrôler avec fermeté.

Caroline éclata de rire.

— C'est exactement notre erreur !

Elle se cala dans l'un des canapés et Trigger tenta de grimper sur ses genoux.

— Arrête, vilain chien ! Descends ! Descends, tu veux ?

L'un des westies sauta alors sur elle et Trigger tenta vicieusement de le pincer. La main de Caroline jaillit pour lui taper les fesses.

— Mais arrête donc, vilain garçon ! Vous voyez ce

que je veux dire ? soupira-t-elle. Je n'ai pas exagéré, non ? C'est un cas désespéré. Enfin, prenons d'abord le thé.

Elle disparut, les trois chiens aux talons, dérapant sur les dalles en marbre. J'examinai la pièce. Elle était magnifique, avec cinq mètres de hauteur de plafond, un piano à queue dans un coin, deux canapés Knoll couleur d'abricot, des tables en acajou et une énorme cheminée en marbre. Des tableaux étaient accrochés aux murs, et plusieurs photos dans leurs cadres d'argent étaient disposées sur le dessus de la cheminée, dont l'une de Caroline le jour de son mariage. Je la contemplai, puis détournai les yeux pour admirer le jardin fleuri. Une pie solitaire s'abattit sur la pelouse, piaillant bruyamment... Je me tournai à nouveau vers la photo...

Le mari de Caroline Mulholland m'était étrangement familier, mais je n'arrivais pas à le resituer. Sur la photo, il semblait avoir trente-cinq, quarante ans ; il commençait à se dégarnir et ses cheveux étaient assez grisonnants, mais il restait séduisant – ils formaient un beau couple, assurément. Je me demandai ce qu'il faisait dans la vie. Sans doute banquier, ou capitaine d'industrie... je l'avais sans doute déjà vu aux infos. Oui... cela expliquerait cette impression de familiarité, me dis-je. Je l'avais vu dans les médias. Caroline réapparut avec un plateau et proposa de prendre le thé dehors pour que je puisse observer Trigger. Mais j'avais déjà identifié le problème : c'était un mâle dominant trop gâté. Il était persuadé qu'il devait être le chef de meute. Il fallait réduire son statut.

— Il cherche désespérément à dominer, expliquai-je sur la terrasse.

Caroline posa sa tasse.

— Vraiment ?

50

— Oui. Cela pourra vous paraître un peu brutal, mais il a besoin d'être descendu de son piédestal.

— Ah bon ? Mais comment ?

— En lui portant moins d'attention. C'est un fanfaron chronique – s'il attire votre attention, il est ravi. Et plus vous criez après lui, plus il adore – parce qu'il sait qu'à ce moment-là toute votre attention se porte sur lui. En fait, vous récompensez son « mauvais » comportement en y réagissant.

— Moi ?

— Oui. Sans vous en rendre compte, vous cédez à tous ses caprices.

— Ah. Je vois.

— Chaque fois que vous le réprimandez, il pense qu'en fait vous le complimentez, ce qui aggrave la situation.

— Je vois, répéta-t-elle, pensive.

— Je n'aime pas faire d'anthropomorphisme abusif, repris-je. Mais si Trigger était un humain, il se baladerait sans doute dans une BMW rouge – que vous lui auriez probablement offerte pour son anniversaire – avec laquelle il doublerait tout le monde, il reluquerait les filles, irait dans des soirées pour se soûler...

— Quelle horreur ! s'exclama-t-elle, faussement sérieuse. Comme un gosse de riche imbécile.

— Exactement.

— Ce serait la honte de la famille, reprit-elle, jouant le jeu. Il déshonorerait notre nom. Il n'arrêterait pas de se bagarrer...

— Hélas oui. On le virerait de la fac, il aurait du mal à conserver un emploi et – je ne veux pas vous affoler – il prendrait sans doute de la drogue.

— Vraiment ?

Elle semblait sincèrement choquée.

— Bon, ajouta-t-elle résolument tandis que Trigger

bondissait joyeusement dans tous les sens en aboyant à tue-tête, il nous faut étouffer tout cela dans l'œuf.

— C'est ce que nous allons faire. Je ne vais pas le « guérir » aujourd'hui, fis-je remarquer. Mais je peux vous montrer de quelle façon vous confortez, sans le faire exprès, son comportement négatif. Puis, vous pourrez travailler sur lui par vous-même. Mais il va falloir vous accrocher.

Elle me considéra avec gravité.

— D'accord. Dites-moi tout.

Je lui expliquai que la meilleure punition pour Trigger était de ne pas crier, mais de l'ignorer totalement.

— Les chiens ne supportent pas, repris-je. C'est le pire châtiment du monde pour eux, que leurs humains leur refusent leur attention – mais c'est ce que vous devez faire. Et s'il se conduit vraiment mal – par exemple, s'il mord l'un des autres chiens –, il faudra le mettre au piquet. S'il est attaché et que les deux autres soient libres, ça va vraiment lui rabattre le caquet.

— Je vois.

Brusquement, Trigger essaya de mordre l'un des westies, puis le plaqua au sol.

— Quelle saleté !

Caroline s'était élancée vers lui pour l'agripper par le collier.

— Non, ne dites rien, fis-je. Contentez-vous de l'attacher quelque part.

— L'attacher ?

— Oui. Je sais que cela peut paraître méchant, mais ce n'est pas le cas.

Caroline disparut un instant, puis revint avec la laisse de Trigger. Elle l'attacha au poteau de la grille, à l'ombre, avec un bol d'eau.

— Maintenant, nous allons le laisser là pendant que

nous nous promenons avec les autres chiens. Il ne supportera pas.

Quand nous le libérâmes cinq minutes plus tard, Trigger tremblait.

— Regardez comme son langage corporel a changé, signalai-je. Il ne comprend pas pourquoi vous lui avez fait ça. Il trouve cela incroyablement humiliant. Il est bouleversé et soumis. Regardez... Il est déjà en train de ramper à vos pieds.

En effet, Trigger était pratiquement assis sur les pieds de Caroline et la considérait d'un air suppliant.

— Oh là là, dit-elle. Je vois très bien ce que vous voulez dire.

— Si vous voulez vraiment corriger son comportement, il faut que vous le rendiez moins sûr de lui. À la base, c'est un petit tyran. Et, comme la plupart des tyrans, c'est un lâche. Si vous êtes ferme, il restera à sa place. Il faut lui retirer la position à laquelle il aspire en tant que chef de meute, réitérai-je.

Elle hocha la tête.

— Je ne m'en étais pas rendu compte, parce que je n'ai jamais eu de chien difficile auparavant.

— Cela vous paraît logique ?

— Oui. Absolument.

Elle semblait étonnée.

— Il faut que vous poursuiviez ce programme de réduction de dominance, à l'intérieur *et* à l'extérieur de la maison.

Tandis que nous rentrions, je lui rappelai une fois de plus que les chiens sont des animaux de meute, et qu'ils doivent connaître leur place dans la hiérarchie. Sinon, ils ne savent plus où ils en sont et ils deviennent malheureux.

— Ils sont comme de jeunes enfants, insistai-je. Les enfants sont plus heureux lorsque les limites sont clairement établies – et c'est ce que vous devez faire avec lui. Donc, il ne doit pas s'installer sur le canapé, repris-je. Ni sur le lit. Autrement, cela signifie qu'il est à votre hauteur. Ne le laissez pas passer les portes devant vous, et laissez-le attendre que vous ayez mangé avant de le nourrir. D'ailleurs, nourrissez les autres chiens avant lui.

— Vraiment ?

— Oui. Montrez-lui que son statut n'est pas aussi élevé qu'il le croit.

— Et combien de temps mettra-t-il à apprendre ?

— Eh bien, il est très intelligent. Donc cela prendra peut-être quelques semaines. Mais vous devrez vous conformer scrupuleusement à ces règles, ajoutai-je tandis que nous retournions au salon. Je sais que vous l'aimez, mais en lui enseignant un meilleur comportement, vous lui faites du bien. Et s'il montre de l'agressivité envers les autres chiens, alors attachez-le pendant quelques minutes. Peu à peu il fera le lien et arrêtera.

— Je me sens tellement mieux maintenant, souffla Caroline en prenant des notes. Vous avez très bien expliqué la situation. Maintenant, je dois vous régler la consultation.

Alors qu'elle partait chercher son sac à main, j'examinai à nouveau sa photo de mariage. Je n'avais pas vu son mari à la télé. Je l'avais rencontré. J'en étais sûre... Aucun doute là-dessus. Mais où ? Soudain, le téléphone sonna et j'entendis Caroline répondre.

— Ah, quelle déception, l'entendis-je dire.

Sa voix résonnait dans le hall immense.

— Ne vous inquiétez pas. Je comprends tout à fait. Je ne sais pas qui je trouverai dans de si brefs délais, mais si c'est comme ça, on n'y peut rien. Merci de m'avoir avertie.

Je perçus ses pas, puis elle réapparut, pensive.

— Quel ennui ! dit-elle. Il y a une fête au village pour aider le PDSA. Nous faisons une exposition de chiens dans le cadre de cette fête et Trinny et Susannah de *What not to wear* avaient accepté d'être juges – il y a un concours de déguisements – mais Trinny vient de téléphoner pour m'avertir qu'ils tournent ce jour-là et qu'elles ne pourront pas venir. Quelle tuile, gémit-elle en sortant son carnet de chèques. Ça va être dur de trouver quelqu'un d'autre au pied levé et je suis tellement occupée et...

Brusquement, elle arrêta d'écrire et me regarda.

— Et vous, vous n'accepteriez pas de le faire, j'imagine ?

— Moi ?

— Oui.

— Je ne suis pas une star.

— Eh bien, Daisy m'a dit que vous faisiez de la télé. Et en tant que comportementaliste, vous avez une parfaite légitimité. En plus, très franchement...

Elle grimaça.

— ... ne le prenez pas mal, mais je suis désespérée. Alors, accepteriez-vous ? supplia-t-elle.

— Eh bien...

— Avec tout ce que j'ai à faire, je n'ai absolument pas le temps de passer de coups de fil à quiconque, et de toute façon, je sais que vous serez géniale, Miranda. Et c'est pour la bonne cause...

Elle avait raison.

— Je serais tellement enchantée que vous acceptiez.

Et pourquoi pas ?

— Que devrais-je faire ?

— Juger trois des quatre différentes catégories. Nous allons avoir la queue la plus agitée, le chien qui ressemble le plus à son propriétaire, le concours de costumes, et finalement, le karaoké canin...

Elle me remit le chèque.

— Le karaoké canin ?

— Oui, c'est à hurler de rire. Littéralement, ajouta-t-elle avec une grimace.

Je souris.

— Alors d'accord, dis-je. Pourquoi pas ? Mais est-ce que je peux venir avec mon teckel ?

— Bien entendu. Ah, merci ! Merci mille fois !

Elle porta la main gauche à sa poitrine, puis m'adressa un large sourire.

— Quel soulagement ! Ça démarre à quatorze heures trente et on attend pas mal de monde, alors si vous pouviez arriver avec une demi-heure d'avance, ce serait formidable.

— D'accord.

Je me levai.

— Bon, il vaut mieux que j'y aille.

Je venais de reprendre mon sac à main lorsque j'entendis le crissement de roues de voiture sur le gravier.

— Ah, voilà mon mari. Il a dit qu'il rentrerait tôt. Venez, je vais vous présenter.

Nous descendîmes les marches et une Jaguar bleu nuit se rangea à côté de ma vieille Astra. Le mari de Caroline en sortit et Trigger et les deux autres chiens s'élancèrent vers lui en aboyant bruyamment. Il se pencha pour les caresser, puis se redressa. À ce moment précis, alors qu'il s'avançait vers nous, je compris pourquoi il me semblait si familier. J'eus l'impression d'avoir été précipitée dans un gouffre.

— Bonsoir, ma chérie, dit-il à Caroline en l'embrassant, tout en me lançant un regard en biais.

— James, voici Miranda Sweet.

À présent, il me regardait en face, sans manifester autre chose qu'une curiosité polie : son visage était affable et impénétrable. Cependant, une lueur s'était allumée dans ses yeux gris. Soudain, seize ans s'évaporèrent.

— Miranda vient de faire des miracles avec Trigger, expliquait Caroline avec enthousiasme. Ne rougissez pas, ajouta-t-elle en riant. C'est vrai.

En effet, mes joues s'étaient empourprées, mais pas de modestie.

— Grâce à Miranda, je sais maintenant comment empêcher Trigger de faire des bêtises, chéri.

— Vraiment, dit-il. Eh bien, c'est... formidable.

— Apparemment, il a un problème de dominance, continua-t-elle en gloussant.

— Ah, vraiment ?

— Il a besoin de descendre de son piédestal.

— Je vois.

— Il doit perdre de son assurance.

— Tiens donc.

— Chef de meute, pour lui, c'est fini.

— Mmm.

— Eh bien... j'ai... un autre rendez-vous, mentis-je.

Mon cœur battait si fort que je redoutais qu'ils ne l'entendent.

— Il faut que j'y aille, ajoutai-je.

— Merci mille fois de vous être déplacée, dit Caroline tandis que je fouillais mon sac à la recherche de mes clés. Alors on se voit samedi, c'est ça ?

Mon estomac se crispa.

— Miranda va être juge de l'exposition canine, James. Elle a accepté de remplacer Trinny et Susannah, de *What not to wear*, qui ont dû se décommander. C'est adorable de sa part, n'est-ce pas ?

À présent, je regrettais amèrement d'avoir accepté.

— Euh... oui, fit-il avec un sourire crispé. C'est formidable.

— Vers deux heures, alors, répéta Caroline joyeusement tandis que je montais dans ma voiture.

Elle agita la main. Je lui répondis faiblement. Puis, prise de nausée, je démarrai.

Mes mains tremblaient comme des feuilles sur le volant. *Jimmy*. Jimmy *Smith* – pas Jimmy Mulholland. Il avait changé de nom. Quant à son apparence... il était transformé. Pas étonnant que je ne l'aie pas reconnu sur la photo de mariage. J'aurais très bien pu le croiser dans la rue sans le savoir. La masse de boucles blondes et la barbe légère qu'il arborait à vingt et un ans avaient disparu. Aujourd'hui, il était glabre, dégarni, grisonnant. Sa silhouette s'était étoffée ; les costumes de Savile Row et les chemises rayées avaient remplacé les jeans et les pulls usés. Seule sa voix restait identique ; une voix agréable, bien timbrée. Et l'expression insolente de ses yeux granit.

En franchissant les grilles, le cœur battant toujours à tout rompre, je me rappelai les paroles de Daisy : « C'est le début d'une nouvelle phase de ton existence, et je sais que tout ira bien. » Mais comment serait-ce possible, songeai-je amèrement – comment donc ? – alors que je venais d'être prise en embuscade par mon passé ? Désormais, envahie d'un profond sentiment de honte, je demeurais insensible au paysage.

C'était arrivé une demi-vie auparavant, mais cela restait gravé au fer rouge dans mon esprit. Je me rappelais chaque détail de cette matinée de printemps avec la netteté d'une photographie, même si avec le temps, j'y avais moins souvent songé. Je n'y pouvais rien, et je n'avais personne à qui en parler ; j'avais simplement occulté l'épisode et essayé d'aller de l'avant. Le fait d'avoir à me consacrer à des études difficiles m'avait aidée à repousser la douleur. Pourtant, cela m'avait hantée pendant des années, et c'était toujours le cas. Curieusement, je m'étais récemment demandé ce que devenait Jimmy, presque jusqu'à l'obsession. Et maintenant, je le retrouvais là, incarnant en apparence le summum de la respectabilité prospère. J'eus un petit rire amer. Tout en traversant les rues grises du nord de Londres, je m'interrogeai sur ce qu'il pouvait faire dans la vie. Sans doute quelque chose de pas très catholique – sinon comment aurait-il pu s'enrichir à ce point ? Je songeai à sa femme, et me demandai s'il lui avait jamais avoué la chose affreuse qu'il – non, que nous – avions faite jadis.

Lorsque je rentrai au Mews, Herman manifesta sa joie de me revoir – sa petite queue en fouet s'agitait et il n'arborait pas son air volontairement anxieux. Son petit visage pointu était au neutre. Je le sortis et, tandis que nous gravissions la colline, en nous arrêtant pour échanger quelques mots amicaux avec d'autres propriétaires de chiens – « Oh, regarde, un chien-saucisse ! » « Qu'est-ce qu'il est mignon ! » « Il parle allemand ? » – je décidai de ce que j'allais faire. J'allais téléphoner à Caroline pour lui dire que j'étais désolée, mais qu'en fin de compte il m'était impossible de lui donner un coup de main pour la fête. Je n'aimais pas l'idée de la décevoir, d'autant que j'avais de la sympathie pour elle, mais il n'était pas question que j'y aille. Tout en ouvrant la porte, en me creusant la tête pour choisir l'excuse – mère malade / chien malade / problèmes de bagnole – la plus convaincante, je vis le voyant clignoter sur mon répondeur. Je pressai le bouton « play ».

— Vous avez. Trois. Messages, entonna la voix féminine robotique. Premier message. Aujourd'hui à. Quatre heures. Quarante-cinq.

— Bonjour, ma chérie.

C'était maman.

— Je t'appelais juste pour bavarder. Mais ne me rappelle pas, je vais être occupée avec les garçons. Je rappellerai plus tard.

Clic. Rrrr. La bande avança.

— Ici Caroline. Je tenais encore à vous remercier, mille fois, de nous aider samedi – vous m'avez sauvé la vie. Mais je voulais aussi vous dire que j'ai annoncé à deux amies que vous alliez être juge, et elles avaient toutes deux entendu parler de vous, dans *Folies animales*. Vous ne devriez pas être aussi modeste. Vous êtes une célébrité ! En tout cas, on a tous très hâte de vous voir samedi. Au revoir, à bientôt !

Clic. *Merde.*

— Bonjour, miss Sweet, fit une voix masculine. Ici l'inspecteur Cooper.

Un inspecteur ? Une brusque poussée d'adrénaline me fit paniquer une seconde, puis je me rappelai qui il était et me calmai.

— Je voulais simplement vous informer que nous allons vous faire parvenir les formulaires dont je vous avais parlé. Excusez-moi du retard. Vous devriez les recevoir d'ici la fin de la semaine.

Oui, d'accord. Les formulaires. J'avais totalement oublié.

— C'est trop, marmonnai-je à Herman en ouvrant la porte du jardin pour laisser entrer la lumière du soir dans la cuisine. J'ai plus qu'assez d'ennuis sans cela.

Je m'assis et inspirai très profondément pour me calmer, ce qui me donna un point de côté. Puis je m'installai derrière mon ordinateur et attendis avec impatience qu'il se connecte sur Internet. Je saisis « James Mulholland » sur Google. Toute une série de rubriques s'afficha.

« Bienvenue au site web de James Mulholland, lus-je. James Mulholland est député de Billington depuis mai 1997... »

Bon sang ! Il était député ! J'eus l'impression d'avoir été frappée par la foudre. En haut de la page, je lus : « Liens / Le combat pour Billington / Le parti travailliste à Billington / Actualités / James Mulholland est né en 1965 et a fait ses études à Walton Comprehensive, à Peterborough... »

Je continuai ma lecture, cœur battant – il y avait une photo de Jimmy, tout sourires. « Cliquez ici pour connaître les dernières nouvelles... » Je cliquai.

« James Mulholland est député de Billington depuis 1997. De 1997 à 2001, il a été membre de la Commission pour l'Éducation, l'Emploi et la Sécurité sociale. Il est maintenant ministre d'État à l'Éducation (Éducation permanente et éducation supérieure). »

Putain, il était ministre ! Je parcourus des yeux la page.

« Avant d'entrer en politique, James a été producteur radio et reporter... »

Alors c'était ça.

« Il a étudié à Walton Comprehensive, Peterborough, puis à l'université de Sussex... où il a obtenu un diplôme en biochimie. Dans la "vraie vie", lus-je, James aime se promener dans la campagne du Hertfordshire et se détendre à la maison avec sa femme, Caroline, et leurs trois chiens. »

Mais d'où lui venait cette maison époustouflante ? Il était journaliste, pas banquier, et les députés ne gagnent pas des fortunes. Je parcourus les autres rubriques – essentiellement du baratin promotionnel – puis passai au site du *Guardian unlimited*. J'y trouvai un portrait non signé, intitulé « La voix de son maître », qui n'était pas précisément flatteur.

« Fils d'un agent d'assurances... aucune trace dans

sa jeunesse de ses ambitions ultérieures... 1987, a rejoint l'équipe de Radio York... en 1993, a interviewé Jack Straw... tellement impressionné qu'il l'a invité à devenir son documentaliste parlementaire... s'est rapidement élevé dans les rangs du parti. À trente-sept ans, Mulholland est sur la voie du succès... belle allure, charme, doué pour la communication... évolution de la gauche radicale au centre droit. En 1995, directeur de la communication d'Alan Milburn, puis parachuté dans une circonscription sans risque, à Billington... Au cours de l'été 2002, a épousé l'Honorable Caroline Hornbury, héritière de la fortune foncière Hornbury... » Ah. « ... reçoit fréquemment dans leur superbe manoir à la campagne... maison de ville chic à Billington... appartement élégant à Westminster... »

Voilà qui expliquait Little Gateley Manor. Il n'avait pas gagné d'argent, il l'avait épousé. C'était logique. Quant à son évolution de la « gauche radicale au centre droit », c'était tout aussi cohérent. Je me rappelai à nouveau le Jimmy que j'avais connu, et tentai de le faire coïncider avec l'apparence lisse de pilier de la société que j'avais rencontré aujourd'hui. Je me souvins à quel point je le trouvais charismatique, et, paradoxalement, combien il avait de principes. C'était cela qui m'avait attirée chez lui : ses convictions passionnées. Comme je m'étais trompée ! songeai-je amèrement. J'avais été dupée. Au mieux, j'avais fait preuve d'une naïveté coupable. Je me demandai s'il avait jamais éprouvé le moindre accès de mauvaise conscience, après la chose horrible qu'il avait faite.

J'avais toujours su qu'il n'avait pas été poursuivi, parce que, s'il avait été arrêté, il m'aurait dénoncée. Je me rappelais sa voix, par cette horrible matinée de mars, tandis que, debout dans son appartement, je tentais de reprendre mon souffle – j'avais couru jusque-là – et mes esprits.

— Je viens... d'apprendre, avais-je balbutié. Je viens d'apprendre.

Mon visage se tordait de rage.

— J'ai entendu quelqu'un en parler à l'arrêt de bus. Comment as-tu pu ? grinçai-je, gorge serrée. Comment as-tu pu ! Espèce... espèce d'hypocrite !

J'avais fondu en larmes.

Croisant ses bras, il s'est tourné vers la fenêtre qui donnait sur la rue. Je voyais un muscle de sa mâchoire tressauter.

— À ta place, je me tairais.

Son sang-froid me stupéfia.

— Me taire ? sanglotai-je. Me taire ?

Je pleurais si fort que j'en avais mal aux oreilles.

— Non, je ne vais pas me taire ! Je vais dire à tout le monde ce que tu as fait !

Il se tourna vers moi.

— Non, Miranda. Ce que tu as fait. Après tout, c'était toi. Pas vrai ? dit-il tranquillement.

— Non, ce n'est pas vrai. Je ne savais pas.

Il m'adressa un sourire indolent.

— La police ne se souciera pas de ce genre de détail. De toute façon, ils t'ont déjà repérée, Miranda. N'est-ce pas ? Après ton escapade chez le boucher il y a quelques mois. Et puis, il y a eu cette petite aventure chez le fourreur... Ils ne te croiront pas. N'est-ce pas ?

J'en ai eu la nausée.

— Et puis, reprit-il d'une voix égale, si tu donnes mon nom, je leur dirai que tu savais. Je dirai que nous l'avons fait ensemble. Alors je te conseille sérieusement, dans notre intérêt à tous les deux, de fermer ta jolie petite gueule. À moins que tu ne tiennes absolument à aller en prison, évidemment.

Ç'avait été comme si l'on m'avait plongée dans un bain d'eau glacée. Je compris, avec une netteté effroyable, qu'il avait raison. Alors je me suis tue – pendant seize ans – à ma grande honte. Et je ne l'ai jamais revu. Jusqu'à aujourd'hui...

Je restai allongée sur le lit pendant plus d'une heure – avec Herman étendu à mon côté, tel un minuscule oreiller – à fixer, à travers le vasistas, le bleu intense du crépuscule virant au rose, au mauve, puis à l'indigo liquide. Un plan commença confusément à prendre forme dans mon esprit. J'irais bien à Little Gateley samedi prochain – et je trouverais l'occasion de parler à Jimmy seul à seule. Je l'aborderais discrètement et je l'obligerais à me reconnaître et à avouer – enfin – qu'il avait commis un acte épouvantable. Et je lui demanderais des excuses, pour ce qu'il avait fait – parce qu'une partie de ma jeunesse avait été abîmée par sa faute. Dieu sait quels autres dégâts physiques il avait pu causer, me dis-je amèrement. Je n'avais jamais eu le courage de m'en informer. C'est ainsi que, sans plus songer à Alexander, je m'endormis en rêvant d'incendies.

3

Le lendemain, j'avais rendez-vous avec Lily Jago et son shihtzu, Jennifer Aniston. Je relus son courriel. « *Je n'ai plus le droit de l'emmener avec moi au bureau... elle fait vraiment une dépression nerveuse... elle détruit tout à la maison... je ne m'en sors plus... Au secours !* »

Apparemment, un cas assez banal d'angoisse d'abandon. Le rendez-vous était à seize heures trente. Je repoussai donc les pensées négatives qui me paralysaient depuis vingt-quatre heures pour m'obliger à travailler. Je passai la matinée à rédiger une circulaire à envoyer aux vétérinaires des environs. J'appelai aussi le *Camden News* pour voir s'ils étaient intéressés par un article sur moi – n'importe quoi, pour faire rentrer les clients. Je rédigeai mon rapport de suivi, destiné aux Green, à propos de leur setter irlandais, puis Clare, la productrice de *Folies animales*, téléphona. Elle voulait mettre au point notre programme de tournage et m'apprit que la nouvelle saison avait déjà reçu une critique élogieuse dans *TV Life*. Je passai au kiosque pour l'acheter. Il y avait une photo de la présentatrice, Kate Laurie, avec un poney de Shetland, et, en vignette, un petit portrait de moi.

« *Nous adorons nos animaux, mais les rendons-nous fous ?* » disait l'article. « *C'est ce que Kate Laurie ten-*

tera de découvrir au cours de la nouvelle saison de Folies animales, *avec l'aide de notre "psy" maison, Miranda Sweet.* » Il y avait une cote de cinq étoiles et la mention « à regarder absolument ». Ravie et soulagée, je feuilletai le reste du magazine et tombai soudain sur le visage d'Alexander, en plein milieu de la page « Nouveaux talents ». J'en eus le souffle coupé. Il était beau à briser le cœur dans son uniforme naval du XVIIIe siècle. *Alexander Darke, dans un nouveau téléfilm de cape et d'épée,* Ohé, terre ! annonçait la légende. Un éclat de verre me transperça le cœur. *Alexander Darke est doué d'un mélange enchanteur de charme à l'ancienne et de courtoisie,* disait l'article. *Peu habitué aux interviews, il répond aux questions par d'autres questions courtoises. Mais il devra s'habituer aux feux des médias, car après douze années passées « dans la galère plus souvent que sur les planches », comme il l'explique avec modestie,* Ohé, terre ! *est sur le point d'en faire une star.* Manifestement, il avait tourné la tête de la journaliste. Elle s'épanchait sur sa *beauté byronienne... comme un jeune Richard Chamberlain*, et sur son physique d'athlète. J'eus un autre coup au cœur. *Ce séduisant inconnu est un excellent coup de casting, dans le rôle d'un navigateur courageux qui conserve son sang-froid en toutes circonstances,* s'enthousiasmait-elle. « Séduisant inconnu », le terme était bien choisi. *Sa partenaire dans* Ohé, terre ! *est la pulpeuse Tilly Bishop, vingt-cinq ans, qui a récemment eu la vedette de la comédie romantique* Reality Cheque.

Envie de vomir...

Il était maintenant trois heures passées. Après avoir installé Herman, je traversai le pont ferroviaire jusqu'à la station de métro. Je pris une rame jusqu'à Embankment, une autre pour Sloane Square et descendis King's

Road à pied. Daisy m'avait prévenue, au sujet de Lily Jago. « C'est une diva. La reine du drame. » Je savais que Lily Jago était une fanatique de la cause animale, parce qu'elle avait récemment eu des ennuis en refusant d'engager une Coréenne, sous prétexte qu'elle venait d'un pays où l'on mangeait les chiens. Lily avait été traînée devant le tribunal, les éditeurs de *Moi ! Magazine* avaient dû payer une amende, et l'affaire avait fait les manchettes. Elle n'avait conservé son poste que parce qu'elle avait réussi à augmenter les ventes du magazine de cinquante-six pour cent l'année précédente.

— Dieu merci, vous êtes là, souffla-t-elle en ouvrant la porte de son appartement de Glebe Place.

Elle avait des plumes dans les cheveux.

— C'est l'enfer !

J'entrai et notai que la piste de plumes menait du hall au salon.

— Regardez ce qu'a fait ce petit monstre !

Le shihtzu était assis sur le sofa au milieu des débris de deux coussins éviscérés, ses yeux bruns globuleux remplis d'indignation et de détresse.

— Je suis rentrée il y a dix minutes et j'ai trouvé cette... dévastation ! se lamenta Lily.

Ce n'était pas à proprement parler une dévastation. J'avais déjà vu des maisons où les chiens avaient déchiqueté jusqu'au papier peint.

— La petite vandale ! Je ne sais vraiment plus quoi faire !

Je priai Lily de se calmer pour lui demander quand les problèmes avaient commencé.

— Il y a un mois, répondit-elle en allumant un cigarillo d'une main tremblante. Vous voyez, *Moi !* a été racheté et le nouveau propriétaire n'autorise pas les animaux sur le lieu de travail. Pas même un poisson rouge ! ajouta-t-elle, indignée.

Elle rejeta la tête en arrière et exhala deux plumets de fumée bleutée de ses narines élégantes.

— Maintenant, je n'ai pas le choix. Je dois laisser Jennifer Aniston à la maison. Mais elle n'y est pas habituée, parce que depuis deux ans elle m'a toujours suivie partout. Pendant un temps, elle avait même sa propre rubrique.

— Vraiment ?

— Oui. Une rubrique de conseils de beauté pour les chiens. Enfin, il est évident que la vie de bureau lui manque. J'imagine que c'est la raison pour laquelle elle est insupportable.

— Franchement, je ne crois pas.

— Je crois qu'elle cherche à se venger de moi, dit Lily, baissant les paupières pour aspirer la fumée du cigarillo. Parce que je la laisse seule.

Je soupirai. Il s'agit malheureusement d'une erreur courante.

— Mademoiselle Jago, dis-je d'une voix lasse.

Elle agita une main élégante.

— Appelez-moi Lily.

— Lily, repris je. Laissez-moi vous rassurer : les chiens sont tout à fait incapables de concepts aussi abstraits que la vengeance. Il s'agit d'un cas classique d'angoisse d'abandon. Ce n'est pas le bureau qui lui manque, et elle n'essaie pas de vous rendre la pareille. C'est tout simplement le fait d'être seule qui la stresse.

— Pourtant, il y a quelqu'un qui vient la promener à l'heure du déjeuner... pour qu'elle puisse, enfin... (Lily baissa le ton) se laver les mains.

— Mmm. Je vois. À part cela, elle est toute seule pendant, combien... trois ou quatre heures d'affilée ?

Lily hocha la tête d'un air coupable.

— C'est assez long.

— Je n'ai pas le choix ! s'alarma Lily.

Je me levai.

— Seigneur, vous n'allez pas partir tout de suite ?

— Non, pas du tout. Je voudrais juste que vous me montriez la manière dont vous quittez la maison. J'aimerais que vous fassiez semblant de partir au travail.

— Vous voulez dire, jouer la comédie ?

— Exactement. Mettre votre manteau, prendre votre sac, dire au revoir à Jennifer et gagner la porte. Je vous en prie, soyez aussi réaliste que possible et faites comme si je n'étais pas là.

Elle m'adressa un regard sceptique.

— D'accord.

Je suivis Lily jusqu'à la cuisine tout en Inox et en granit noir où elle remplit le bol de Jennifer – visiblement en porcelaine – avec des croquettes. Puis, Jennifer grognant à ses trousses, elle parcourut le long couloir à moquette crème. Lily prit sa veste et son sac. Le corps de Jennifer se raidit soudain d'appréhension.

— D'accord, ma chérie, chantonna Lily. Il est l'heure pour maman d'aller travailler.

Jennifer se mit à geindre.

— Non, trésor, ne pleure pas. Maman est obligée d'aller travailler pour t'acheter toutes sortes de jolies choses. Comme ce collier Gucci dont tu as envie... tu te souviens ? Et ce bol en argent de Theo Fenneli ? Alors, je vais... sortir...

Jennifer courait dans tous les sens aux pieds de Lily, gémissant et ahanant.

— ... rien que pour un petit moment.

Maintenant, Jennifer hurlait à la mort. Lily franchit la porte d'entrée avec moi, à reculons. Elle fit tourner la clé, puis se pencha et ouvrit la boîte aux lettres.

— Au revoir, ma petite chérie adorée, lança-t-elle à travers la fente. Au revoir, mon amour.

Puis elle se redressa et me regarda. Son visage se froissa comme un paquet de chips vide.

— Mon Dieu... c'est insoutenable !

Elle rouvrit la porte, prit Jennifer dans ses bras et embrassa son petit visage plat à plusieurs reprises.

— Sois gentille, Jennifer. Sois une gentille petite fille pour maman, veux-tu ?

Puis elle posa Jennifer et repartit. Des hurlements outragés nous parvenaient de l'intérieur.

— Et vous faites comme ça tous les matins ? lui demandai-je.

— Oui.

— Maintenant, montrez-moi comment vous rentrez à la maison.

— D'accord.

Lily ouvrit la porte et se précipita dans l'appartement, les bras grands ouverts.

— Ma chérie, je suis de retour ! Maman est là !

Jennifer, totalement déroutée, répondit par un grognement d'extase.

— Je t'ai manqué, ma chérie ? chantonna Lily en la prenant pour la câliner. Je t'ai manqué, dis ? Moi aussi, tu m'as manqué. J'adore mon petit bébé Jennifer, et je déteste la laisser. Pas vrai, mon chou ? Non, non, non, je n'aime pas ça du tout !

Elle reposa le chien.

— Voilà comment je fais.

— Mmm.

Nous retournâmes au salon et je lui expliquai ses erreurs : elle faisait un tel drame de ses départs et de ses arrivées qu'elle rendait Jennifer frénétique.

— Il faut que vous soyez plus détachée, conseillai-je. Plus désinvolte. Le matin, ne prolongez pas vos adieux... ça les rend encore plus traumatiques qu'ils ne devraient l'être ; ce qui la met dans des états épouvantables.

Je lui conseillai de varier ses routines de départ, et de la laisser seule à d'autres moments, inopinément.

— Sortez sans l'avertir.

— Sans rien lui dire ? répéta Lily, incrédule.

— Oui. Puis rentrez, toujours désinvolte. De cette façon, elle s'habituera à vous voir aller et venir et elle ne paniquera plus, et pourra abandonner ce comportement destructeur. Et quand vous rentrerez le soir, soyez affectueuse sans être folle de joie... Après tout, vous êtes simplement allée au bureau, vous n'êtes pas partie pour un tour du monde. Vous en faites trop, c'est cela qui la stresse.

— Ah, dit Lily posément. Très bien.

Je jetai un coup d'œil à la cheminée, couverte de cartons d'invitation.

— Il vous arrive de la laisser seule le soir, quand vous allez à une fête ?

— Non, elle m'accompagne toujours.

— Je vois.

Elle prit une invitation et me la montra. Il s'agissait d'une réception à l'ambassade de France. Au coin supérieur gauche, on lisait : « *Miss Lily Jago et Miss Jennifer Aniston.* »

— Jennifer est extrêmement populaire, expliqua fièrement Lily. Nous allons partout ensemble. On la laisse même entrer au *Ivy*. Le shihtzu de Geri Halliwell ne peut pas en dire autant.

— Alors elle n'a jamais vraiment été seule jusqu'ici, le jour ou la nuit ?

— Non. Jamais.

— Dans ce cas, dis-je, j'ai une autre suggestion. Vous pourriez, si vous suiviez mes conseils, laisser Jennifer s'habituer progressivement à être seule, mais étant donné le problème d'attachement excessif dont elle souffre – dont en fait, vous souffrez toutes deux – je crois que cela prendrait trop de temps. Alors, d'après moi, la meilleure solution serait d'adopter un petit chien, pour lui tenir compagnie.

Lily me dévisagea comme si j'étais devenue folle.

— Un petit chien ? répéta-t-elle. Un autre chien ?

Je hochai la tête.

— Une autre Jennifer ?

Je hochai à nouveau la tête. Son visage s'éclaira d'un grand sourire.

— Quelle idée *géniale* ! Ça te plairait, ma chérie ? fit-elle en prenant le chien sur ses genoux.

Elle rajusta la barrette en strass sur les longs poils blonds de Jennifer.

— Tu aimerais avoir un adorable petit chien avec lequel tu pourrais jouer ?

Jennifer grogna.

— Un tit-ami tout meugnon ? Oui ? Elle a dit oui ! m'avertit-elle joyeusement. Eh bien maman va t'en trouver un. C'est une idée sublime. Tout à fait géniale. Je n'y aurais jamais songé. Vous êtes un génie, Miranda. D'ailleurs, vous êtes un tel génie que je vais faire un article sur vous dans *Moi !*

— Ah ?

— Oui. Je vais vous envoyer ma meilleure journaliste, India Carr, pour vous interviewer... M'avez-vous donné votre carte ? Oui, la voilà... et j'engagerai l'un des meilleurs photographes pour faire de beaux portraits. Et comment titrerai-je ? « Miss Behaviouriste », voilà ! Qu'en pensez-vous ?

Je savais bien que Lily ne ferait aucun article sur moi – elle avait parlé sous le coup de l'enthousiasme.

Mais, en rentrant je trouvai un message du *Camden New Journal* m'apprenant que, oui, ils aimeraient bien publier un papier à mon sujet. Je fus ravie – un peu de publicité ne me ferait pas de tort.

— L'article sera de quelle longueur ? demandai-je le lendemain matin au reporter, Tim, alors qu'il tirait un calepin de son sac.

Il devait avoir vingt-cinq ans mais il en paraissait dix-huit.

— Environ mille mots, ce qui fait près d'une pleine page. Je rédige mes papiers dans un style assez léger. L'actu, c'est l'ouverture de votre cabinet : « Une psy pour animaux s'installe à Primrose Hill. » Je parlerai aussi de *Folies animales*.

— Vous parlerez aussi de mes fêtes de chiots ?

Il éclata de rire.

— Certainement. Mais de quoi s'agit-il ? Je n'ai pas de chien.

— C'est une sorte d'école maternelle canine, expliquai-je. La socialisation est très importante pour les jeunes chiens, afin qu'ils n'aient pas de problèmes de comportement plus tard dans la vie.

— Cool, dit-il en décapuchonnant son stylo. Fêtes... de chiots, marmonna-t-il en gribouillant sur son calepin. C'est sur invitation seulement ? demanda-t-il sans sourire.

— En quelque sorte. Je veux dire que leurs parents doivent réserver.

— Alors c'est RSVP. Et faut-il apporter une bouteille ?

— Non, souris-je.

— *Dress-code ?*

— Décontracté. Mais le port du collier est recommandé.

— L'heure et le lieu ?

— Dix-neuf heures, tous les mercredis, ici même. Quinze livres par chien. Départ à vingt et une heures. Ça commence la semaine prochaine et j'ai encore quelques places libres.

Son crayon courait sur le papier, dans un mélange d'écriture cursive et de sténo.

— Quelques... places... libres. Très bien.

Puis il me posa plusieurs questions sur mon parcours. Je lui racontai brièvement que j'avais grandi à Brighton, étudié cinq ans à Bristol, et expliquai pourquoi j'avais renoncé à être vétérinaire.

— Ce n'était pas simplement un problème de stress, poursuivis-je. Être veto, ça veut dire qu'on répare simplement un peu de l'animal – on fait des ordonnances, des interventions chirurgicales, on réduit des fractures. Mais en tant que comportementaliste, on travaille avec l'animal dans son intégralité, ce que je considère comme plus intéressant, parce que cela signifie qu'il faut essayer de comprendre son fonctionnement mental.

— Vous êtes jungienne ou freudienne ? demanda-t-il en ricanant.

Je souris.

— Ni l'un, ni l'autre.

— Sérieusement, reprit-il, les animaux ont-ils vraiment besoin de psys ? Ne s'agit-il pas simplement d'une mode pour les propriétaires qui gâtent trop leurs bêtes ? Comme de faire faire une aromathérapie à son chat persan, par exemple, ou de construire une niche selon les préceptes du Feng Shui ?

— Le domaine du comportementalisme animal est relativement nouveau, répondis-je. Il ne s'agit pas d'un engouement passager, mais d'une discipline en plein développement. Nous savons désormais qu'en comprenant mieux la psychologie animale nous aurons des animaux plus équilibrés. Ils ne feront pas de « bêtises » parce qu'ils seront heureux... et ils seront heureux parce qu'ils seront compris.

Je lui racontai ensuite la façon dont j'avais adopté Herman.

— Vous savez qu'en Occident, la première cause de mortalité des jeunes chiens n'est pas l'accident ou la maladie, poursuivis-je. C'est l'euthanasie due à des problèmes de comportement. Je trouve cela extrêmement triste. Parce que de nombreux problèmes de comportement pourraient parfaitement être prévenus si seulement les gens comprenaient le fonctionnement mental de leurs animaux.

— Quels sont les problèmes les plus courants ?

— L'agression, l'angoisse d'abandon, les peurs et les phobies, les comportements obsessionnels, la demande d'attention...

— Et les problèmes des animaux ?

J'éclatai de rire.

— En fait, vous n'êtes pas loin de la plaque. Trop souvent, ce n'est pas le comportement de l'animal qui doit changer, c'est celui de l'être humain, bien que les gens n'apprécient pas, en général, de se l'entendre dire.

— Et vous avez toujours été folle des bêtes ? sourit-il.

Je haussai les épaules.

— Eh bien... oui. Je crois bien.

— Pourquoi ?

— Pourquoi ? Je ne sais pas vraiment. Enfin, beaucoup de gens adorent les animaux, n'est-ce pas ? Et s'intéressent à eux. Je fais tout simplement partie de ces gens.

Le téléphone portable de Tim se mit à sonner, et, tandis qu'il sortait pour prendre l'appel, je me rendis compte que je n'avais pas dit toute la vérité. Je crois que la vraie raison pour laquelle je me suis intéressée aux animaux, c'est parce qu'ils me faisaient oublier les querelles de mes parents. Ils se disputaient souvent, alors, pour me changer les idées, j'ai peu à peu créé ma propre petite ménagerie. J'avais une chatte de gouttière écaille de tortue appelée Misty, deux lapins, Ping et Pong, et Pandora, un cochon d'Inde. J'avais un hamster et deux gerboises qui n'arrêtaient pas de faire des petits que parfois, à ma grande horreur, elles dévoraient. J'avais aussi environ trente phasmes, que je nourrissais avec les feuilles du troène des voisins, et une quantité de bébés oiseaux que j'avais ramenés à la vie. J'ai déjà calculé qu'en comptant les humains il y avait 207 pattes dans la maison.

Maman et papa me pensaient obsédée. Pourtant, ils me laissaient faire. Parfois, chacun tentait de me recruter dans son camp. « Ta mère... », marmonnait mon père tristement en secouant la tête. « Ton père... », fulminait ma mère. Mais je ne voulais rien savoir. Le soir, je restais allongée dans mon lit, raide comme une planche, les yeux grands ouverts, à les écouter se chamailler en bas. C'était toujours à propos du même sujet – le golf – un sport que papa aimait d'une passion dévorante et que maman abhorrait. Qu'elle abhorre toujours, d'ailleurs. Papa s'y était mis peu de temps après leur mariage et, en trois ans, il était devenu exceptionnellement bon joueur. On l'avait même encouragé à passer professionnel, mais maman ne voulait rien savoir. Elle répliquait qu'il devrait s'en tenir à la comptabilité. Et, pour papa, il n'en était pas question. Finalement, ils se sont séparés. Un an après leur divorce, elle avait rencontré et épousé Hugh, un architecte paysagiste. Et, très rapidement, elle avait fait trois autres enfants.

Je crois que c'est pour cela que je suis devenue « compliquée ». J'étais très instable à l'époque. Si je ne fumais pas, ne prenais pas de drogue, comme certains de mes copains, ne portais pas de piercing aux sourcils, n'avais pas les cheveux teints en bleu, j'étais en revanche devenue obsédée par les mauvais traitements infligés aux animaux. Je suis devenue végétarienne, presque végétalienne – ce qui mettait maman hors d'elle – et militais dans toutes les organisations de protection des animaux possibles et imaginables. Je séchais les cours pour manifester contre l'exportation des bestiaux vivants, et participais aussi aux manifs antichasse. C'est comme ça que j'ai rencontré Jimmy. Je me trouvais près d'une grille, un samedi matin glacial de décembre, avec quelques autres manifestants, lorsque la chasse à courre passa. Je ne voulais pas jeter de projectile, parce que ce n'est pas gentil et qu'en plus on risque de blesser un cheval. Je me suis contentée de rester plantée, là, avec une pancarte qui proclamait : « Interdisez la chasse maintenant ! » Et, soudain, un beau garçon est apparu. Il ressemblait à l'ange Gabriel, avec ses épais cheveux blonds et sa barbe pâle. Et, très posément, il s'est mis à scander : « C'est une liberté sanglante, pas une liberté civique ! C'est une liberté sanglante, pas une liberté civique ! » Sa voix est devenue plus forte, puis il nous a fait signe de nous joindre à lui. Ce que nous fîmes.

— C'est une liberté sanglante ! Pas une liberté civique ! C'est une liberté *sanglante* ! Pas une liberté *civique* !

Il agitait les bras comme s'il dirigeait la Neuvième Symphonie de Beethoven.

— C'est une liberté sanglante ! Pas une liberté civique !

J'avais seize ans à l'époque, et Jimmy vingt et un. J'avais mis cinq minutes à tomber sous le charme...

Tim reparut, fermant son téléphone portable.

— Désolé. C'était mon rédac'chef. Où en étions-nous ? Ah oui...

Il scruta ses notes.

— Vous êtes célibataire ou mariée ?

— Je suis... célibataire.

Je priai pour qu'il ne parle pas d'Alexander, mais il n'avait aucune raison de savoir.

— Et quel âge avez-vous, si vous me permettez ?

— Cela ne me gêne pas du tout. J'ai trente-deux ans.

— Et enfin, question drôle que je pose toujours à mes interviewés : quel est votre secret le mieux caché ?

— Mon secret le mieux caché ?

— Oui. Ne vous affolez pas. Ce n'est pas sérieux.

Ah. Il m'avait ébranlée un instant.

— Eh bien...

Il serait horrifié s'il savait.

— J'ai... un petit faible pour Barry Manilow, parvins-je à balbutier.

— Barry... Manilow, marmonna-t-il. Formidable.

Puis il dit qu'il pensait avoir assez de matériel. Une petite photo, et il me laisserait.

— Quand va paraître l'article ? demandai-je tandis qu'il sortait un petit appareil photo de son sac à dos.

— Demain.

— C'est rapide.

— Nous avions une page à remplir à la dernière minute parce qu'on a retiré une pub, alors je dois rendre le papier d'ici deux heures. Comme tous nos photographes sont pris aujourd'hui, je vais faire une petite photo numérique. Si vous pouviez vous placer juste à côté de la porte, avec le chien dans les bras, de façon qu'on voie la plaque...

Nous sortîmes. Je pris Herman dans mes bras et souris à Tim en clignant légèrement les yeux.

Soudain, il abaissa l'appareil.

— Désolé, mais vous avez un petit bleu sous l'œil gauche.

— Ah bon ?

Je me raidis.

— Vous n'avez sans doute pas envie que ça se voie sur la photo.

— Euh, non. En effet. Mon anticernes a dû fondre, avec cette chaleur.

Je rentrai et m'examinai dans mon petit miroir de poche. Il avait raison. L'ecchymose était d'un jaune bilieux, avec un contour mauve pâle, comme si un feutre noir avait coulé sur mon visage. J'avais dû me frotter le dessous de l'œil sans y penser. Je remis un peu de Cover-Stick, puis je fixai avec de la poudre.

— Oui... C'est parfait. Vous avez eu un accident de voiture ?

Mon cœur virevolta dans ma poitrine.

— Non... c'était... un accident stupide. Je me suis... cognée contre un lampadaire... dans le noir. Ils ne regardent jamais où ils vont, pas vrai ?

Il rit.

— Très bien. Alors, on tient la pose. Dites « ouistiti » ! Voilà. C'était ma dernière interview pour le *Camden New Journal*, annonça-t-il en rangeant son appareil photo. Je change de pâturage.

— Vraiment ? Vous allez où ?

— L'*Independent on Sunday*.

— Vraiment ? C'est très bien. Dans quel service ?

— L'agenda. C'est un début. Mais ce que j'aimerais, en fait, c'est intégrer le service politique.

— Félicitations ! J'espère que tout se passera bien.

— En tout cas, j'ai été ravi de vous rencontrer. Voici... (Il me remit sa carte.) On ne sait jamais, nos chemins pourraient se croiser à nouveau. Contactez-moi... surtout si vous récoltez un bon potin.

— Merci, dis-je. Je n'y manquerai pas.

Deux heures après la parution de l'interview dans le journal j'avais toutes les raisons du monde d'être reconnaissante à Tim. Non seulement l'article était exact et plein d'esprit, mais j'avais déjà reçu six demandes d'informations à propos des fêtes de chiots et obtenu trois nouveaux rendez-vous – un chinchilla, une perruche, et le chat du Bengale de Joy l'ostéopathe, ce qui devrait m'occuper pour le reste de la semaine. J'appelai Daisy à deux reprises. En vain, elle était en rendez-vous. Vendredi soir, elle me téléphona.

— Désolée de ne pas t'avoir rappelée plus tôt, mais ç'a été la folie. Alors dis-moi, comment ça se passe ?

— En fait, je suis assez occupée... les affaires démarrent.

Je lui parlai de l'article dans le *Camden New Journal*.

— C'est très bien. Et comment as-tu trouvé Lily Jago ?

Je gloussai en y pensant.

— Comme tu le disais, une vraie tragédienne.

— Et Caroline Mulholland, elle t'a appelée ?

— Oui. Je suis allée chez elle. Elle est charmante.

— Elle est riche comme Crésus, à ce qu'il paraît... et elle est mariée à un député assez séduisant.

— Ou... ui, dis-je. C'est exact. Je l'ai croisé... rapidement. D'ailleurs, j'y retourne demain... pour être juge dans leur exposition canine.

— Vraiment ? Comment c'est arrivé ?

J'expliquai.

— Tu te dégoteras probablement de nouveaux

clients, dit-elle. Ça vaut la peine d'y aller rien que pour cela.

— C'est effectivement pour cette raison que j'y vais, mentis-je. En plus, c'est pour une bonne cause. Et toi, qu'est-ce que tu fais de beau ce week-end ?

— J'ai une journée de rêve demain. Je vais faire une traversée tyrolienne.

— Une quoi ?

— Une traversée tyrolienne. C'est une méthode qu'utilisent les alpinistes pour traverser des crevasses, mais notre petit groupe va le faire au-dessus d'une vieille carrière dans le Kent.

— À quelle hauteur ?

— Juste une trentaine de mètres.

— Tu es folle.

— Mais non.

— Tu l'es. Tu es folle, Daisy. Je te l'ai toujours dit.

— Mais apparemment, c'est vraiment marrant. En fait, on suspend des câbles au-dessus du gouffre avec une sorte de système de poulies, on s'élance dans le vide...

— On quoi ?

— ... le harnais amortit le choc et, au lieu de t'écraser au sol, tu te retrouves à rebondir sur le filin comme une marionnette au bout de ses fils. Ce sera génial.

— Rien que l'idée me donne la nausée.

— Il paraît que c'est beaucoup plus marrant que la descente en rappel parce que ça procure la délicieuse sensation de tomber dans le vide.

— Mmmouais.

— Ensuite, samedi soir, je sors avec Nigel, *mais...*

Elle fit une pause remplie de suspense.

— ... Il ne veut pas me dire où il m'emmène. Il dit que ce sera « une soirée très spéciale ». *Très spéciale !* répéta-t-elle gaiement. C'est ce qu'il a dit.

— Euh... tu crois que ça... signifie quelque chose ?

— Eh bien oui, je le crois. En tout cas, amuse-toi bien à la fête !

— Je ferai de mon mieux.

Le lendemain matin, j'étais dans un sale état. J'avais très mal dormi, à cause d'un rêve vraiment étrange. J'étais au théâtre – je ne savais pas lequel, mais il semblait assez grand – et le rideau venait de se lever. Je devais jouer le rôle de Dorothée dans *Le Magicien d'Oz*, avec Herman dans le rôle de Toto et Daisy dans celui de la bonne fée Glinda. Ma mère était la tante Em. Alexander s'y trouvait aussi. Il jouait le Lion.

« *Mais vous n'êtes qu'un lâche !*

— *Vous avez raison. Je suis un lâche. Je n'ai pas le moindre courage. Parfois, je me fais peur à moi-même.* »

Puis Nigel apparut. Il était l'Homme en Plomb.

« *Vous ne pensez pas que le magicien pourrait l'aider, lui aussi ?*

— *Pourquoi pas ? Venez avec nous. Nous allons rendre visite au magicien d'Oz pour lui trouver un cœur, et à lui un cerveau, et je suis certaine qu'il pourrait vous donner du courage.* »

Alors nous sommes allés rendre visite au magicien qui, à mon grand étonnement, était joué par mon père. Puis, subitement, je me suis rendu compte que ce n'était plus Alexander qui jouait le Lion, mais Jimmy... Je ne comprenais plus rien. Dans mon rêve, je me demandais où était passé Alexander, et si cela le dérangeait d'être remplacé par Jimmy... Parce que le rôle du Lion est un très bon rôle ; j'espérais que le public ne le remarquerait pas, et tout ça a commencé à me stresser... C'est alors que je me suis réveillée. La tête remplie de Jimmy. La seule idée de lui adresser la parole à la fête me rendait malade. Pour me changer les idées, je passai la matinée à répondre à mes courriels – je suis perpétuellement stupéfaite des questions que je reçois.

« *Je me demande si mon chat est obsessionnel-compulsif, parce qu'il passe son temps à faire sa toilette* », disait le premier. Non, c'est ce que font les chats dans la vie. « *Comment puis-je inciter ma tarentule à être plus amicale ?* » demandait un autre. Hélas, les tarentules sont comme ça, vous n'y pouvez rien. « *Mon perroquet gris n'arrête pas de me répéter d'aller me faire foutre. Vous croyez qu'il le pense ?* » Non.

Parfois, les gens aiment bien me raconter les trucs « drôles » que font leurs animaux. « *Mon âne brait à l'envers : il fait Han-hi.* » « *Mon cheval sait compter jusqu'à dix.* » « *Mon chat siamois sait jouer du piano : il court sur le clavier dans tous les sens.* » « *Mon mainate sait chanter* Heartbreak Hotel. » Soudain, un autre message tomba. De mon père. Il me parlait, comme toujours, de la météo à Palm Springs (fabuleuse), des stars qu'il avait vues jouer au golf (plein), des potins d'Hollywood qu'il avait entendus (scandaleux). Il espérait que mes affaires démarraient bien. Puis, je parvins à la dernière phrase et m'étranglai. « *Je veux aussi te dire qu'il y a quelques jours, j'ai pris une décision qui va sans doute t'étonner : je reviens en Angleterre. On m'a offert un poste très intéressant dans East Sussex.* » East Sussex !! « *Je vais diriger un nouveau club de golf qui, hasard ou destin, se situe très près d'Alfriston.* » Alfriston ? Maman allait être folle de rage. « *Alors je te serais reconnaissant d'annoncer la tragique nouvelle à ta mère avec le plus de tact possible, Miranda.* » Je lui répondis aussitôt : « *Je vais essayer !* »

À treize heures trente, je passai sa laisse à Herman, toujours sonnée par ce que m'annonçait mon père, et nous nous mîmes en route pour Little Gateley. Le trajet fut plus aisé cette fois car je connaissais le chemin, et j'arrivai peu après quatorze heures, l'estomac noué. Les grilles étaient festonnées de ballons, comme des bouquets aériens, et une affiche annonçait : « Fête d'été ! » Pas la moindre trace de la Jaguar de Jimmy – il redoutait sans doute de me croiser. Tout en me garant sous un arbre, je remarquai une activité frénétique dans le jardin, où l'on avait dressé plusieurs tables à tréteaux. Je traversai la pelouse sous le soleil, avec Herman sur les talons, en direction des kiosques de livres, de gâteaux maison et de bric-à-brac. Certains vendaient de l'artisanat local et des jouets ; un auvent rayé annonçait des rafraîchissements et, non loin, une fanfare répétait. Il y avait des stands de maquillage pour les enfants, d'autres réservés aux jeux de quilles ou encore destinés à la tombola, et on était en train d'organiser une course de vélos. Des banderoles de pavois étaient tendues entre les arbres – tout était gai et festif. Soudain, j'aperçus Caroline qui sortait de la maison, suivie de Trigger et des deux westies.

— Bonjour, Miranda, ravie de vous voir, sourit-elle. Quel adorable teckel, ajouta-t-elle d'un ton admiratif. Non, Trigger ! Ne lui fais pas ça, espèce de grossier personnage.

Elle leva les yeux au ciel.

— Je vais devoir attacher cette brute aujourd'hui.

— Ça s'améliore ? m'enquis-je tandis que Trigger bondissait dans les plates-bandes, claquant des mâchoires pour attraper les abeilles.

— On y travaille. Mais je ne veux pas tenter le sort ! Cela dit, j'espère que les gens viendront nombreux. James aura un peu de retard, ajouta-t-elle. Il revient de Billington après sa permanence... c'est un homme politique.

— Vraiment ?

— Il devrait arriver d'ici vingt minutes environ

– j'espère qu'il sera à l'heure. En tout cas, voici où se tiendra l'exposition canine, dit-elle en indiquant une arène de fortune installée près des courts de tennis. Ça commencera vers trois heures. Allez prendre un thé, proposa-t-elle aimablement, pendant que je monte la garde à l'entrée. Au moins, il fait beau, dit-elle en regardant le ciel. C'est divin, non ? ajouta-t-elle gaiement en s'éloignant.

— Mmoui. En effet.

À présent, les gens commençaient à arriver, la plupart avec chiens et enfants. La fanfare jouait *Daisy, Daisy*, et j'étais en train de regarder les livres de poche lorsque la voix de Jimmy se fit entendre.

— Bienvenue à tous à la fête de Little Gateley !

Je me retournai et l'aperçus, debout sur une balle de paille, en pantalon kaki et polo bleu, mégaphone à la main.

— Mon épouse Caroline et moi-même espérons qu'aujourd'hui vous vous amuserez. C'est pour une très bonne cause : le Dispensaire populaire pour animaux malades. Alors je vous en prie, dépensez autant que vous le pouvez !

La foule semblait adéquatement admirative. Jimmy est l'image même de la bienveillance, songeai-je. Je l'avais déjà vu avec un mégaphone, évidemment. Il avait l'air bien différent à l'époque, quand il criait, le visage tordu de rage, « Honte à vous ! » à une jeune fille ébahie montant un poney noir. Maintenant, il circulait affablement dans la foule, accueillant tout le monde, donnant de petites tapes amicales aux enfants et serrant les mains à la ronde. Il prit part à la course de vélos et se soumit avec obligeance aux tirs d'éponges mouillées.

— Allez, mesdames et messieurs ! cria-t-il. Vous

n'aurez pas souvent la chance de faire ça à un politicien !

Il était dans son élément : le bienveillant gentleman-farmer recevant les gens du pays. Pas une seule fois, il ne se tourna vers moi. Je saisissais le sens de son manège, évidemment. Il me faisait savoir que, quoi qu'il nous fût arrivé par le passé, ma présence ne l'affectait aucunement. Je décidai de ne pas l'aborder tout de suite. J'attendrais. Tandis que la fanfare jouait les premières mesures de *Scarborough Fair*, j'entendis le carillon de l'église sonner trois heures et quart.

— Et maintenant, annonça Caroline au mégaphone, voici le grand événement de l'après-midi, le concours canin, qui aura lieu dans la petite arène au bout de la pelouse. J'ai le plaisir de vous annoncer que nous avons le privilège d'accueillir Miranda Sweet, la psychologue de *Folies animales*, qui présidera le concours. Pour ceux qui sont intéressés, la catégorie de « La queue la plus remuante » concourra dans cinq minutes.

— Merci pour la sympathique présentation, dis-je tandis que nous nous dirigions vers l'arène.

— Non, merci à vous. Bon, on va chacune prendre un micro sans fil pour que tout le monde puisse nous entendre.

Environ dix chiens concouraient dans cette catégorie. Chaque propriétaire brandissait un carton numéroté. Le public s'installa sur des chaises pliantes ou sur des bottes de paille et les candidats firent un premier tour au son de la fanfare. Caroline tapota sur nos micros et prit la parole :

— C'est la qualité qui compte avant tout, vous ne trouvez pas, Miranda ? dit-elle d'un ton faussement docte, tandis qu'un papillon voletait devant elle.

— Oui, répondis-je. En effet. Ce setter anglais a un joli mouvement de balayage, par exemple : on pourrait polir un parquet avec. Et le retriever remue sa queue bien vigoureusement, lui aussi.

— C'est vrai... je sens la brise d'ici !

— Curieusement, deux de nos concurrents n'ont pas de queue – le boxer et le corgi – mais ils remuent tous les deux très bien leur arrière-train ; je crois qu'il serait injuste d'exercer une quelconque discrimination contre ces races à la queue coupée.

— Tout à fait d'accord. Vous ne trouvez pas que le saint-bernard remue la queue de façon lente et majestueuse ? ajouta Caroline. En revanche, je dois reconnaître que le carlin ne s'agite pas beaucoup.

— N'oubliez pas que leurs queues ne remuent pas très facilement, à cause de la façon dont elles forment une boucle sur leur dos. Mais il fait certainement de son mieux.

— C'est vrai. Le terrier du Norfolk fait preuve d'un véritable enthousiasme, et ce colley agite la queue avec de petits soubresauts. Il est peut-être un peu nerveux, suggéra-t-elle en souriant.

Je vis le propriétaire éclater de rire.

— D'accord, tout le monde, annonçai-je. Pouvez-vous refaire un tour de piste une dernière fois ?

— Vous avez fait votre choix ? demanda Caroline une minute plus tard.

Je pris des notes dans mon calepin, puis élevai le micro.

— C'est fait. Dans l'ordre inverse, les gagnants de cette catégorie sont : en troisième place, le numéro cinq, le boxer ; en deuxième place, le setter anglais, qui porte le numéro six. Et en première place, le numéro neuf, le terrier du Norfolk, dont on peut vraiment dire que c'est la queue qui remue le chien !

Tout le monde applaudit quand je remis aux vainqueurs leurs rosettes respectives. Du coin de l'œil, j'aperçus Jimmy, les bras croisés, qui m'observait.

— Maintenant, pour la catégorie suivante, annonça Caroline. C'est toujours l'une des plus populaires : le chien qui ressemble le plus à son propriétaire. Les concurrents de cette catégorie peuvent-ils prendre place sur la piste ?

Certains ressemblaient à leurs partenaires canins à un point époustouflant. Il y avait un homme à bajoues avec un limier, une grande femme d'allure aristocratique avec un lévrier barzoï, et un caniche accompagné d'une vieille dame aux cheveux blancs, à la permanente serrée. D'autres avaient eu recours à l'artifice – comme le jeune garçon qui s'était peint le visage en blanc avec une tache noire sur l'œil pour ressembler à son jack russell, et la petite fille avec son yorkshire, coiffés de façon identique. Certains avaient fait preuve d'un réel sens de l'humour en s'inscrivant : ainsi, l'homme chauve avec le lévrier afghan, la femme obèse avec son whippet, un petit homme malingre avec un bouledogue massif et une femme de ma taille avec un grand danois. Tandis qu'ils paradaient autour de la piste, je songeai que, si le concours portait sur la ressemblance de tempéraments entre les hommes et les chiens, Jimmy et Trigger le remportaient haut la main. Maintenant, Jimmy se tenait de l'autre côté de la piste. Je sentais qu'il m'épiait. Soudain, je croisai son regard. Il se détourna et se mit aussitôt à bavarder avec l'homme qui se tenait à sa gauche. Il était décidé à se comporter comme si je n'existais pas. Je n'avais pas l'intention de le laisser faire. J'annonçai les gagnants – le premier prix fut décerné à la femme aristocratique au lévrier barzoï – puis nous passâmes à la catégorie des costumes.

— C'est aussi un concours très apprécié, dit Caroline, alors nous aurons le choix. Les concurrents peuvent-ils faire un tour de piste avec leurs chiens ?

Il y avait un bichon frisé déguisé en vendeur d'oignons français et le boxer que je venais de voir, avec un short boxer aux couleurs de la bannière américaine. Et puis un rottweiler habillé en ange, avec un halo doré ; un berger hongrois avec un bonnet de rasta ; deux pékinois en tutus, un corgi avec un foulard style reine mère, et un terrier avec un boa en plumes roses qui le faisait éternuer. Il y avait un chien-loup déguisé en Petit Chaperon rouge et un terre-neuve arborant des ailes de fée. Enfin, il y avait un teckel habillé en papillote de Noël, dont seul le museau émergeait du papier doré. Je jetai un coup d'œil vers l'endroit où Jimmy se tenait, mais il avait disparu.

— Êtes-vous prête à désigner les vainqueurs ? me demanda Caroline.

— Oui. *Ex æquo* pour la troisième place, le corgi d'allure royale et le teckel de Noël. La deuxième place revient au numéro huit, le bichon frisé au chic si français. Mais le premier prix de la catégorie du meilleur costume revient au rottweiler angélique !

Tout le monde applaudit. C'était un choix populaire, apparemment.

— Et enfin, dit Caroline, nous arrivons au concours « Star Ouaf », la compétition de karaoké canin, dont le résultat sera décidé par vous tous, dans un vote à main levée. Merci à Miranda Sweet d'avoir été un si bon juge.

Ayant fait mon devoir, je pus tirer ma révérence. C'était l'occasion de retrouver Jimmy, pendant que le concours canin battait toujours son plein.

— Bon, nous avons une sélection de chansons pour nos trois concurrents talentueux, poursuivait Caroline. Desmond le dalmatien peut-il s'approcher ?

Desmond et son propriétaire montèrent sur le podium et Caroline leur passa le micro. Puis elle actionna la sono.

— *Black and white...*

Le chien rejeta la tête en arrière.

— Ouh-wouh-wouh...

— Pas mal, dit quelqu'un pendant que je fendais la foule.

— Oui, il a une jolie voix.

— Une diction claire.

— Oui, on entend pratiquement les paroles.

La chanson continua pendant environ une minute, puis Caroline baissa le son. Desmond descendit sous une volée d'applaudissements et le teckel de Noël monta.

— Maintenant, dit Caroline tandis que je scrutais la foule, voici Pretzel, qui, vous vous en souvenez peut-être, a remporté le concours l'an dernier. Cette année, Pretzel a choisi un morceau très difficile du répertoire classique, l'air de la reine de la Nuit dans *La Flûte enchantée* !

— Quel choix courageux, dit quelqu'un. Très difficile.

— Moui, acquiesça son voisin. Espérons qu'elle a la bonne tessiture.

— Et le souffle, évidemment !

— Mon Dieu, tu as raison !

L'orchestre éclata en crescendo, et le chien commença ses vocalises.

— Yap yap yap yap yap yap yap yap *yaaap* !

— Pas mal, dit un connaisseur impressionné.

— Elle est assez bien dans les aigus.

— Mais enfin, vous admettrez que ce n'est pas vraiment une coloratura.

— Je ne suis pas d'accord.

— Yap yap yap yap yap yap yap yap *yaaap* !

— Elle a un peu la voix de Maria Callas.

— Plutôt de Leslie Garrett.

— Yap yap yap yap yap yap yap yap *yaaap* !

Le numéro de Pretzel fut applaudi avec enthousiasme, puis le dernier concurrent, un chien de berger, se mit à chantonner sur *Danny Boy*.

— Ow wow wow woooow...

— Mon Dieu, c'est magnifique.

— Ow wow wow wow wow wow wow woooooooowwww...

— Ça vous met les larmes aux yeux, non ?

— Vous avez un mouchoir ?

— Wow wow ow WOOOOOOOOOOOOOOOOOO-WWWWWWWW...

— Beau rubato.

— Avec une telle voix, il pourrait décrocher un contrat avec une maison de disques.

Il y eut une minute de silence, suivi d'un tonnerre d'applaudissements.

— Maintenant, dit Caroline, nous allons voter.

Jimmy s'était évaporé. Je jetai un coup d'œil à ma montre – il était cinq heures moins le quart et la fête serait bientôt terminée. Mon cœur accéléra. Où était-il ?

— Qui vote pour Desmond le dalmatien ? demandait Caroline.

Il y eut quelques minutes de silence tandis qu'elle comptait.

— Et maintenant, que ceux qui votent pour Pretzel et son interprétation magistrale de Mozart ?... un, deux... cinq... huit... très bien.

Je scrutai le jardin.

— Et enfin, vos votes pour Shep le chien de berger et *Danny Boy*... Oh, mais c'est un résultat bien tranché ! Je suis donc ravie d'annoncer que le gagnant de « Star

Ouaf » cette année est Shep le chien de berger. Voulez-vous l'entendre à nouveau ?

— OUIIIIII !!!!

Tandis que Shep faisait son rappel, je repérai Jimmy, en train de bavarder gentiment avec la femme qui s'occupait de la tombola.

— Merci infiniment, l'entendis-je dire en m'approchant. Nous vous sommes très reconnaissants.

Je restai un moment immobile, tout en sachant qu'il avait dû me repérer du coin de l'œil, mais il garda délibérément le dos tourné. Puis il passa à un groupe de gens près de la tente aux rafraîchissements. Difficile pour moi de faire irruption.

— Oui, l'entendais-je dire. Ç'a été un après-midi merveilleux, n'est-ce pas ? Non, nous sommes enchantés de vous recevoir.

Je fis mine d'être fascinée par le stand de bric-à-brac.

— La météo nous a souri, oui. Et quel âge ont vos ravissants enfants ? Quatre ans et deux ans ? Ce sont des âges merveilleux, non ? Comme ils sont adorables.

Maintenant, il se dirigeait d'un pas assuré vers la maison, en s'arrêtant tous les quelques mètres pour parler à quelqu'un. Je le poursuivis discrètement, cœur battant. J'avais l'intention de l'affronter, d'accord, mais pour dire quoi ? Quelles paroles pourraient évoquer ce que j'éprouvais à propos de l'acte horrible qu'il avait commis ? Tandis qu'il se rapprochait des portes vitrées, je le suivis à six mètres de distance. J'avais la désagréable impression de ressembler à un obsédé traquant une célébrité. Le sang bourdonnait dans mes oreilles. J'étais sur le point de lui parler. Pour la première fois depuis seize ans, j'allais prononcer son nom.

— Mademoiselle Sweet ? Pardon ? Mademoiselle Sweet ?

Je me retournai. Un vieillard avec un jack russell se tenait derrière moi en souriant. Je jetai un coup d'œil vers la maison. Jimmy avait disparu.

— Je voulais simplement vous dire à quel point j'apprécie votre émission de télé.

— Ah. Merci beaucoup.

— Je la regarde tout le temps... j'ai hâte de découvrir la nouvelle saison.

— J'en suis ravie.

Je souris, m'apprêtant à partir.

— En fait, je voulais vous demander un conseil.

Mon cœur se serra.

— C'est à propos de Skip.

— Euh, oui. Bien sûr. En quoi puis-je vous être utile ?

— Il n'arrête pas de faire des trous dans le jardin. Cela nous rend fous, ma femme et moi.

— Je vais vous dire, fis-je en fouillant dans mon sac à main pour en retirer l'une des mes cartes professionnelles. Pourquoi ne m'envoyez-vous pas un courrier ? Je vous répondrai.

— Mais je peux vous expliquer tout ça très rapidement, et je voulais vous parler avant que vous ne repartiez. Vous voyez, nous avons Skip depuis six mois, il vient de Battersea, et nous avons eu le coup de foudre pour lui dès l'instant où nous l'avons vu...

Je restai figée, une expression poliment intéressée collée à la Superglu sur mon visage tandis que l'homme s'épanchait dans les moindres et assommants détails sur les excavations de Skip dans le potager, la roseraie et la pelouse.

— Nous l'adorons, mais, aaah ! Il nous fait de tels dégâts !

— Vous avez besoin d'une fosse à creuser, fis-je, un peu énervée. Les terriers ont besoin de creuser. C'est pour ça qu'ils sont élevés, et il n'arrêtera jamais. Mais vous pouvez vous assurer qu'il cède à ses instincts naturels sans démolir votre jardin. Je vous suggère d'aménager un trou, comme un carré de sable, et de le remplir de copeaux de bois. Laissez-le creuser tout son soûl là-dedans. Vous pouvez y cacher quelques-uns de ses jouets favoris pour l'encourager à l'utiliser, ajoutai-je.

— Merci beaucoup, vraiment. C'est un excellent conseil. Un carré de sable, répéta-t-il en secouant la tête. Je n'y aurais jamais songé.

— Oui, répétai-je. Un carré de sable.

Je jetai un coup d'œil à ma gauche. Tout le monde quittait la piste ; la fête était presque terminée. Les gens rassemblaient leurs affaires. Il allait falloir faire vite.

— Bon. Eh bien, merci encore, répéta l'homme.

— Je vous en prie, dis-je.

J'étais sur le point de m'éloigner lorsque je vis Caroline s'avancer vers moi avec Trigger, souriante, agitant la main. Merde. Maintenant, c'était trop tard.

— C'était génial, dit-elle. Je crois que nous avons amassé plus de quatre mille livres. Merci d'avoir aussi bien tenu votre rôle. Voici un petit témoignage de notre reconnaissance.

Elle me remit une bouteille de champagne.

— C'est du bon, vous savez. Millésimé, 1987. Il paraît que c'est une excellente année.

— Vraiment ? fis-je d'une voix faible.

Pas pour moi.

— James soigne très bien sa cave.

— Je vois. En tout cas merci, dis-je.

Je n'avais aucune intention de la boire.

— Et j'espère que ceci vous attirera de nouveaux clients.

— Qui sait ? J'ai été ravie de vous donner un coup de main. C'est la fin, non ?

— En effet.

Les gens traversaient la pelouse vers les grilles.

— Nous nous reverrons peut-être un de ces jours, ajouta-t-elle aimablement. Je vous ferai savoir comment progresse l'éducation de ce jeune homme, sourit-elle en indiquant Trigger.

Elle était si naturelle et si gentille. Cela rendait la situation encore plus désagréable.

— Oui. Donnez-moi des nouvelles. Ça me ferait très plaisir.

Je me dirigeai vers ma voiture, démoralisée. J'avais échoué dans la mission que je m'étais fixée. Et je savais que je n'aurais plus jamais l'occasion d'affronter Jimmy, calmement et discrètement, comme j'aurais pu le faire aujourd'hui. Si je lui écrivais à la Chambre des députés, il prétendrait qu'il était trop pris pour me recevoir, ou bien il ne répondrait pas, tout simplement. Je savais comment son esprit fonctionnait.

— D'accord, Herman, soupirai-je. On y va.

J'ouvris la portière et fus frappée par un souffle d'air brûlant. Malgré l'ombre du grand marronnier, l'habitacle était un four. Il faudrait attendre. En ouvrant la portière côté passager je jetai un coup d'œil à la maison et tout d'un coup, j'aperçus Jimmy encadré par une fenêtre au premier étage. Déconcertée, je posai Herman sur la banquette arrière et m'installai derrière le volant. La voiture était toujours chaude, mais je voulais partir au plus vite. J'avais descendu toutes les vitres et j'étais en train de boucler ma ceinture de sécurité, lorsque je perçus une ombre sur le tableau de bord.

— Bonjour, Miranda.

Je levai la tête. C'était Jimmy.

— J'ai cru que tu ne voulais pas me voir, dit-il.

Il faisait du mieux qu'il pouvait pour paraître calme,

mais il haletait. Il avait dû descendre l'escalier au pas de course.

— Toi, tu pensais que je ne voulais pas te voir ? dis-je avec une sérénité qui m'étonna. J'avais l'impression que c'était le contraire.

— Pas du tout, répliqua-t-il. Mais j'ai été très occupé, avec tous ces gens à recevoir et... enfin, je voulais simplement te remercier de nous avoir donné un coup de main.

— Très bien, répondis-je froidement. Ce n'est rien.

Je scrutai ses yeux gris pour tenter d'y décrypter quelque chose.

— Bien entendu, c'est pour une excellente cause. Je me rappelle à quel point les droits des animaux t'ont toujours tenu à cœur, ajoutai-je, le cœur battant la chamade.

— Hum. C'est vrai.

Il s'appuya contre la voiture voisine et croisa les bras.

— Et toi, Miranda, tu étais tout aussi enthousiaste. Pratiquement fanatique, en fait.

— Ah, je n'irais pas jusque-là.

Je commençais à comprendre où il voulait en venir. Il essayait d'évaluer mon attitude.

— Tu repenses parfois à cette époque ? demanda-t-il d'un air dégagé.

Il se détourna un instant, puis fixa à nouveau son regard sur moi. Voilà ce qu'il voulait savoir.

— Si je repense à cette époque ? répétai-je lentement.

Il espérait que je répondrais : « Non, jamais. J'ai tout oublié. »

— Oui, dis-je. En fait, j'y pense. J'y repense beaucoup ces derniers temps, comme par hasard.

— Vraiment ? Mais cela fait si longtemps.

— C'est vrai. Pourtant, on dirait que c'était hier, d'une certaine manière. Pas pour toi ?

— Non.

Il avait répondu fermement, mais je devinai un éclair d'angoisse dans son regard.

— Tu n'as pas changé, Miranda, dit-il pour orienter la conversation vers un terrain moins périlleux.

— Toi, tu es très différent... j'ai eu du mal à te reconnaître.

— Enfin...

Il toucha son crâne et sourit.

— Je n'ai plus autant de cheveux, c'est sûr. Je voulais simplement te saluer et te remercier. Alors au revoir, Miranda. J'ai été ravi de cette rencontre.

Il fit mine de se diriger vers la maison.

— Puis-je te poser une question, Jimmy ? lançai-je.

Il se raidit légèrement.

— Je m'appelle James, corrigea-t-il.

— Ah bon ? Alors James. James, repris-je, je voudrais savoir si...

Ma bouche était sèche comme de la poussière.

— Tu ne regrettes jamais ce que tu as fait ?

Il me regarda fixement, puis cligna des yeux à quelques reprises.

— Ta conscience ne te tourmente jamais ?

— Je ne vois pas de quoi tu parles.

— Si, tu le sais très bien. Ne fais pas semblant. C'est inutile. En tout cas, avec moi.

— Ah. Eh bien...

Il enfonça les mains dans ses poches et poussa un soupir de lassitude.

— Comme je le disais, il y a bien des années de cela. Je crois qu'il vaut mieux... oublier.

— Je ne suis pas d'accord.

Nous nous dévisageâmes pendant un instant.

— Tu n'en as... jamais parlé ? dit-il d'une voix mate. À... qui que ce soit ?

— Si j'en ai jamais parlé à qui que ce soit ? répétai-je.

Je décidai de le faire languir. Il passa la main droite dans ses cheveux et je remarquai une tache sombre sous son bras.

— Non, dis-je finalement. Je n'en ai pas parlé à âme qui vive.

Je pouvais presque sentir son soulagement.

— Je le pensais bien, reprit-il doucement. C'était évidemment la meilleure solution. Si j'étais toi, j'oublierais tout ça, Miranda. Vraiment.

— J'ai toujours trouvé cela difficile.

— Eh bien, j'oublierais, insista-t-il, tranquillement menaçant. Sinon... tu pourrais t'attirer pas mal d'ennuis. Pas vrai ?

Mes tripes se tordirent.

— C'est une menace ?

— Une menace ?

Il sembla scandalisé à cette idée.

— Bien sûr que non. Simplement...

Il haussa les épaules.

— ... un conseil d'ami. Tu as une belle carrière à la télé après tout, et je suis un homme très sollicité ; et tu sais, ce qui s'est passé quand...

— Non. Pas « ce qui s'est passé », le coupai-je, furieuse. Ce que tu as fait. Aux White.

Il détourna le regard.

— Enfin, c'était le résultat de...

Ses yeux se plissèrent tandis qu'il recherchait le terme approprié.

— ... d'une erreur de jeunesse.

— Tu appelles ça une erreur de jeunesse ?

Il recroisa les bras et fixa le sol.

— Eh bien... nous nous sommes peut-être... mal conduits.

Mal conduits ?

— Mais nous étions emportés par nos convictions, n'est-ce pas ? reprit-il d'une voix égale. Et nous étions si jeunes.

— Moi je l'étais, en tout cas. Je n'avais que seize ans. Mais c'est intéressant, de découvrir que pour toi il s'agit simplement de « mauvaise conduite ».

J'eus un rire sans joie.

— C'est vraiment comme ça que tu vois les choses ?

Il y eut un silence.

— Nous commettons tous des erreurs, Miranda.

Je secouai la tête.

— C'était bien pire que ça.

Son visage s'assombrit brusquement, et les commissures de sa bouche s'abaissèrent.

— De toute façon, ce vieux schnoque n'a eu que ce qu'il méritait, marmonna-t-il.

— *Pourquoi ?*

Il ne répondit rien. Je le fixai sans comprendre.

— *Pourquoi ?* répétai-je. Qu'avait-il fait ? Je n'ai jamais compris.

— Ah... pas mal de choses. Pas mal de choses, répéta-t-il, en s'empourprant soudain.

Puis il sembla reprendre ses esprits.

— Quelle coïncidence, reprit-il calmement, que tu aies fait la connaissance de ma femme.

— Oui, en effet. Mais je n'ai pas tout de suite fait le rapport, puisque tu t'appelais « Smith » à l'époque.

— Mulholland est le nom de jeune fille de ma mère, expliqua-t-il. J'en ai changé quand je suis devenu journaliste pour que ce soit un peu plus... distingué. Ce n'est pas un crime, je crois ?

— Non. Ça, ce n'est pas un crime, acquiesçai-je. Tu as dû avoir un choc en me revoyant.

Il m'adressa un petit sourire crispé.

— C'est vrai. Mais le monde est petit, et j'ai souvent songé que tu pouvais resurgir un jour. En tout cas, conclut-il en jetant un coup d'œil vers la maison, je ne veux pas te retenir. Et Caroline doit se demander où je suis passé.

Il tapota le capot pour mettre fin à la conversation.

— J'ai été ravi de te revoir, Miranda. Au revoir.

— Au revoir, Jimmy, dis-je en faisant démarrer le moteur.

Son sourire s'effaça.

— James, dit-il fermement. C'est *James*.

4

— Voilà, j'ai ma réponse, dis-je à Herman tout en roulant vers Londres, vitres grandes ouvertes. Pas le moindre soupçon de remords. Il a juste peur que j'en parle à quelqu'un. Il doit avoir peur depuis tout ce temps. C'est pour cela qu'il s'est résolu à me parler. Ça a dû le tourmenter, malgré son calme extérieur, puis à la dernière minute il a décidé de se lancer. Il m'a vue partir, il a hésité, puis il a choisi de courir le risque.

Car Jimmy avait évidemment beaucoup à perdre. Et il savait que, même aujourd'hui, seize ans plus tard, je pouvais tout déballer, me rendre à Scotland Yard pour faire une déposition : il serait bouté hors de Westminster avant d'avoir pu dire « Big Ben ». Mais à quoi bon ? me demandai-je en traversant St. Albans. Dans l'intérêt de la justice, évidemment. À qui cela profiterait ? Je songeai à la femme de Jimmy. Elle paraissait être quelqu'un d'authentique, généreux, gentil, et je n'avais aucune envie de gâcher sa vie. Manifestement elle n'était pas au courant de ce qu'avait fait son mari – s'il le lui avait dit, elle aurait été horrifiée. Elle ne l'aurait peut-être pas épousé. En tout cas, moi je ne l'aurais pas fait.

Tout en arrivant devant Potter's Bar, je me demandai ce que Caroline savait du passé de Jimmy. Il lui avait sans doute raconté qu'il avait été un peu militant. Ce qui n'était pas grave. Le fait d'avoir participé à des manifs dans sa jeunesse, et même d'avoir pris part à une émeute de temps en temps, n'empêche en rien d'occuper un poste dans le gouvernement. D'ailleurs tant qu'on n'a pas commis d'acte criminel rien n'est impossible. Mais Jimmy en avait commis un. Je me demandai, comme souvent, ce qui se produirait si je parlais. C'est évidemment là-dessus que comptait Jimmy. Sur la crainte de briser ma carrière. Cela serait pire qu'à l'époque – à cause de ce que Jimmy était devenu. Cela s'étalerait dans tous les journaux – je frissonnais en imaginant les gros titres... Et pour moi, ce serait la fin. Même si j'évitais le procès, je serais marquée à jamais. Les producteurs télé me laisseraient tomber aussitôt. Qui voudrait me regarder sur *Folies animales*, en sachant que j'avais pu commettre un tel acte ? Bomber des graffitis sur la vitrine d'un fourreur était une chose, mais là... Je frissonnai à nouveau en me souvenant... Une seule personne bénéficierait de cette révélation. Je ne connaissais que son nom. David White.

Cette nuit-là, je dormis à peine. Il faisait si chaud que j'avais laissé la lucarne grande ouverte au-dessus de mon lit. J'entendais les gibbons crier dans le zoo, et le rugissement d'un lion – peut-être était-ce la raison pour laquelle j'avais rêvé du *Magicien d'Oz* la nuit précédente. J'entendais aussi des bruits moins romantiques comme des alarmes de voiture et le vrombissement sourd de la circulation sur Marylebone Road. L'esprit en émoi, j'alternais entre l'assoupissement et les réveils en sursaut. J'avais tenté d'enfouir cette atrocité dans mon subconscient pendant toutes ces années : à présent, je voulais m'en libérer. Mais auprès de qui ? Sûrement pas mes parents. Il était hors de question qu'ils l'apprennent.

Je me demandais – comme si souvent – si je pouvais me confier à Daisy. Cependant, je craignais de compromettre notre amitié. Tandis que mon horloge marquait trois heures et demie, je songeai à écrire à un courrier du cœur. Peut-être à cette gentille dame, Beverly McDonald, du *Daily Post*, qui répondait avec son chien, Trevor ? Je l'avais vue à la télé une ou deux fois. Elle semblait si raisonnable et si pleine de compassion. Pourrait-elle me conseiller ? Alors que les premiers oiseaux commençaient à s'éveiller en sifflant, je composai dans mon esprit une lettre à son intention.

Chère Beverley, j'espère que vous pouvez m'aider, parce que j'ai un problème atroce. Il y a seize ans, j'ai été impliquée, sans le vouloir, dans un acte épouvantable – un acte qui a causé un tort physique terrible à quelqu'un de totalement innocent, mais vous voyez...

Je soupirai en me retournant. Rien à faire. Même si j'utilisais un pseudonyme, elle pourrait découvrir d'une façon quelconque mon identité et se sentir tenue de parler à la police. Je vis mon existence, déjà bouleversée par ma rupture avec Alexander, sur le point d'être complètement détruite. Et si j'en parlais à un thérapeute ? Et s'il en parlait lui aussi ? Je m'assis dans mon lit, tandis qu'Herman ronflait à mon côté, soupirant par intermittence – il parvient même à avoir l'air stressé dans son sommeil. Alors que des lambeaux de nuages roses commençaient à strier le bleu marine de la nuit, j'eus une nouvelle, et meilleure, idée. Il y avait des thérapeutes et des psychiatres on line – des « cyberpsys ». Je rejetai le drap et descendis.

J'allumai mon ordinateur, tapai « thérapie en ligne » sur Google et obtins environ deux cents entrées. L'une, en Californie, promettait une « cure » pour n'importe quel problème psychologique « dans les dix minutes ». Sceptique, je cliquai l'entrée suivante, qui proclamait que sa « psychotechnologie poussée » lui permettait de résoudre « n'importe quel problème personnel ». Ils étaient classés par ordre alphabétique, comme une sorte de liste d'épicerie tragi-comique, d'alcoolisme à transsexualité en passant par infidélité, ronflement et stress. Sur laquelle cliquerais-je ? C'était facile. « Culpabilité. » Elle squattait ma vie comme un poids mort. Il y avait d'autres sites avec des images de soleil levant, d'arcs-en-ciel et de nuages en train de se dissiper. Ils paraissaient tous intéressants – mais comment choisir ? Puis je tombai sur un Website australien, « Noworries.com », pour « les gens qui souhaitent parler de leurs problèmes anonymement, en toute discrétion, de chez eux ». Tout en surfant sur le site, j'entendais une musique classique relaxante, avec des images de bougies et des messages dans des bouteilles flottantes. Attirée par sa simplicité, je m'inscrivis.

Je pouvais être conseillée par e-mail, par téléphone ou en face à face. J'optai pour une session par e-mail de cinquante minutes – le temps habituel d'une séance chez un psy. Pour quand ? Je pouvais réserver n'importe quelle plage horaire. Je cliquai donc sur la fenêtre « maintenant ». J'utilisai mon adresse Hotmail, plus anonyme, puis je me mis à entrer mon numéro de carte de crédit. Un instant... J'étais complètement à côté de la plaque. Ma carte de crédit portait mon nom. Trop dangereux. Le cœur lourd, j'appuyai sur « quitter ». Je retournai au lit et restai allongée à fixer la lucarne, en tâchant de trouver un moyen de me libérer. J'étais en train de songer à aller dans l'église catholique la plus proche pour trouver un prêtre à qui me confesser, quand le téléphone sonna.

— Allô ?

— Désolée de t'appeler si tôt, dit Daisy.

Elle avait une voix sinistre.

— Ce n'est pas grave. J'allais me lever. Qu'est-ce qui se passe ?

— Ah... rien, dit-elle. Je... je vais bien.

— On ne dirait pas. Comment ça s'est passé, hier soir ?

— À vrai dire, ce n'était pas une soirée aussi « spéciale » que je l'espérais.

— Où t'a-t-il emmenée ?

— À l'opéra.

— Mais c'est très bien.

— Oui... en effet. Très bien. Dans une loge. Avec champagne avant et après. Mais...

— Il n'a pas... ?

J'entendis un sanglot réprimé.

— Non. Pourtant, quand j'ai appris qu'il s'agissait des *Noces de Figaro*, j'avais bon espoir. Et à la fin, alors que les chanteurs avaient des confettis jusqu'aux genoux, je pensais que... enfin, tu sais bien ce que je pensais.

— Hum.

— Ensuite, Nigel m'a emmenée dans un superbe petit restaurant français, et j'étais persuadée qu'il allait se lancer... Enfin ! Mais nous avons bavardé tout à fait normalement et il ne paraissait pas du tout nerveux ; puis il a dû prendre un appel urgent à propos d'une affaire de fusion sur laquelle il travaille, et il est sorti. À la table voisine, il y avait un autre couple, et j'ai entendu le mec demander la main de sa copine.

— Vraiment ?

— Je l'ai clairement entendu prononcer la phrase. Elle avait l'air folle de bonheur, puis elle s'est mise à pleurer. Et quand le serveur s'est rendu compte de ce qui venait de se passer, il l'a annoncé et nous avons tous applaudi et levé nos verres – et Nigel a *tout* raté. Alors quand il est revenu s'asseoir, je lui ai raconté.

Au lieu de s'exclamer « comme c'est romantique », ou « comme c'est charmant », ou même « veux-tu m'épouser, Daisy ? », il s'est contenté de lâcher : « Extraordinaire. » Comme ça. Comme si ça le rendait simplement perplexe. Puis il a passé le reste de la soirée à parler de l'opéra.

— Moui.

— Et comme il devait prendre un vol très tôt pour Bonn, je suis rentrée chez moi. Je crois que ça n'arrivera jamais ! gémit-elle.

— Eh bien, on ne sait jamais. Il reste son quarantième anniversaire, non ? C'est quand ?

— Le mois prochain.

— La perspective de l'âge mûr le poussera peut-être à se décider.

— Mais son père ne s'est pas marié avant l'âge de quarante-six ans.

— Ce qui ne veut pas forcément dire que Nigel en fera autant.

— Peut-être, mais je ne veux pas attendre encore cinq ans et demi pour le découvrir. Hé merde, Miranda, j'aurai trente-neuf ans ! Je vais avoir des bajoues et des cheveux gris d'ici là !

— Ne sois pas idiote.

— J'aurai plus de sillons sur le visage qu'un champ de blé avant les semailles !

— Mais non.

— Je porterai une gaine... Je serai toute tordue... j'aurai de l'arthrite.

— N'importe quoi, Daisy !

— J'aurai un déambulateur. Tu vas devoir me pousser jusqu'à l'autel dans une putain de chaise roulante !

— Ne sois pas ridicule.

— Et je ne pourrai plus avoir d'enfants !

— Mais si. Honnêtement, Daisy, repris je tandis que

106

ses sanglots s'atténuaient enfin, tu dois te reprendre. Ce n'est pas la première fois que ce genre de situation se produit avec Nigel, alors pourquoi es-tu si bouleversée aujourd'hui ?

— Parce que... eh bien... je viens de faire un truc assez... stupide.

— Quoi ?

Il y eut un silence.

— Daisy, qu'est-ce que tu as fait ?

— Viens déjeuner chez moi, et tu verras.

Lorsque je sonnai chez Daisy à midi, je m'attendais à ce qu'elle ouvre, les yeux rouges et les joues striées de larmes, mais elle semblait avoir retrouvé un peu de sa joie de vivre naturelle.

— Nigel m'a appelée de l'hôtel, dit-elle, alors ça m'a un peu remonté le moral. Oh, quelles jolies fleurs. Tu es venue en voiture ?

— Non, j'ai pris le métro.

— Tant mieux, parce que je viens de dénicher une bouteille de bulles dont j'avais oublié l'existence. Je l'ai mise au congélateur il y a une heure. Elle devrait être bien fraîche maintenant.

— Génial.

Je suivis Daisy le long de l'étroit couloir, encombré de toutes sortes d'effets – un gros sac à dos, deux casques, trois cagoules, plusieurs cordes enroulées, un pic à glace et des bottes à crampons. Une paire de skis de fond était appuyée contre le mur, à côté d'un objet ressemblant à un cerf-volant géant.

— Désolée pour tout ce bazar, dit-elle. Je n'ai pas beaucoup d'espace de rangement.

— C'est quoi ce truc, là ?

— Un bout de mon aile de delta.

— Ah. Et ce filet ?

— C'est une élingue.

— Une élingue ?

— Un hamac. Pour dormir, quand on est à mi-chemin d'une falaise.

— Ah.

— C'est très utile, tu sais. Tu plantes deux clous, tu l'accroches et tu t'installes. Herman veut de l'eau ?

— Oui, s'il te plaît.

Elle alla jusqu'au lavabo et ouvrit le robinet d'eau froide.

— D'accord, dis-je tandis qu'elle déposait le bol devant lui. Dis-moi.

— Ah, soupira-t-elle en se redressant. C'est vrai... En fait, j'avais décidé, après mûre réflexion, de ne pas t'embêter avec cette histoire ; mais bon, d'accord, alors ce qui s'est passé...

C'est alors que je le vis. Sur une chaise. Un gros sac en plastique rigide portant la légende « Belles mariées ». Je le fixai, puis me tournai vers elle.

— Oh, Daisy.

— Eh bien, tu comprends, hier je rentrais de mon expédition de traversée tyrolienne. Je traversais Rochester en voiture lorsque j'ai vu cette adorable boutique de robes de mariée, et j'étais tellement heureuse que j'ai décidé de jeter un petit coup d'œil...

— Montre.

Elle ouvrit le sac et extirpa plusieurs couches de papier de soie, puis un long voile, aussi léger qu'une toile d'araignée et parsemé de paillettes.

— Oh, Daisy.

— Je sais, fit-elle en haussant les épaules. Mais j'étais tellement, totalement persuadée que Nigel allait me faire sa demande hier soir, et il y avait des soldes formidables. Je venais d'être payée et j'étais tellement de bonne humeur...

— Combien ?

— Quatre-vingt-dix-neuf livres. Mais il y avait une réduction de vingt pour cent.

— En tout cas, heureusement que tu n'as pas dépensé plus.

Je remarquai alors la curieuse expression de Daisy. Le genre d'expression qu'ont les chiens quand ils savent qu'ils ont fait une bêtise.

— D'accord, dis-je. Il y a autre chose ?

Elle soupira, puis descendit le couloir jusqu'à sa chambre. Je la suivis, elle ouvrit la porte, et nous entrâmes. Au départ, je ne vis rien qui sorte de l'ordinaire. Puis elle referma la porte derrière nous. J'entendis un froufroutement et un heurt léger. Je me retournai. Suspendue derrière la porte, je vis une housse en velours bordeaux, du genre qu'on utilise pour ranger les robes de bal. J'en restai bouche bée.

— Je n'ai pas pu résister, geignit Daisy. Elle était dans la vitrine. Elle était trop belle. Regarde !

Elle tira sur le ruban, le sac de velours glissa par terre et révéla une robe de mariée d'une beauté, il fallait l'avouer, tout à fait exquise. C'était une robe de princesse-fée en tulle de soie blanche, avec une jupe comme un mille-feuille et un corsage ajusté en satin scintillant de minuscules cristaux.

— Elle est tellement belle, renifla Daisy. Alors j'ai décidé de l'essayer. Et elle m'allait à ravir, Miranda. Vraiment. J'ai su qu'aucune autre robe ne ferait l'affaire. Alors il a fallu que je l'achète. Tu peux comprendre ça, non ?

— Non. Combien ? demandai-je en fixant la robe. Mille ?

— Mille deux cents... Mais elle était à mille cinq cents.

— Mille deux cents ! Ça paierait trois mois d'hypothèque ! Daisy, je ne veux pas que tu me trouves cruelle, néanmoins je me sens tenue de te signaler que tu n'es pas encore fiancée.

— Je sais bien, gémit-elle. Mais je le serai. Très bientôt. Nigel va me demander de l'épouser, j'en suis certaine. Alors je me suis dit que... enfin... que ce serait bien d'avoir la robe sous la main...

Elle se tut.

— Tu veux voir les chaussures ?

— *Non !*

— Ne sois pas fâchée, Miranda.

— Je ne suis pas fâchée. Je suis inquiète.

Elle remit la robe dans sa housse.

— Mieux vaut que tu la caches, dis-je. Nigel pourrait la voir.

— Hum. C'est vrai. Non pas qu'il vienne souvent ici.

— Daisy, dis-je tandis qu'elle rangeait la robe dans le placard. Il faut qu'on parle de tout ça.

— D'accord, mais on peut déjeuner avant ? Je suis morte de faim... et j'ai vraiment besoin d'une coupe de champagne.

Pendant qu'elle ouvrait le congélateur, j'examinai les photos épinglées dans la cuisine. Il y en avait une de nous deux à Bristol, dans notre appartement, bras dessus bras dessous, rieuses ; une autre de nos vacances en Grèce. Il y en avait aussi plusieurs de Nigel, l'air solide, comme toujours, et quelques-unes de sa mère. Il y en avait enfin plusieurs de Daisy en action – souriant à l'objectif derrière ses lunettes protectrices ; en chute libre ; sautant à l'élastique, tête la première, d'un pont ; faisant du canyoning dans un torrent déchaîné ; aux commandes d'un deltaplane, pouce levé. Sur la commode était posée une photo encadrée de ses parents : Daisy ressemble tout à fait à son père. Il s'est tué, à l'âge de quarante-deux ans, en traversant la rue un samedi matin pour acheter le journal. Voilà son dilemme, songeai-je en contemplant son visage. Elle sait à quel point la vie est fragile, alors elle veut prendre des risques – mais en même temps elle n'est pas sûre d'elle, et elle veut se sentir à l'abri.

— Daisy, dis-je pendant qu'elle débouchait la bouteille, il faut absolument que tu coinces Nigel. Cette incertitude est en train de te rendre folle. L'achat prématuré de cette robe de mariée le démontre.

Je l'imaginais, entrant dans la boutique avec son équipement d'escalade et son casque.

— Oui, souffla-t-elle en posant deux flûtes sur la table. Tu as raison. Tu as absolument raison.

— Tu dois lui parler. Il est grand temps.

— Oui, soupira-t-elle. Je le sais.

— Tu as été très patiente, après tout.

Elle hocha la tête, l'air sinistre.

— C'est vrai. La patiente Grisélidis, c'est tout moi. Mais maintenant, je fais plutôt « grise mine », ajouta-t-elle avec un gloussement amer. Alors bon, c'est dit, je vais lui poser la question.

— Très bien. Quand ?

Elle me considéra, l'œil vide.

— Euh... je ne sais pas. Mais... bientôt.

Je hochai la tête.

— Parfait.

Elle esquissa un petit sourire courageux, puis l'angoisse lui plissa le front.

— Mais si je le coince, et qu'il me réponde non ?

Elle prit un air consterné.

— Alors, qu'est-ce que je ferai ?

— Ce que tu feras ? Eh bien, ce sera horrible – pendant un temps – mais je crois que, à la longue, tu t'en remettras parfaitement. Et si ça ne marche pas, Daisy, c'est peut-être parce qu'en fait tu es destinée à quelqu'un d'autre.

Elle me dévisagea un moment pendant qu'elle assimilait ce que je venais de dire.

— Tu n'y as jamais songé ? insistai-je. Qu'il existe peut-être, quelque part, un homme qui ne mettra pas près de six ans avant de s'engager ?

— Non, dit-elle en se tortillant. Je ne crois pas. Je ne crois pas, parce c'est avec Nigel que je veux être.

— Mais est-ce que Nigel veut être avec toi ? Voilà la difficile question que tu dois te poser, Daisy, si tu veux être davantage pour lui que sa petite amie... Et s'il devient évident que votre histoire n'ira pas plus loin, alors je crois qu'il te faudra être courageuse et tourner la page.

Elle me regarda, puis se détourna.

— Je sais que c'est vrai. Je le sais, évidemment. C'est vrai, je vais devoir être courageuse, soupira-t-elle. Mais peut-être que, finalement, dit-elle en levant son verre, ça va se régler avec Nigel. En tout cas, tchin-tchin, Miranda.

— Tchin-tchin. Et haut les cœurs.

— Toi, tu as été courageuse, reprit-elle, songeuse. Avec Alexander.

Je posai mon verre.

— Courageuse ? Tu me trouves courageuse ?

— Oui. Quand je pense à ce qui t'est arrivé – ou plutôt, à ce qu'il a fait. Mais, oui, tu as été incroyablement courageuse... Et tu l'es toujours.

— Pas du tout, dis-je d'une voix mate. Loin de là.

Daisy m'adressa un regard perplexe. Nous restâmes assises dans son patio, parmi les pots de géraniums rose shocking, avec nos sandwiches au saumon fumé et notre Bollinger pétillant, à bavarder. Je sentis un peu de mon stress s'évanouir.

— Je ne sais pas ce que je ferais sans toi, dit Daisy en avalant une longue gorgée de champagne. Je ne peux parler de Nigel avec personne d'autre – et surtout pas avec ma mère, parce qu'elle l'a pris en grippe. Elle prétend qu'il se « conduit mal » avec moi.

— Mmm.

— Tu es la seule à qui je puisse réellement parler de mes problèmes, reprit-elle en prenant une autre gorgée. Tu es ma soupape de sécurité. Tu es la seule personne avec qui je puisse me mettre à nu...

Elle gloussa et agita son verre dans ma direction.

— Enfin, avec qui d'autre pourrais-je m'ouvrir sans craindre d'être imprudente, ou d'avoir à regretter mes paroles... Avec toi, j'ai l'impression que je ne suis pas obligée de montrer seulement mon « bon » côté. Je peux aussi te montrer le mauvais.

— Mais tu n'en as pas, dis-je en regardant les abeilles bourdonner dans la lavande, les pattes chargées de pollen.

— Je veux dire, mon côté moche. Quand j'ai des sentiments négatifs, comme ce matin. Quand je suis désespérée. Tout le monde s'imagine que je suis la joie et la bonne humeur incarnées – Daisy, la marrante... Avec toi, je peux me laisser aller.

— C'est vrai.

— J'ai l'impression que tu ne penseras jamais de mal de moi, quoi que je te dise.

Je tripotai le pied de ma flûte.

— Tu as raison.

— Je sais que je peux te raconter n'importe quoi, et que tu ne me jugeras pas.

— Non, dis-je doucement. Jamais.

Une petite libellule fila devant nous, dans une strie bleu irisé.

— Toi, tu es loin d'être aussi ouverte avec moi, fit-elle observer. Mais peu importe. Ça ne m'a jamais dérangée. Je sais que tu as toujours préféré régler tes problèmes toute seule.

Je hochai la tête. C'était tout à fait vrai.

— Enfin, reprit-elle gaiement, comment était la fête ?

— Ah... bien. Le concours canin était marrant.

— Et la maison ?

— Fantastique. Une version plus modeste de Gosford Park.

— On dit qu'elle vaut des zillions. Et lui ? Le mari ?

— Le mari...

— J'ai vu des photos. Il perd ses cheveux mais il est sexy. Apparemment, il est promis à de hautes fonctions. Tu l'as rencontré ?

Je fixai les pavés. Une colonne de fourmis surgissait d'une fissure dans le béton.

— Effectivement, je l'ai croisé... oui.

Je sais que je peux te raconter n'importe quoi, et que tu ne me jugeras pas.

— Il paraît qu'il est charmant, dit Daisy. Encore un coup de champ', ma chérie ?

Elle se pencha pour verser.

— Il est charmant, en effet. Incroyablement charmant. C'est l'un des hommes les plus charmants qu'on puisse rencontrer.

J'ai l'impression que tu ne penseras jamais du mal de moi, quoi que je te dise.

Je me tournai vers elle, puis me lançai.

— C'est aussi un salaud.

Daisy posa la bouteille.

— Vraiment ?

— Oh oui.

— Eh bien, c'est le cas de la plupart des hommes politiques, fit-elle en haussant les épaules et en chassant une guêpe. Ça fait partie du métier.

— C'est bien plus grave que ça.

— Comment le sais-tu ?

— Je le sais, fis-je amèrement.

— Mais comment ?

Silence.

— Comment le sais-tu ?

J'inspirai profondément.

— Parce que je l'ai déjà rencontré.

— Vraiment ? Quand ça ?

— Il y a seize ans.

— Quand tu habitais Brighton ?

Je hochai la tête.

— Il était étudiant.

— Ah, je comprends, dit-elle, écarquillant les yeux. C'était ton petit ami, c'est ça ?

— Plus ou moins. Je m'étais entichée de lui... disons-le comme ça.

— Dis donc. Le monde est petit, souffla-t-elle. Et il s'est mal conduit avec toi ? demanda-t-elle en sirotant son champagne. Quel connard !

Je souris devant sa loyauté rétrospective.

— Il s'est très mal conduit avec moi, Daisy. Mais pas comme tu penses.

— Alors qu'est-ce qu'il a fait ? demanda-t-elle, visiblement intriguée.

— Eh bien... il a fait quelque chose... de très... choquant, et il m'a impliquée dedans et, depuis, ça me hante.

Daisy me considérait, fascinée. Je fixais le sol.

— Je ne sais pas de quoi il s'agit... Enfin, souviens-toi quand même que tu n'avais que seize ans. Tu étais très jeune.

Je soupirai.

— C'est vrai. Mais ce souvenir me remplit de honte.

Je posai mon verre. J'avais mal entre les yeux.

— De toute façon, je suis certaine que ce n'était pas

si grave. On fait tous des choses qu'on regrette, reprit-elle avec tact. Des trucs idiots. Des trucs méchants. Ne te juge pas trop durement, Miranda.

Une douleur aiguë comme un coup de couteau me traversa la gorge.

— Je ne me juge pas trop durement, crois-moi. C'était vraiment grave. En fait, c'était atroce. Absolument atroce.

Mes yeux s'emplirent de larmes.

— Tu viens de me dire que j'étais courageuse, Daisy, mais ce n'est pas vrai.

Je cachai mon visage de mes mains.

— Si seulement j'avais agi, à l'époque, mais je n'ai rien fait.

Une larme brûlante glissa sur ma joue.

— C'était quoi ? demanda-t-elle doucement. Tu peux me le dire.

Je secouai la tête.

— Tu me mépriserais si tu savais.

— Jamais, Miranda. Tu es ma meilleure amie.

— Tu me mépriserais. Tu me jugerais. Tu serais incapable de faire autrement.

— Je te promets que je ne te jugerai pas, Miranda. Peu importe de quoi il s'agit. Pas plus que tu ne me jugerais, je le sais.

Je pressai mes paumes contre mes yeux.

— Je ne me suis jamais remise d'avoir fait autant de mal à quelqu'un...

— Tu as fait du mal à quelqu'un ?

Je hochai la tête.

— Tu veux dire physiquement ?

Je hochai à nouveau la tête.

— Mais qui ?

— Un... garçon, répliquai-je. Enfin, un jeune homme. Il avait vingt ans. Il s'appelait David.

— Il était comment ?

Je secouai la tête.

— Je ne sais pas.

— Tu ne sais pas comment il était ?

Je secouai à nouveau la tête.

— Et pourquoi pas ?

— Parce que je ne l'ai jamais rencontré.

Elle me regarda sans comprendre.

— Tu ne l'as jamais rencontré... mais tu lui as fait du mal ?

— Oui.

— Je ne saisis pas... C'était un accident ?

— Plus ou moins. Ou plutôt, non... ce n'était pas un accident.

Daisy me regardait comme si je lui parlais une langue étrangère.

— C'était un crime, chuchotai-je.

Il y eut un long silence, uniquement ponctué par le vrombissement d'un avion lointain.

— Un crime ? répéta-t-elle à voix basse.

Je détournai les yeux, incapable de soutenir son regard.

— C'était...

J'inspirai.

— ... très grave.

— Une histoire de drogue ? demanda doucement Daisy après un moment. Tu as donné de la drogue à quelqu'un ?

— Non. Je n'aurais jamais trempé là-dedans.

Il y eut une pause.

— Alors... est-ce que ça s'est passé comme pour mon père ? C'est ça, Miranda ? Un délit de fuite ?

— Un délit de fuite ? répétai-je en écho. Non. Enfin, oui, c'était un peu ça. D'une certaine manière. Sauf que ce n'était pas avec une voiture.

Le visage abasourdi de Daisy se brouilla dans mes larmes.

— Je ne comprends pas.

J'inspirai profondément, comme si j'étais sur le point de couler.

— Je vais te raconter, murmurai-je. Je *veux* te raconter. J'ai *besoin* de raconter. Mais tu ne dois jamais le répéter à personne.

— Je le jure absolument.

Je regardai chez les voisins.

— On peut nous entendre ?

— Non. Mes voisins sont tous partis.

C'est ainsi que d'une voix basse et fêlée, je racontai à Daisy ce qui m'était arrivé, seize ans plus tôt.

— Mon Dieu, murmura-t-elle quand j'eus terminé mon récit.

Il y eut un silence.

— C'était choquant, n'est-ce pas ?

Elle inspira.

— Oui.

Elle souffla.

— C'est vrai.

— Et maintenant, est-ce que tu me regardes différemment ?

Elle secoua la tête.

— Non, pas du tout. Tu n'es pas responsable. C'est vrai que c'est un salaud, fit-elle remarquer comme si l'idée venait de la frapper. C'est lui qui a tout fait, Miranda... pas toi.

— Mais je n'aurais pas dû me laisser entraîner dans... tout ça. Je n'aurais jamais dû me laisser entraîner par lui. J'étais naïve... J'aurais fait n'importe quoi pour lui... Je lui écrivais des lettres d'amour pathétiques, des tonnes de lettres... et il a exploité mon obsession. Et c'est ce David qui en a pâti.

— Pas étonnant que ça te trouble depuis si long-temps. Quel énorme fardeau à porter.

Elle posa la main sur mon bras.

— Et tu n'as jamais revu Jimmy ?

— Non. Pas avant la semaine dernière.

— Et voilà pourquoi tout est remonté à la surface ?

— En partie. À cause du choc de le revoir. Mais, en fait, Daisy, cela ne m'a jamais quittée, cela m'a toujours hantée. Et récemment, j'y ai beaucoup repensé, je ne sais pas pourquoi... Et puis, par un curieux hasard, ou à cause du Destin, j'ai revu Jimmy. Et maintenant... Impossible de me sortir tout ça de la tête.

— Je sais ce qui s'est passé, dit Daisy doucement. Je crois que le fait que tu aies été blessée récemment a ravivé cette histoire... Après tout, toi aussi, tu as été une victime. Et c'est ce qui t'a rendue plus sensible à la douleur que tu as causée.

— Peut-être, chuchotai-je. C'est tout à fait possible. Tout ce que je sais, c'est qu'une ombre s'est posée sur une grande partie de ma vie. Parfois je pense qu'il aurait mieux valu que nous soyons pincés, et punis. Alors, au moins, j'aurais pu tourner la page.

— Mais si tu avais été prise, tu aurais très bien pu aller en prison, Miranda.

— Je peux toujours y aller, dis-je d'une voix blanche. Et lui aussi.

— Il perdrait certainement son siège. Et je ne crois pas qu'il aurait été élu s'ils avaient su... c'est bien trop grave.

— Tu as raison.

— C'est pour ça qu'il t'a parlé, poursuivit-elle, en s'animant. Il a tout caché pendant des années, et, tout à coup, tu réapparais. Quel cauchemar pour lui, Miranda ! Il a pris un risque énorme en se lançant en politique – et tu es l'arme du délit. Il redoute probablement qu'il tentes de le faire chanter.

— Je crois qu'il y a songé, en effet. Il m'a dit que je pourrais m'attirer « beaucoup d'ennuis » si j'en parlais à quiconque, ce qui, manifestement, était une menace préventive. Enfin, voilà, soufflai-je. Mon terrible secret. Maintenant tu sais. Je suis heureuse que tu saches. Je suis tourmentée depuis si longtemps, et je n'avais personne d'autre à qui faire confiance.

Daisy posa à nouveau la main sur mon bras.

— Maintenant, je comprends certaines choses sur toi, dit-elle après un temps. Je comprends pourquoi, quand nous nous sommes rencontrées, tu semblais si réservée. J'ai dû travailler fort pour gagner ton amitié. Tu semblais... oui... assez secrète. Tu l'as toujours été, en fait. Maintenant, je sais pourquoi.

— Oui. Parce que j'avais bel et bien un secret. Un secret vraiment épouvantable... et j'étais terrifiée à l'idée qu'on le découvre. Je vivais dans la crainte permanente qu'un jour quelqu'un apprenne la vérité... et que ma vie soit ruinée. Elle peut toujours l'être...

— J'aurais simplement aimé que tu m'en parles avant.

Je poussai un soupir douloureux.

— Pendant toutes ces années, j'ai si souvent eu envie de te l'avouer. Mais tu étais ma seule et unique amie intime, Daisy, et je ne voulais pas courir le risque de te perdre.

— Ça me fait de la peine de penser que tu as porté quelque chose d'aussi énorme toute seule. Ça me rend triste.

Sa compassion me fit une fois de plus monter les larmes aux yeux.

— Tu as dû te sentir seule, ajouta-t-elle. Tu ne pouvais en parler à personne.

— Oui, murmurai-je. Seule.

— Eh bien, je suis très heureuse que tu m'en aies parlé. Mais la grande question, c'est maintenant : qu'est-ce qu'on fait ?

Je la fixai d'un œil vide.

— Je ne sais vraiment pas.

— Tu veux punir Jimmy ? C'est ça ?

— Non. Même si son absence de culpabilité me rend folle de rage.

— Alors qu'est-ce que tu souhaites faire ?

Je fixai le sol en silence pendant quelques secondes, tandis que je réfléchissais à la question.

— Je veux... essayer de réparer.

— Tu veux dire que tu aimerais être pardonnée ?

Mon cœur eut un soubresaut.

— Oui. C'est ça. Je veux être pardonnée. Je veux être... absoute. Il y a seize ans, j'ai commis un acte horrible contre un homme, et je veux me racheter.

— Mais pourquoi veux-tu essayer de te racheter maintenant ?

— Parce que, au lieu de s'estomper avec les années, ça empire. Je veux me sortir tout cela de la tête... et je crois que cela sera impossible tant que je ne ferai rien.

— Et que pourrais-tu faire, d'après toi ?

Je hochai la tête.

— Je l'ignore. Tout ce que je sais, c'est que je dois... payer. J'aimerais cesser de me sentir coupable. Je me sens coupable depuis si longtemps.

— Je sais ce que tu pourrais faire, dit doucement Daisy après un temps. Mais tu as dû y songer de toi-même.

Je la dévisageai, puis détournai la tête.

— J'y ai en effet songé. Souvent. J'ai... (Je soupirai.) J'ai rêvé de le faire. Mais ce n'étaient que de vagues rêveries... parce que je n'ai jamais eu le courage de passer à l'acte.

Je levai les yeux au ciel, où un avion lointain traçait une fine ligne blanche sur le fond bleu.

— Alors sois courageuse maintenant. Sois courageuse, Miranda.

— N'est-il pas trop tard ?

— Non. Il n'est jamais trop tard. Retrouve-le, Miranda.

Mon cœur se serra.

— Retrouve David.

Retrouve David...

— Qu'est-ce que je lui dirai ?

— Ce que tu diras ? répéta-t-elle en écho. D'abord, « je vous demande pardon », je suppose.

J'eus un rire sans joie.

— Je ne crois pas que « pardon » suffise. « Bonjour, David, je m'appelle Miranda. Vous vous rappelez, ce colis que vous avez reçu il y a seize ans ? Celui qui vous a explosé entre les mains ? Oui, voilà. Celui-là. En fait, vous devez vous en souvenir nettement. Eh bien, la personne qui l'a livré, c'était moi ! » Non, je ne crois pas que « pardon » suffise, répétai-je, les yeux remplis de larmes.

— Peut-être que si. C'est le moins que tu puisses dire. D'ailleurs si l'on y réfléchit, c'est la seule chose à dire.

— Hum, grinçai-je. C'est vrai.

— Recherche-le, Miranda, dit-elle doucement. Peut-être qu'alors tu pourras vraiment laisser le passé derrière toi. N'est-ce pas ce que tu désires ? Ce que tu as toujours voulu ?

— Oui, murmurai-je après un temps. C'est vrai. Je veux le faire. J'ai toujours souhaité retrouver David White. Et je vais le retrouver.

5

Lorsque je quittai Daisy, j'étais brisée mais soulagée. Je m'étais libérée de mon fardeau, Daisy ne m'avait pas jugée et elle m'avait donné de bons conseils. La seule idée de retrouver David me remontait le moral. L'idée d'agir, enfin. Mais où devrais-je chercher ? Il pouvait aussi bien être à Paris, au Pérou ou au Pakistan. Il pouvait être n'importe où au monde. Soudain, je sus où j'allais commencer mes recherches. En arrivant à la maison, je retrouvai le numéro et le composai.

— Bienvenue à l'université de Sussex, fit une voix enregistrée. Le standard est ouvert de neuf heures à dix-sept heures trente, du lundi au vendredi. Si vous connaissez le numéro de poste...

Il fallait que j'attende. Puis je recherchai « Professeur Derek White » sur Internet. Rien. Et, même si c'était un exercice inutile, je tapai également « David White ». Il y avait près de quatre millions d'entrées. Il y avait un David White qui vendait des instruments d'optique ; un David White qui achetait des livres anciens ; un David White qui offrait des systèmes de chauffage ; et David White, l'acteur qui jouait dans *Ma Sorcière bien-aimée*. Il y avait des outils électriques David White, des meubles David White, et même un rappeur qui s'appelait David White. Peut-être que « mon » David White était devenu chercheur scientifique, comme son père. Il avait peut-être complètement disparu de la circulation.

À neuf heures le lendemain matin, je rappelai le standard de l'université.

— Je ne souhaite pas lui parler, dis-je prudemment, mais pouvez-vous me dire si le professeur David White fait toujours partie de la faculté.

— Un instant s'il vous plaît...

Une bouffée de Vivaldi synthétique.

— Je ne vois pas ce nom... Dans quel département travaille-t-il ?

— Euh... je ne sais pas au juste. Sans doute la biologie. Ou peut-être la biochimie.

— Je vais vérifier à nouveau. Non. Il n'y a personne de ce nom. Souhaitez-vous parler à quelqu'un d'autre du département des sciences ?

Je paniquai.

— Non merci.

Ils risquaient de me questionner : qui étais-je, pourquoi appelais-je ? Je devais tenter une approche différente. Je joignis donc les renseignements téléphoniques, pour trouver un numéro personnel.

— Vous avez l'adresse ?

— Oui.

Je ne l'avais jamais oubliée.

— Quarante-quatre West Drive, Brighton.

— Un instant. Il n'y a aucun professeur D. White à cette adresse, annonça la téléphoniste après un instant.

— Pas même un ancien numéro ?

— Il n'y a aucune personne de ce nom à cette adresse, répéta-t-elle automatiquement. Souhaitez-vous effectuer une autre recherche, madame ?

— Non, merci.

Je reposai le combiné en soupirant. Ça n'allait pas être facile. Tout s'était passé bien des années auparavant. Peut-être avaient-ils déménagé, ou bien était-il mort. Aujourd'hui, il devait avoir plus de soixante-cinq ans et avait probablement pris sa retraite. Leurs voisins connaissaient peut-être leur nouvelle adresse... Sans autre piste, je décidai d'aller là-bas. Je pourrais ainsi rendre visite à ma mère dans le même temps. Je consultai mon agenda. Mon mercredi était libre. Une fois mon enquête menée, je pourrais déjeuner avec elle.

— J'en serai ravie, dit-elle lorsque je lui téléphonai. Les filles sont parties... leurs cours sont terminés. Alors nous aurons le temps de bavarder. Et puis tu pourras voir les garçons. Tu ne les as pas vus depuis un bon moment, non ?

— Non, en effet. J'en serai ravie.

Mercredi matin, Herman et moi partîmes pour Brighton de bonne heure. Je voulais arriver avant neuf heures pour avoir le maximum de chances de trouver quelqu'un. Je n'avais aucun besoin de consulter la carte ; je connaissais si bien la route... La City, Blackfriars, puis la A23 ; dépasser Hurstpierpoint, et on parvenait à Brighton. J'eus un creux dans l'estomac en traversant le centre-ville vers Queens Park, puis en prenant à droite sur West Drive. J'y étais revenue tant de fois en rêve – et dans mes cauchemars. La maison se trouvait au bout de la rue, semi-indépendante, d'époque Édouard VII, un peu en retrait, avec un jardinet soigné protégé par une haie basse. Je passai lentement devant. Tout était silencieux. Cela dit, il était encore tôt – huit heures moins le quart. Je fis demi-tour au bout de la rue et me garai deux maisons plus loin, avec l'impression d'être un détective privé sur la piste d'un époux infidèle. Je restai assise, à attendre et à guetter, tandis qu'Herman poussait un soupir angoissé de temps en temps. À huit heures trente, je vis le postier, mais à neuf heures il n'y avait toujours aucun signe de vie. Ils étaient peut-être en voyage – le gazon était plutôt haut. À neuf heures un quart, je sortis de la voiture. Inspirant profondément, je poussai la grille, puis remontai la petite allée – en me souvenant, douloureusement, de la dernière fois que je l'avais fait. Puis, le cœur battant, je sonnai.

Curieusement, je n'avais pas vraiment songé à ce que je dirais. En attendant, je tentai de trouver les phrases. « Bonjour, je m'appelle Miranda. Je voulais simplement vous dire que c'était moi. En 1987. C'était moi. Mais je n'en avais pas l'intention. Je suis simplement venue dire combien je regrette. » Pas de réponse. Je tentai d'apercevoir quelque chose à travers le panneau de vitre dépolie. En vain. Je sonnai à nouveau. Silence total. J'allais devoir laisser un mot. J'aurais pu demander au postier si les White vivaient toujours ici, me dis-je brusquement en retournant à ma voiture. Je venais d'ouvrir le compartiment à gants pour en sortir le calepin que j'avais apporté pour mon enquête, lorsque j'entendis une porte claquer. Je levai la tête. Un homme sortait d'une maison voisine avec un cocker noir. Je ressortis de la voiture et traversai la rue.

— Excusez-moi !

Il se tourna vers moi et je lui souris poliment.

— Excusez-moi de vous déranger, monsieur. Pourriez-vous me dire si les White vivent toujours au numéro quarante-quatre ?

L'homme me regarda, interdit.

— Les White ? Les White ? Mon Dieu, non. Ils sont partis depuis plusieurs années. Plusieurs années.

— Ah, fis-je, déconfite.

— Mais nous, nous habitons ici depuis vingt ans. Vingt ans qu'on est là.

L'homme semblait tout répéter deux fois.

— Alors vous les avez connus ? hasardai-je.

— Les White ?

J'acquiesçai.

— Une gentille famille. Une très gentille famille.

— Et à quelle époque ont-ils déménagé ?

— Ah, vers, disons, 87 ou 88 ? Oui. Ça doit être ça. Pas longtemps après... Enfin, ils ont eu des ennuis. Une sale affaire, ça, fit-il en secouant la tête.

Il me regarda d'un air interrogateur.

— Pourquoi me demandez-vous cela ?

— Eh bien... je suis une vieille amie de leur fils, vous comprenez.

— Michael ?

— Non, dis-je prudemment. En fait, c'était David.

Une bouffée d'adrénaline me parcourut.

— Ah. David. Oui. Brave garçon. C'était un brave garçon.

— *C'était ?* répétai-je, le cœur battant à tout rompre.

— C'est. Enfin, je veux dire que, dans mon souvenir, c'était un brave garçon. D'où le connaissiez-vous ?

J'avais des crampes au ventre, mais j'avais déjà préparé mon mensonge.

— Nous étions à la fac ensemble.

— Je vois. Alors vous essayez de le retrouver.

— Oui, exactement.

— Vos autres copains de fac n'ont pas son numéro ?

— Euh, non. On s'est perdus de vue.

— Évidemment, il a quitté l'université assez tôt, il me semble.

— C'est vrai ?

J'avais mal au cœur.

— Oui, je veux dire, c'est ça.

— Après cette triste affaire.

— Euh, oui, c'est... exact. Mais enfin... je me souvenais que ses parents vivaient ici, bégayai-je, alors je pensais qu'ils habitaient peut-être encore là. Vous ne connaissez pas leur adresse actuelle, j'imagine.

— Hélas non.

Il fit claquer sa langue contre son palais, puis secoua la tête.

— Hélas, je l'ignore.

Et les gens qui vivent dans cette maison aujourd'hui ?

— Ils sont en vacances. Et, de toute façon, ils n'habitent ici que depuis deux ans. La maison a été revendue trois fois depuis le départ des White. Je doute que quiconque ait leur adresse maintenant.

— Ah, fis-je d'une voix mate. Je vois. Alors vous n'avez aucune idée de l'endroit où ils sont allés, ou de la façon dont je pourrais les recontacter ?

— Pas vraiment.

Il faisait maintenant de petits bruits de suçotement avec ses dents.

— Ma femme le sait peut-être, suggéra-t-il, mais elle est partie chez sa sœur. Je pourrais lui poser la question lorsqu'elle sera de retour.

— Vous le pourriez ? Je vous en serais très reconnaissante.

J'inscrivis mon numéro de portable, avec, simplement, « Miranda ».

— Si votre femme sait quelque chose, j'apprécierais vraiment que vous me le disiez. J'aimerais, euh... j'aimerais vraiment voir David... le revoir, conclus-je.

— Ça fait longtemps, non ?

— Oui. Très longtemps.

Il était maintenant dix heures moins vingt. Je n'étais

128

attendue chez maman qu'à midi. J'aurais pu simplement l'appeler pour lui dire que j'arriverais plus tôt, mais auparavant, je voulais faire quelque chose. Je voulais revoir les endroits que je fréquentais autrefois – je me sentais nostalgique. Je passai devant le Pavillon, souriant de son absurde splendeur, puis me garai près de Palace Pier. Les mouettes planaient en criant tandis qu'Herman et moi parcourions le front de mer. Les vagues luisaient comme du métal martelé au soleil. Puis, nous marchâmes le long des Lanes. Je retrouvai East Street, où se situait l'appartement de Jimmy, à l'angle, au-dessus d'un marchand de journaux. Aujourd'hui, c'était un restaurant thaïlandais. Puis je retournai à la voiture et pris King's Road, tournai sur Brunswick Place et me garai à l'angle de Brighton et Hove High.

Je restai là à fixer le bâtiment carré du XVIIIe, peint d'un ton crème. Des voix de femmes me parvenaient des fenêtres ouvertes, puis une sonnerie, puis des chaises qu'on déplaçait. Je me rappelai combien j'avais détesté cet endroit. Dès le début, on m'avait étiquetée « turbulente » et « non coopérative ». Cependant, après l'incident avec les White, j'avais changé. Assommée par le choc – et terrifiée à l'idée d'être retrouvée –, j'avais adopté un profil bas et abandonné toutes mes activités de militante pour les droits des animaux. Dès lors, j'avais travaillé comme une damnée et obtenu des « A » partout. Je me souvenais maintenant de ma dernière journée : la directrice m'avait félicitée lorsque j'étais montée sur l'estrade.

— Vous faites honneur à cette école, avait-elle dit en me serrant la main. Vous avez été un exemple pour toutes les filles, disons, difficiles, avait-elle ajouté avec un sourire indulgent.

Si elle avait su la vérité, jamais elle n'aurait prononcé ces paroles. Puis j'étais partie pour Bristol, maman avait déménagé. J'avais laissé Brighton et ses souvenirs macabres derrière moi.

— Miranda ! s'exclama maman en m'ouvrant la porte, quarante minutes plus tard. Tu es tellement mince !

— Vraiment ? dis-je distraitement tandis qu'elle me serrait dans ses bras. Oui, peut-être.

— Je n'ai pas besoin de te demander pourquoi, reprit-elle tandis que nous nous dirigions vers la cuisine. Quand Hugh est parti j'ai perdu près de dix kilos. J'imagine qu'Alexander a fait la même chose, non ? Il s'est tiré ?

— Eh bien...

— Les hommes, ça vous laisse toujours tomber, dit-elle en secouant la tête.

Je ne la contredis pas.

— Mais les animaux, jamais, reprit-elle.

C'était vrai.

— Tu aurais dû m'appeler, ajouta-t-elle. Tu devrais être bouleversée.

— Eh bien, pas exactement. Je me sens juste...

Comment me sentais-je, en fait ?

— ... déçue. Mais je préférerais ne pas en parler, si tu veux bien.

Elle soupira.

— D'accord. Tu sais, je crois que tu n'as jamais discuté de quoi que ce soit avec moi, Miranda. Jamais de confidences d'une fille à sa mère. Tu m'en vois très déçue.

Je haussai les épaules.

— Désolée, maman. Je suis... comme ça.

— Je sais. Au fait, pourquoi es-tu descendue à Brighton ?

— Euh... un truc de boulot. Un... âne assez caractériel.

— Quel était le problème ?

— Il était tout le temps...

— Dehors ? anticipa maman.

Maman anticipe toujours ce qu'on va dire... c'est assez exaspérant.

— Ou-ui...

— Comme c'est dangereux. Il pourrait se faire tuer, le pauvre chéri, ou provoquer un horrible accident. Qu'as-tu conseillé ?

— Je leur ai dit de se procurer... une meilleure...

— Grille ?

Je hochai la tête.

— Ils auraient pu trouver ça tout seuls. Enfin, ça te fait de l'argent à la banque, ajouta-t-elle gaiement en ouvrant le frigo. Alors, Animaux idéaux marche bien ? s'enquit-elle par-dessus son épaule.

— Ça roule. Alors, où sont les filles ?

J'ai trois demi-sœurs : Gemma, vingt ans, et Annie et Alice, des jumelles de dix-huit ans.

— Elles sont allées voir leur père. Elles vont sans doute passer tout l'été là-bas.

— Ça t'ennuie ?

— Non, plus maintenant. C'est bon pour leur français et je ne peux pas leur en vouloir – l'endroit est d'un chic... De toute façon, fit-elle en haussant les épaules, c'était notre accord, alors je n'ai rien à redire.

— Bien entendu.

Hugh a quitté ma mère il y a quatre ans. On lui avait demandé de restaurer les jardins d'un petit château en Bourgogne. La propriétaire, Françoise, une jeune veuve séduisante, l'avait prié, avec succès, de rester. Maman avait gardé la ferme à condition qu'elle n'empêche pas Hugh de voir les enfants. Quand je dis que c'est une ferme, il s'agit en fait d'un grand cottage avec une grange et quelques champs. Maman a choisi de demeurer ici parce qu'elle aimait l'endroit et que, de toute façon, elle s'était résignée. Hugh a dix ans de moins qu'elle, il est beau comme un dieu, et maman prétend qu'elle a toujours su, au fond de son cœur, que cela ne durerait pas.

— Je savais bien qu'il partirait, répéta-t-elle encore, alors que je mettais la table. J'ai toujours su que cela arriverait, quand les filles seraient grandes. Évidemment, ç'a été horrible... Et si ce n'avait pas été cette châtelaine française, prononça-t-elle dédaigneusement, ça aurait été quelqu'un d'autre.

— C'est pour cela que tu n'as pas été plus émue ? demandai-je tandis qu'elle glissait la lasagne végétarienne dans le four.

— En partie, mais pas seulement. La raison principale, c'est que, si Hugh ne m'avait pas quittée, je n'aurais jamais eu les garçons... Tu ne crois pas ?

— C'est vrai. On peut aller les voir ?

— Bien entendu. On va laisser Herman dans la maison.

Nous franchîmes les portes-fenêtres pour passer dans le jardin. Par-delà les pommiers, je vis huit paires d'oreilles se redresser. Elles demeurèrent suspendues en l'air, comme des virgules poilues inversées, puis elles pivotèrent lentement dans notre direction.

— Sancho ! appela maman en faisant résonner un seau de boulettes. Basil ! Carlos !

Ils avançaient maintenant délicatement vers nous sur la pelouse ondulante.

— Miranda est venue nous voir ! N'est-ce pas merveilleux ? Allez, Pedro ! Allez, les garçons ! Venez dire bonjour !

Je comprends la passion de maman pour les lamas. Ces animaux sont si attachants. Rien que de les regarder, ça me fait sourire. Ils ne ressemblent à rien d'autre

– ou plutôt, ils ressemblent à plein d'autres bestioles. Avec leurs oreilles d'âne, leurs faces chevalines, leurs cous de girafe, leurs derrières d'antilope ; et leurs nez de lapin, et leurs grands yeux de biche avec leurs cils glamour d'une longueur ridicule, et leurs lèvres généreuses de chameau... Comme si cette espèce était le résultat d'un carambolage génétique : une mixture improbable mais pourtant élégante.

— Dalaï-Lama ! lançait ma mère. José !

Les lamas trottinèrent vers nous, affichant un air de curiosité intense et intelligente. Ces animaux aiment bien les humains. En fait, ils en sont fous. Et ceux-là adorent ma mère. Elle dit souvent, quand on l'interroge sur sa famille, qu'elle a « quatre filles et huit garçons ».

Après le départ de Hugh, je suis venue m'occuper de mes sœurs – qui semblaient étrangement placides – pendant que maman partait en trekking au Pérou avec une amie. Elle était dans tous ses états, et le voyage était censé l'aider à se remettre. À son retour, j'avais été stupéfaite de constater combien elle avait changé. Elle affichait un drôle de petit sourire secret et une joie étrange émanait d'elle. Quand on la pressait, elle expliquait, énigmatique, qu'elle était « tombée amoureuse ». Elle refusait d'en dire plus. J'imaginais qu'elle avait dû avoir une aventure avec un guide, ou quelqu'un du groupe. Mais pas du tout.

— Je suis tombée amoureuse... des lamas, avait-elle finalement annoncé avec un sourire bêta. Ils sont tellement... beaux. Ils vous rendent heureux, avait-elle soupiré. Leur façon de marcher à côté de vous, en fredonnant – c'est ce qu'ils font, ils fredonnent – comme s'ils vous parlaient. En plus, ils sont incroyablement faciles à mener. Ils sont si doux... Et puis, ils sont tellement sensibles et intelligents. Ç'a été une vraie révélation. Avant d'aller au Pérou, je n'avais jamais vu de lama. Maintenant, j'ai envie tout le temps d'être avec eux !

Pendant un moment, nous avons tous cru que cette lubie lui passerait, mais, sans nous avertir, elle acheta deux mâles. Et, six mois plus tard, deux de plus. Puis elle en acheta quatre autres – y compris, récemment, Henry, qui est un petit peu compliqué. Alors elle décida d'organiser des excursions avec lamas. Dès lors, c'est ce qu'elle fait ; presque tous les week-ends. Elle marche jusqu'à South Downs avec seize personnes – deux par lama – et les « garçons » portent le pique-nique dans leurs sacs à dos spécialement conçus pour les lamas. C'est devenu une sortie très populaire.

— Salut ! m'exclamai-je tandis que l'un d'entre eux s'approchait de moi. On ne se connaît pas, dis ? Tu dois être Henry.

Je caressai sa laine pie, aussi douce que du cachemire.

— Hé, gloussai-je, arrête ça !

Il m'embrassait, plantant ses épaisses lèvres mobiles de lama sur ma joue droite. Il m'embrassa à nouveau.

— Hé, fis-je en éclatant de rire, en me penchant pour éviter sa bouche.

— Je n'arrive pas à l'en empêcher, dit maman. Il est très insistant. Il me court souvent après tout autour du champ pour exiger ses baisers. Pas vrai, Henry ? Un ou deux, ça ne me dérange pas, confia-t-elle, mais toutes ces bises, ça finit par être lassant.

— Pourquoi fait-il ça ? On l'a trop gâté ?

— En quelque sorte. Il a trop été en contact avec les humains quand il était bébé. Il s'est identifié aux humains parce qu'il n'a jamais été élevé avec ses congénères. J'essaie de lui faire passer cette habitude. Tu ne pourrais pas faire un sujet sur lui dans *Folies animales*, Miranda ? La promo me ferait le plus grand bien, j'ai une petite chute de réservations en ce moment.

— Je veux bien demander, cependant je doute qu'ils acceptent... – vu que tu es ma mère. Alors, les affaires ?

Elle haussa les épaules.

— Le week-end, oui... – tout dépend de la météo. Mais on n'a pas grand-chose en semaine. Je crois vraiment que je devrais développer de nouvelles activités avec eux, mais je ne sais absolument pas quoi.

— Tu fais toujours dans le caritatif ?

— Oui, j'emmène Carlos à l'hôpital d'Eastbourne tous les mardis matin pour qu'il remonte le moral des patients. Cela dit, j'ai besoin de gagner de l'argent. Pedro a passé une audition pour une pub de bière la semaine dernière, ce qui aurait gentiment rapporté... Je ne crois pas qu'il ait décroché le rôle, ou on nous aurait appelés.

Soudain, mon téléphone portable sonna et les oreilles des lamas firent une rotation, comme des antennes paraboliques. Puis ils s'avancèrent, s'efforçant d'entendre.

— C'est Miranda ? fit une voix masculine familière, tandis que Henry me donnait un nouveau baiser poilu.

— Oui ?

— Bill McNaught de West Drive à l'appareil.

— Bonjour. Mais veux-tu bien arrêter ? Désolée, ce n'était pas à vous que je m'adressais.

— Euh... vous m'interrogiez sur les White.

— Oui.

— Eh bien, ma femme a téléphoné il y a quelques minutes et je lui ai parlé de notre rencontre. En fait, elle a une information pour vous.

— Vraiment ? C'est formidable.

— Elle dit que, bien qu'elle ne sache pas où ils habitent maintenant, un ami d'ami lui a appris que Derek

135

White était mort – cela fait environ huit ans – et que Mme White était partie vivre dans le Norfolk, pour être près de Michael. Quant à David...

Mon pouls accéléra.

— Oui ?

— Apparemment, il est devenu photographe. À Londres. Elle n'en savait pas plus, mais j'imagine que ça restreint le champ de recherches.

— En effet. Il est photographe ? Bien, ça me donne de quoi avancer. Merci infiniment d'avoir appelé. Je vous en suis très reconnaissante.

— De quoi s'agit-il ? demanda maman tandis que je refermais le téléphone.

— Ah. Je cherche simplement à retrouver... un vieil ami.

— Qui ?

— Un mec qui s'appelle David.

— David ? Ça ne me dit rien. Je l'ai déjà rencontré ?

— Non. Jamais.

Moi non plus.

— Bon, allons déjeuner.

Nous nous dirigeâmes vers la maison.

— Maman, j'ai quelque chose à te dire, hasardai-je tandis qu'elle ouvrait la grille.

— Quoi ?

Elle me considéra d'un air soupçonneux.

— Eh bien, c'est à propos..., repris je, redoutant cet instant.

— De ton père ? anticipa-t-elle. C'est ça ?

— En fait, oui. J'ai reçu un courriel de lui la semaine dernière.

— Vraiment ? Et qu'est-ce qu'il raconte ?

Ma mère, vingt ans après, est toujours enragée contre mon père. Ce qui est totalement ridicule.

— Il quitte Palm Springs.

— Ah. C'est tout ?

Elle poussa un soupir de soulagement.

— Pour aller où ? Encore en Floride ? Aux Bermudes ? Ou un autre paradis des golfeurs ?

— Non. Rien de tout ça. Il a... euh... il a décidé de revenir ici.

— Ici ?

Elle s'arrêta tout net.

— Oui, ici.

— Ici, en Angleterre ?

Je hochai la tête. Son visage était un masque d'incrédulité.

— Pourquoi ?

— Pour le travail.

— Il va diriger un autre de ces clubs de golf idiots, c'est ça ? dit-elle en se dirigeant à grands pas vers la maison.

— Euh, en effet.

— J'espère simplement que c'est à l'autre bout du pays, décréta-t-elle avec colère.

— Eh bien, pas tout à fait...

Elle s'arrêta à nouveau.

— Où ?

— À trois kilomètres environ.

Elle me regarda, muette, la bouche légèrement entrouverte.

— Tu ne veux pas dire à trois kilomètres d'ici ?

— Si.

— Tu parles de ce nouveau machin qu'ils sont en train de construire à Lower Chelvington ?

J'acquiesçai. Elle leva les yeux au ciel.

— Et merde !

— Écoute, dis-je alors qu'elle repartait à grands pas en marmonnant des gros mots, papa m'a demandé de

137

t'en parler pour qu'il n'y ait pas de malaise, au cas où, enfin, vous tomberiez nez à nez au supermarché.

— Quelle horrible perspective !

— Ça pourrait arriver, maman... alors il vaut mieux que tu sois prévenue.

— Il ne manquait plus que ça !

Pendant le déjeuner, elle tenta de justifier son attitude envers papa.

— C'est étrange, dis-je d'une voix lasse. D'autant que tu es très détendue avec Hugh. Alors que Hugh t'a quittée pour une autre femme.

— Oui, répondit-elle calmement. C'est vrai. Hugh m'a quittée pour une autre femme. Une femme blonde, séduisante, riche... et, d'après les filles, parfaitement charmante... de quinze ans ma cadette. Mon sens inné de la justice m'empêche de lui en vouloir.

— Mais il a eu trois enfants avec toi ! Il était ton mari. Je trouve qu'il n'aurait jamais dû te quitter !

— Je ne sais pas, soupira-t-elle. Nous nous étions éloignés l'un de l'autre à cette époque... Nous nous parlions à peine, et les filles étaient grandes. Tandis que ton père, lui, m'a abandonnée pour un jeu ! C'est beaucoup plus humiliant ! s'indigna-t-elle. Comme s'il ne se plaisait pas avec moi. Il jouait douze heures par jour, sept jours par semaine... nous ne le voyions pratiquement plus. Il n'y avait pas de vacances en famille parce qu'il était toujours parti disputer un tournoi idiot. Tu ne te souviens donc de rien, Miranda ?

— Si, soupirai-je. Je m'en souviens. Je me souviens qu'il était souvent absent. Mais...

— Tu sais pourquoi je t'ai appelée Miranda ? m'interrompit-elle.

Je gémis doucement.

— Tu me l'as déjà raconté plusieurs fois. Tu m'as

appelée Miranda parce que papa était si souvent absent que c'était une...

— ... une merveille que tu sois née. Eh bien, c'est vrai !

J'acquiesçai de guerre lasse.

— D'ailleurs, c'était un miracle. Et ce jeu n'est même pas intéressant, ajouta-t-elle, grognon.

— Je vois... S'il avait été joueur de tennis tout aurait été parfait, c'est cela ?

— Eh bien, je ne l'aurais pas autant détesté. Mais le golf est un jeu tellement stupide ! marmonna-t-elle en ouvrant le four. Frapper sur des petites balles dans tous les sens et gâcher le paysage. Rien que la vue de ces pelouses trop bien entretenues me donne envie de vomir. Bientôt, il n'y aura plus de campagne – il n'y aura plus que des fairways et des greens. Tu sais qu'il est pratiquement possible de faire le tour de la planète sans jamais quitter les terrains de golf ? ajouta-t-elle, irritée.

— Non, je l'ignorais.

— Et, il arrive quand, cet imbécile ?

Je le lui dis. Elle faillit en laisser choir la lasagne.

— La semaine prochaine ?

Dès mon retour à Londres, j'envoyai immédiatement un courriel à mon père pour l'avertir que j'avais annoncé la nouvelle à maman. « *Elle a bien réagi*, mentis-je. *Elle a juste été un peu étonnée.* » Puis je m'occupai de l'affaire en cours. Je pris les Pages jaunes pour consulter la rubrique « photographes ». Il y en avait au moins quatre cents, mais un seul David White, orthographié « Whyte ». Sur la même page, j'aperçus le numéro de l'Association des Photographes. Je le composai.

— Nous avons trois David White dans nos registres, dit la standardiste. Duquel s'agit-il ?

— Je l'ignore..., dis-je en crayonnant nerveusement sur une enveloppe.

— Vous ne savez pas ? Pourquoi ?

Je jetai un coup d'œil au Mews par la fenêtre, au moment où passait une femme blonde d'une beauté stupéfiante. Qui était-ce ?

— Parce que... je ne suis pas certaine du type de photos qu'il fait.

— Pub, éditorial, commercial ou mode ? demanda-t-elle.

— Voilà le problème. Je n'en ai aucune idée. Tout ce que je sais, c'est qu'il travaille à Londres. Ou qu'il y a travaillé.

— D'après nos registres, tous trois travaillent à Londres.

— Et ils s'appellent tous David White ?

— Oui. Mais l'un s'appelle David M. White, l'autre D.J. White, et le troisième, Dave White. Lequel voulez-vous ?

Mon pouls battait à toute vitesse.

— Je ne sais pas, en fait. Pourriez-vous me donnez les trois numéros ?

— Uniquement s'il s'agit d'une demande professionnelle. Nous ne donnons pas les contacts de nos affiliés pour d'autres motifs.

J'entendis Herman soupirer.

— Vous appelez pour une raison professionnelle ?

— Non... en fait, c'est personnel. Il s'agit d'un vieil ami, mentis-je.

— Dans ce cas, désolée, je ne peux pas vous aider. Toutefois, nous avons un site web, the-aop.org, où vous pourrez peut-être trouver plus de détails.

J'inscrivis rapidement l'adresse.

— Merci.

J'entrai sur le site et découvris que les trois photographes y affichaient le numéro de téléphone de leur studio et de leur portable à côté de leurs noms, ainsi qu'un lien à leurs propres sites web. J'examinai leurs C.V. David M. White était photographe de mode ; D.J. White était photo-journaliste ; tandis que Dave White travaillait pour la pub. Je notai leurs coordonnées respectives.

Tandis que je composais le numéro du premier, je me répétai mentalement ce que j'allais lui dire. Évidemment, je n'allais pas tout déballer au téléphone. Je demanderais s'ils avaient déjà habité Brighton. Puis, une fois que j'aurais mis la main sur le bon David White, je trouverais une excuse pour me rendre à son studio et là... Et là... ? Et là, je lui dirais. Mais comment ? Je me tournai à nouveau vers la fenêtre. Comment entamer une telle conversation ? Je reposai le combiné.

— Je n'y arrive pas, Herman.

Il prit l'air catastrophé.

— C'est trop énorme. J'ai besoin de temps.

Tout en sortant les chaises pliantes pour la fête de chiots, je tentai de m'imaginer sa tête. Il ressemblait peut-être à son père. Je me rappelais la photo du professeur White qui était parue dans le *Times* du lendemain. J'allai à mon bureau, retrouvai, au fond du tiroir, la coupure, datée du 22 mars 1987. Elle était friable, jaunie et écornée.

Colis piégé posté à un chercheur scientifique, annonçait le gros titre. En vignette, une photo de Derek White avec la légende : *Une cible pour les militants des droits des animaux.* Je relus l'article : *Derek White, cinquante-huit ans, professeur de biochimie à l'université de Sussex, a été la cible hier de fanatiques des droits des animaux, quand un colis piégé a été envoyé à son domicile, dans le quartier Queens Park de Brighton. L'engin, qui était dissimulé dans une cassette vidéo, plutôt que dans les enveloppes à bulles habituellement utilisées par les activistes de la défense des animaux, a été livré tôt hier matin.* Le professeur White, qui en était le destinataire, s'en est tiré indemne, mais son fils de vingt ans, David, un étudiant, qui a ouvert le colis par erreur, a souffert de graves brûlures aux mains. Une vague de nausée m'envahit. *Le professeur White n'avait pas été l'objet de menaces préalables. D'après ses collègues, l'attentat n'a été précédé d'aucun avertissement.* En rangeant la coupure, je me souvins des paroles de Jimmy. Il avait dit que Derek White « le méritait largement » mais sans expliquer pourquoi. Je fixai à nouveau les trois numéros de téléphone. J'appellerais demain après-midi – quand je serais moins prise. Je voulais d'abord me préparer mentalement.

Je jetai un coup d'œil à ma montre. Encore une demi-heure avant la fête de chiots. J'avais le temps de vérifier mon courrier électronique.

« *Ma chatte vient d'avoir des petits*, m'apprenait le premier. *Je ne peux pas m'empêcher d'être jalouse – toute l'attention quelle m'accordait est maintenant tournée vers eux. Est-il normal d'éprouver ce sentiment ?* » « *Je viens de m'acheter un colley*, disait le suivant, *mais j'ai peur qu'il ne me considère comme inférieur à lui, sur le plan intellectuel.* » « *Mon lapin refuse de se reproduire* », se plaignait un troisième. Tout d'un coup, mon téléphone sonna.

— Miranda ? Ici Lily Jago. Je voulais juste vous dire que je serai à la fête de chiots, ce soir. Je viens d'apprendre son existence sur votre site web.

— Vous avez déjà un petit chien ?

142

— Oui, une autre shihtzu. Nous sommes passées la prendre hier.

— Vous avez fait vite.

— Il n'en restait qu'une dans la portée. Elle est absolument exquise. Elle a presque douze semaines. Jennifer et moi, on a pensé qu'il valait mieux la lancer dans la société le plus tôt possible.

— Hélas, je n'ai plus de place. Vous comprenez, je n'en ai que huit, Lily. Et tout est complet.

— Mais elle est toute minuscule ! Franchement, Miranda. Elle ne prendra presque pas de place. À tout à l'heure !

— Huit *personnes*, insistai je.

Mais elle avait raccroché. On frappa à la porte, et le premier chiot arriva : un terrier tibétain appelé Maisie, avec sa propriétaire, Phyllis, quatre-vingt-trois ans. J'avais l'habitude de voir Phyllis avec son vieux chien, Cassie, quand j'étais vétérinaire à Highgate. Quand Cassie était morte l'an dernier, Phyllis en avait eu le cœur brisé. Je lui avais conseillé de prendre un autre chien.

— Je ne peux pas, avait-elle protesté, en larmes, lorsque je lui avais rendu visite.

Elle s'était tournée vers un immense portrait de Cassie, au-dessus de la cheminée.

— J'en suis tout à fait incapable.

— Pourquoi pas ? Si c'est parce que vous craignez de prendre un autre chien à votre âge, je suis sûre que votre fille pourrait vous aider, si vous en aviez besoin.

— Non, ce n'est pas pour ça. C'est à cause de Cassie, avait-elle expliqué.

— Que voulez-vous dire par là ?

— Parce que Cassie le saurait... (Les yeux bleu pâle de Phyllis luisaient de larmes.) Et ça lui ferait une peine terrible.

143

— Je ne crois pas qu'elle... l'apprendra, avais-je dit.

Mais Phyllis avait carrément refusé d'envisager un remplaçant canin ; puis, tout d'un coup, elle avait changé d'avis. Elle m'avait appelée la semaine dernière pour me dire qu'elle avait acheté un autre terrier tibétain et qu'elle voulait l'amener à la fête. J'étais ravie...

— Bonjour, Maisie, dis-je en regardant la petite chienne. Qu'est-ce que tu es mignonne ! Je suis enchantée que vous ayez décidé de prendre un autre chien, Phyllis. Et je suis certaine que Cassie en aurait été heureuse.

— Mais elle *est* heureuse, dit Phyllis, l'œil brillant. En fait, elle est très heureuse.

— Vraiment ? Euh, que voulez-vous dire ?

— Eh bien, fit-elle sur le ton de la confidence, Maisie n'est pas vraiment Maisie.

— Ah non ?

Elle secoua la tête.

— Je l'appelle comme ça pour ne pas affoler les gens. En réalité, Maisie c'est Cassie, expliqua-t-elle le plus sérieusement du monde.

Je la regardai, stupéfaite.

— Vraiment ?

— Oui. Vous voyez, dit-elle en posant sa main frêle sur mon bras, Cassie est revenue.

Elle m'adressa un sourire de béatitude.

— Cassie est revenue... dans le corps d'un autre chien.

Elle hocha la tête en regardant Maisie.

— Ah.

— Alors tout s'est arrangé à merveille, conclut-elle, ravie.

— C'est... formidable.

On frappa à nouveau à la porte et un jeune homme vif et assez séduisant prénommé Marcus entra avec son

jack russell, tout aussi vif, calé dans son pull ; puis un
setter anglais accompagné d'une dame prénommée Sue.
À sept heures dix, tous les chiots jouaient à se mordre,
à s'attraper les oreilles, à se pourchasser et à patauger
dans le bol d'eau sous l'œil indulgent de leurs
« parents ».

— Elle a eu tous ses vaccins ? entendis-je l'un
d'entre eux s'enquérir, au-dessus des glapissements de
Mickey.

— Oui. Elle n'a pas du tout pleuré. Elle est très
courageuse.

— Le mien est déjà propre.

— Vraiment ! Incroyable.

— Oui, il apprend vite.

À sept heures un quart, je fis l'appel.

— Roxy ?

— Oui.

— Alfie ?

— Ici.

— Lola ?

— Présente, mademoiselle, gloussa sa propriétaire.

— Maisie ? Mais oui, te voilà. Sooty ? Est-ce que
Sooty est là ? Ah, tu es là, Sooty.

Ils venaient d'arriver.

— Et Twiglet ?

— Ouaip.

— Cosmo ?

— Il est ici.

— Et enfin... Bentley. Ah, bonjour, Lily.

Elle venait de débarquer dans un halo de parfum,
pressant le chiot contre elle d'une main embijoutée,
traînant Jennifer derrière elle de l'autre main.

— Asseyez-vous. Je voudrais que vous vous pré-
sentiez tous, et que vous expliquiez pourquoi vous avez

145

choisi votre petit chien. Allez-y la première, Sally,... puis on fera le tour.

— D'accord. Bonjour, tout le monde. Je m'appelle Sally et je travaille dans les relations publiques, et mon petit chien, Roxy, est un labrador parce que... enfin... ils sont tellement adorables, n'est-ce pas ?

— Ouais, labradorables, répliqua Marcus.

Tout le monde s'esclaffa.

— Au suivant.

— Je m'appelle John, je travaille dans les technologies de l'information et j'ai choisi Alfie parce que j'ai toujours aimé les chiens de chasse.

— Un chien d'arrêt, ça sait toujours dire stop ! plaisanta Marcus.

Au moins, ça aidait à briser la glace.

— Mon nom est Susan et voici Lola, dit une femme aux yeux cernés de khôl.

Elle eut l'air perplexe.

— Ou alors, c'est le contraire ? Non. Je suis Susan, j'en suis sûre, j'enseigne le yoga et, bon, j'ai toujours aimé les setters anglais parce que...

— « Setter-heux », comme chien, grogna Marcus.

C'était manifestement un spécimen de cette espèce légèrement irritante : le boute-en-train.

— Je me prénomme Jane et voici Sooty. Comme j'ai grandi dans une ferme, je savais que je prendrais un jour un colley.

— Je m'appelle Ian, je suis décorateur et voici mon carlin, Bentley.

— Je suis Lily Jago, rédactrice en chef de *Moi !* *magazine* et mon petit chien est un shihtzu...

— À vos souhaits ! dit Marcus.

Gloussements. Lily lui décocha un regard glacial.

— C'est une shih... tzu, articula-t-elle lentement. Comme sa tante, Jennifer Aniston.

— Pourquoi lui avez-vous donné ce nom ? demanda Marcus, intrigué.

— Vous ne voyez pas la ressemblance ?

— Euh... je n'en suis pas sûr, fit-il d'un air docte. Leurs nez sont légèrement différents.

Lily prit l'air offusqué.

— Non, pas le visage. Les cheveux. C'est parce qu'elle a de longs cheveux soyeux et parce qu'elle le vaut bien, pas vrai, mon chou ?

Jennifer grogna.

— Et ma petite chienne s'appelle Gwyneth Paltrow, précisément pour la même raison.

— Vous ne pouvez pas l'appeler comme ça, dit Marcus. Tout le monde sait que Jennifer Aniston et Gwyneth Paltrow ne s'entendent pas.

— C'est vrai, renchérit Phyllis. Elles se sont brouillées à cause de Brad Pitt. Et Gwyneth Paltrow ne peut pas encadrer Jennifer Lopez non plus, ajouta-t-elle, très au courant.

— C'est vrai, dit Jane. Il paraît qu'elle est toujours furieuse qu'elle lui ait piqué Ben Affleck. Vous n'avez pas vu l'article de *Hello* ?

— Un peu de sérieux, s'il vous plaît, dis-je.

— D'accord, dit Marcus. Moi, je suis Marcus Longman et je travaille dans le cinéma.

— *Vraiment ?* firent tous les autres. Et vous faites quoi ?

— Vous êtes réalisateur ? demanda Lily.

— Non. Cascadeur.

— Comme c'est fascinant, souffla-t-elle. Alors vous êtes cascadeur ?

Il hocha la tête. C'était vraisemblable. Il semblait très en forme et musclé, comme s'il s'entraînait régulièrement.

— Nous devons faire un papier là-dessus dans

147

Moi !... Vous avez travaillé sur quoi, récemment ? Un truc connu ?

— *Ohé, terre !*

J'eus un coup au cœur.

— Il paraît que c'est splendide, décréta Phyllis.

— En effet. C'est génial ! renchérit Lily.

Mon estomac se retourna.

— Je l'ai vu en avant-première.

— Et pourquoi avoir choisi Twiglet, Marcus ? insistai-je désespérément pour changer de sujet.

— Parce que les jack russell sont intelligents, vifs et courageux. Et parce que j'étais certain qu'on pourrait bien s'amuser ensemble.

— En faisant quoi, par exemple ?

— Du parachute, du kayak, peut-être du parapente.

Lily leva au ciel ses immenses yeux noirs.

— Mais les chiens, ça ne fait pas ce genre de choses.

— Si. Mon dernier jack russell faisait du surf – il adorait – il avait sa propre combinaison. Il faisait du parachute avec moi, aussi. Pas en solo, évidemment – on était attachés ensemble. Mais malheureusement, l'an dernier, il a eu un accident.

— Qu'est-ce qui s'est passé ? demanda en chœur l'assistance, en se préparant au pire.

— Il s'est fait un tour de reins en sortant du lit. De toute façon, c'était le chien de ma copine, et elle l'a gardé quand elle est partie. C'est pour ça que j'ai pris Twiglet.

— Vous revoyez toujours votre ex-chien ? demanda Phyllis. Je l'espère car vous devez lui manquer.

— J'ai un droit de visite. Alors, ça va.

— On peut arrêter d'aboyer maintenant ? Je veux dire de parler ? dis-je, tâchant de réaffirmer mon autorité. On a un programme chargé.

Un silence respectueux descendit sur le groupe, entrecoupé d'un seul « yip ».

— Bon, repris-je, le but de ces fêtes est d'habituer les chiots à être avec des inconnus dès le début, pour qu'ils ne soient pas déphasés plus tard dans leur vie. On va d'abord jouer à « passer le chien ». Je veux que vous confiez votre chiot à votre voisin de gauche, puis je veux que vous examiniez les oreilles du chien, comme le ferait un vétérinaire, et que vous tâtiez ses pattes ; regardez dans la gueule, examinez ses yeux ; palpez sa fourrure et frottez son ventre, qui est la partie la plus vulnérable. Après avoir été manipulé par neuf inconnus pendant cinq semaines, votre chiot deviendra un citoyen canin agréable, responsable et équilibré. Alors... passez le chien, s'il vous plaît.

— Qu'est-ce qu'il est mignon !

— Non, ne la tenez pas comme ça... comme ceci.

— Aïe ! Quelles petites dents pointues !

— Attention ! Ne le laissez pas tomber !

— Je ne le laisse pas tomber !

— Au revoir, ma petite chérie ! À bientôt !

Puis nous fîmes une session d'inhibition du réflexe de morsure, suivie d'un exposé général sur les problèmes de comportement les plus courants et la façon de les éviter ; je parlai ensuite de nutrition et, enfin, nous mîmes en commun nos interrogations.

— Quelqu'un a des difficultés particulières ?

— J'ai du mal à le rendre propre, soupira Sue.

— Il ne vient pas quand je l'appelle, dit John.

— Je suis épuisée, dit Jane. Sooty me réveille au moins trois fois par nuit.

— Bentley fait ça, aussi.

— J'ai l'impression de ne pas être à la hauteur, renifla Sue.

Des larmes affleurèrent soudain à ses paupières.

— Je me sens tellement nulle. Cette immense responsabilité. Ce tout petit être qui dépend de moi, et que j'aime tant, sanglota-t-elle. Je me sens totalement dépassée.

— Vous souffrez de dépression postcanine, avertit Lily en passant un mouchoir à Sue. Moi aussi, j'ai eu ça avec Jennifer. Ça ne dure pas. Vous devriez peut-être consulter quelqu'un.

— C'est parce que c'est votre premier, dit John. La plupart des gens vivent ça, avec leur premier.

— Oui, j'ai eu ça moi aussi, renchérit Phyllis. Ne vous inquiétez pas, Sue. Je suis certaine que vous ferez une excellente mère.

— Oui, ne vous inquiétez pas, firent-ils en chœur. Tout ira bien.

À neuf heures, ils commencèrent à se disperser, en se promettant de se revoir pour que leurs chiots jouent ensemble.

— C'était marrant, dit Marcus chaleureusement. Twiglet a adoré, pas vrai ?

Je souris. S'il pouvait paraître exaspérant par moments, Marcus était très amical. Et aussi assez séduisant.

— Alors, qui avez-vous doublé sur *Ohé, terre !*, s'enquit Lily. Alexander Darke ? Quel type sublime !

— Non. Je doublais Joe Fenton, le type qui joue le second. J'ai passé presque tout le tournage à valdinguer par-dessus bord... dans la mer du Nord, hélas ! Pas dans les Caraïbes. Enfin, c'est pour cela qu'on me paie.

Il me tendit une circulaire de format A5. *Vous POUVEZ vous défendre* ! y lisait-on.

— Qu'est-ce que c'est, Marcus ?

— Je vais donner un petit cours d'autodéfense à partir du mois prochain dans la salle paroissiale près de

Tottenham Court Road. Si vous connaissez quelqu'un que ça intéresse, vous pouvez passer le mot ?

— Oui. Oui, bien sûr.

— Bon, il faut que j'y aille.

Il cala Twiglet dans le col de son pull.

— À la semaine prochaine.

— À bientôt, dit Lily.

Elle s'approcha de la fenêtre et le regarda s'éloigner à vélo.

— Quel garçon charmant, dit-elle tandis que je repliais les chaises. Et il est assez beau. À part son nez cassé. Il faut vraiment que je fasse un papier sur les cascadeurs, dit-elle en ouvrant son sac. Et quand est-ce qu'on vous fait, Miranda ?

— Qu'on me fait quoi ?

— L'interview pour *Moi !*

Elle brandit son agenda.

— Je ne pensais pas que vous parliez sérieusement.

— Bien entendu que je parlais sérieusement. Je le rédigerais moi-même si j'en avais le temps. Quel jour vous convient ?

— Euh... eh bien...

J'étais tout excitée.

— N'importe quand, en fait... sauf vendredi, c'est le jour où je tourne.

— Alors mardi prochain ?

Je jetai un coup d'œil au calendrier.

— Mardi, ce serait parfait. Mais après quatre heures, parce que j'ai mon dernier rendez-vous à deux heures et demie.

— Très bien.

Lily le nota.

— Je dirai à India Carr de passer ici à quatre heures et demie, puis je demanderai au photographe de vous

appeler pour prendre rendez-vous. Alors, qui choisir ?
Voyons...

Elle frappa le bout de son stylo contre ses dents.

— Johnny Van der Veldt ? Hum, je crois qu'il est
à l'étranger. Jack Green ? Trop cher. Hamish Cassell...
non, il a bossé pour *Vogue*, ce sale petit traître.

Je m'arrêtai de plier les chaises.

— Vous cherchez un photographe ?

— Oui, désolée, je réfléchissais tout haut. Ne vous
en faites pas, dit-elle en rangeant son agenda. Le chef
du service photo va arranger ça.

Je me tournai vers elle.

— Bon, alors on y va. Mon chauffeur m'attend. Et
puis il faut coucher ce bébé.

Elle passa sa laisse incrustée de strass à Jennifer, et
sourit.

— À la semaine prochaine.

— Je peux vous faire une suggestion, Lily ?

Elle se retourna.

— À propos du photographe ?

— Oui, d'accord.

L'adrénaline brûlait dans mes veines.

— Et si vous preniez... David White ?

— David White ? répéta-t-elle.

Elle cligna deux fois des yeux.

— Ou... ui.

— Vous voulez dire D.J. White ? Ce David White-
là ?

— Euh, oui, hésitai-je.

— Celui-là ?

Elle prit mon exemplaire du *Guardian*, cahier G2.
La photo d'un garçonnet pakistanais – il ne devait pas
avoir plus de cinq ans – travaillant à un métier de tapis-
sier s'étalait en première page. En haut à droite, je lus
le crédit : *Photo D.J. White.*

— Mais c'est un photo-journaliste, protesta Lily. Voilà le genre de travail qu'il fait.

— Ah. Oui, évidemment. Alors tant pis. En réalité, je ne connais pas grand-chose aux photographes, dis-je. Je ne connais même rien du tout, mais j'ai entendu prononcer ce nom récemment, alors j'ai pensé, vous comprenez, pourquoi ne pas parler de lui au cas où ça vous donne une idée et...

— Mais c'est une excellente idée ! s'exclama Lily. Vraiment très judicieuse. En fait – c'est un trait de génie ! Oui. D.J. White, photo-reporter distingué, faisant des portraits pour un magazine de mode. Ce serait pointu. Oui, plus j'y pense, plus ça me plaît. D.J. White sur papier glacé. *Très* pointu. Je vous ai déjà dit que vous étiez un génie, Miranda ? ajouta-t-elle d'un ton désinvolte.

— Euh, en fait, oui.

— Parfait.

Elle fit sa sortie.

— Parce que vous l'êtes.

6

S'agissait-il du « bon » David White ? Le lendemain matin, le cœur battant, j'appelai les deux autres photographes du même nom. Un peu méfiants, ils me confirmèrent néanmoins que, non, ni l'un ni l'autre n'avait jamais vécu à Brighton.

— C'est bien lui, dis-je à Herman en reposant le combiné après le deuxième appel. Ce doit être lui. C'est le bon ! lançai-je d'un ton léger.

Je me sentais étrangement heureuse.

— Alors tu as manigancé les présentations, déclara Daisy, dix minutes plus tard, tandis qu'elle se rendait au travail.

J'entendais ses talons claquer sur le trottoir.

— C'est culotté, de ta part.

— J'ai simplement décidé de tenter le coup, au cas où il s'agissait du bon. Ce qui est presque sûrement le cas.

— Ça va beaucoup faciliter les choses, reprit-elle. Le fait qu'il doive faire d'abord ton portrait va déjà créer un lien entre vous. C'est beaucoup moins gênant que de l'appeler comme ça, à froid. Tu peux trouver d'autres infos sur lui avant mardi ?

— J'ai déjà consulté son site web. Il n'y a rien de personnel... Juste qu'il est né en 1967 – ce qui correspond, pour l'âge –, qu'il a étudié à City Poly, qu'il a travaillé pour Reuters pendant dix ans avant de s'installer en free lance.

— Qu'est-ce que ça te fait, de savoir que tu vas le rencontrer ?

Le rencontrer. Mon estomac fit la cabriole.

— J'en suis malade. Et, en même temps, curieusement joyeuse, ajoutai-je. Presque excitée.

— Parce que tu es convaincue de faire ce qui est bien.

Un instant, je me demandai ce que les conséquences de « faire ce qui est bien » allaient être – cela pouvait tourner à la catastrophe – mais il était trop tard pour m'en inquiéter.

— Et Nigel ? Quelles nouvelles ? demandai-je.

J'entendis le bip aigu du passage clouté.

— Il est rentré de Bonn hier soir. Évidemment, il était inutile d'entamer une discussion sérieuse avec lui à ce moment-là. Il était trop fatigué. Mais je le ferai. Bientôt, dit-elle. C'est certain. Il faut juste que je choisisse le bon moment.

— Mouais. Évidemment.

— Et je ne crois pas que je lui en parlerai ce week-end, parce qu'il a décidé de faire un barbecue, si la météo est bonne... Au fait, tu en seras ? C'est pour cela que j'appelle.

— Oui, d'accord.

Je vis le postier passer.

— Bon, il faut que j'y aille. J'ai un mariage à organiser, m'informa-t-elle d'une voix sinistre. La réception a lieu au Savoy. Dîner placé pour cent personnes. Six demoiselles d'honneur. Lune de miel aux Galapagos. On se voit samedi soir !

Je tirai trois enveloppes de la mâchoire en cuivre de la boîte aux lettres. Il y avait un avis d'impôts locaux,

156

le programme de tournage de *Folies animales* et, enfin, le formulaire que devait m'envoyer la police. Je le remplis rapidement et le postai. Combien de temps, maintenant ? Six semaines. Je m'examinai dans mon miroir de poche... L'ecchymose avait disparu et mes côtes ne me faisaient souffrir que quand je toussais. D'une certaine façon, j'avais eu beaucoup de chance – contrairement à David, qui, lui, porterait ses cicatrices pour le reste de son existence.

Je passai la matinée avec le hamster timide de Hampstead – le petit garçon était triste parce que l'animal n'aimait pas qu'on le prenne –, puis j'allai visiter une perruche en détresse appelée Tweetie, sur Crouch Hill. Elle avait arraché tellement de plumes de son poitrail qu'elle avait l'air prête à être mise au four.

— Est-ce qu'elle essaie de se suicider ? avait demandé le vieillard, visiblement très inquiet.

— Non, elle est simplement très malheureuse.

Une plume jaune minuscule flotta jusqu'au sol.

— Pourtant, elle a une belle cage, un os de seiche, et beaucoup de jouets.

— Oui. Mais il lui manque quelque chose de bien plus important que tout cela.

— Quoi donc ?

— Une autre perruche. On ne devrait jamais laisser une perruche seule. À l'état sauvage, ces oiseaux vivent en groupe. Ils ont besoin de compagnie.

— Ah, fit-il, étonné. Je l'ignorais.

— Je vous conseille donc vivement de lui trouver une amie dès que possible. Je pense que ça lui remontera le moral.

— D'accord.

— Je vous en prie, tenez-moi au courant.

— Oui, bien sûr. Je vais aller à l'animalerie dès aujourd'hui. Combien vous dois-je ?

Il sortit son portefeuille.

— Laissez, fis-je. Je n'ai passé que cinq minutes avec vous et, de toute façon, j'étais dans le quartier. Et puis, j'aurais pu vous dire tout cela par téléphone, mais j'étais un peu... ailleurs, ce matin.

En ce moment, je suis presque toujours ailleurs.

— Ah, bien, merci beaucoup, dit-il en souriant. Alors laissez-moi vous offrir quelque chose.

Il s'approcha du buffet et en ouvrit un battant.

— Non, vraiment, protestai-je, ce n'est pas la peine.

Il en tira un petit ouvrage carré.

— J'ai publié ceci à compte d'auteur il y a quelques années.

Il me le tendit. Le livre s'intitulait *Une minute de sagesse.*

— C'est un petit recueil des maximes qui m'ont aidé dans la vie. En fait, je n'en ai pas vendu beaucoup, alors maintenant, je les offre.

— C'est très aimable à vous. Merci.

Je feuilletai rapidement : il débordait de gros bon sens et de clichés réconfortants. *Attendez-vous au meilleur, mais préparez-vous au pire ; la connaissance de soi est le premier pas vers la satisfaction.*

— Ça semble très consolant, observai-je.

— C'est pour cette raison que je l'ai écrit.

Je rentrai, à la fois contente d'avoir pu aider le vieux monsieur, et fâchée contre l'animalerie qui ne lui avait pas enseigné le B.A.-BA des perruches. Tout en me garant, je jetai un coup d'œil au rétroviseur et revis la ravissante fille blonde sortir des Mews. Cela faisait plusieurs fois que je l'apercevais et je ne pouvais m'empêcher de me demander qui elle était. Elle avait une chevelure blonde, presque blanche, qui tombait en cascade, le teint pâle et d'immenses yeux bleus. En fait, elle semblait tout droit sortie d'une pub pour shampooings. Je la voyais si souvent que je me dis que, même si elle ne souriait jamais comme mes autres voisins, elle devait travailler là. J'ouvris la porte et Herman vint m'accueillir en trottinant, sourcils froncés, l'air consterné comme d'habitude. Le voyant du répondeur clignotait.

— Salut, Miranda ! Papa à l'appareil.

Bien qu'il utilisât des expressions américaines, ses intonations demeuraient typiquement anglaises.

— J'arrive dimanche, mais je voulais te prévenir que j'irai directement dans le Sussex. Cela dit, je serai en ville pendant quelques jours pour le club. J'espère te voir bientôt.

La cassette passa au deuxième message.

— Salut, Miranda, fit une voix masculine inconnue.

Qui était-ce ? Un Américain, d'après son accent. Peut-être un nouveau client.

— Ici David White.

Mon cœur s'arrêta de battre.

— J'appelle pour prendre rendez-vous pour la prise de vue, la semaine prochaine. Je sais qu'on vous interviewe mardi à quatre heures, alors je pensais venir juste après. Voici les numéros où vous pouvez me joindre, alors passez-moi un coup de fil.

Je pressai le bouton « play » pour réécouter. Au bout de cinq fois, je sus que je m'étais trompée. L'accent était indéniablement américain. Ce n'était pas le bon David White. C'était impossible. Le David White que je recherchais était britannique. Je fus déçue, puis curieusement soulagée. Je rappelai au numéro indiqué et lui parlai brièvement – il avait l'air sympathique, malgré un ton bourru.

— Alors à dix-huit heures, dit-il.

— Bonjour ! lança Daisy en ouvrant la porte de la maison de Nigel, samedi soir. Tu es la première.

— Très bien. C'est pour ça que je suis arrivée un peu tôt. Pour pouvoir te parler. Ce n'est pas le bon, fis-je tout bas. Il est américain. Ou peut-être canadien.

Elle parut consternée.

— Voilà le problème : c'est un nom assez courant.

— En plus, le David White que je recherche n'est peut-être même plus photographe. Cette information remonte à plusieurs années. Aujourd'hui, il pourrait être pilote... ou pianiste de concert... Non, sans doute pas pianiste de concert, rectifiai-je amèrement.

Daisy fit la grimace.

— Alors il va falloir trouver une autre méthode. Tu devrais peut-être engager un détective privé.

— Trop cher... Je n'en ai pas les moyens. Salut, Nigel !

Il venait de remonter du sous-sol. Il est un peu plus grand que Daisy, avec des cheveux courts et blonds – légèrement dégarni sur le dessus du crâne – et des yeux bleu clair. Il est assez bel homme, mais déjà un peu bedonnant, ou... disons, d'une « solidité » rassurante.

— Je suis ravi de te voir, dit-il.

J'aime bien Nigel. Depuis toujours. Mais je l'aimerais davantage s'il demandait à mon amie de l'épouser.

— Daisy souhaiterait savoir si tu comptes ou non l'épouser un jour, hasardai-je tandis qu'il s'avançait vers moi. Après tout, vous êtes ensemble depuis cinq ans. Cinq ans et demi, en fait, ce qui est bien assez long, et ça commence à presser parce qu'elle aimerait avoir des enfants. Alors si tu n'as pas l'intention de partager le reste de ta vie avec elle, sois gentil, dis-le-

160

lui, parce que malheureusement, elle est trop romantique – et trop trouillarde – pour te poser la question.

Évidemment, je n'ai pas vraiment dit ça. Je me suis contentée de :

— Ravie de te voir aussi, Nigel.

Il m'embrassa fraternellement.

Nous descendîmes jusqu'à l'immense cuisine en sous-sol, avec ses armoires cérusées, ses tomettes en terre cuite et sa serre attenante, où une variété de bonsaïs étaient exposés. Tandis que Daisy préparait les Pimms, je les admirai poliment. Nigel rayonnait d'une fierté quasi paternelle.

— J'avoue qu'ils sont très beaux, dit-il. Je suis tout particulièrement fier de ce cèdre du Liban.

Je le regardai. Il était parfait, avec ses aiguilles vert-noir et ses branches basses si gracieuses. Il mesurait environ vingt-cinq centimètres.

Cela me rendit triste.

— *Multum in parvo*, j'imagine, dis-je avec regret, en me souvenant d'une phrase lue dans *Une minute de sagesse*.

— *Précisément.* C'est ça qui est beau. Il ressemble exactement à ce qu'il serait dans la nature, sauf qu'on l'a...

— Rabougri, ajoutai-je, sans pouvoir m'en empêcher.

— Miniaturisé.

— Et il a quel âge ?

Il sourit.

— Tu sais, ce n'est pas poli de demander l'âge d'un bonsaï.

— Ah bon ?

— Mais, puisque c'est toi... Trente-trois ans.

— Bon sang, c'est notre âge ! grinça Daisy en tranchant un concombre.

161

— Je l'ai depuis l'âge de sept ans.

— Dis-moi comment tu fais pour qu'ils poussent comme ça ?

Nigel monta ses lunettes sur son nez, ravi de disserter sur son sujet préféré.

— Le secret, c'est de les maintenir dans un état de stress partiel. C'est pour cette raison que je les mets ici, dans la serre, parce qu'un fort ensoleillement réduit la taille des feuilles.

— Ah, fis-je, consternée. Je vois.

— Les bonsaïs exposés à un fort rayonnement ultraviolet tendent à être plus petits, reprit Nigel avec enthousiasme, tandis que Daisy sortait pour cueillir de la menthe. Il s'agit de contrôler leur développement, tu comprends. En recourant à diverses techniques – par exemple, en leur donnant à peine assez d'eau... bref en les privant de ce dont ils ont besoin –, on parvient à inciter subtilement l'arbre à faire ce qu'on veut.

— Mmmoui.

— Le principal, c'est d'éviter une croissance luxuriante. Par exemple, cet orme japonais est particulièrement réussi...

Tandis que Nigel se lançait dans un vibrant éloge de l'élagage des racines, du rognage et de la « correction du dessin », je songeai qu'il rabougrissait Daisy de la même façon... Il l'empêchait de se développer. Il la maintenait en état de stress partiel.

La sonnette annonça l'arrivée des amis de Nigel. Il avait invité environ quinze personnes – de vieux amis, ses voisins et quelques confrères avocats. Nous bavardâmes sur la pelouse dans le joli jardin clos. Le barbecue fumait, le Pimms coulait à flots et l'ambiance se détendit peu à peu. Un ou deux des invités m'interrogèrent sur *Folies animales*, alors je leur racontai le tournage de la veille : j'avais dû traiter un chat qui

162

bondissait sur la tête de sa propriétaire, toutes griffes dehors, chaque fois qu'elle rentrait à la maison.

— Il lui plongeait dessus à la manière d'un Fokker, dis-je.

— Elle aurait dû l'appeler comme ça, lança quelqu'un.

— En fait, expliquai-je, il s'installe en haut de l'armoire pour l'attendre, et puis il lui saute dessus. Elle s'est mise à porter un casque de moto pour franchir le seuil.

— Et pourquoi fait-il ça ?

— Par ennui... Parce qu'il reste dans la maison toute la journée. Il essaie simplement de suivre ses instincts de chasseur. C'est souvent le cas, dans les problèmes de comportement, repris-je. En général, l'animal n'a aucun problème de ce côté-là. Il se comporte juste d'une façon qui ne plaît pas aux êtres humains.

— Alors, comment avez-vous résolu l'affaire ?

— Avec un gymnase pour chats, équipé de cordes, de poteaux à gratter et de trucs pour jouer... Elle s'en fait fabriquer un. Dans deux semaines, on ira tourner chez elle pour voir comment ça a marché.

Puis la conversation s'orienta vers la loi. Un dénommé Alan, avocat pénaliste qui avait été au lycée avec Nigel, représentait le ministère public dans une affaire de coups et blessures.

— Ce qui est intéressant, expliquait-il, c'est que le délit a été commis il y a plus de douze ans. Il était impossible de prouver la culpabilité du suspect à l'époque. Mais aujourd'hui, nous avons été en mesure de faire des tests ADN. Douze ans..., répéta-t-il, émerveillé, tout en mastiquant un pilon de poulet. — Bon sang, fis-je, le cœur battant. C'est fascinant... et... est-ce vrai qu'il n'y a... aucune limite sur le délai après lequel un crime est commis, pour engager des poursuites contre l'auteur ?

— Effectivement, dit-il. Toutefois il faut que ce crime soit suffisamment grave pour que la police rouvre l'enquête.

— Grave à quel point ?

— Eh bien, s'il s'agit d'un meurtre, par exemple, ou de tentative de meurtre, d'incendie criminel, ou toute autre forme d'agression grave.

Mon estomac se retourna.

— Et si la police décide de ne pas poursuivre, la victime peut quand même poursuivre son agresseur au tribunal civil.

— Vraiment ?

J'abaissai ma brochette végétarienne. Je n'y avais jamais songé.

— Pour en tirer quoi ?

— Un dédommagement financier, ou simplement une satisfaction émotionnelle... Une façon de tourner la page. Souvent, c'est l'élément le plus important.

Tandis que la conversation continuait, je me demandai, effarée, si David – à supposer que je le retrouve – envisagerait de me faire un procès. Peut-être bien que oui. Auquel cas il devrait poursuivre aussi Jimmy. J'étais sur le point d'ouvrir une boîte de Pandore.

Ne te laisse pas entraîner, me soufflait une petite voix. *Laisse tomber. Laisse tomber.*

Non, protestait ma conscience. *Dis la vérité. Tourne enfin la page. Alors tu pourras prendre un nouveau départ dans la vie.*

Quand je repris mes esprits, je me rendis compte que la conversation était passée à un autre sujet. La collègue de Nigel, Mary, s'était jointe à nous ; c'était une femme mince, au visage pointu, du même âge environ que Nigel. Je savais par Daisy qu'elle travaillait dans le même service que lui : les litiges commerciaux. Je savais aussi que Mary avait eu le béguin pour Nigel, et que cela n'avait pas été réciproque.

— C'est le quarantième anniversaire de Nigel bientôt, n'est-ce pas, disait-elle, sa fourchette suspendue au-dessus de son assiette.

— Oui, en effet, répondit Alan. Espérons qu'il fera une fête.

— Oui, espérons, renchérit un autre de ses amis, Jon. On fera en sorte qu'il en ait une.

— Espérons surtout qu'il se décidera à se faire passer la corde au cou ! dit quelqu'un d'autre.

À ces mots, tous s'esclaffèrent. Je cherchai Daisy du regard mais elle était dans la serre et n'avait pu entendre.

— Se marier ? s'exclama Alan. Nigel ? Allez, vous plaisantez !

Jon hoquetait de rire.

— Je sais, renchérit Mary avec un ricanement de satisfaction. Je les ai toutes vues arriver et repartir, poursuivit-elle avec un ton de lassitude ostentatoire. C'est un très vilain garçon. J'imagine que Daisy s'en ira elle aussi, comme toutes les autres. Nigel est un amour, mais vraiment...

Elle haussa ses épaules tombantes.

— ... qui pourrait le lui reprocher ? Après avoir attendu si longtemps. D'accord.

— Daisy ne veut pas se marier, intervins-je. Elle est heureuse comme ça.

— Comment le savez-vous ?

— Parce que je suis sa meilleure amie.

— Oh ! Je suis désolée, fit Mary, exagérément contrite.

Elle m'adressa un sourire dur et faux.

— J'imagine que c'est un sujet délicat.

— Pas le moins du monde, répliquai-je.

Je m'éloignai, les joues brûlantes. Manifestement, Daisy faisait l'objet d'une pitié amusée. Tandis que je la regardais sortir de la maison avec une nouvelle carafe de Pimm's, et bavarder gaiement avec tout le monde, riant et plaisantant, animant la soirée, j'éprouvai une colère intense contre Nigel. Qu'est-ce qu'il était mesquin, de la laisser comme ça dans l'expectative, en l'encourageant juste assez pour qu'elle reste avec lui, sans jamais lui donner un quelconque sentiment de sécurité. Et comme elle était idiote de se laisser faire, songeai-je. Je me demandais ce qui le pousserait à se décider. Je n'étais pas du tout convaincue que Daisy arriverait à le « coincer » ; elle s'accroche encore à l'espoir qu'il s'agenouillera un jour pour lui demander sa main. Il ne le fera jamais, c'est évident... parce que rien ne l'y contraint. En outre, je doute qu'il ait envie de partager sa vie avec qui que ce soit. Et si elle le quittait, elle ? Que se passerait-il ? Sans doute pas grand-chose. Nigel serait un peu dépité pendant un temps, puis il rencontrerait quelqu'un d'autre, et lui referait exactement le même coup. À présent, Daisy lui servait un Pimm's, tout en le considérant avec ravissement.

— Dis-moi quand, Nigel, l'entendis-je dire.

Oui, Nigel, songeai-je, furieuse. Dis-lui quand.

Le reste du week-end se déroula agréablement, même si, dimanche, j'eus envie de vomir en écoutant *The Westminster Hour*, à la radio : Jimmy était interviewé. Il parlait d'un rapport de la Chambre des députés sur le financement des universités. Je dus éteindre le poste. Lundi, je fus prise toute la journée. Et mardi, je me préparai à recevoir la journaliste star de Lily, India Carr. Je savais qu'elle écrivait bien – j'avais lu certains de ses articles. Quand elle arriva, elle me parut gentille et sympathique. D'abord, elle prit quelques notes sur la maison, puis m'interrogea sur mon travail – mon cas le plus difficile, le plus facile, le plus intéressant, et les erreurs les plus courantes commises par les propriétaires d'animaux domestiques. Nous discutâmes du développement de la psychiatrie animalière, puis elle aborda des sujets plus personnels. Elle voulait savoir quel était mon créateur de mode préféré.

J'éclatai de rire.

— Je n'achète jamais de fringues de créateurs. Je porte un jean presque tous les jours, et une veste vintage quand j'ai envie d'être un peu plus sophistiquée. Mais je ne suis pas une bête de mode... pas même une bestiole, plaisantai-je.

— Vous êtes assez menue, en effet, sourit-elle. Quelle taille faites-vous ?

— En ce moment, du trente-quatre, je crois. J'achète des vêtements d'enfants parfois – c'est l'un des avantages de mon petit format – sur les vêtements pour enfants il n'y a pas de TVA.

— Et côté amoureux ? Vous êtes célibataire, n'est-ce pas ?

— Oui, fis-je, un peu mal à l'aise. En effet, mais cela n'a aucun intérêt, ajoutai-je avec une désinvolture affectée.

— Moi, je crois que si.

— Pourquoi ?

— Parce que vous étiez fiancée à Alexander Darke.

Et *merde* ! Ses grands yeux verts scrutaient les miens.

— Pas vrai ? insista-t-elle.

Je soupirai.

— Je vois que vous avez mené votre enquête.

— Bien entendu. C'est mon métier.

— Eh bien, je préférerais ne pas évoquer ma vie privée, si ça ne vous gêne pas.

— Pourtant, c'est un domaine que je dois aborder.

— Pourquoi ?

Je fixai le parquet.

— Qui cela peut-il intéresser ? repris-je.

— Pas mal de gens, je dirais. Parce qu'au moment où cet article va paraître, en août, Alexander Darke sera très connu. Alors, ça semblerait curieux que je ne parle pas de votre relation.

Je me tournai vers la fenêtre.

— Que s'est-il passé ? s'enquit-elle.

Elle vérifia que la cassette de son minuscule magnétophone tournait encore.

— Que s'est-il passé ? insista-t-elle gentiment.

J'aurais pu arrêter l'interview, mais j'avais besoin de pub.

— C'est que... (Je soupirai.) ... enfin... ça n'a pas marché.

Je pris Herman dans mes bras pour qu'India ne voie pas mes mains trembler.

— Ce n'est pas tout, n'est-ce pas ?

— Mais *si* ! Enfin, je veux dire que c'est tout. Vraiment. Il n'y a rien à dire de plus.

— Mais un ami d'Alexander m'a raconté...

Non !

— ... que les fiançailles avaient été rompues très abruptement. Je me demandais juste pourquoi. Il a ajouté qu'Alexander ne s'était jamais vraiment expliqué là-dessus.

Le contraire m'eût étonnée.

— ... Il a simplement prétendu que vous aviez « changé d'avis ». Que tout le monde était stupéfait, parce que vous sembliez très heureux ensemble. Je suis certaine que nos lectrices apprécieraient de savoir pourquoi votre histoire a échoué.

Je compris, à contrecœur, que j'allais devoir dire quelque chose.

— Eh bien, répondis-je, en effet, j'ai changé d'avis... c'est vrai. Parce que je suis parvenue à la... très... triste... conclusion que, sur le long terme, ça ne collerait pas entre nous.

India m'adressa un regard sceptique.

— Et pourquoi donc ?

Je fis de mon mieux pour garder mon sang-froid. Si je m'énervais, elle flairerait un scoop, et dans mon état actuel j'étais capable de craquer.

— J'ai découvert que nous étions... incompatibles. Que nous avions... des valeurs différentes.

Mon Dieu, j'avais l'air de le juger.

— Il a été infidèle ? s'enquit-elle. C'est ça ? Il y a bien eu des rumeurs à propos de sa partenaire, Tilly Bishop.

Un spasme de jalousie me pinça le cœur.

— Non, vraiment. Il n'y avait personne d'autre. Par « valeurs différentes », j'entends simplement... que nous n'avions pas les mêmes conceptions de la vie. Parfois, on met un certain temps avant de le découvrir, repris-je d'un ton plus raisonnable, en retrouvant mon calme. Dans ces cas-là, mieux vaut ne pas poursuivre.

— Alors, pas de ressentiment ?

— Non, mentis-je.

— Vous êtes toujours amis ?

Si je répondais « non », elle voudrait savoir pourquoi.

— Oui, mentis-je à nouveau. Nous sommes toujours amis. Alexander est... formidable. C'est un acteur génial, sa carrière décolle et... je lui souhaite plein de bonnes choses.

Elle sembla se contenter de cette réponse. De toute façon, elle n'en tirerait pas davantage. Je n'allais pas lui dire la vérité. Et, bien que ce qu'il avait fait fût – Daisy me l'avait souvent répété – « impardonnable », je ne voulais pas paraître vindicative, ou me poser en victime. Pis, j'étais certaine que si cela s'apprenait, les médias parleraient de moi dès qu'il s'agirait de lui. Et ce pendant le reste de ma vie. Je ne serais plus « Miranda Sweet, vétérinaire comportementaliste », mais « Miranda Sweet, la pauvre femme qui a été si maltraitée par la star de la télé, Alexander Darke ». J'étais décidée à me protéger.

— Bon, alors c'est tout, non ? dis-je en jetant un coup d'œil à ma montre. Je suis sûre que vous avez ce qu'il vous faut. Et puis le photographe va débarquer d'un instant à l'autre.

Elle éteignit le magnétophone et le rangea dans son sac.

— Ah oui, vous avez D.J. White. Lily m'a avertie qu'elle l'avait engagé. Eh bien, bonne chance ! s'exclama-t-elle en prenant son calepin.

Je la dévisageai.

— Que voulez-vous dire ?

— Je l'ai déjà rencontré une fois... Il est plutôt difficile.

— En quoi ?

— C'est un emmerdeur. Pas commode. Il est peut-être beau..., et génial au boulot, mais...

Elle grimaça.

— Il n'est... pas commode, voilà tout.

— Tant pis, dis-je en haussant les épaules. Qu'il soit commode ou pas, ce n'est pas comme si je devais passer ma vie avec lui.

Quand elle fut partie, je rangeai les tasses de café, soulagée qu'il ne s'agisse pas du bon David White.

L'idée d'être photographiée par *lui* me rendait malade. Soudain, le téléphone sonna. J'étais justement en train d'expliquer à un nouveau client potentiel ma façon de travailler et mes honoraires, lorsque Herman renversa soudain la tête pour aboyer. Je me retournai et aperçus une silhouette aux cheveux sombres dans l'encadrement de la porte, un sac à la main.

— Ne quittez pas, dis-je. Bonjour !

Je lui fis signe d'entrer.

— Si vous voulez prendre rendez-vous, faites-le-moi savoir.

Je reposai le combiné.

— Pardon, fis-je. Vous devez être David.

Il hocha la tête, sans sourire. India avait apparemment raison. Tant pis. Il n'était pas très grand, environ un mètre soixante-quinze, mais il paraissait baraqué. Macho. Un peu dans le genre Marlon Brando – un jeune Marlon Brando. En l'examinant, je me rendis compte, avec une curieuse certitude, que je le trouvais attirant. Lorsqu'il s'avança d'un pas vers moi, je remarquai une cicatrice minuscule sur sa pommette, juste sous son œil droit. J'étais en train de me dire que c'était curieux, et que cela ressemblait à un croissant de lune, lorsqu'il me tendit brusquement la main. Aussitôt, je remarquai que la peau était boursouflée et un peu luisante. J'eus l'impression d'avoir été précipitée d'un avion en plein vol.

— Alors c'est vous, D.J. White, balbutiai-je. Vous êtes D.J. White, répétai-je.

J'avais soudain le sentiment que ma gorge débordait de regrets, qui allaient m'étouffer.

— D.J. White, c'est ma signature, lâcha-t-il d'un ton prosaïque. Pour me distinguer des deux autres David White dans le métier.

— Je vois.

171

Tandis qu'il posait son sac pour l'ouvrir, je jetai un nouveau coup d'œil à sa main. La peau avait l'air tirée à certains endroits, et légèrement striée à d'autres. Je regardai la gauche. Elle était pareille.

— Alors c'est vous, David White, répétai-je.

Je le scrutai, toujours avec la sensation de tomber de très haut. Je sentais des larmes picoter mes yeux. *Vous êtes David White et j'ai blessé vos mains il y a seize ans, c'était moi c'était moi, je l'ai fait mais je ne voulais pas, et je suis tellement, tellement désolée et je vous en prie, pardonnez-moi.* Je déglutis.

— Vous êtes donc... David White.

Il releva la tête, sourcils froncés, perplexe.

— Oui... exact. Je pense que nous avons établi mon identité maintenant, vous ne croyez pas ?

Je hochai la tête, en le regardant toujours fixement, prise d'un sentiment profond de dédoublement, comme si j'étais hors de mon corps... ou peut-être, hors de mon esprit.

— Et vous êtes américain ?

— Non, pas du tout.

— Mais vous parlez comme un Américain, dis-je distraitement pendant qu'il sortait un appareil photo.

Il secoua la tête.

— Je suis aussi anglais que vous.

— Pourtant, vous avez un accent américain. Je ne comprends pas.

— Oui, soupira-t-il, manifestement irrité. L'explication est très simple : j'ai grandi aux États-Unis.

— Ah.

Ah. Je n'avais pas songé à ça.

— Pourquoi ?

Il me regarda.

— Pourquoi, quoi ?

— Pourquoi avez-vous grandi aux États-Unis ?

172

Il se redressa et me lança un regard pénétrant.

— Vous êtes très... curieuse, si vous me permettez.

— Désolée. Je me demandais... c'est tout.

Son visage affichait un mélange d'agacement et de perplexité.

— Pourquoi êtes-vous parti vivre là-bas ?

— Pourquoi tenez-vous à le savoir ?

Je haussai les épaules.

— Eh bien... comme ça.

— D'accord, reprit-il en levant les mains, comme s'il faisait mine de se rendre. Parce que mon père travaillait là-bas.

— Il travaillait où ?

Maintenant, il me regardait comme si j'étais devenue folle.

— Bon sang ! dit-il posément. Toutes ces questions ! New Haven, si vous voulez savoir.

— La ville de Yale ?

— C'est ça.

— Et qu'est-ce qu'il faisait ? Il travaillait à l'université ?

— Écoutez...

Je l'entendis souffler, réprimant à peine son irritation.

— Nous ne nous sommes jamais rencontrés, et je vous rappelle que je suis venu ici pour prendre une photo... pas pour être interrogé, si ça ne vous dérange pas.

— Je suis... désolée.

Je me repris.

— Je suis simplement... étonnée. Vous comprenez, je m'attendais à ce que vous soyez américain.

— Eh bien, je ne suis pas américain, d'accord ? Si j'ai enfin réussi à vous convaincre, j'aimerais pouvoir commencer les prises de vue.

Il sortit un rouleau de pellicule et l'introduisit dans l'appareil photo.

— Je vais vous prendre ici...

Il jeta un coup d'œil circulaire à la salle de consultation.

— ... et puis on en fera quelques-unes dehors... j'ai pensé que nous pouvions aller jusqu'à la colline.

Tandis qu'il levait une cellule photographique devant mon visage, j'examinai à nouveau ses mains. La peau du dos était étrangement pâle et d'une texture damassée. Sur ses doigts, il y avait de minuscules lignes blanches, comme des éclairs miniatures. *C'est moi qui t'ai fait ça, David. C'était moi. C'était moi.* Il vit ce que j'observais et je détournai les yeux.

— Vous voulez un café ? demandai-je d'un ton plus normal. Ou quelque chose à grignoter ?

Ou bien je pourrais te donner tout mon argent, tous mes bijoux... tout ce que je possède : rien ne me ferait plus plaisir.

— Non merci, dit-il. Ça ira.

Un silence se fit. Puis David regarda Herman.

— Joli chien, lança-t-il, d'un ton plus amical. Comment s'appelle-t-il ?

Je le lui dis.

— Herman l'Allemand, fit-il.

— Exactement.

Il s'accroupit et caressa la tête satinée d'Herman.

— J'aime bien les teckels, reprit-il. Ils font toujours une telle tête qu'on a l'impression qu'une catastrophe vient de se produire...

— C'est pour cela que je les aime bien, moi aussi. Ils ont toujours l'air vivement... concernés.

Il hocha la tête et, pour la première fois, sourit.

— Désolée pour l'inquisition, m'excusai-je, plus calme à présent.

Il haussa les épaules.

— Ça va. J'imagine que vous êtes un peu nerveuse.

C'est bien plus que ça.

— Ne vous inquiétez pas, Miranda...

Qu'est-ce qu'il voulait dire par là ?

— ... vous serez très belle sur les photos.

Ah. Je remarquai alors son regard chaleureux, sa belle bouche, l'éclat d'or rouge de ses cheveux. J'ouvris mon poudrier et vérifiai rapidement mon apparence. Il n'y avait plus trace d'ecchymose.

— Dois-je me maquiller ? demandai-je. D'habitude, je ne mets rien.

Il inclina la tête sur l'épaule, évaluant mon visage comme s'il s'agissait d'un tableau.

— Non, votre teint est uni... je crois que ça ira. De toute façon, je travaille en noir et blanc, alors vous n'en avez pas besoin. En couleur, tout apparaît.

Il sortit son appareil photo de son sac et se passa la courroie autour du cou. Puis il tourna l'objectif vers moi, fit la mise au point et pressa sur le déclencheur.

Je clignai des yeux.

— Je n'étais pas prête.

— Mais si.

— Je ne souriais pas.

— Je ne veux pas que vous souriiez. Un sourire, c'est un masque.

— C'est vrai ?

— Tout à fait. On peut cacher bien des choses derrière un sourire. Maintenant...

Alors qu'il s'approchait un peu, je remarquai l'odeur citronnée de son after-shave.

— ... ouiii. Joli. Très joli.

Il pressa à nouveau le déclencheur. Celui-ci était tellement silencieux que je l'entendis à peine.

— À présent, asseyez-vous sur le canapé... Là... voilà... avec le chien.

Il souleva Herman puis déplaça deux chaises hors du champ.

— Maintenant, je veux que vous regardiez dans l'autre sens, penchez votre tête un peu et... Oui. Génial. Herman, tu me regardes, d'accord ?

J'entendis à nouveau le déclic de l'obturateur. Il prit deux autres photos, puis cinq en succession rapide. Il s'arrêta brusquement.

— Je sais que c'est difficile, dit-il en abaissant l'appareil, avec ce gros objectif braqué sur vous, mais si vous pouviez essayer de vous détendre un peu...

Non, je ne peux pas. Parce que c'est toi. Comment pourrais-je me détendre ?

— Vous avez toujours l'air tendue.

— Ah.

Je le suis.

— Maintenant, regardez-moi, Miranda...

— Par ici ?

— Oui, par ici, vers la fenêtre... très bien.

Il pressa le déclencheur à nouveau, puis abaissa son appareil. Il resta planté là, sans rien dire, à me scruter. Cela me faisait horreur. J'imaginais qu'il pouvait lire ma culpabilité sur mes traits.

— Vous êtes très photogénique, fit-il brusquement remarquer en portant le viseur à son œil. Vous avez des traits nets et de bonnes pommettes. Non, ne souriez pas. Je veux voir la vraie vous.

Non, c'est impossible. Croyez-moi.

— Vous n'utilisez pas de flash ? demandai-je tandis qu'il me mitraillait.

— Non, je préfère la lumière naturelle. Très joli, oui... vers la fenêtre. Relevez le menton. Bien.

Avec l'appareil photo entre les mains, il semblait un

peu moins abrasif, comme s'il était protégé par cette barrière.

— Herman va s'asseoir à côté de vous, et j'aimerais que vous vous regardiez. Oui... ne bougez pas... Génial ! Maintenant, on va en faire devant la porte.

— Vous n'utilisez pas d'appareil numérique ? dis-je tandis qu'il changeait la pellicule.

— Pour ce genre de boulot, je préfère mon vieux Leica. Je sais que c'est un peu démodé, ajouta-t-il en collant une étiquette sur le nouveau rouleau, mais je suis une espèce de puriste. En plus j'aime bien tirer moi-même mes photos. Normalement, je ne fais pas de portraits. D'ailleurs, reprit-il, intrigué, je me demande pourquoi on m'a commandé celui-ci.

À cause de moi, voilà pourquoi. Parce que je voulais te connaître.

— Enfin, *Moi !* est un bon magazine, et c'est du boulot.

— Vous faites du news, non ?

— Plus maintenant. J'étais photographe de guerre chez Reuters. Et puis, un jour, je n'en ai plus eu envie. Aujourd'hui, je travaille en free lance.

— Vous photographiez quoi ?

— Un peu de tout. Ce qu'on me demande de faire... et ce que je veux faire... des sujets qui me paraissent importants. Bon, on a fini ici... Allons dehors.

Je mis sa laisse à Herman et, toujours nerveuse et coincée, nous gravîmes Primrose Hill.

— Vous venez d'où, Miranda ? me demanda-t-il tandis que nous suivions le sentier. Si ça ne vous dérange pas que je vous pose quelques questions à mon tour.

Il s'était nettement détendu. D'ailleurs, à mon grand étonnement, il se montrait presque amical.

— De Brighton.

— Quelle coïncidence !

Ce n'est pas une coïncidence.

— Ma famille a habité là, un temps.

— Vraiment ? m'étonnai-je hypocritement. Dans quel quartier ?

— Queens Park. West Drive.

Numéro 44. La maison semi-indépendante, à deux portes du bout de la rue. J'y étais l'autre jour. Je te cherchais.

— Et vous, vous viviez où ?

— Sandown Road.

— Ah. Alors on était presque voisins ?

— Oui, murmurai-je nerveusement. Presque.

— On ne s'est jamais croisés, dites-moi ? ajouta-t-il. Dans une boum ?

Mon cœur se retourna rien que d'y penser.

— Je crois que, si nous nous étions rencontrés, je me souviendrais de vous, ajouta-t-il, pensif.

— Non, je ne crois pas qu'on se soit croisés.

— Probablement parce que vous êtes un peu plus jeune que moi. En outre, j'étais pensionnaire. Mon père travaillait à l'université.

Je le sais.

— Ah oui ?

— Et puis... bon... il a décidé de déménager. À vrai dire, mes souvenirs de Brighton ne sont pas terribles.

C'est ma faute. Je suis désolée. Tellement désolée.

— Je n'y suis pas retourné depuis plus de quinze ans. La vue est belle, d'ici.

Nous étions parvenus au sommet. Il y avait des gamins avec des cerfs-volants, des joggers, des gens qui promenaient leur chien.

— On va en prendre une de vous assise sur un banc, dit-il. Parfait.

Il prit quelques photos.

— La lumière est sublime... et très douce. Et il n'y a pas de brouillard à cause du vent.

Je restai assise devant le panorama incurvé de Londres, des gratte-ciel trapus des Docklands aux cheminées de la centrale électrique de Battersea ; les fenêtres des bureaux reflétaient l'or du soleil couchant. Maintenant que je l'avais rencontré, que je lui avais parlé, je savais que je devais tout lui avouer. C'était inévitable. Mais quand ?

— Vous allez redescendre avec Herman, l'entendis-je dire. Faites comme si je n'étais pas là et marchez. Voilà.

Je m'éloignai de David, un peu gênée parce que les gens me regardaient et me souriaient tandis qu'il me suivait, ou marchait à reculons devant moi. J'entendis le carillon sonner sept heures. Soudain, je sus ce que j'allais faire. J'allais lui demander d'entrer chez moi, lui offrir une bière, et...

— Fini, dit-il.

Il revint à ma hauteur, puis nous descendîmes la colline du même pas, passâmes sous les platanes, puis à travers la grille jusqu'à St. Michael's Mews. J'ouvris la porte et David rembobina le film, l'étiqueta rapidement, puis remit l'appareil dans son sac.

— J'ai deux rouleaux, il devrait y avoir de bonnes prises là-dedans.

Il hissa son sac sur son épaule. *Dis-le maintenant. Demande-lui. Demande-lui.*

— Aimeriez-vous..., commençai-je.

Mais il me tendait déjà la main.

— J'ai été content de vous connaître, Miranda. Je vais y aller. Pardon, si j'aimerais quoi ?

En le regardant, j'eus la sensation que ma poitrine allait exploser.

— Vous alliez dire quelque chose ?

— J'allais juste vous demander, euh... si vous aimeriez... une bière, ou quelque chose ?

— Une bière... ?

— Oui. Je pensais que vous en auriez peut-être... envie. C'est tout. Comme c'est... la fin de la journée... Enfin, vous n'êtes pas obligé d'accepter, bégayai-je. Mais bon, j'ai pensé... que ça vous ferait plaisir.

Il eut l'air perplexe.

— J'aurais bien aimé... Mais en fait... je suis un peu pressé.

— Je vois. Vous êtes un peu pressé, répétai-je mécaniquement.

Il hocha lentement la tête. Un ange passa. *J'ai quelque chose à te dire, David. Ça va changer ta vie.*

— Je suis désolée qu'on soit partis du mauvais pied, dis-je.

Il hocha à nouveau la tête.

— Oui. Moi aussi.

— C'est ma faute. Vous avez dû me trouver très bizarre.

— Non, non... en fait, si.

Il éclata de rire.

— C'est ce que j'ai pensé. Je sais que je peux paraître un peu bourru, j'imagine que ça vous a rendue nerveuse.

Tu m'as rendue nerveuse, mais pas pour ça.

— Bon, dit-il en regardant sa montre, je vais y aller.

Il plongea la main dans sa poche arrière.

— Et si je vous donnais ma carte ?

Lorsqu'il me la tendit, je remarquai à nouveau les cicatrices de ses mains, et mes yeux picotèrent.

— Si vous avez besoin de quoi que ce soit, passez-moi un coup de fil.

J'ai besoin de quelque chose. J'ai besoin de te dire ce que je t'ai fait et j'ai besoin que tu me pardonnes.

— Ça va ? Vous avez l'air un peu... émue.

— Ah ? Non, non, ce n'est rien. Tout va bien. C'est...

— Le rhume des foins ?

Je hochai la tête.

— Ennuyeux, non ?

J'acquiesçai, muette.

— D'accord, fit-il en ramassant son sac, alors c'est bon. J'ai été content de vous rencontrer, Miranda. À la prochaine, dit-il en sortant.

Je souris.

— C'est ça. À la prochaine.

Mais comment ? Comment pourrais-je le revoir ? Tout ce que je savais, c'est qu'il le fallait. Il *devait* savoir qui j'étais.

7

— Je t'appelle rapidement, me dit papa le lendemain soir, tandis que je me préparais pour la nouvelle
fête de chiots. Juste pour te dire que je suis... plus ou
moins installé.

— Comment est la maison ?

— Pas immense, mais très bien, à part des rideaux
marron immondes.

— Et le club ?

— Le cours est fabuleux, avec vue sur la mer, et le
club-house est formidable. En revanche, ils semblent
connaître de gros problèmes financiers.

— Ils ne t'en avaient pas parlé avant ?

— Non. Je suis un peu sous le choc. Ils m'avaient
juste prévenu qu'ils avaient besoin de moi pour « faire
un peu de recrutement ». Mais lorsque j'ai examiné les
comptes aujourd'hui, j'ai constaté que la situation était
épouvantable. Ils n'ont que cent membres et il en faut
cinq cents, rien que pour arriver au point mort. Enfin,
ajouta-t-il en soufflant, j'ai toujours su que, après Palm
Springs, ce serait un sacré défi.

— Alors pourquoi as-tu accepté le boulot ?

— Je veux prendre ma retraite ici, Miranda. Je veux
finir mes jours au pays.

— Mais tu n'as que cinquante-huit ans !

— Je sais, mais j'en avais assez de vivre aux États-Unis. En plus, je n'avais pas de carte de résident permanent.

— Tu aurais dû épouser une gentille Américaine pendant que tu étais là-bas.

— Ça ne m'a jamais tenté, soupira-t-il. Non pas qu'on ne me l'ait pas proposé... avec mon délicieux accent anglais.

Sans oublier son charme. Car c'est encore un homme séduisant, mon papa.

— Et puis, évidemment, l'hôtel était très bien...

Très bien ? Le Hyatt Golf Resort est un palace !

— Mais ces hôtels de luxe sont tellement anonymes. Les gens arrivent et repartent ; on n'a jamais le temps d'apprendre à les connaître. La camaraderie des clubs me manquait. Alors j'ai rencontré quelqu'un d'ici et on a bavardé, il m'a appris qu'on recherchait de toute urgence un nouveau directeur général, et j'ai reçu l'offre la semaine suivante. Quand j'ai consulté la carte, j'ai vu que ce n'était pas exactement l'emplacement idéal, reprit-il nerveusement. Cependant, je suis certain que, si jamais on se croise, ta mère se conduira de façon parfaitement civilisée.

Je suis convaincue du contraire.

— J'en suis sûre, dis-je.

Il y eut un drôle de petit silence.

— En fait, je l'ai déjà croisée.

— Quoi ?

— Je l'ai vue. Ta mère. Je l'ai croisée à l'heure du déjeuner. Elle conduisait deux lamas sur la route.

— Et elle t'a vu ?

— Non. Je me serais arrêté – j'en avais l'intention – mais elle avait l'air tellement furieuse que j'ai compris qu'il valait mieux ne pas courir le risque.

— José et Pedro ont dû s'échapper. Ils partent en

balade de temps en temps. C'est toujours la crise, quand ça arrive. Maman appelle ça le « lama drame ».

— C'est du joli.

— Non, ça va. Elle les retrouve toujours. Les gens lui téléphonent.

— Non, j'ai dit « jolie ».

— Ah. Eh bien, oui, en effet. Les lamas sont très jolis.

Il y eut un nouveau petit silence.

— Non, pas les lamas, insista-t-il, nostalgique. Ta mère.

Pauvre papa, songeai-je tout en disposant les chaises dans la salle de consultation. Il a toujours regretté son divorce : je le sais, parce qu'il me l'a avoué il y a quelques années. Il n'a jamais compris la nécessité de la rupture, ni que maman l'ait obligé à choisir entre son couple et son rêve. Il avait continué à jouer au golf, espérant qu'elle se calmerait. En vain. Elle avait fait changer toutes les serrures.

Papa est effectivement passé professionnel pendant un temps... il a même remporté plusieurs petits tournois européens. Mais il n'a jamais décollé, alors il a décidé de se réorienter vers le management de clubs. Il est bien sûr resté en contact avec nous, mais ses rares visites étaient tendues, à cause de l'hostilité de maman. Puis, quand elle a épousé Hugh, papa est parti aux États-Unis.

Il m'appelait chaque fois qu'il venait et nous dînions ensemble. Il me posait des questions sur mes études et, plus tard, sur mon boulot ; puis il me demandait : « Et ta mère, Miranda ? Comment va ta mère ? » Et il prenait l'air triste. Je ne pouvais raconter que le minimum

– par respect pour elle. Je l'ai informé du départ de Hugh, et que les lamas étaient arrivés, mais sinon, je suis restée discrète...

— Pauvre papa, dis-je à Herman en remplissant le bol d'eau pour les chiots.

Herman prit une expression d'exquise compassion. Puis le téléphone sonna. C'était maman.

— C'est drôle, je pensais justement à toi.

— Vraiment ? Je voulais juste te poser deux questions. Rapidement. D'abord, que penses-tu de cette idée pour faire rentrer de l'argent ?

Elle fit une pause théâtrale.

— La psychothérapie par les lamas.

La psychothérapie par les lamas ?

— Eh bien... il faudrait qu'ils décrochent leurs diplômes, maman – et ce serait très cher... Et puis, les études sont très longues.

— Ne plaisante pas, Miranda. Je veux dire que je pourrais proposer des journées aux hommes et aux femmes d'affaires stressés, pour qu'ils viennent passer du temps avec les lamas. Ils pourraient les soigner et leur parler – tu sais combien ils sont sensibles – et se décharger de leurs soucis auprès d'eux.

— Mouais, tu veux dire que ce seraient des « bêtes de décharge », en quelque sorte ?

— Non, je pensais à quelque chose du genre « La sérénité par les lamas ».

— C'est accrocheur. Pourquoi ne pas tenter le coup ?

— Je crois que je vais le faire. Tu comprends, les garçons doivent vraiment m'aider à me débrouiller, reprit-elle. D'autant que les jumelles entrent en fac en octobre, et que les frais d'inscription sont prohibitifs. Au fait, Pedro n'a pas décroché la pub pour la bière. Nous sommes tous très déçus.

186

— Et malheureusement, je ne peux pas faire passer Henry sur *Folies animales*. L'idée d'un lama accro aux bisous leur plaisait, mais ils ont trouvé que c'était un peu limite, parce que tu es ma mère. Tu ne peux pas convaincre le journal local d'écrire un papier sur lui ? Le « Casanova des lamas » ?

— Non, ils n'arrêtent pas de faire des sujets sur moi... Chaque fois qu'ils ne trouvent pas d'idée, ils pondent un article sur « la dame aux lamas ». J'ai besoin de promo nationale. Enfin, soupira-t-elle. Bon, l'autre chose que je voulais te demander, c'est l'adresse de ton père.

— Pourquoi ? Tu veux le voir ? Ce serait formidable, maman. Je suis sûre qu'il en serait ravi.

— Non, pas du tout. Je veux la connaître afin de l'éviter plus facilement.

— Ah.

— Alors, il est où ?

Je ressortis du tiroir la carte que papa m'avait envoyée.

— La Vieille Laverie, sur Weaver's Lane.

— Seigneur, ça n'est qu'à deux kilomètres d'ici.

— Je sais. Tu n'es même pas curieuse de le revoir ? ajoutai-je tandis qu'elle notait. Tu ne l'as pas vu depuis ma remise de diplôme, il y a huit ans... et tu as été si glaciale que tu nous as à tous filé des engelures.

— Non, Miranda. Je ne suis pas curieuse. Je suis plutôt furieuse. Enfin, pourquoi diable a-t-il décidé de s'installer ici ? Il n'y a rien de pire que de voir un ex-mari atterrir pratiquement sur le pas de sa porte. Pourquoi ce club-là... ?

— ... parmi tous les clubs du monde. Je sais, maman. Ne t'en fais pas. Bon, mes petits chiens arrivent. Désolée. Je dois raccrocher.

Il y a une limite aux horreurs que je peux entendre sur mon père.

Bientôt, le chien de berger Sooty se mit à rassembler tous les autres chiots ; Alfie et Roxy cherchaient des trucs à rapporter ; Gwyneth Paltrow contemplait son reflet dans l'eau ; et Twiglet bondissait sur les chaises.

— Il n'a peur de rien, dit Phyllis à Marcus, admirative.

Elle semblait s'être entichée de lui.

— Il tient de vous, c'est évident. Au fait, je voulais vous demander... parce que ce que vous faites me fascine... Quelle est la cascade la plus effrayante de votre carrière ?

— Eh bien...

Je le dévisageai. On devait constamment lui poser cette question.

— Sauter d'un édifice ? suggéra-t-elle doucement.

— Pas vraiment... à moins qu'il n'ait plus de vingt étages.

— Vous faire enflammer de la tête aux pieds ?

Il secoua la tête.

— Non, on porte des costumes ignifugés.

— Sauter en moto au-dessus d'un gouffre béant ? s'enquit-elle.

— Ça va. Il suffit de bien régler le moteur.

— Nager dans un bassin rempli de piranhas ? Tout nu ?

Il haussa les épaules.

— Pas de problème s'ils ont déjà déjeuné.

— Alors quoi ? La chose la plus effrayante, la plus terrible, la plus horrible que vous ayez accomplie de toute votre vie ?

Ses yeux bleu clair brillaient d'enthousiasme.

— Eh bien, dit-il. Vous savez, ces grosses araignées noires qu'on trouve parfois dans la baignoire ?

Il frémit malgré lui.

— Une fois, j'ai dû en sortir une.

— Vous me taquinez, gloussa-t-elle en mettant la main devant la bouche.

— Non, c'est vrai. Je l'ai fait. Si vous ne me croyez pas, appelez mon ex.

— D'accord, tout le monde, dis-je après avoir fait l'appel. Encore bienvenue à tous. On va jouer à « passer le chien ».

— Je trouve qu'on devrait faire ça en musique, proposa Lily tout en passant Gwyneth, glapissante, à sa gauche.

— Dites, Alfie a grandi.

— Je crois que les dents de Cosmo sont en train de sortir.

— Bentley m'a fait pipi dessus !

— D'habitude, il ne fait jamais ça.

— Où est le Sopalin ?

Nous discutâmes de l'importance du tatouage d'identité et du ramassage de crottes, puis, enfin, des problèmes particuliers.

— Comment ça se passe avec Lola, Sue ? lui demandai-je.

— Ça va beaucoup mieux, dit-elle. J'ai des hauts et des bas, mais...

Tous hochèrent la tête.

— Je ne suis plus du tout aussi stressée.

— Il faut leur enseigner une routine, décréta Phyllis en faisant sauter Maisie sur ses genoux. Voilà la clé.

— C'est vrai, acquiescèrent les autres en berçant leurs chiens. Une routine.

— Alors à la semaine prochaine, dis-je.

— Il faut que je file, lança Marcus en saluant tout le monde.

Il cala Twiglet dans son pull.

— Twiglet et moi, on a un rencard.

— Mais c'est très excitant, ça, fit Phyllis. Une nouvelle petite amie ?

Marcus hocha la tête.

— Tant mieux.

Il ouvrit son portefeuille et en tira une photo. Ne voulant pas paraître indiscrète, je ne regardai pas malgré ma curiosité.

— Qu'en pensez-vous ? demanda-t-il.

— Elle est très jolie, approuva Phyllis.

— Elle l'est. Elle est magnifique. C'est une créatrice de bijoux, expliqua-t-il en rangeant la photo. Des colliers en verre, avec de toutes petites perles. Elle les enfile elle-même, ajouta-t-il fièrement.

— Vraiment ?

— Elle les vend chez Liberty's.

— Dites donc. Et comment avez-vous fait sa connaissance ?

— Chez le pharmacien, près de la station Chalk Farm. Elle attendait son ordonnance, tandis que j'achetais des Strepsils et on s'est mis à bavarder.

— Comme c'est romantique.

— En effet. D'autant que ce n'est pas mon pharmacien de quartier, puisque je vis à Camden. J'y suis entré en passant parce que la gorge me piquait – et elle était là. Cette apparition.

— Quelle charmante histoire ! s'exclama Phyllis. Bon, on ne va pas vous retenir, Marcus. Maisie, dis au revoir à Twiglet.

Maisie émit un son hybride, mélange de couinement et de jappement. Marcus partit, et Lily s'approcha de moi.

— Je ne savais pas que vous aviez été fiancée à Alexander Darke, murmura-t-elle, ses grands yeux noirs écarquillés.

Je hochai la tête.

— C'est absolument génial ! s'extasia-t-elle.

Je la regardai sans comprendre.

— Pour l'article.

— Ah. Bien, lâchai-je, déconfite.

— Et comment ça s'est passé, avec le célèbre D.J. White ?

— Bien.

— Il peut être très difficile... Ça s'est passé comment, avec vous ?

— Il l'a été. Un peu.

— Je l'ai croisé à quelques reprises. Je l'ai trouvé trop renfermé. Un cadavre serait plus volubile que lui. Je crois qu'il lui est arrivé quelque chose, reprit-elle sur le ton de la confidence. Vous avez vu ses mains ?

— Je, enfin... non, pas vraiment...

— Le pauvre chou a vécu un truc affreux. Il y a plusieurs années, son père a reçu un colis piégé envoyé par les dingues des droits des animaux – non pas que je sois en désaccord avec eux sur plusieurs points... En tout cas, c'est D.J. qui l'a ouvert et « Boum » !

Ses yeux étaient aussi grands que des fenêtres.

— D'où ces affreuses cicatrices. On dit qu'il n'a plus jamais été comme avant.

J'allais me trouver mal.

— Pas étonnant, si on se met à sa place.

Si seulement elle pouvait se taire !

— On prétend que c'est pour cette raison que son mariage n'a pas duré.

Je levai les yeux vers elle.

— Il avait épousé un mannequin polonais.

— Vraiment ?

— Une beauté époustouflante – mais elle en a eu assez au bout d'un an. Elle racontait qu'il lui adressait à peine la parole. Ça semble plausible. Enfin...

Elle plaça Gwyneth dans son panier et tira sur la laisse de Jennifer.

— Mon chauffeur m'attend, Miranda. Au revoir !

Cette nuit-là, je dormis à peine. Les paroles de Lily bourdonnaient dans ma tête comme des abeilles prisonnières se cognant contre une vitre. *Il n'a plus jamais été comme avant... Si on se met à sa place... Jamais comme avant... Boum !* Je finis par m'assoupir vers six heures et fus réveillée par le téléphone. C'était Daisy, qui se rendait au boulot.

— Enfin, je peux te parler, dit-elle sur un fond de circulation. C'est la folie... on organise un bal Bollywood et j'essaie de trouver deux éléphants. Alors, comment ça se passe ? Ton enquête ?

— Je l'ai trouvé.

— Tu l'as trouvé ?

— Oui. C'était le photographe... celui dont je croyais qu'il n'était pas le bon.

Je me hissai pour m'asseoir.

— En fin de compte, c'est bien lui. S'il a l'accent américain, c'est parce qu'il a grandi aux États-Unis.

— Putain ! s'exclama-t-elle. Ça a dû te faire un choc !

— En effet. D'environ dix millions de volts.

— Et il était comment ?

— Un peu... difficile, dis-je. Il est vrai que j'étais plutôt stressée... même s'il ne pouvait pas comprendre pourquoi.

Sa carte était posée sur ma table de chevet. Je la saisis et la retournai dans ma main.

— Mais je l'ai aussi... trouvé bien.

— Il a quelle tête ? dit-elle, tandis qu'une sonnette de vélo tintait agressivement derrière elle.

Je le décrivis.

— Dis donc, il a l'air séduisant.

— En... effet. Bien qu'il soit assez renfermé et plutôt sur ses gardes... il ne met pas vraiment très à l'aise.

— Et c'était bizarre, d'être photographiée par lui ?

— Terrifiant. J'ai babillé comme une maniaque au début. Ensuite, curieusement, une fois qu'il a pris son appareil, il a changé et a paru se détendre. Comme si de cette façon, il pouvait me parler.

— Il a passé combien de temps avec toi ?

Je remontai les stores et ma chambre fut inondée de lumière.

— Environ une heure.

— Et... ça se voit ? demanda-t-elle avec tact.

— Oh oui. Il y a des cicatrices. Très visibles. Mon Dieu, Daisy...

Je regardai par la fenêtre et mes yeux se brouillèrent de larmes.

— ... il aurait pu perdre des doigts. Ou pire. Il aurait pu devenir aveugle. Ça a toujours été mon cauchemar – de ne pas savoir à quel point il avait été blessé. Ses mains sont intactes, simplement...

Ma gorge se serra.

— ... pleines de cicatrices. Et c'est de ma faute ! sanglotai-je. Ça m'a fait un tel choc... de... de constater les dégâts que j'avais provoqués.

— Alors, si je comprends bien, tu ne lui as rien... dit.

J'essuyai mes yeux avec la manche de ma liquette.

— Non. Pas encore. Je vais le faire. Maintenant que je l'ai rencontré, je ne peux pas me taire. Alors je vais l'appeler. Très bientôt. J'ai juste besoin de me préparer. Cela ne va pas être facile, reniflai-je. En fait, ça va même être très dur.

— Un peu comme moi avec Nigel, fit-elle.

— Alors tu ne lui as toujours pas parlé ?

— Non. Comme je te l'ai déjà dit, je suis très prise et lui aussi. Il avait un cours de culture de bonsaï lundi, j'avais de la varappe sur mur d'escalade mardi, puis hier soir j'étais à la fête « Route de Tombouctou » et il est resté tard au bureau parce qu'il veut passer partenaire de sa boîte le plus vite possible. Mais je vais lui parler. C'est sûr. Dans les jours qui viennent.

— Mouais.

— Mais, toi, prends ton temps pour appeler David. Attends de te sentir prête, Miranda... et appelle.

Je n'eus pas à le faire, car à mon grand étonnement c'est lui qui m'a appelée.

Cette journée-là, je me trouvais avec une cliente à Kingston pour un lapin domestique aux oreilles pendantes.

— Comment s'appelle-t-il ? demandai-je à sa propriétaire qui me tendait un biscuit.

Elle épousseta une miette de son twin-set.

— Bob.

— Pour « bobtail » ?

Elle parut interloquée.

— Non. Robert.

— Ah. Bien sûr.

J'ouvris mon calepin pour prendre des notes.

— Bob le lapin. Il a quatre mois ?

— Oui. La plupart du temps, c'est un lapin très agréable et bien élevé, déclara-t-elle en sirotant son thé. Mais ces derniers jours, il est devenu *extrêmement* exigeant. Pas vrai, Bob ?

Elle agita un index plein de remontrances vers le lapin qui, assis sur le canapé, se nettoyait la figure.

— Pouvez-vous préciser ? demandai-je tandis qu'il procédait à sa toilette.

Il se lécha les pattes avant, puis les passa plusieurs fois sur ses yeux et son museau.

— Eh bien, dans la journée il peut aller où il veut dans la maison. Il est propre. Mais il dort dans son parc la nuit. Et quand je descends le matin, d'habitude je le nourris avant toute chose, et je m'occupe de lui. Mais, dernièrement, j'ai remarqué que si, pour une raison ou une autre, je ne peux pas m'occuper de lui en premier – parce que le téléphone sonne ou que ma petite fille a besoin de moi –, il devient complètement fou.

J'observai Bob. Il se lavait maintenant les oreilles, en les tirant minutieusement sur sa face.

— Fou ? Comment ?

— Il entre dans une rage folle. Il agrippe les barreaux de sa cage, il les secoue, ou bien il se met à jeter ses jouets partout. Il a des briquettes en bois et il les balance dans tous les sens. En fait, c'est assez effrayant.

— Mmm. J'imagine.

Mentalement, je visualisai un panneau devant la maison « Attention, lapin méchant ».

— C'est comme une espèce de crise d'hystérie, précisa-t-elle. Parfois, j'ai l'impression qu'il traverse sa « petite adolescence ».

— Eh bien, vous y êtes, dis-je. Il fait effectivement des crises de nerfs comme un enfant de deux ans – ou l'équivalent, en années de lapin – parce qu'il est en train de se rendre compte, avec effroi, que le monde ne tourne pas autour de lui. Il est stupéfait de découvrir qu'il n'obtient pas une carotte ou une caresse exactement quand il le veut... alors il boude, ou se défoule physiquement de sa frustration. C'est ce qu'on appelle de « l'agressivité redirigée ».

— Je vois.

J'étais en train d'expliquer que cela passerait presque sûrement avec le temps, et qu'il n'y avait pas à s'inquiéter, lorsque mon portable sonna.

— Miranda ?

— Oui.

— C'est David.

Mon estomac fit un triple salto.

— Miranda ? Vous m'entendez ?

— Oui. Oui. Bonjour.

— Vous êtes occupée, là ?

— Un peu. Je suis avec une cliente.

Je jetai un coup d'œil à la femme qui, Bob sous le bras, cherchait maintenant son sac à main.

— Quelle espèce ?

— Euh... *oryctolagus cuniculus*.

— Un lapin, dit-il.

— Excellent ! m'esclaffai-je.

— J'en avais un quand j'étais petit. J'étais très fier de connaître son nom en latin.

Il y eut un blanc.

— Alors... Comment sont-elles ? demandai-je. Les photos ?

— Je ne sais pas. Je ne les ai pas encore tirées. Ce n'est pas pour cela que j'appelle.

— Ah.

— En fait, je vous appelais...

Encore un blanc.

— Oui ?

— Enfin... pour vous dire que j'étais... désolé de ne pas avoir accepté la bière que vous m'offriez, mardi dernier.

Ah.

— Ne vous en faites pas, David. Ce n'est pas grave.

— Alors je me demandais... si vous accepteriez de prendre un verre avec moi ?

Il veut sortir avec moi ? Mon cœur fit le saut de l'ange.

— D'ac... cord.

— En fait, je me demandais si vous étiez libre

196

demain, reprit-il. Mais vous êtes sans doute prise, ajouta-t-il d'un ton désinvolte. Comme ça, à la dernière minute... Vous devez avoir des projets.

— Non, je ne fais rien. Ce serait... sympa. Euh, vous pensiez à quoi ?

— On pourrait aller pas trop loin de chez vous ou, si ça ne vous embête pas de vous déplacer jusqu'à Clerkenwell, le St. John a un excellent menu.

— Non, ça ne m'embête pas... Alors vous voulez dîner, c'est ça, ajoutai-je, incertaine.

— En fait, oui. Dîner. Vous dînez, j'espère ?

— Oui, oui, tout à fait. Le dîner, c'est parfait.

Ensuite, au dessert, je te révélerai l'horrible vérité.

— Alors parfait.

Et tu me détesteras jusqu'à la fin de tes jours.

— Je vais réserver tout de suite, dit-il. Si je ne vous rappelle pas, c'est que ça marche. On se retrouve là, disons, à sept heures et demie ? C'est au 26 St. John Street.

— Je trouverai.

— D'accord. Parfait. À demain, alors.

L'idée de revoir David me faisait un drôle d'effet. D'un côté, j'étais soulagée, de l'autre, terrifiée, mais au moins, ça me changeait les idées. Le premier épisode de *Ohé, terre !* allait être diffusé. Je le redoutais depuis des semaines et, en fin de compte, je me sentais capable de le regarder. Ce soir-là, allongée sur mon lit avec mon minuscule téléviseur posé sur la commode, j'agrippais l'une des pattes plissée d'Herman. La musique du générique commença, le nom « Alexander Darke » apparut, en lettres cursives, remplissant la quasi-totalité de l'écran. Il jouait le rôle du capitaine du navire, Francis Flavell. Puis il parut. Alexander. Mon rythme cardiaque s'affola tandis que la caméra faisait un travelling

197

avant sur lui. Il semblait si digne, à arpenter le gaillard d'arrière par grand vent, aboyant des ordres, le visage ruisselant d'embruns et de pluie...

Pendant la pub, Daisy me téléphona.

— Tu regardes ? demanda-t-elle.

— Oui, fis-je d'une voix morne.

— Ça va ?

— C'est bizarre. Je n'arrête pas de me répéter : « Voilà l'homme que j'allais épouser. »

— Moi, je suis ravie que tu ne l'épouses pas. Et toi, qu'en penses-tu ?

— Objectivement, je trouve qu'il est beau comme un astre. Aucun doute là-dessus, ajoutai-je, catégorique. Ce film va faire de lui une star.

— Moi, j'espère que non, dit-elle. Autrement, on va le voir sans arrêt et après ce qu'il a fait, je n'en ai aucune envie. Si les gens savaient..., ragea-t-elle. Ah, ça recommence.

La tempête faisait toujours rage et l'une des grand-voiles se déchira comme un mouchoir, puis une silhouette humaine passa par-dessus bord.

— Un homme à la mer ! hurla l'un des marins. Un homme à la mer ! M. Fenton est passé par-dessus bord !

— Je connais ce mec, dis-je à Daisy. Le mec qui vient de tomber à la mer. C'est un cascadeur. Il assiste à mes fêtes de chiots.

— Ah bon ?

— Il donne aussi des cours d'autodéfense.

— Vraiment ? Il faudrait qu'on s'inscrive, Miranda. Tu veux ?

— D'accord, fis-je distraitement. Pourquoi pas ?

Maintenant, Alexander arrachait sa capote pour sauter à la mer, afin de sauver son second.

— Regarde-moi ça ! glapit Daisy. Alexander sautant dans l'eau. Tu le crois ?

— Ce n'est pas vraiment Alexander. C'est un autre cascadeur.

— Évidemment. Je ne sais pas si je vais pouvoir en supporter davantage, ajouta-t-elle tandis qu'un gros plan montrait Alexander en train de se débattre dans l'eau. Je crois que je vais gerber.

— Ce n'est qu'un film, Daisy, fis-je d'une voix lasse.

— Je sais bien. Malgré tout, je crois que je vais l'éteindre.

Je parvins à regarder jusqu'à la fin et, tandis que le générique se déroulait sur l'écran, je me rappelai à quel point j'étais ravie lorsque Alexander avait décroché le rôle. Il avait failli ne pas l'obtenir parce que les producteurs ne le trouvaient pas assez connu. Il avait fait plusieurs essais... et le supplice avait duré plus d'un mois. Mais le directeur de casting, qui l'avait repéré dans *La Tempête*, avait insisté : c'était lui ou personne. Enfin, le moment tant attendu était arrivé : l'agent d'Alexander avait appelé pour lui annoncer que c'était bon. Je me souviens d'avoir hurlé de joie. J'étais tellement soulagée pour lui – c'était le rôle qu'il attendait pour percer – et tellement fière, aussi. J'avais souvent imaginé que nous regarderions *Ohé, terre !* ensemble, le soir de sa diffusion ; nous aurions sans doute donné une petite fête, rien que pour les intimes. Mais, aujourd'hui, j'étais seule avec Herman, et c'était la première fois que je revoyais Alexander depuis près de deux mois.

— Rendez-vous pour le deuxième épisode de *Ohé, terre !*, à la même heure la semaine prochaine, annonça une voix sur fond des dernières mesures de la musique du film.

J'éteignis.

— Non merci.

Une fois, ça me suffisait amplement.

Le lendemain, je tournais dans *Folies animales* ; il fallait que je prenne la voiture pour me rendre en Oxfordshire, afin de filmer un couple d'oies agressives – elles étaient immondes. L'une d'entre elles faillit me casser le bras. En outre, je fus extrêmement frustrée car, chaque fois que j'essayais de parler, un tracteur dans le champ voisin démarrait. Clare, la productrice, avait un exemplaire du *Times*. Aussi, pendant que nous attendions de pouvoir tourner, je me plongeai dans les critiques télé. Sous le titre : *Alexander le Grand*, je pus lire : « *Alexander Darke exsude l'héroïsme par tous les pores.* » Désormais, il appartenait au public.

Nous parvînmes enfin à tourner le sujet sur les oies, avant de repartir pour Bichester pour filmer une chèvre en pleine crise d'identité. Elle s'était persuadée qu'elle était un cheval. Finalement, à six heures et demie, je rentrai exténuée, avec Herman, et songeai à la soirée qui m'attendait. Je laissai un message à Daisy pour l'avertir que j'avais rendez-vous avec David, puis ouvris mon placard. Qu'allais-je porter ? J'optai pour une robe blanche toute simple avec un cardigan en cachemire tilleul, et mis un peu de mousse dans mes cheveux. Je pris le métro, parce que j'avais l'intention de boire – et pas qu'un verre –, histoire de me donner du courage. J'avais déjà repéré le restaurant. Près de Farringdon. À sept heures et demie, je poussai la porte.

David était déjà là, au bar, en jean propre, avec un tee-shirt blanc et une veste en lin bleu. Lorsqu'il m'aperçut, il me fit signe de la main. Nous prîmes une coupe de champagne – je bus la mienne assez vite – puis passâmes à la salle à manger. Elle était décorée comme un réfectoire, avec des murs blancs et des tables en bois toutes simples.

— Alors, nous voici, dit-il tandis que nous nous installions.

— Nous voici, répétai-je. C'est sympa.

Le serveur nous apporta les menus.

— Ils ont des trucs incroyables ici, expliqua David pendant que le serveur nous servait de l'eau minérale.

Je jetai un coup d'œil au menu et j'eus un haut-le-cœur. *Rate de cochon en roulé... ris de veau braisés... cervelles de veau rissolées... boudin... moelle rôtie... queue de bœuf bouillie...*

— Il y a quelque chose qui te tente ? fit-il.

— David...

— C'est quoi, des « chitterlings » ? s'enquit-il.

— L'intestin grêle du porc. David...

— Mouais ? fit-il en continuant à scruter le menu.

— Il y a quelque chose que je dois te dire.

— Oui ?

Il leva les yeux.

— C'est sérieux ?

— Je suis végétarienne.

— Ah. Oh là là. Je suis vraiment désolé, grimaça-t-il. J'ai donc choisi le pire endroit de Londres.

— Ce n'est pas ta faute. J'aurais dû te prévenir. Mais je ne savais pas que le restaurant ne proposait que des abats. Enfin, peu importe, dis-je. Tu comprends, j'ai été vétérinaire. J'ai vu plein d'intestins et de rates à l'époque – qui, généralement, faisaient partie d'animaux vivants que j'opérais.

— Tu veux partir ?

— Non, ça ira. Je pourrais prendre...

J'examinai le menu.

— Le Welsh Rarebit.

— Ce n'est pas très copieux.

— Ça ira parfaitement.

— Eh bien, je ne prendrai pas un truc trop ignoble.

Tiens, du canard, tu crois que tu supporteras de me voir manger ça ?

— Oui. De toute façon, je ne suis pas si stricte. En général, ça ne m'embête pas d'aller au restaurant parce qu'il y a toujours des pâtes ou du riz, mais ici, il n'y a pratiquement que de la viande.

— Effectivement. Et leur spécialité, ce sont les abats. Il faut des tripes pour bouffer ça, plaisanta-t-il.

Je souris.

— Et pourquoi es-tu devenue végétarienne ? demanda-t-il en hélant le serveur. Un truc de droits des animaux ?

Je tripotai le pied de mon verre à vin.

— Oui, en effet.

— Alors tu es une végétarienne avec un chien-saucisse.

Je souris à nouveau. Le serveur revint, et pendant que David passait la commande, je regardai à nouveau ses mains blessées, posées sur la table, luttant contre l'envie de pleurer.

— Du vin blanc, ça te va, Miranda ?

Je hochai la tête. Le serveur revint avec une bonne bouteille de chablis. Je pris une gorgée et commençai à me détendre. Puis l'entrée arriva – salade et mozzarella pour moi, crevettes en gelée pour lui. Je remarquai que David tenait sa fourchette bizarrement, comme s'il ne pouvait pas la saisir correctement. Il me posa des questions sur mon travail. Cela facilita la conversation, parce qu'il y a des tas d'anecdotes à raconter. Ensuite, ce fut mon tour de l'interroger.

— Tu as toujours voulu être photographe ? m'enquis-je, cœur battant.

— Non, j'avais l'intention d'être médecin.

— Vraiment ? Tu as étudié la médecine ?

— Oui.

— Où ça ?

— À Cambridge.

— Tu es allé à *Cambridge* ?

Tu étudiais à Cambridge et tu as dû laisser tomber – à cause de moi.

— Mais j'ai laissé tomber la médecine, expliqua-t-il en posant son couteau.

— Ah, fis-je hypocritement. Pourquoi ?

— Parce que, enfin, j'ai dû abandonner mes cours à mi-chemin.

Je me souvins que le voisin avait précisé qu'il était « parti avant d'avoir fini ses cours ».

— J'ai eu un... accident, dit-il.

Il indiqua ses mains du menton.

— Tu as sans doute remarqué.

— Non, je...

— Alors j'ai dû m'arrêter pendant plusieurs mois. À la fac, ils ont été très compréhensifs et ils m'ont dit que je pourrais recommencer l'année suivante. Mais une fois que je me suis, disons, remis... si c'est le mot juste... je n'étais plus certain de vouloir faire médecine.

— Pourquoi donc ? fis-je d'une voix mate.

Je sentais mon cœur s'emballer.

— Parce qu'après ça je n'ai plus voulu être médecin. Peut-être parce que j'ai dû rester longtemps à l'hôpital. Pour me faire faire des greffes de peau. Ça prend une éternité... Enfin, tu dois le savoir.

J'eus le souffle coupé.

— Et pourquoi ? Pourquoi le saurais-je ?

Il eut l'air un peu perplexe.

— Mais... parce que tu es vétérinaire.

— Ah... oui... bien sûr.

— Ça a été un... contretemps important. Il a fallu que je m'y fasse.

Maintenant qu'il parlait de ses mains, j'avais le sentiment de pouvoir les regarder ouvertement. Je voulais les prendre dans les miennes, les caresser, les guérir.

— Je suis tellement désolée, murmurai-je.

Tellement, tellement désolée.

— Ne t'en fais pas, dit-il. Enfin, tu n'y es pour rien.

Mais si. C'est ma faute.

— Elles ne sont pas très belles, reprit-il, mais au moins, elles fonctionnent. J'espère que... que ça ne te gêne pas.

Oui, ça me gêne.

— Non, bien sûr que non.

— De toute façon, ça s'est passé il y a des années.

— Seize ans.

Il cligna des yeux.

— Tu es forte en maths.

Je le dévisageai, choquée.

— Tu as calculé très vite.

— Ah... eh bien... tu as raconté que tu étais à mi-parcours de tes études..., alors tu devais avoir environ vingt ans, insistai-je, le cœur au bord des lèvres, et puis tu as annoncé, mardi, que tu avais trente-six ans.

— Ah bon ?

Il sembla étonné.

— Je ne me souviens pas d'avoir dit ça.

— Oui, il me semble me rappeler... Je suis pratiquement sûre... que tu l'as dit.

Tais-toi, Miranda !

— Alors, ça doit être vrai. Enfin, j'ai fait un break pour ma convalescence. Et je suis allé à San Francisco pour habiter chez un ami dont les parents s'étaient installés là-bas... Je t'ai dit qu'on a vécu aux États-Unis quand j'étais gamin ?

Je hochai la tête.

— La grande sœur de ce type était photographe pour le *San Francisco Examiner*. Et je la trouvais formidable. Elle prenait des photos étonnantes, elle passait la moitié de la nuit à les tirer – c'était une passionnée –, ensuite on les voyait dans le journal le lendemain. J'avais du temps à perdre, alors elle m'a montré le fonctionnement de l'appareil, elle m'a laissé la regarder travailler dans la chambre noire, bref, j'ai attrapé le virus. Alors j'ai décidé de quitter Cambridge...

— Quel dommage ! dis-je. De devoir quitter Cambridge.

— Je n'avais aucune raison d'y retourner. Je me suis inscrit à la City Poly pour étudier la photographie... Heureusement, mes mains étaient en bonne voie de guérison à ce moment-là. En plus, j'avais reçu un dédommagement financier suite à mes blessures, une prime d'assurances. C'est avec ça que j'ai acheté un très bon Leica d'occasion... Celui dont je me suis servi l'autre jour. Je n'ai eu aucun problème à le manier. La main gauche n'agrippe pas très bien – les tendons ont été abîmés –, mais c'est la droite qui compte. Je n'aurais pas pu y arriver – du moins, pas à l'époque – si j'avais eu des problèmes avec la mise au point ou le rembobinage. Ensuite, j'ai obtenu mon diplôme, et je suis devenu assistant photographe pendant deux ans. Puis j'ai été engagé chez Reuters, ce qui a vraiment été un coup de chance.

— Alors tu es devenu photo-reporter ? dis-je. Pourquoi pas, par exemple, photographe de paysage, ou de mode ?

— En fait, j'adore photographier les paysages, et j'y ai un moment songé. Mais je m'intéressais de plus en plus à la politique. Ce n'était pas le cas avant, quand j'étais adolescent... mais plus tard, je suis devenu...

Il haussa les épaules.

— ... plus engagé, si tu veux.

Je savais exactement pourquoi.

— Tu sais, c'est facile de parler avec toi, s'étonna-t-il. D'habitude, je suis nul en conversation, et pourtant j'ai l'impression que je pourrais te parler pendant des heures... je ne sais pas pourquoi. Je crois que c'est parce que tu es quelqu'un de très sympathique.

— Vraiment ?

— Oui. Tu sembles très... compatissante. Tu sais, la façon dont tu as réagi quand je t'ai parlé de mon... accident, j'ai trouvé cela très touchant.

J'étais en train de me demander ce que je pouvais bien répondre, lorsque le serveur arriva pour prendre nos assiettes.

— Je n'étais pas certain que tu accepterais de me revoir ce soir, ajouta David. Je craignais que tu m'aies pris pour un malotru.

— Et moi, j'avais peur que tu m'aies prise pour une folle.

— On est mal partis, pas vrai ?

J'acquiesçai. Un ange passa.

— Tu veux que je te dise pourquoi je t'ai rappelée ? demanda-t-il subitement.

Je le regardai droit dans les yeux, et remarquai qu'ils étaient mouchetés d'ambre et de vert.

— D'accord, murmurai-je. Pourquoi ?

— Parce que tu as semblé totalement catastrophée quand je t'ai dit que je ne pouvais pas rester pour prendre une bière avec toi.

Il joua avec sa cuillère.

— J'ai trouvé ça adorable. Ton expression. Tu semblais si... déçue, au risque de paraître prétentieux, ce que je suis, probablement. En fait, tu paraissais vraiment bouleversée. Ça aussi, ça m'a beaucoup touché, alors j'ai décidé de t'inviter, moi.

Tout à coup, il sourit. La petite cicatrice en forme

de croissant de lune – dont j'étais certainement responsable, aussi – disparut sous les plis de ses yeux.

Pendant que nous mangions le plat principal, la conversation prit un tour plus personnel. Et je compris, avec un certain bonheur et tout autant d'horreur, qu'il m'aimait bien – ce qui ne durerait pas longtemps. Il me déclara qu'il était divorcé.

— Tu as été marié combien de temps ? demandai-je alors que je savais parfaitement la réponse.

— Un peu plus d'un an.

— Pas très longtemps, alors.

Il secoua la tête.

— C'était une erreur. Nous n'avions pas grand-chose en commun. En plus, je voyageais sans arrêt, et elle aussi.

— Elle faisait quoi ? m'enquis-je, faussement innocente.

— Elle était mannequin. Pas mal de photographes sortent avec des mannequins, dit-il. Nous évoluons dans les mêmes cercles, alors on se rencontre facilement, et on a le même genre de vie trépidante. Katya et moi étions attirés l'un par l'autre, mais nous avons commis l'erreur de nous marier alors que l'on n'aurait dû avoir qu'une aventure.

— C'est toi qui as rompu ?

— Non. Elle m'a quitté. Elle a prétendu que je la traitais mal, ce qui est sans doute vrai. Elle disait que je ne lui parlais pas assez et que j'étais un égoïste – ce que je suis sans doute. Les photographes sont souvent égoïstes, parce qu'ils ont une passion qui les dévore.

Il me reversa du vin.

— Et toi, Miranda ? Tu es célibataire, non ?

J'acquiesçai.

— Y a-t-il déjà eu un M. Miranda ?

— Non. Enfin, pas tout à fait.

— Pas tout à fait ?

Je tripotai mon verre.

— J'ai été fiancée pendant un moment.

— Vraiment ? Quand ?

— Ça s'est terminé en mai dernier.

— C'est récent, alors. Désolé. Ça a dû être très pénible.

— C'est vrai. En fait, ça l'est toujours.

Je mordillai ma lèvre.

— Mais je sais que c'est pour le mieux.

— Pourquoi ? Il était... ?

— Infidèle ? Non.

Je lissai distraitement ma serviette de table.

— Il ne m'a pas trompée.

— Alors quoi... incompatibilité ?

Je secouai la tête.

— On s'entendait très bien.

— Alors quel était le problème ? Si je ne suis pas trop indiscret...

Je relevai la tête.

— Il s'est... mal conduit avec moi.

— Il était agressif ?

— Agressif ?

Je souris.

— Oh non. Il a juste... fait quelque chose d'impardonnable. Mais je préfère ne pas en parler, si ça ne te dérange pas, parce que je n'ai même pas envie d'y penser.

— Bien sûr. Je comprends. C'est une blessure récente. C'est peut-être pour cela que tu étais un peu tendue mardi dernier.

Non, ça n'a rien à voir. Je tripotai ma fourchette à dessert.

— Oui, peut-être.

208

— Bon, fit David lorsque le serveur réapparut. Tu veux un dessert ?

— Je ne peux plus rien avaler. Mais ils ont peut-être des petits fours avec le café ?

— Je n'en suis pas certain. Je ne crois pas. Mais, si tu veux, j'ai d'excellents chocolats belges à la maison, alors si tu te sens le courage de rentrer avec moi, on prendra le café chez moi. Et je te promets de ne pas te montrer mes estampes !

Je souris. Café et chocolats ? Chez lui ? Oui. Je pourrais peut-être alors lui dire ce que j'avais à lui révéler. Je jetai un coup d'œil aux autres clients qui bavardaient à mi-voix. Il serait certainement beaucoup plus facile de parler là-bas qu'ici.

— Ça te dirait ?

Je hochai la tête. David régla l'addition, puis nous ressortîmes dans l'air tiède de la nuit. Nous traversâmes St. John's Street, puis tournâmes sur Benjamin Street, bordée d'entrepôts en briques rouges.

— C'est une ancienne fabrique de confitures, expliqua-t-il. J'y ai acheté un loft l'an dernier, après mon divorce. J'habite au dernier étage.

Nous prîmes l'ascenseur, puis il ouvrit la porte. Je m'attendais à un grand espace ouvert, comme une galerie d'art, avec des poutres en fonte et des briques en verre dépoli, mais ce n'était pas du tout comme ça. L'endroit était très spacieux, mais divisé en pièces harmonieuses, avec un parquet clair ciré.

— C'est charmant, dis-je.

Sur le mur en face de moi, il y avait une photo en noir et blanc de deux petits garçons travaillant dans une plantation de bananes. Quelque chose dans la composition de l'image, et dans l'expression de résignation tragique du regard des enfants, m'attira. J'avais du mal à m'en détourner.

— C'est toi qui l'as prise, David ?

— Oui. Assieds-toi pendant que je prépare du café.

Je m'installai dans son grand salon qui, manifestement servait aussi de bureau. Derrière moi, les rayons croulaient sous les livres de photographie. Je me retournai pour lire les titres sur les tranches. Robert Capa, Sebastiao Salgado, Cartier-Bresson, Irving Penn, Martha Gellhorn, Ansel Adams, Inge Morath, Man Ray... Une anthologie des photos de l'agence Magnum était posée sur la table, à côté d'une biographie de Lee Miller et d'une boîte sur laquelle était inscrit « Négas couleur ». La console portait un Prix de la Photographie de Presse ainsi que le portrait d'une femme blonde dans la vingtaine, au sourire séduisant. Puis David réapparut avec un plateau.

— C'est ta femme ? demandai-je.

— Oui. Mon ex-femme.

— Elle est belle, dis-je.

— Oui. Elle est polonaise. Mais ça n'avait rien à voir avec nos problèmes de communication, puisqu'elle est totalement bilingue. Bon, tu veux prendre le café dehors ?

— Dehors ? Il y a un balcon ?

— Non. Je vais te montrer. Viens avec moi.

Je le suivis le long d'un couloir vers le fond de l'appartement, et gravis derrière lui un escalier blanc en colimaçon, en haut duquel se trouvait une porte bleu jacinthe. Il la poussa et nous débouchâmes sur un immense toit en terrasse, éclairé d'une lumière douce.

— Viens voir mon jardin, dit-il.

Il était élégamment disposé, et aussi regorgeant de fleurs qu'une pépinière au printemps. Plusieurs variétés de clématites s'enroulaient sur et à travers les rampes. Des géraniums se dressaient dans tous les pots. Il y avait des pétunias débordant des bacs et des paniers, des fuchsias dégoulinant de fleurs roses et rouges, et même une treille ployant sous le jasmin. L'odeur était divine.

— Ouaouh ! C'est toi qui as fait tout ça ?

— J'aurais bien voulu. Mais j'en ai hérité quand j'ai acheté l'appartement. J'essaie de l'entretenir du mieux que je peux, mais je n'ai pas vraiment la main verte. Je me contente d'arroser en espérant que tout ira bien. Attention, ne te prends pas les pieds dans le tuyau d'arrosage.

Nous avançâmes jusqu'au bout de la terrasse, où étaient disposées une table en fer forgé et quatre chaises. Nous nous installâmes pour contempler les lumières et les monuments de Londres.

— C'est le Barbican, juste là, dit David en faisant tourner sa chaise, et voilà la tour Nat West ; à gauche, tu aperçois le Gherkin, avec les lumières vertes ; et puis par là, la tour OXO, et un peu plus loin, on peut tout juste entrevoir la Grande Roue.

Tandis que nous sirotions nos cafés, j'écoutai la cacophonie nocturne de la capitale : le vacarme lointain du trafic, le crissement des pneus sur l'asphalte, le hululement insistant des sirènes de pompiers et des alarmes de voiture. Puis, nous entendîmes un clocher voisin sonner les dix heures.

— C'est St. John's, au bout de la rue. Et celle-là, qui vient de commencer, c'est St. Paul's. C'est agréable, non ? fit-il gaiement. Je suis bien. C'est tellement plus beau quand on est deux à regarder...

Un silence se fit, et je voulais tout avouer à David – mais les mots semblaient coincés dans ma gorge. Puis, il se mit à me parler de son dernier projet de documentaire, en Indonésie, sur une exploitation illégale d'essences de bois rares, pour une agence de protection

211

de l'environnement. Il était préoccupé par le travail des enfants.

— J'ai photographié des enfants de quatre ans au Guatemala, qui coupaient des cannes à sucre. Leurs machettes étaient plus grandes qu'eux. Ils auraient dû être à l'école, pas en train de travailler comme des esclaves.

— Tu as dû voir des choses terribles, dis-je.

— Oui. Terribles. Et en même temps, étrangement fascinantes. Toutes ces horreurs que nous autres, êtres humains, sommes capables de nous infliger les uns aux autres.

Une vague de honte me submergea.

— Qu'est-ce que tu as vu de pire ? demandai-je. Je sais que c'est une question vulgaire, mais je ne peux pas m'empêcher de m'interroger...

— Ne t'en fais pas. On me la pose souvent... Je dirais, la retraite de Bassorah en 1991. Les suites de l'attentat d'Omagh. Le Kosovo, c'était affreux, comme tu peux l'imaginer... j'y ai vécu pendant un an. J'ai encore des cauchemars récurrents sur le Rwanda. Puis, l'an dernier, je suis allé en Israël. Et c'est là que j'ai craqué.

— Pourquoi ?

— Il y avait eu un attentat-suicide dans un café de Jérusalem, et je suis allé prendre des photos. Il y avait une femme qui hurlait de douleur, de l'autre côté de la rue. J'ai commencé à la photographier, et soudain elle m'a vu. Elle a couru droit sur moi et m'a frappé. Fort. Elle m'a vraiment fichu une trempe. Et elle avait raison. C'est là que j'ai su qu'il était temps d'arrêter. Le pire, reprit-il en se tournant vers la ville, c'est la façon dont l'appareil photo te met à distance et engourdit tes émotions. Il peut y avoir des gens affreusement blessés, ou même en train de se faire descendre sous tes yeux... et

212

ta compassion est suspendue. Tu penses juste : « Ça, c'est une bonne image... là... et là... et par là. » Tu cadres, tu fais la mise au point, tu cliques, parce qu'à ce moment-là c'est tout ce qui t'importe. L'image... pas les gens. Mais, plus tard, tu te dégoûtes.

— Pourtant, c'est très important de prendre ces photos.

— Évidemment. C'est justement ça que tu traques... la photo importante. Celle qui transcende son contexte pour devenir une métaphore profonde. Mais les photographes le paient cher... Plusieurs d'entre eux souffrent de dépression. Quelques-uns se suicident. Je faisais cela depuis douze ans et il fallait que j'arrête.

— Et c'est pour cette raison que tu es passé au documentaire ?

— Oui. Je peux enfin choisir mes propres sujets... plutôt que de me précipiter là où il y a des morts.

— Tu préfères ?

— Oui. Mais c'est moins lucratif, alors en même temps je fais des trucs commerciaux. Pour gagner ma vie. Des rapports annuels, par exemple. À condition que les entreprises soient réglo... Récemment, j'ai fait des prises de vue pour des magazines. Deux, trois sujets pour *Marie-Claire*. Et puis Lily Jago m'a appelé.

Il secoua la tête.

— Je ne comprends toujours pas pourquoi elle a songé à moi pour te prendre en photo.

— Eh bien... je pense qu'elle a estimé que ça donnerait un côté plus « pointu » aux images. C'est d'ailleurs ce qu'elle a prétendu. Que ce serait plus *pointu*.

— Il est vrai que mes photos ont un style particulier. Il y a beaucoup de mouvement, c'est peut-être ça qui lui a plu. Comment as-tu fait sa connaissance ?

Je lui racontai. Il éclata de rire.

— Je vois ça d'ici. Elle est dingue des animaux.

— Elle a dit que vous vous étiez croisés une ou deux fois.

Il hocha la tête.

— Elle est totalement excessive. Avec les femmes comme ça, j'ai du mal.

— Alors je vais avoir l'air « pointue » ?

— Tu seras ravissante. Je vais tirer les photos demain.

— Où ?

— Ici. J'ai ma chambre noire. Ça ne sera pas long.

— Comment tu fais ? Je n'ai jamais vu une chambre noire.

— Vraiment ? Eh bien, tout d'abord, tu sélectionnes les négas que tu veux tirer parmi toutes les images, et puis, ensuite...

Il posa sa tasse.

— Tu veux voir ? fit-il. Je peux te montrer.

— Quoi, maintenant ?

— Oui. Je peux tirer tes photos pendant que tu es là. Ça te plairait ?

— Eh bien... oui. Oui. C'est long ?

— Environ trois quarts d'heure. Je peux te réserver un taxi pour onze heures et quart. Ça te va ?

Je hochai la tête.

— Alors d'accord. Viens avec moi.

Il ramassa le plateau et nous retournâmes à l'intérieur. Quand il appela le taxi, je jetai un coup d'œil à sa chambre par la porte entrouverte. Elle était assez rangée ; la couette blanche était bien tirée et il n'y avait pas de vêtements éparpillés. J'aperçus une crosse de hockey dans un coin.

— OK, fit-il, c'est réservé.

Il retira sa veste, la lança sur une chaise et poussa une porte à côté de la cuisine.

— C'est ici.

En entrant dans la chambre noire, une odeur alcaline piqua mes narines.

— J'adore faire ça, dit-il. J'adore le processus de développement.

Des bandes de négatifs luisantes étaient suspendues au fil, ainsi que quatre ou cinq photos. Partout, des boîtes ou des flacons portant la marque Ilford ou Kodak. David remplit l'un des bacs, puis ajusta ce qui ressemblait à un gros microscope.

— Voici l'agrandisseur. Je dois juste... voilà. OK. Bon. Prête ?

Il se pencha devant moi, tira sur le cordon de l'interrupteur et nous fûmes soudain plongés dans le noir.

— Tu vas y voir dans un instant, murmura-t-il.

En effet, de vagues contours émergèrent de l'obscurité veloutée, tandis qu'une lueur corail envahissait la pièce. Je me tournai vers David et vis ses traits se matérialiser.

— Ce que tu vois, c'est la lumière de sécurité, expliqua-t-il. Il y a trois négas que je préfère.

Je distinguais à peine dans sa main une mince boîte noire, comme une enveloppe de CD. Il l'ouvrit, en sortit le premier négatif, souffla dessus avec une bombe d'air comprimé, puis le plaça dans l'agrandisseur, et une petite lumière s'alluma.

— Il y a un filtre, pour protéger le papier de la lumière pendant la mise au point.

Je reconnus mes propres traits projetés, flous, sur l'étagère en face de nous. Nous demeurâmes sans parler pendant que l'aiguille lumineuse égrenait vingt secondes. Puis il éteignit l'agrandisseur, retira le papier et le fit glisser dans le bac de tirage. Il pencha ensuite le plateau d'avant en arrière, doucement. J'entendais le liquide frapper les parois.

— Ça va prendre environ trois minutes.

Il plongea les mains dedans et retira précautionneu-sement le papier en le tenant par les coins, tandis que des taches grises apparaissaient.

— On est censé utiliser des pinces, dit-il. Mais j'aime bien plonger les mains là-dedans. C'est une affaire de toucher pour moi. Ce n'est pas idéal pour la peau mais, dans mon cas, ça n'a pas vraiment d'impor-tance.

Il y eut un autre moment de silence.

— David.

Mon cœur cognait contre mes côtes.

— Oui.

— J'ai quelque chose à te dire.

— Vraiment ? Quoi ?

J'inspirai profondément. Il me jeta un coup d'œil en biais, puis regarda à nouveau le bac tout en continuant à le balancer.

— Qu'est-ce que c'est ? Tu as l'air toute sérieuse.

— Eh bien... pendant le dîner, je t'ai affirmé que tu m'avais déclaré avoir trente-six ans. Tu ne me l'as pas dit.

— Non. C'est bien ce que je pensais.

— Ce n'est pas comme ça que je l'ai appris.

— Alors comment ?

— Parce que...

Je contemplai son profil tandis qu'il agitait toujours le bac.

— Parce que...

— ... parce que je parais trente-six ans, j'imagine.

— Non. C'est parce que je...

Mon cœur battait à tout rompre.

— Parce que je l'ai vu sur ton site web. Il y était écrit que tu étais né en 1967. Alors... voilà, c'est comme ça que je l'ai su.

— Ah ! s'esclaffa-t-il. Je pensais que tu allais me

faire une révélation absolument terrible. C'est tout ? Tu as consulté mon site ?

— Oui. Voilà.

— Eh bien, rit-il encore, j'en suis ravi. J'en suis même assez flatté. Alors voilà donc ta « confession » ?

— Eh bien, je...

— Tiens, regarde ! dit-il. Te voilà...

Je fixai le papier, qui commençait à s'assombrir et à se pigmenter. J'apercevais le contour de mes cheveux et de ma mâchoire, mes lèvres, puis mon nez.

— J'adore cet instant, dit-il. La façon dont l'image apparaît sous mes yeux. C'est comme allumer la radio et entendre de la musique.

C'était l'un des portraits pris dans la maison. J'avais effectivement l'air « pointue ». Mal à l'aise. Égarée. Ça se voyait. Dans mes yeux. On y voyait la culpabilité que je portais depuis si longtemps. J'eus l'impression d'avoir été... révélée.

— David...

— Tu es très belle, dit-il tout d'un coup. Tu as une expression fascinante. Tu sembles troublée. Comme si quelque chose d'assez complexe se passait dans ta tête. C'est peut-être simplement le contrecoup de ta rupture, ajouta-t-il doucement.

Je ne répondis rien.

Puis il souleva la photo hors de l'émulsion et la fit glisser dans le plateau suivant.

— C'est le bain d'arrêt. Je vais la laisser là pendant que je tire le deuxième négatif.

Il répéta le processus, tout en bavardant à mi-voix, et j'apparus à nouveau, cette fois avec Herman, en train de me promener sur Primrose Hill ; avec des cerfs-volants dans le ciel et, au premier plan, un chien qui sortait du champ en courant. Il y avait tellement de

217

mouvement dans cette image, comme s'il s'agissait d'un instant volé au milieu d'un drame quelconque.

— Tu es ravissante, reprit-il. Tu as l'air préoccupée. Mais cela rend l'image encore plus intéressante.

Soudain, la sonnette de la porte retentit.

— C'est ton taxi. Merde... il a de l'avance.

David berça la deuxième photo dans le fixatif en la scrutant intensément. Je pris conscience de son souffle doux et régulier, tandis qu'il travaillait. Et je me rendis compte que je venais de passer trois heures et demie avec lui, sans avoir dit ce que j'étais venue lui avouer. C'était impossible à présent, parce que le taxi attendait. J'allais être obligée de le revoir. Voilà. Je devais tout simplement le revoir. Et alors je lui dirais. Je lui dirais, et tout serait fini...

— J'aimerais te revoir, fit-il soudain.

Il contemplait toujours ma photo – comme si c'était à elle qu'il parlait – tout en la berçant.

— J'aimerais te revoir, répéta-t-il, toujours à mon image.

La sonnette retentit à nouveau, plus insistante, cette fois.

— Parce que, tu vois...

Il se retourna pour me regarder.

— Je te trouve très bien. Ça te dit, Miranda ?

J'eus l'impression de dégringoler d'une longue pente abrupte.

— Oui, soufflai-je. Ça me dit.

David sourit, puis il se pencha vers moi. Pendant un instant, je crus qu'il allait m'embrasser. Mais il tira sur la corde de l'interrupteur et une lumière blanche inonda la pièce. Il sortit la photo.

— Très bien.

8

— Tu as dîné avec lui ? souffla Daisy, dimanche après-midi, les yeux grands comme des soucoupes. Dîné ? C'était un rendez-vous ?

Nous étions installées dans la Primrose Pâtisserie, parlant à mi-voix pour ne pas être entendues. Enfin, c'était Daisy qui parlait à voix basse, parce que moi, je me contentais de hocher la tête. C'était tout ce que je parvenais à faire pour communiquer, étant donné mon trouble.

— Alors tu es sortie avec lui ? répéta-t-elle, ébahie.

Je hochai à nouveau la tête.

— Dans ton message, tu disais que tu allais le voir, alors j'ai simplement pensé que tu l'avais appelé. Mais c'est lui qui t'a rappelée ?

J'acquiesçai. Elle se renversa sur sa chaise.

— Ouaouh !

Puis elle posa sa tasse et se pencha en avant.

— Tu lui plais ! annonça-t-elle.

Je haussai les épaules.

— Tu lui plais. Sinon, il ne t'aurait jamais rappelée. N'est-ce pas ?

Elle inspira.

— Mon Dieu. Ça complique l'affaire, non ? ajouta-t-elle, prosaïquement.

J'acquiesçai une fois de plus.

— Cela dit, reprit-elle, les sourcils froncés, réfléchissant à la situation, cela pourrait faciliter les choses, le fait qu'il t'aime bien... Alors, il t'a rappelée ?

Je secouai la tête.

— Il a dit qu'il le ferait ?

Hochement de tête.

— Alors il le fera certainement. Il veut simplement ne pas paraître trop accro. Bon sang...

Elle gloussa.

— Quel coup de théâtre !

Elle sirota son Earl Grey.

— Alors, vu les circonstances, j'imagine que tu t'es tue.

— Non, murmurai-je, à nouveau capable de parler. J'en avais l'intention. Évidemment. D'ailleurs, j'ai même tenté le coup. Mais il y avait plein de monde dans le restaurant, c'était impossible. Puis il m'a proposé de passer chez lui, et...

— Tu es allée chez lui ? Et qu'est-ce qui s'est passé ?

— Eh bien... c'était très agréable. On est monté sur son toit-terrasse pour admirer les lumières de Londres, et on a bavardé, ou plutôt, c'est lui qui a parlé. Il a dit qu'il était nul en conversation, mais que, curieusement, il aimait bien me parler. Et j'étais plus qu'heureuse de l'écouter... il est intéressant... même si, évidemment, j'étais préoccupée. Une fois ou deux, j'ai failli tout déballer... J'en avais l'intention, soupirai-je. Vraiment...

— Alors pourquoi pas ?

Pourquoi, en effet ?

— Parce que... je l'ai accompagné dans sa chambre noire pour qu'il tire les photos qu'il avait prises de moi, et... oui, j'ai failli tout lui avouer à ce moment-là. Je savais que ce serait plus facile de chuchoter, comme ça, dans le noir, mais...

— Mais quoi ?

Je la regardai fixement.

— Les mots se sont coincés dans ma gorge. Et il avait réservé un taxi, alors je savais que je n'avais pas beaucoup de temps... Et puis surtout, Daisy, ce n'est pas le genre de truc qu'on peut dire rapidement, pas vrai ? Alors non, je... je ne l'ai pas fait mais...

Daisy me lança un regard perçant.

— Je sais pourquoi, répliqua-t-elle. C'est évident. Je viens de comprendre. Tu ne le lui as rien dit parce qu'il te plaît. Tu craques, toi aussi. Non ?

Je jouai avec le sucrier.

— Je ne sais pas.

— Mais si, insista-t-elle en gloussant. C'est évident. Tu ne peux rien me cacher, Miranda. Je te connais trop bien.

— Alors d'accord. Oui, il me plaît. Ou plutôt... il m'attire. Et alors... d'accord, j'avoue que je n'avais aucune envie de tout déballer et de gâcher une soirée aussi agréable...

— Ou la possibilité de le revoir... ?

Je la regardai.

— C'est ça, Miranda. N'est-ce pas ?

Je haussai les épaules, inspirai profondément et hochai la tête lentement.

— Oui. Tu as raison. C'est pour cela que je me suis dégonflée. Parce que je savais que si je lui parlais, tout serait fini.

Daisy se mordillait la lèvre inférieure.

— Mon Dieu. Tu ne t'attendais pas à ça, quand tu t'es mise à rechercher David White, pas vrai ?

— Non, en effet.

Il y eut un moment de silence.

— Eh bien il va falloir que, tôt ou tard, tu craches le morceau.

— Moui... Il faut que je me lance...

— Surtout si tu penses que tu pourrais... vivre une histoire avec lui.

Vivre une histoire avec lui. Mon cœur fit la cabriole.

— Alors peut-être la prochaine fois ?

Je fus soudain submergée par une bouffée de bonheur, presque d'euphorie.

— Oui, peut-être la prochaine fois. C'est ça.

Pourvu qu'il y ait une prochaine fois.

— Alors, et toi ?

Je songeai à la robe de mariée de Daisy, enfermée dans son sac de velours tel un papillon dans son cocon.

— Tu as parlé à Nigel ?

— Pas... tout à fait.

— Ce qui signifie, j'imagine, que c'est « non ».

— Eh bien, j'ai dû travailler toute la journée d'hier sur une proposition pour le cinquantième anniversaire d'un client qui veut un thème « Mille et Une Nuits » avec des chameaux et des danseuses du ventre... Et Nigel avait un tournoi de bridge hier soir. Puis ce matin, il est allé au bureau parce que, comme je te l'ai déjà dit, il a un nouveau chef de service et il a très envie de faire bonne impression, vu qu'il veut devenir partenaire de la société, alors...

Sa voix mourut.

— Mais je vais le faire, dit-elle. Bientôt.

Un ange passa. On entendait japper au loin. Daisy regarda dehors, par-dessus mon épaule gauche.

— Il y a un mec dehors, qui gesticule dans ta direction. Il tient un énorme bouquet. C'est peut-être l'effet Impulse ?

Je me retournai.

— C'est Marcus.

Je lui fis signe d'entrer.

— Salut, Miranda.

Il tenait à la main un énorme bouquet de lys Stargazer, avec Twiglet calé dans son pull comme d'habitude, les pattes accrochées au col en V.

— C'est Twiglet qui t'a aperçue le premier et qui s'est mis à glapir. Il veut dire bonjour à son institutrice.

Je caressai Twiglet, qui bondit soudain dans les bras tendus de Daisy.

— Tiens, tiens... Twiglet s'est fait une nouvelle amie.

— Je te présente Daisy, dis-je tandis qu'elle le câlinait. Daisy, je te présente Marcus. Marcus et Twiglet assistent aux fêtes de chiots. On t'a vu dans *Ohé, terre !* ajoutai-je tandis que Twiglet faisait la toilette des oreilles de Daisy.

— Ah, c'est vous, le type qui donne des cours d'autodéfense, dit-elle. Miranda m'a parlé de vous.

— C'est ça. Je donne des cours de base, pour les débutants... de tous sexes, âges, groupes ethniques ou convictions religieuses. Je prends de tout.

— En tout cas, nous, on aimerait bien y assister. Pas vrai, Miranda ?

Elle me fixait intensément.

Je soupirai.

— D'accord. Si ça te fait plaisir.

— Dans ce cas...

Il fouilla dans son sac et en sortit l'un de ses prospectus.

— ... prenez ça. C'est juste à côté de Tottenham Court Road.

— C'est sur le chemin de mon bureau, fit remarquer Daisy. Je travaille à Bedford Square.

— Le premier cours a lieu jeudi, à sept heures. C'est

quinze livres la séance et, comme nous travaillons par deux, ce serait bien si vous faisiez équipe.

— Pas de problème, répliqua Daisy en lui repassant Twiglet. Vous nous inscrivez, d'accord ?

Elle rangea le prospectus dans son sac.

— Tu veux un thé, Marcus ? proposai-je.

— Non merci. Je n'ai pas le temps. Je vais voir ma copine.

Elle habite Princess Road.

— D'où les fleurs ?

Il hocha la tête.

— Elle va adorer.

— Je l'espère. Bon, alors on se revoit à la prochaine fête de chiots.

Il sourit et repartit.

— Dis donc, il doit être raide dingue, dit Daisy.

Twiglet avait laissé quelques poils blancs minuscules sur son cardigan.

— Il y en a pour quarante livres, minimum. Enfin, il faut que j'y aille, moi aussi. J'ai dit à maman que je passerais la voir. À bientôt, Miranda.

Elle me serra dans ses bras.

— Et ne t'inquiète pas.

Je terminai lentement mon thé, puis partis. J'étais sur le point de traverser la rue quand deux jeunes mecs m'abordèrent. Mon cœur s'emballa. Je sais que c'est irrationnel, mais c'est plus fort que moi.

— Pourriez-vous nous indiquer la station de métro la plus proche ?

Je le leur expliquai, mais je leur en voulais de m'avoir posé la question, parce que ça m'arrive constamment. Peut-être parce que je suis petite, et que je n'ai pas l'air menaçant – et, ce que je déteste le plus, c'est qu'en général, ce sont des hommes. Enfin, je rentrai à la maison, j'adressai un sourire à l'aromathérapeute, qui refermait sa porte, puis me mis à consulter mes courriels. « *Mon chien de berger court après mes poissons rouges dans l'étang. Est-ce qu'il essaie de les attraper ?* » Non. Il essaie de rassembler le troupeau. « *Mon cochon d'Inde est très distant.* » « *Mon lapin n'arrête pas de secouer la tête, comme s'il était hypnotisé.* » Il a un ulcère. Il faut l'emmener chez le vétérinaire. Soudain, un autre message apparut. De la part de « DJW ». Mon cœur fit la cabriole.

« *Salut, Miranda. Je voulais juste te dire que je suis à Barcelone pour quelques jours. Mais je rentre vendredi et je me demandais si je pouvais te "réserver" pour samedi soir ? David. P.S. On pourrait faire un truc marrant.* »

La semaine passa avec une lenteur exaspérante. La première émission de la saison de *Folies animales* fut diffusée mardi – c'était bien, même si c'était curieux de revoir les cas traités en mars dernier. Le perroquet possessif ; la gerboise exigeante ; le cochon ventru passif-agressif. Mercredi, la fête de chiots se déroula dans une bonne ambiance, comme toujours. À la fin, Marcus me rappela que son cours d'autodéfense aurait lieu le lendemain soir.

— C'est dans la salle paroissiale de St. Luke's sur Percy Street, à l'angle de Tottenham Court Road. Prévois des vêtements amples.

— Très bien, dis-je. J'y serai.

— Pourquoi ne venez-vous pas, vous aussi, Lily ? ajouta-t-il. L'autodéfense, ça peut toujours servir.

— Non, inutile, lâcha-t-elle avec insouciance. Je n'en ai aucun besoin.

— Mais le fait d'être grande ne suffit pas à vous protéger.

— Il ne s'agit pas de ma taille.

Elle lui adressa un sourire complice, puis chuchota :

— J'ai tout simplement une hache, petite mais efficace, dans mon sac à main.

— Bon. D'accord... Enfin, fit-il en calant Twiglet dans son pull, il vaut mieux que j'y aille. J'ai rendez-vous avec Natalie.

— Ta petite amie ? dis-je.

— C'est ça, répondit-il joyeusement.

— Et les fleurs ? Elle a dû être ravie ?

— Eh bien... oui. Je crois, répondit-il d'un air songeur.

Je le dévisageai.

— Le problème, c'est que les lys, ça la fait éternuer. C'est vrai qu'il y a beaucoup de pollen ! Cette fois, je lui offre des chocolats.

Il brandit sous mon nez une boîte énorme de Bendicks.

— Dis donc, elle a de la chance.

Manifestement, il était fou amoureux.

— Bon, à demain, Miranda.

— Oui, à demain.

En fin de compte, je n'y suis pas allée. J'étais sur le point de partir, je fouillais mes tiroirs pour retrouver mon pantalon de jogging lorsque le téléphone sonna, à sept heures moins cinq. C'était papa.

— Je suis en ville, dit-il. Je me demandais si je pouvais t'emmener grignoter quelque part.

— Ah. Euh...

— J'avais l'intention de t'appeler plus tôt, mais j'avais rendez-vous avec le comptable du club, ensuite j'ai dû assister à la réunion des actionnaires. Alors j'ai pensé que ce serait agréable de te voir avant de rentrer. Si tu n'es pas prise.

— Oui. Bien sûr. Parfait.

Peu importait de rater un cours d'autodéfense. J'appelai aussitôt Daisy sur son portable pour m'excuser.

— J'espère que ça ne te dérange pas. Mais je n'ai pas vu mon père depuis longtemps, puisqu'il habitait aux États-Unis.

— Ne t'en fais pas. C'est bien plus important.

Je savais qu'elle pensait à son propre père.

— Je te raconterai ce qu'on a fait et tu viendras la semaine prochaine.

Papa arriva juste après huit heures. Ses cheveux étaient un peu plus grisonnants, mais il paraissait toujours avoir quarante-huit ans plutôt que cinquante-huit, avec son visage mince et hâlé par le soleil de Palm Springs. J'ai hérité de ses yeux gris-vert, mais hélas, pas de sa taille. De ce côté-là, je tiens de maman.

— Sympathique, comme coin, déclara-t-il en entrant.

— Oui, c'est un peu comme d'habiter un mini-village.

Je lui fis faire le tour du propriétaire.

— Impressionnant ! s'étonna-t-il. C'est plus grand à l'intérieur qu'à l'extérieur.

Je lui montrai l'étage et, alors qu'il se tournait pour redescendre, il fit tomber accidentellement la télécommande de la commode. Soudain, le téléviseur s'alluma, et la silhouette d'Alexander tenant un télescope apparut.

— Approchez-vous du cap, monsieur Tree ! Le plus près possible !

— À vos ordres, capitaine.

Puis il y eut un gros plan sur l'actrice principale, Tilly Bishop, en train de contempler Alexander d'un air béat. J'éprouvai un brusque et incontrôlable désir de la poignarder.

— Aïe, désolé, dit papa en ramassant la télécommande. Mais, ce n'est pas... ? reprit-il en regardant l'écran.

Papa avait rencontré Alexander une fois, lors d'une visite à Londres, six mois auparavant. D'une main tremblante, j'éteignis la télé.

— Oui, c'est bien lui. Mais allons au pub.

Le temps de descendre Gloucester Avenue jusqu'à l'Engineer, j'avais recouvré mes esprits. Tout en mangeant la soupe, je m'enquis des nouvelles du club de golf. Papa secoua la tête.

— Ça va mal.

Une ride profonde creusait son front.

— À cause des adhérents ?

— Oui, le revenu des abonnements est très faible. Et comme il s'agit d'un club commercial sur le modèle américain – c'est pour cela qu'ils m'ont engagé – et non d'un bon vieux club traditionnel sans but lucratif géré par un brigadier à la retraite, les actionnaires attendent un retour sur leur investissement.

— Et s'ils n'en obtiennent pas ?

— Dans ce cas-là, je serai viré. J'ai un contrat de trois mois, alors je dois obtenir des résultats.

— Tu ne peux pas baisser le montant de l'inscription ? Ça ne vous rendrait pas un peu plus compétitifs ?

— Nous n'en avons pas les moyens. La construction du club a coûté huit millions de livres – le terrain était très cher –, et Nick Faldo a dessiné le parcours.

— Tu ne pourrais pas faire une promotion ? Accorder un tarif spécial aux gens qui s'inscrivent dès maintenant ?

— On le fait déjà.

— C'est ouvert aux femmes ?

— Évidemment. Avec l'accès à toutes les zones.

— Ouverture aux non-membres ?

— Oui. Ils ont accepté, à regret, pour cent livres par jour.

— Et la pub ?

— Nous avons déjà dépassé de loin le budget. La réunion a été très tendue. Les actionnaires m'ont très clairement fait comprendre qu'ils s'attendaient à ce que je sorte un lapin assez spectaculaire de mon chapeau, mais je ne sais pas comment faire. Enfin, je gérais efficacement le club de Palm Springs mais je n'ai jamais eu à créer de toutes pièces le succès d'un club.

— Et il y en a déjà pas mal, dans cette zone, non ?

— Exactement. Donc, il faut offrir aux membres quelque chose d'inédit.

— J'aimerais bien pouvoir t'aider. Vous ouvrez quand ?

— À la mi-août.

— Et à part ça, comment ça va ? Tu te fais à la vie en Angleterre ?

— À peu près. Au moins, en ce moment il fait beau.

— Palm Springs te manque ?

— Mes amis me manquent. Et aussi le service de voituriers... cet après-midi, j'ai mis trois quarts d'heures à trouver un endroit pour me garer.

— Tu t'es fait de nouveaux copains ?

Il secoua la tête.

— Pas vraiment. Ça va mettre plusieurs mois. J'aurais préféré que ta mère se montre plus amicale. Cela me faciliterait beaucoup la vie.

Il tripotait son petit pain.

— D'ailleurs, je l'ai revue.

— Vraiment ?

— À la station-service, avant-hier. Je ne sais pas si elle m'a repéré. Je crois que si. Elle a démarré à toute vitesse. Mais j'ai pensé que c'était à moi de faire le premier pas, alors j'ai...

Il prit un air un peu penaud.

— Quoi ?

— J'ai trouvé le numéro de téléphone du Trekking de lamas d'East Sussex dans l'annuaire local et j'ai laissé un message pour lui demander de me rappeler.

— Elle l'a fait ?

— Non. Alors j'ai réessayé le lendemain et j'ai découvert qu'elle avait bloqué mon numéro. Au moins, je sais où j'en suis. J'aimerais juste qu'elle soit un peu plus... raisonnable.

— Hum..., soupirai-je. Tu sais comment elle est. En plus, elle aussi a des problèmes en ce moment.

— Vraiment ?

— Avec ses lamas. Elle a besoin de gagner plus d'argent. Ça ne marche que les week-ends, quand les gens partent en randonnée. En ce moment, ils ne sont pas assez occupés pendant la semaine et ça l'inquiète.

— Je vois.

— Peut-être qu'elle sera un peu plus sociable quand les affaires reprendront.

— Je l'espère, murmura-t-il. Je sais que je n'ai pas été le meilleur mari du monde, Miranda. Je sais que ta mère se sentait négligée.

— C'est parce que tu l'as bel et bien négligée, papa. Elle et moi.

— Je sais. J'étais un jeune homme égoïste. J'avais décidé de réaliser mon rêve. Mais, au bout de vingt ans, elle pourrait montrer un peu plus d'indulgence.

— Mouais. Je vois ce que tu veux dire.

— Bon, dit-il en consultant sa montre. Il vaut mieux que j'y aille. Le trajet est encore long.

Je lui disais au revoir lorsque le téléphone sonna. C'était Daisy, qui rentrait du cours d'autodéfense.

— C'était génial ! s'exclama-t-elle. Ça donne une telle sensation de pouvoir ! Il faut absolument que tu viennes. Ce soir, on a appris à réduire son « potentiel de victime », puis à évaluer l'individu menaçant et à choisir l'un des trois recours : « Retraite immédiate », « Désamorçage » ou « Affrontement ». C'est un prof fantastique, s'enthousiasma-t-elle. Alors, tu viens la semaine prochaine, n'est-ce pas ?

— Oui.

— Tu me le promets ?

— Promis.

— Tu as eu des nouvelles de David ?

— Oui.

— Et ?

— On se voit samedi.

— Excellent. J'ai réfléchi à tout ça, Miranda... Plus tu le connaîtras, plus ce sera facile de lui parler, tu ne crois pas ?

— Possible, fis-je, pas très convaincue.

— Alors qu'est-ce que vous allez faire, cette fois ?

— Je ne sais pas. Il dit qu'il veut faire un truc marrant.

— Du patin à glace, m'annonça-t-il au téléphone le samedi matin. Ça te dit d'aller patiner ?

Mon cœur se serra. J'aurais l'air inepte et pataude.

— Du patin à glace ? En plein été ?

— Pourquoi pas ? En fait, c'est beaucoup mieux parce qu'il n'y a pas grand monde. Et je parie que ça fait des années que tu n'en as pas fait.

— La dernière fois, j'avais neuf ans.

— Alors on y va ? On pourrait aller à la patinoire de Queensway, et dîner ensuite.

Je mordis ma lèvre inférieure.

— D'ac... cord.

— Génial. Alors rendez-vous devant la patinoire à sept heures et demie.

Lorsque j'émergeai de la station de métro à sept heures vingt-cinq, David m'attendait déjà, en jean et chemise jaune pâle, avec un sac à l'épaule. Il sourit en m'apercevant, puis m'embrassa sur la joue ; quand il me serra contre lui, je respirai à nouveau son parfum citronné. En descendant l'escalier, j'entendis le grondement sourd du bowling et les bips des flippers.

— Je vais être nulle ! protestai-je, tandis qu'il achetait les tickets d'entrée.

— On ne restera pas longtemps. Rien qu'une heure. C'est un peu kitsch, comme endroit, mais au moins la patinoire est assez vaste. Bon, miss Behaviouriste, il te faut des patins.

— Et toi ?

Il tira une paire de patins noirs de son sac, avec un pull vert.

— Tu as les tiens ?

— Je jouais beaucoup au hockey sur glace, dans le temps. Quand nous vivions aux États-Unis.

— Ah.

Je me rappelai la crosse de hockey dans sa chambre.

— Alors tu es un champion du patin.

— Je me débrouille. Je pratique un peu et j'ai pensé que ce serait marrant d'en faire avec toi.

Je remis mes chaussures au comptoir et pris une paire de patins bleu marine qui ressemblaient plutôt à des bottes de ski. J'eus du mal à les chausser.

— Laisse, je vais t'aider, dis David.

Mon visage s'empourpra quand il agrippa ma cheville droite, pendant que je m'appuyais sur son épaule.

— Quels petits petons vous avez, Mère-Grand, dit-il en resserrant les courroies.

Il laça ses propres patins, puis nous enfilâmes nos pulls et avançâmes prudemment sur la glace.

232

— Laisse-moi trouver mon équilibre, dit-il. Reste là.

— Ne t'inquiète pas, je ne bouge pas.

J'agrippais la rampe des deux mains, un peu tremblante, quand David s'éloigna soudain à toute vitesse, comme du mercure, sous les spots colorés. En moins d'une minute, il avait fait deux fois le tour de la patinoire. Puis il fonça vers moi si vite que je crus qu'il allait me rentrer dedans – mais il freina au dernier instant.

— Hou là ! soufflai-je. Tu es vraiment champion !

— Pas étonnant. Depuis le temps... Mais viens, je vais te montrer. Ce n'est pas très difficile.

Il me tendit sa main droite – il ne portait pas de gants – et je lui passai anxieusement ma main gauche. J'avançai d'un petit pas, puis dérapai et agrippai la rampe à deux mains, dans une bouffée brûlante d'adrénaline.

— Je ne peux pas, fis-je, le cœur battant, encore sous le choc. Impossible. J'ai trop peur de tomber.

L'une de mes côtes m'élançait un peu.

— Tu ne tomberas pas.

— Mais si !

— Ça ira mieux si tu me donnes la main.

Je me retournai maladroitement vers lui.

— Donne-moi la main, répéta-t-il doucement.

— D'ac... cord.

Je me retins à la rampe de la main droite tandis que David agrippait la gauche. Puis il prit son élan et j'avançai un tout petit peu.

— Très bien ! Oui, c'est ça. On va faire le tour lentement comme ça une ou deux fois.

— Aïe, murmurai-je tandis que trois adolescents filaient devant nous, dans un bruit d'acier sur la glace. Je vais être nullissime ! Aïe !

Mon patin droit venait de déraper tout d'un coup, mais David m'avait attrapée sous les bras. Il rit en me retenant, puis me redressa.

— Ne t'inquiète pas. Je ne te laisserai pas tomber. Mais ne marche pas sur la glace, Miranda. Essaie de glisser.

— Impossible.

— Mais si. Tu pousses un pied après l'autre en avant... comme ceci.

Il passa devant moi et prit mes deux mains dans les siennes, patinant à reculons tout en m'entraînant doucement de l'avant.

— C'est mieux. Redresse-toi.

— Je ne peux pas. Je vais encore tomber.

— Mais non. Je te tiens.

— Je vais tomber ! paniquai-je. Je vais perdre l'équilibre et t'entraîner dans ma chute !

— Tu es trop légère. Voilà. Maintenant, plie le genou, pousse vers la gauche, puis vers la droite... vers la gauche... Voilà ! Oui ! Très bien ! Hé, tu patines !

J'éclatai de rire, étonnée et soulagée.

— Le secret, c'est d'aller très lentement au début.

Nous avançâmes ainsi pendant environ quinze minutes. Je pris peu à peu confiance et regardai les autres patineurs : quelques jeunes garçons qui allaient à toute vitesse, avec les pans de leurs vestes qui flottaient comme des ailes, et un couple d'âge mûr qui patinait manifestement depuis des années. Au centre de la patinoire, une fillette pirouettait gracieusement, les bras réunis au-dessus de la tête : elle répétait un numéro. Tandis que David me faisait lentement tourner sur la glace dans ses bras, je me rendis compte qu'il y avait de la musique. C'était Cindy Lauper.

Si tu es perdu, regarde et tu me trouveras. Chaque fois.

Si tu tombes, je te rattraperai, je t'attendrai...

— Alors tu vois, tu ne tombes pas, dit David.

— Non, souris-je.

Ou plutôt, si.

— Tu ne tomberas pas, dit-il gentiment. Parce que je te retiendrai.

Chaque fois.

Il me serra plus fort.

Chaque fois...

— Tu ne tomberas pas, souffla-t-il à nouveau en me faisant lentement tourner jusqu'à la sortie de la patinoire. Tu penses que je t'ai emmenée ici pour t'épater ? ajouta-t-il. Eh bien, c'est faux.

— Ah bon ? gloussai-je.

— Non. C'était un prétexte pour te prendre par la main. Bon, reprit-il tandis que je rougissais, allons manger. C'était marrant, non ? demanda-t-il alors que nous remontions vers la rue.

— Oui, c'est vrai. Je me suis vraiment amusée.

— Tant mieux. Tu as envie de quoi ? On peut aller chez le Marocain et fumer le narguilé... ou peut-être que tu préfères ce Chinois de l'autre côté de la rue ?

Nous passâmes devant la station de métro de Bayswater, où la foule se pressait.

— Il y a un Malais là-bas, indiqua David, ou bien le Maharadjah ? Je sais qu'il y a un restaurant libanais très bien un peu plus loin. Ou alors, que penses-tu de cet Italien ?

— Oui. Italien. J'ai une brusque envie de risotto.

Le restaurant était agréable, tranquille et sans fumée.

— Alors raconte-moi ton voyage à Barcelone, dis-je en m'installant. Tu faisais quoi, là-bas ?

— Des photos pour illustrer un livre sur l'ETA.

— Ah. Et... pourquoi a-t-on fait appel à toi ?

Il haussa les épaules.

— Pourquoi pas ? En fait, ce genre de sujet me fascine.

— Quoi ? Le séparatisme basque ?

— Non. L'extrémisme.

Le serveur nous apporta deux verres de vin rouge.

— L'extrémisme politique sous toutes ses formes. Je suis fasciné par ce que ces gens doivent ressentir, lorsqu'ils fabriquent ou posent des bombes, dont ils savent qu'elles peuvent blesser ou tuer des inconnus innocents. Tu ne trouves pas ça intéressant, toi ?

— Et pourquoi ? fis-je abruptement.

David me considéra, un peu étonné.

— Je veux dire que... en fait, que je préfère ne pas penser à ce genre de choses.

— Je ne te donne pas tort.

Nous consultâmes le menu en silence pendant un moment.

Dis-le-lui. Dis-le-lui.

— David ?

— Je pense que je vais prendre les tagliatelles. Oui ?

Dis-le maintenant.

— J'ai quelque chose à te dire...

Il releva les yeux.

— Quoi ?

Mon cœur se mit à battre si irrégulièrement que je posai la main sur ma poitrine.

— Bon sang ! fit-il avec une grimace comique. Tu as encore une affreuse « confession » à me faire, c'est ça ? Comme la dernière fois. Ça se voit à ton expression. D'accord. Je tiendrai le choc.

— Eh bien, je...

Je le regardai. *Je ne peux pas. Je ne peux pas, impossible. Il ne me reverra plus jamais.*

— J'ai... mal aux chevilles.

Il éclata de rire.

— Quel aveu effroyable, Miranda... mal aux chevilles ! Eh bien, il n'y a qu'un seul remède à ça. Il va falloir retourner patiner.

Je patine tout le temps – et la glace est fragile.

— Il y a une patinoire en plein air à Broadgate. On pourrait y aller cet hiver, si tu veux encore me parler d'ici là.

Non, non. C'est toi qui ne voudras plus me parler, je te le garantis.

Puis il se mit à évoquer le hockey sur glace et à m'en expliquer les règles.

— J'adorerais jouer ici, mais c'est impossible. Alors je prends ma dose en regardant le câble. Quand j'étais ado, je jouais beaucoup. Je faisais partie des New Haven Junior Allstars, annonça-t-il fièrement tandis que nos plats arrivaient. Mon plus grand triomphe, ça a été quand nous avons remporté le tournoi de Nouvelle-Angleterre pour les moins de seize ans. C'était le jour de mon quinzième anniversaire. Je ne l'ai jamais oublié, dit-il en prenant sa fourchette. Le 21 mars 1982.

— Ton anniversaire est le 21 mars ? répétai-je en écho.

— Oui. Pourquoi ?

— Rien...

— Cette date a-t-elle un sens particulier pour toi ?

C'était le jour où ça s'est produit...

— Non. Pas vraiment. Euh... c'est le premier jour du printemps.

— C'est vrai. Et toi, c'est quand ?

— Le 17 août.

— Ah, c'est bientôt alors. Je t'emmènerai dîner.

Sûrement pas. Parce qu'à ce moment-là, tu me détesteras.

— Tu me fascines, Miranda, dit-il soudain.

Je me sentis rougir.

— J'ai l'impression qu'il y a tellement de trucs qui se passent dans ta tête. J'ai l'impression qu'il y a quelque chose... je n'arrive pas à mettre le doigt dessus... d'assez mystérieux chez toi.

Oui. J'ai un secret. C'est pour ça qu'on se connaît.

— Je te trouve...

Il plissa les yeux.

— ... énigmatique. Et pourtant, c'est si facile de parler avec toi, reprit-il. J'adore parler avec toi. Je dois sans doute t'ennuyer, avec toutes mes histoires. Mais avec toi... je ne peux pas m'en empêcher.

Je jouai avec la petite rose jaune dans son vase minuscule.

— Mais j'aimerais en savoir plus sur toi. Que tu me parles de ta vie. De tes amis, de ta famille.

Ainsi, pendant que nous mangions, je lui racontai le divorce de mes parents, Hugh, mes demi-sœurs, Daisy, et le retour de mon père en Angleterre.

— Tu es proche de tes parents ? me demanda-t-il en posant sa fourchette.

— Maintenant, oui. Assez. Même si ce n'était pas le cas avant. J'ai traversé une phase assez... difficile quand j'étais plus jeune.

N'en dis pas plus ! Restes-en là !

— Quoi... tu as eu une jeunesse dissolue ?

Mon cœur s'emballa.

— Quel genre de trucs faisais-tu ?

— Disons que j'étais un peu... rebelle, si tu veux.

— Tu avais des raisons de l'être ?

— Je... je crois que c'est parce que mes parents n'étaient pas très présents. Mon père était parti vivre aux États-Unis... J'avais l'impression qu'il m'avait laissée tomber... Et ma mère s'était remariée. Elle n'avait plus un instant à me consacrer. Mais maintenant...

Je haussai les épaules.

— ... je m'entends très bien avec eux. Mais je ne leur fais pas de confidences.

— Ah bon ?

— Non. Je ne leur raconte jamais rien d'intime.

— Pourquoi pas ?

— Je n'en ai jamais pris l'habitude, j'imagine. Enfin, ils ne savent même pas pourquoi j'ai rompu mes fiançailles.

— Vraiment ? C'est curieux, de ne pas parler d'une chose aussi importante. Cela semble encore très douloureux pour toi... il y a certaines choses qu'on préfère enfouir. C'est totalement naturel.

Il se tourna vers la fenêtre.

— Je comprends ça.

Je contemplai son visage de profil. Son nez aquilin, son menton régulier et volontaire, la douce courbe de sa pomme d'Adam.

— Je comprends tout à fait, répéta-t-il doucement.

Le silence se fit. Dehors, par-dessus l'épaule de David, j'aperçus trois adolescents, traînant les pieds, les mains dans les poches.

— On venait de sortir du théâtre, dis-je. Ce soir-là. Nous étions allés à l'Old Vic pour voir *Les Trois Sœurs*.

— Ça va, murmura David en se tournant vers moi. Tu n'es pas obligée de me raconter.

— Je le sais, répliquai-je. Mais, là, j'ai vraiment envie de le faire.

David me contempla, puis posa son verre.

— Après la pièce nous sommes allés dans un bar cubain de l'autre côté de la rue où Alexander a en effet bu quelques verres, ce qui n'excuse pas ce qu'il a fait. Enfin, nous sommes partis vers onze heures pour rechercher Herman. Nous avons pris la Northern Line jusqu'à Archway. L'appartement d'Alexander est à dix minutes à pied de la station, nous avions passé une excellente soirée et nous étions de bonne humeur. Je crois que nous discutions de la date précise de notre mariage en septembre.

J'inspirai, puis exhalai profondément.

— Bien que mes souvenirs soient assez flous, je me souviens vaguement avoir entendu des pas derrière nous sur Holloway Road. On venait de prendre la rue d'Alexander, Harberton Road, quand soudain, trois hommes – en fait, trois garçons – ont surgi. Tu vas me trouver idiote, mais ce que j'ai pensé, sur le coup, c'est qu'ils cherchaient leur chemin – parce que les gens m'interrogent toujours... même quand je suis à l'étranger et que je n'en sais rien. Cependant, j'ai vite compris que ce n'était pas le cas... parce qu'ils nous barraient le chemin. Et alors... alors...

Je tordis ma serviette entre mes mains.

— ... alors ils se sont mis à demander « Vous avez quoi pour nous ? Vous avez quoi pour nous ? ». Comme ça. Plusieurs fois. « Vous avez quoi ? » Puis l'un d'entre eux a agrippé mon sac. Il tirait dessus, et je tirais de mon côté pour essayer de le retenir. Je me suis mise à hurler. Je me souviens encore de la douleur à l'épaule quand ils tiraient dessus, et de la brûlure de la courroie sur mon poignet. Ils me traitaient de putain, de salope... Ils criaient qu'ils allaient me trancher la gorge. Et je me débattais toujours, décidée à ne pas leur abandonner mon sac, quand l'un d'entre eux m'a frappée. Juste là. Je touchai ma pommette.

— Je suis tombée. Je me suis retrouvée par terre, en train de pleurer... Mon sac était parti, eux aussi. Ou plutôt, deux d'entre eux étaient partis.

Je m'arrêtai. Le visage de David était un masque.

— Le troisième était encore là. Il essayait de m'arracher ma bague de fiançailles, mais je serrais le poing très fort. Il essayait de me déplier les doigts. J'ai cru

240

qu'il allait les casser. Je me souviendrai toujours de son souffle rauque à mon oreille... Puis j'ai senti une douleur terrible sur le côté, un craquement doux... Je ne pouvais plus respirer – c'était un supplice. J'ai senti qu'on m'enlevait la bague. Puis j'ai entendu des pas, et peu de temps après, la sirène de la police.

J'avais mal à la gorge.

— Pardon...

La rose jaune était embrouillée.

— Pardon, répétai-je.

Il y eut un moment de silence.

— Et Alexander, où était-il ? demanda gentiment David.

Une vague de honte me submergea.

— Eh bien... justement.

Mes larmes débordèrent.

— Il n'était pas là ?

Je ne répondis rien.

— Il s'est enfui ?

Je hochai la tête. David posa sa main sur la mienne et une larme y atterrit. Il fouilla dans sa poche pour en tirer un mouchoir. Il y eut un silence.

— Et quand l'as-tu revu ?

— À l'hôpital. L'ambulance m'avait emmenée au Whittington. J'étais allongée sur une civière aux urgences, parvenant tout juste à respirer à cause de ma côte. J'avais aussi très mal derrière la tête parce que je m'étais cognée en tombant sur le trottoir. On m'avait donné un analgésique très puissant, qui me rendait nauséeuse. Puis, le rideau s'est écarté et Alexander est apparu. Je n'oublierai jamais son expression. Il était sous le choc, évidemment – d'autant que mon visage était dans un sale état. En même temps, je voyais qu'il avait honte et qu'il essayait de le cacher.

— Bon sang. Et qu'est-ce qu'il a dit ?

— Au début, rien. Puis il a lâché un « Ah, Miranda ». Comme ça. Puis il a essayé de me prendre la main. Mais j'ai refusé. Je l'ai regardé, puis j'ai détourné la tête. À ce moment-là, on a su tous les deux que c'était fini.

— Il a tenté de s'expliquer ?

— Il a prétendu qu'il m'avait crié de courir, qu'il pensait que je me trouvais derrière lui.

— Tu te souviens de l'avoir entendu crier ?

— Non. Tout était confus. Il l'a peut-être fait, je ne sais pas...

— De toute façon..., murmura David en secouant la tête. Il aurait dû s'assurer que tu étais avec lui.

Je pressai le mouchoir contre mes yeux.

— Il ne l'a pas fait. Il s'est juste... enfui. C'est ça, l'instinct animal : combattre ou fuir. Et Alexander a fui. J'ai compris en quelques secondes qu'il était parti. Et tu sais ce que je ne cessais de me répéter ? Que c'était merveilleux qu'il ait pu courir si vite, parce qu'il a des problèmes de cartilage. Voilà, reniflai-je. Voilà pourquoi j'ai rompu mes fiançailles.

— Quelle histoire affreuse ! s'exclama David.

Il prit à nouveau ma main, et la pressa entre les siennes.

— D'autant que tu es toute petite. Mais tu t'es battue. Tu as été courageuse.

— Je n'ai pas été courageuse, dis-je. J'étais en colère. Et, le plus drôle, c'est que je ne voulais pas qu'ils me volent ma bague de fiançailles... j'y tenais tellement ! Même si Alexander était déjà parti. Alexander, ça veut dire « défenseur », ajoutai-je. « Le défenseur des hommes. » J'y ai beaucoup repensé, à ça aussi.

— Alors, est-ce qu'il t'a... demandé pardon ?

— Non. Parce que ça aurait signifié qu'il admettait ce qu'il avait fait. C'est pour cela que je reste aussi profondément blessée. Si seulement il avait dit qu'il était désolé, s'il avait reconnu son geste, alors j'aurais pu lui pardonner. Je ne l'aurais pas respecté, mais j'aurais pu oublier. En fait, il s'est contenté de présenter des excuses, comme si tout cela n'était qu'un malentendu épouvantable et qu'il croyait que j'étais en sécurité..., et que peut-être... qu'il avait mal compris, sur le coup... parce qu'il avait bu.

— Qu'est-ce qu'il a raconté aux flics ?

Je souris amèrement.

— Il a fait sa déposition à l'hôpital. Au début, il leur a raconté la même histoire qu'à moi. Puis il a déclaré que, quand il s'était rendu compte que je n'étais pas avec lui, il avait décidé de courir jusqu'à son appartement pour appeler des secours. L'ennui, c'est que...

— Qu'il avait un portable ?

Je hochai la tête.

— Il a bien appelé la police, mais quelqu'un avait déjà composé le 17.

— Et maintenant, quels sont tes sentiments à son égard ?

Je soupirai et secouai la tête.

— C'est confus. J'éprouve surtout de la colère... qui se mêle à de la tristesse et de la déception.

Je tapai sur mon sternum.

— Ici. Ça me tire... J'avais cru qu'Alexander était exceptionnel. J'aimais tout de lui. Et brusquement, je l'ai vu sous un autre jour.

— Tu n'as jamais décelé de signes avant-coureurs ?

— Si, mais je n'y avais pas attaché d'importance... et j'ai eu tort. Tout d'abord, il était impulsif, il faisait subitement des trucs, par caprice. À l'époque, je trouvais ça plutôt attachant... jusque-là. Ce n'était pas quelqu'un de... solide, j'imagine. Il était tellement drôle, et puis il était amoureux de moi, et je pensais être amoureuse de lui. J'étais très heureuse d'être avec lui. Tu sais, je n'avais pas eu beaucoup de relations suivies, auparavant.

David me regarda droit dans les yeux.

— Presque aucune, en fait.

— Pourquoi ?

Je haussai les épaules.

— Je ne sais pas, mentis-je. C'est juste que j'ai... évité... pour différentes raisons. Pendant presque toute ma vie d'adulte, j'ai été seule. Alors le fait d'être avec Alexander a été un grand événement pour moi.

— Tu restes en contact avec lui ?

— Non. Je ne veux plus jamais le revoir. Et lui non plus, parce qu'il a trop honte. Alors le lendemain, Daisy est allée chercher Herman, et mes affaires, dans son appartement. Je n'ai plus posé les yeux sur lui depuis.

— Donc, il n'a pas cherché à éviter la rupture.

— Non, même s'il a été choqué que ça se passe si vite. Je crois qu'il s'imaginait qu'on en discuterait. Mais, pour moi, c'était clair comme de l'eau de roche. Cet homme grand et fort, qui prétendait m'aimer, m'avait abandonnée en pleine agression. Il m'a bien écrit, après, pour me dire qu'il regrettait que je... comment disait-il ?... ah oui, que « j'aie pris cette décision ». Comme si je l'avais quitté pour un autre motif bien plus trivial. Il n'a jamais demandé pardon. Cela dit, et c'est révélateur, il m'a priée de ne pas parler de « l'incident d'Archway », selon sa formule pudique. Il redoutait que je crache le morceau. Et j'ai fait ce qu'il demandait. Seule Daisy est au courant – et maintenant, toi – mais je sais que tu n'en parleras à personne.

David secoua la tête.

— Non. De toute façon, je ne connais même pas son nom de famille... La seule chose que je peux te dire, Miranda, c'est que tu n'as pas à le protéger.

244

— Je ne le protège pas. Je me protège moi-même.

— Mais pourquoi ?

— Parce que tout cela me remplit tellement de honte. C'est tellement humiliant. Tu ne comprends pas ? C'est comme si je ne méritais pas que l'on me défende.

— Moi, je t'aurais défendue, Miranda. Jusqu'à la mort, ajouta-t-il. Sérieusement, c'est ce que j'aurais fait. Je t'aurais protégée.

Je le dévisageai.

— Je te crois.

— Pour être honnête, c'est ce que feraient la plupart des hommes. Ce qu'il a fait est assez... inhabituel.

— Oui, murmurai-je. C'est le pire.

— Tu as passé combien de temps à l'hôpital ?

— Juste une nuit. Je n'étais pas grièvement blessée : une côte cassée, quelques hématomes au visage et une vilaine bosse derrière la tête. Tout ça est maintenant guéri.

— Et psychologiquement ? C'est souvent plus difficile à surmonter que les dégâts physiques.

Je savais qu'il parlait d'expérience.

— Pendant le premier mois, j'ai eu du mal à dormir. Je faisais des cauchemars et j'avais des flash-back... J'en ai encore. Et je suis très tendue, dans la rue. Je ne supporte pas qu'on m'aborde, ni même qu'on marche trop près de moi. Je dois m'empêcher de hurler.

— En tout cas, personne ne te fera du mal ce soir, parce que je vais te raccompagner chez toi.

— Vraiment ?

— Oui, j'ai ma voiture.

Nous quittâmes le restaurant et traversâmes Queensway jusqu'à Moscow Road, où David avait garé sa Saab noire.

— J'imagine que c'est pour cela que tu te méfies des hommes, dit David en démarrant.

— Je m'en méfiais déjà avant.

— Pourquoi ?

— Parce que ceux dont j'ai été proche – mon père, et ceux qui ont suivi – m'ont soit laissée tomber, soit trahie.

Je me rappelai mon rêve du *Magicien d'Oz*, avec Alexander et Jimmy, tous deux dans le rôle du Lion sans courage.

— Dommage que tu aies ce sentiment, dit David, tandis que nous roulions sur Sussex Gardens.

— Je n'y peux rien.

— Tes agresseurs ont été arrêtés ?

— Non. On a retrouvé mon sac dans une poubelle le lendemain. Ils n'avaient pris que la carte de crédit, le porte-monnaie et le téléphone. Sans parler de la bague de fiançailles... La police me contacte de temps à autre, mais, jusqu'ici, ils n'ont rien découvert. Pas de suspects, ni quoi que ce soit – de toute façon, je souhaite ne jamais les revoir, même sur le banc des accusés. Je veux juste oublier.

— Tu dois les haïr, dit-il doucement, alors que nous attendions de tourner à droite sur Marylebone Road.

Son clignotant faisait un tic-tac hypnotique, comme un métronome.

— Je n'ai pas d'affection particulière pour eux, non.

— Ce genre d'agression physique est pénible à surmonter, dit-il tandis que nous redémarrions. Je le sais, parce que je l'ai vécu, moi aussi. Tu sais, ce qui est arrivé à mes mains...

Je jetai un coup d'œil à la gauche, pendant qu'il changeait de vitesse.

— ... ce n'était pas un accident.

Mon estomac se tordit.

— Non ? m'entendis-je dire.

Nous passâmes devant le Planétarium avant de prendre à gauche dans le parc.

— Non. C'est ce que je dis aux gens... parce que je n'aime pas en parler. Mais ce n'était absolument pas un accident.

— Non ? fis-je faiblement.

— C'était un colis piégé. Il avait été expédié à mon père par un groupuscule de défenseurs des droits des animaux. Mais c'est moi qui l'ai ouvert...

Parce que c'était ton anniversaire...

— ... parce que c'était mon anniversaire.

Les larmes me picotèrent les yeux.

— D'habitude, je lisais soigneusement les enveloppes d'abord parce que mon père et moi, on a la même initiale... Il s'appelait Derek.

Oui, je sais.

— ... Ce jour-là, j'attendais des paquets. Comme je suis descendu le premier, j'ai trouvé ce colis sur le paillasson. Je l'ai déballé. C'était une cassette vidéo. J'ai pensé qu'il était curieux qu'on m'envoie une cassette vidéo, parce qu'on n'avait pas de magnétoscope à l'époque. Je trouvais aussi qu'elle avait une drôle d'odeur. Mais comme je n'avais aucune raison de me méfier, je l'ai ouverte. Il y a eu un bruit sourd – pas un « boum » mais un « pom » – et puis un flash blanc bleu éblouissant, comme de l'oxyacétylène, et une flamme. Puis je n'ai plus rien vu. Ensuite, tout le monde est arrivé en courant, mes parents et mon frère. Et j'ai commencé à sentir la douleur. J'étouffais, il y avait plein de sang, évidemment. Et cette odeur affreuse...

— David...

— Puis l'ambulance est arrivée. On m'a donné des sédatifs et on m'a emmené d'urgence à l'hôpital de

Brighton, où je suis resté près d'un mois. Après a commencé le long parcours des greffes de peau.

— David, c'est insupportable.

J'en avais mal à la gorge.

— C'est trop horrible. Je suis tellement désolée. C'est si affreux.

Il tendit sa main gauche pour la poser sur la mienne un instant.

— Ça va, Miranda, tu ne dois pas être bouleversée.

Mais si. Mais si.

— Ça s'est passé il y a des années. Au moins, je n'ai rien eu aux yeux. Dieu merci ! J'ai juste reçu un petit éclat au visage... cette petite cicatrice, ici (il toucha sa joue) que tu as dû remarquer. Enfin, bref, je sais ce que c'est que d'être agressé physiquement, par un inconnu. Je peux très bien comprendre.

— Oui, mais ce que tu as vécu était mille fois pire. Pour moi, il s'agissait d'une agression banale, David ; ce n'était pas agréable, certes, mais je peux m'en remettre. Mais toi... toi...

Je me détournai, les larmes aux yeux.

— Tu aurais pu être tué.

J'aurais pu te tuer.

— L'engin n'était pas assez puissant... Je ne sais pas si *eux* le savaient, la police a déclaré que ce n'était pas un travail de professionnel... Oui, j'aurais pu être tué, j'imagine ; ou mon père... puisque c'était lui qui était visé. Tu sais, ça aussi, c'est étrange, parce qu'il ne faisait aucune expérimentation animale. Il avait même un rat apprivoisé dans son labo, Rupert, qu'il avait sauvé de la vivisection. Presque toutes ses recherches portaient sur les plantes. C'est ça qu'il n'a jamais compris. Jusqu'à sa mort, ça l'a laissé perplexe. Il a toujours cru qu'il avait été visé par ignorance.

248

Pourquoi Jimmy avait-il fait ça ? me demandai-je une fois de plus. Pourquoi ?

— Et personne n'a jamais été appréhendé, murmurai-je.

— Non. Comment le sais-tu ?

— Je... je ne le savais pas... je te posais la question. Personne n'a jamais été appréhendé, c'est ça ?

— Non. Il n'y avait pas de témoins. L'engin a été déposé très tôt, tu comprends. Personne ne sait précisément à quelle heure.

Cinq heures du matin.

— Le laitier pensait avoir vu une silhouette menue sur un vélo, en train de s'éloigner.

— Vraiment ?

— C'était la fille qui livrait les journaux.

— Ah.

— L'enquête a duré plusieurs mois. Mais tous les militants extrémistes des droits des animaux avaient des alibis. C'est ça, le plus dur, je crois. Depuis le temps, je me suis remis des blessures physiques... J'étais jeune, j'ai guéri. Mais je ne me suis jamais remis des conséquences psychologiques – en partie parce que je n'avais personne à accuser. Cette personne, totalement inconnue, a bouleversé ma vie ce matin-là – elle a volé en éclats. Littéralement. Aujourd'hui encore, je n'ai aucune idée de l'identité de cette personne, ou de ce qui la motivait.

Un silence lourd s'abattit, ponctué par le vrombissement du moteur.

— Et tu voudrais savoir ? S'il était possible de le découvrir ? Tu voudrais savoir quel était le coupable ?

— C'est assez improbable, ça fait tellement longtemps.

— Si tu pouvais, d'une quelconque façon, découvrir qui c'était... tu voudrais savoir ?

— Oui. Évidemment que j'aimerais savoir. Et voir cette personne face à face.

Je sentis mon sternum se crisper, comme si une énorme vis s'enfonçait dans ma poitrine.

— Et alors ? murmurai-je. Tu ferais quoi ?

— Ce que je ferais ? répéta-t-il d'une voix blanche. Je n'en ai aucune idée.

— Tu crois que tu serais capable de pardonner ?

— Pardonner ? Tu serais capable de pardonner aux hommes qui t'ont agressée, toi ?

— Eh bien, s'ils regrettaient sincèrement leur acte et qu'ils me rendent mes effets – ce qui est plus qu'improbable –, alors, oui, je crois que j'y arriverais. Si quelqu'un est sincèrement repentant, il faut pardonner... non ? insistai-je. Dis-moi.

— Ce sont des questions difficiles, Miranda. Je ne sais pas.

— Mais je veux savoir si, toi, personnellement, tu pourrais pardonner à la personne qui... qui a placé la bombe dans la porte ?

Je scrutai son visage en attendant sa réponse.

— Non, dit-il.

Mon cœur cessa de battre.

— J'en serais incapable. Ou du moins, je le crois. Certaines choses ne pourront jamais être pardonnées. Pourquoi le seraient-elles ? J'ai trop photographié d'actes impardonnables, Miranda, pour en être capable.

Il prit ma rue, à droite.

— En tout cas, je suis heureux de t'en avoir parlé. Je voulais le faire la semaine dernière mais je trouvais ça un peu dur pour un premier rendez-vous. Je craignais de t'horrifier.

Je suis horrifiée. Je le suis, je le suis...

— Enfin, nous voici.

Il s'était rangé devant la maison.

— Je te raccompagne jusqu'à la porte ?

Je souris.

— Ça ira, David. Il ne peut plus rien m'arriver.

Il me prit la main et se pencha vers moi.

— Moi, je crois que oui.

Il prit mon visage entre ses mains et l'attira vers lui, puis je sentis ses lèvres sur les miennes, doucement d'abord, puis plus fort, et je me sentis l'embrasser à mon tour.

— Tu es adorable, Miranda, murmura-t-il.

Le dirais-tu si tu savais qui j'étais ?

— Tu es adorable. Tu m'intrigues.

Je paniquai.

Tu ne peux pas faire ça avant qu'il sache.

Je défis ma ceinture de sécurité et ouvris la portière.

— Je...

David vit mon expression.

— Je sais, dit-il doucement. C'est trop tôt, Miranda – non ?

— Oui, répondis-je. Je crois que c'est trop tôt.

9

— Il t'a *embrassée* ? faillit hurler Daisy lundi matin.

— S'il te plaît, Daisy. Chut ! soufflai-je.

Nous étions au Heals Café où nous avions rendez-vous pour un déjeuner sur le pouce. Il y avait foule mais nous avions réussi à dégoter une table d'angle.

— Il t'a embrassée, répéta-t-elle dans un chuchotement ébahi. Mince alors. Autre chose ?

— Non.

— Juste un baiser ?

— Oui. Un baiser. C'est tout.

— Où ?

— Dans sa voiture.

— Non ! Sur la joue ou la bouche ?

— Ah. Sur la bouche, si tu veux savoir.

Rien que d'y penser, je me sentais toute drôle.

— Mince alors. Et ensuite ?

— Ensuite, je l'ai remercié pour cette charmante soirée, j'ai ouvert la portière et je suis sortie.

— Tu ne lui as pas demandé d'entrer ?

— Non – je crois que ce n'était pas le moment idéal.

— Pourquoi ?

— Parce que la conversation que l'on venait d'avoir m'avait complètement bouleversée. Mais on va se revoir.

— Quand ?

— Vendredi. Il m'a téléphoné hier soir pour me demander de ne pas prendre d'autre engagement.

— Je parie qu'il n'avait pas envie que de t'embrasser, ajouta Daisy d'un air sagace en sirotant son café.

— Oui. Je crois que oui. Je sais que oui – mais c'est beaucoup trop tôt. Enfin, je ne l'ai vu que trois fois, Daisy. De toute façon, il pense que je suis encore fragile, à cause d'Alexander.

— Ce n'est pas vrai ?

— Oui... et non. Je n'ai pas le cœur brisé à cause d'Alexander. Je suis simplement en colère et déçue. J'ai raconté à David ce qui s'était passé.

— Tant mieux. Je parie qu'il a été outré.

— Assez.

— Alors tu te rapproches de lui ?

— Oui.

— Ça se *développe*, avec ton photographe, gloussa-t-elle. Lui et toi, ça *clique* ?

Je roulai les yeux.

— Et vous avez flirté ?

— Non. J'en suis incapable.

Je baissai le ton jusqu'à un murmure presque inaudible.

— Enfin, comment flirte-t-on avec quelqu'un que l'on a blessé physiquement ?

— Mouais. C'est vrai que c'est plutôt... inhibant.

— En effet. Mais je pense que c'est d'ailleurs en partie pour cette raison que je lui plais, parce qu'il me trouve « mystérieuse ». Ce que je ne suis pas. Je suis morte d'appréhension. Pourtant, bizarrement, c'est pour ça que je l'attire. Parce qu'il me trouve, comment déjà ? « Intrigante. »

Daisy secoua la tête.

— Tu l'attires parce que tu l'attires, un point c'est

tout. Mais, revenons à nos moutons. Comment lui avouer... Comment vas-tu lui avouer ?

Je gémis doucement.

— Je ne sais pas. Plus je le vois, plus j'ai envie de lui avouer – et pourtant, en même temps, moins j'en ai envie, au cas où il ne voudrait plus jamais me revoir. Et cette fois, Daisy, il m'en a parlé. Il m'a raconté. Alors je lui ai demandé s'il pourrait jamais pardonner à la personne qui lui a fait ça... il a répondu qu'il croyait que non.

— Mais s'il savait que c'était toi... peut-être le pourrait-il...

— Je ne sais pas. Je ne peux pas en être sûre. C'est trop énorme. Mais j'ai besoin qu'il me pardonne parce que je suis...

— En train de tomber amoureuse de lui ?

Je la regardai fixement.

— Peut-être. Peut-être bien que oui. Je le trouve très... attirant.

— Alors attends qu'il tombe amoureux de toi.

Je sirotai mon cappuccino, momentanément tentée... puis je reposai ma tasse.

— Je ne peux pas. Ce serait malhonnête.

— Oui, soupira-t-elle. Tu as raison. Tu as tout à fait raison. Il aurait l'impression que tu l'as trompé. Bon, te voilà avec un dilemme moral sur les bras.

Un ange passa. Puis la serveuse apporta l'addition.

— Tu sais ce qu'il a dit d'autre ? fis-je en prenant mon sac. Que le travail de son père n'avait rien à voir avec l'expérimentation animale. Je ne sais pas pourquoi Jimmy a fait ça. Je ne comprends pas. J'ai besoin de comprendre.

— Pose-lui la question, dit-elle simplement. Écris-lui à la Chambre.

— Mais la lettre risque d'être lue par son attaché de presse.

— Alors écris-lui chez lui.

— Sa femme pourrait voir la lettre.

— Alors prends un rendez-vous avec lui au travail, et parle-lui en privé.

— Je sais ce qui se passerait. Il refuserait de me recevoir et, si jamais j'insistais, il m'accuserait d'essayer de le faire chanter. Il a des amis puissants, Daisy. Il pourrait même alerter la presse en déclarant que je le harcèle... ce qui me discréditerait totalement. Il prétendrait que j'étais folle de lui... ce qui est vrai. Il leur raconterait que je lui écrivais des lettres passionnées, et que j'étais prête à tout pour lui.

— Tu n'avais que seize ans, Miranda !

— Et alors ? Les journaux à scandales s'en fichent. Mais surtout, je ne veux pas revoir Jimmy, Daisy. Il s'agit de ma conscience – pas de la sienne. Non pas qu'il en ait une... le salaud. Ça doit lui faciliter la vie.

— Tu te juges sévèrement, Miranda, dit tout d'un coup Daisy.

Elle jeta un regard de gauche à droite pour s'assurer qu'on ne pouvait pas nous entendre.

— Ce n'est pas comme si c'était toi qui avais fabriqué la bombe, non ? souffla-t-elle. Tu ne savais même pas que c'en était une. Tu croyais sincèrement qu'il s'agissait d'une cassette vidéo.

— C'est ce que m'avait affirmé Jimmy. Il m'avait dit que c'était une vidéo sur des expériences neurologiques pratiquées sur des singes verts, qu'il s'agissait de donner mauvaise conscience au professeur White... Je n'avais aucune raison d'en douter.

— Je peux comprendre que tu sois malheureuse d'avoir été impliquée, reprit Daisy, mais tu n'es pas responsable de ce qui s'est passé, alors je ne saisis pas pourquoi tu te sens aussi coupable.

— Pour la simple raison que je n'ai rien dit... Pourtant, je savais que je devais parler à quelqu'un... mes parents, un prof ou la police... Mais, pour me protéger, je me suis tue. Voilà pourquoi je me sens tellement coupable. Et mon silence a dû rendre les choses beaucoup plus difficiles pour David, parce qu'il n'a jamais pu clore le chapitre de ce qui lui est arrivé. Il n'a toujours pas tourné la page. C'est évident.

Nous remîmes nos cartes bancaires à la serveuse.

— Mais pourquoi Jimmy a-t-il cru pouvoir s'en tirer si facilement ? souffla Daisy.

— Parce qu'il savait qu'il était au-dessus de tout soupçon.

— Pourquoi ?

— Il avait publiquement condamné les actes de violence, et ce à plusieurs reprises. Il avait écrit des articles dans le journal local pour affirmer que c'était mal. Tout le monde pensait qu'il avait des principes. C'est ce qu'il me racontait, à moi aussi. Il prétendait que l'amélioration de la condition des animaux ne résulterait que d'une campagne pour changer les esprits et les cœurs.

— Alors il s'était exonéré d'avance.

— Oui. Mais pas moi. À cause de mon passé. J'étais terrifiée à l'idée que la police vienne me chercher... J'attendais qu'on frappe d'un instant à l'autre à ma porte. Pourtant, ils ne sont jamais venus. Peut-être parce qu'ils savaient que je n'avais jamais commis d'acte violent. De toute façon, il y avait suffisamment de vrais extrémistes dans le coin pour les occuper... Mais il n'y a jamais eu d'arrestation.

— Et si tu racontais l'histoire de Jimmy à un journaliste ?

— Alors je m'accuserais aussitôt. Je voulais en parler à David d'abord, pour voir sa réaction. S'il décide de prendre un avocat, je ne peux pas l'en empêcher. Ce sera son choix.

— Tu es vraiment courageuse, déclara Daisy en se levant. Ça pourrait avoir des conséquences terribles pour toi.

— Oui, fis-je d'une voix blanche. Je sais. Mais je sais aussi qu'il faut que je parle à David. Je dois lui parler... et, en même temps, je le redoute. C'est comme d'avoir un pied sur le frein et l'autre sur l'accélérateur... Une véritable impasse psychologique.

— Je suis certaine que tu trouveras une solution, Miranda.

Mais quand ?

— Bon, reprit Daisy, on peut jeter un coup d'œil en bas avant que je file au bureau ? Je dois essayer de trouver un cadeau pour les quarante ans de Nigel.

Nous descendîmes l'escalier en colimaçon jusqu'au rez-de-chaussée.

— Je peux peut-être lui offrir un très beau tapis. Au fait, il y aura bien une fête, ajouta-t-elle tandis que nous regardions les kilims. Tu sais, ce copain à qui tu as parlé au barbecue ? Alan ? L'avocat ? Il m'a téléphoné vendredi pour discuter de l'anniversaire de Nigel. Lorsque j'ai annoncé que j'allais l'inviter au restaurant, il a répondu qu'il pensait organiser une vraie fête – une surprise-partie – et qu'il l'organiserait avec leur autre copain, Jon. J'ai dit que c'était parfait, et Alan m'a téléphoné ce matin pour me prévenir qu'ils avaient réservé la salle.

— Où ?

— Au zoo.

— Au zoo ?

— Oui, apparemment on peut y faire la fête. Je n'y suis jamais allée, reprit-elle en examinant la cristallerie.

Ça aura lieu le jour même – le 2 août. Ils ont eu de la chance de trouver, dans de si brefs délais.

— C'est toi qui organises ?

Elle secoua la tête.

— C'est le zoo qui organise tout, ce qui est génial, parce que je n'ai pas le temps. Je n'ai qu'à envoyer les invitations – j'ai piqué les adresses dans le Filofax de Nigel. J'invite environ soixante-dix personnes.

— J'espère que tu n'as pas invité sa collègue, Mary. Je l'ai trouvée très antipathique au barbecue.

Je n'avais pas l'intention d'expliquer pourquoi à Daisy.

— Hélas, j'y serai obligée, répliqua Daisy. C'est une proche collègue, et elle semble être bien vue du nouveau chef de service, alors Nigel copine avec elle... mais je suis d'accord, c'est une vache. Tu peux inviter David, si tu veux, ajouta-t-elle en regardant les lampes.

— Je peux ?

— Bien sûr. Nigel n'aura rien contre, et ce sera plus agréable pour toi, parce que je vais être assez prise. Et puis, de toute façon, j'aimerais bien faire sa connaissance. J'en sais tellement sur lui. En fait – mon Dieu, Miranda – je connais des choses sur David que lui-même ignore.

— Je l'inviterai, alors. Merci. Après tout, sans toi, Daisy, je ne l'aurais jamais rencontré.

— Comment ça ?

— Oui, parce que tu m'as recommandée à Caroline... et c'est comme ça que j'ai revu Jimmy. Et puis c'est toi qui m'as poussée à rechercher David.

— Et tu l'as retrouvé !

— Oui.

Mon cœur se serra.

— C'est vrai. En tout cas, repris-je, je suis ravie

qu'on fasse une fête pour Nigel. Il aurait été dommage de ne pas marquer le coup.

— Évidemment, je ne vais pas aborder la question du mariage avant, reprit Daisy avec un calme étonnant. Cela pourrait lui gâcher la fête, si on traversait une crise. Tu ne crois pas ?

— C'est à toi de voir.

— Et qu'est-ce que deux semaines de plus, quand on y songe ?

— Moui.

Nous terminâmes le tour de la boutique et sortîmes.

— Au fait, les cours d'autodéfense se déroulent là, dit-elle dans le vacarme de la circulation. Là-bas, sur Percy Street. Tu viens cette semaine, non ?

— Oui, bien sûr.

— Marcus est un prof formidable. Et bien qu'il n'y ait pas beaucoup de risques qu'on t'agresse à nouveau, je trouve que c'est une bonne chose de maîtriser ces techniques. Bon, il faut que je file. J'ai une fête sous-marine à organiser et je dois trouver des queues de sirène pour les serveuses.

— Et moi, je dois m'occuper d'une chatte nymphomane.

Sept millions de téléspectateurs. L'Audimat de *Folies animales* explosait, ce qui était formidable pour mes affaires. Mercredi après-midi, j'avais déjà six nouveaux rendez-vous. Avec sept par semaine, je m'en sors. À huit, je fais des bénéfices. Neuf, et je ris. Mes problèmes financiers commençaient à se régler. Contrairement à ceux de ma mère.

— Le cash-flow est sinistre, dit-elle lorsqu'elle m'appela pour bavarder à six heures. Alors j'ai décidé que j'allais me lancer dans la psychothérapie par les lamas en semaine. Je vais appeler ça « Lama Karma ».

Je l'ai déjà annoncé sur mon site web et j'ai fait imprimer des prospectus. Je t'en ai posté un hier.

— Tu vas demander combien ?

— Cent pour la journée, déjeuner compris. La radio locale va m'interviewer mais ce dont j'ai vraiment besoin, c'est d'une publicité à l'échelle nationale. Tu connais quelqu'un dans les grands journaux ?

— Hélas non. Je ne suis pas dans le circuit. Ah, c'est vrai, je connais un jeune type de l'*Independent on Sunday*, me souvins-je tout d'un coup. Il travaille sur l'agenda. Il pourrait te préciser qui contacter pour un article.

— Tu es certaine qu'on ne peut rien faire dans *Folies animales* ? geignit-elle.

— Tu sais très bien que non, maman. Et, à vrai dire, je ne veux pas les embêter en redemandant.

— Bon, si tu connais quelqu'un de vraiment stressé... dis-lui de m'appeler, pour venir passer une journée avec les garçons.

Dix minutes plus tard, papa appelait – curieux, comme maman et lui me téléphonent souvent à quelques minutes d'intervalle. Ils sont peut-être plus synchrones qu'ils ne l'imaginent.

Papa semblait déprimé.

— Le président m'a engueulé sur le prix du bétonnage du parking, et parce que j'avais engagé du personnel pour entretenir le green. Et on n'a que cinq nouveaux membres cette semaine... En plus, le golfeur pro a démissionné parce qu'il croit que ça ne marchera pas. En plus de ça, j'ai envoyé un petit mot amical à ta mère, et elle me l'a réexpédié, sans l'avoir décacheté.

— Aïe.

— Je ne comprends pas. Tu m'as dit qu'elle avait bien réagi à la nouvelle de mon arrivée ici. Mais elle est furieuse, c'est évident. Je ne peux même pas la convaincre de reconnaître mon existence, encore moins d'être polie. Elle fait même semblant de ne pas me connaître. C'est absurde.

— Pourquoi ne passes-tu pas directement à la maison ?

— Seigneur, non ! Elle serait capable d'appeler la police. Je ne m'attendais pas à ce qu'elle accroche une banderole de bienvenue, mais je ne croyais pas non plus qu'elle me serait aussi ouvertement hostile.

— Ce n'est pas la personne la plus indulgente du monde, tu sais.

— Tu parles ! Miranda, je me demande si je n'ai pas commis une grave erreur en rentrant, reprit-il. Je suis ici depuis moins d'un mois et je suis déjà totalement crevé, et tellement stressé, ajouta-t-il d'une voix lasse.

Ah...

À sept heures, les invités de la fête de chiots étaient tous arrivés. Lily avait débarqué en brandissant deux bouteilles de champagne, pour fêter le fait que *Moi !* avait remporté la veille le prix du magazine de l'année.

— On va faire la fête ! dit-elle. Ça ne vous gêne pas, maîtresse ?

— Non, dis-je. Ça me va très bien.

Je fis un saut à l'épicerie pour rapporter des chips et des olives. Tout en sirotant du laurent-perrier, nous avons joué à « Passez le chien ».

— On ne pourrait pas sortir avec eux ? demanda soudain Lily.

— Oui, renchérit Phyllis en avalant une grande gorgée.

Ses joues froissées étaient rose vif.

— On ne pourrait pas sortir ?

— Oui, Miranda ! S'il vous plaît, s'il vous plaît... on ne pourrait pas sortir ? firent-ils en chœur.

— D'accord, fis-je. Pourquoi pas ? Il y a encore du soleil, et nous pourrions commencer par un dressage de base à la désobéissance.

— Vous voulez dire obéissance ? remarqua Sue.

Ma tête tournait un peu quand je tendis la main vers la laisse d'Herman.

— Oui. Obéissance. C'est ce que j'ai dit.

Alors que nous sortions, le chiropraticien me sourit en montant dans sa voiture.

— C'est le gang des chiots ! lança Lily.

— Maintenant, parlez-moi de vos cascades, demanda Phyllis à Marcus tandis qu'ils marchaient devant moi.

Il lui offrit galamment le bras.

— Non, Phyllis, protesta-t-il. Ça m'ennuie de parler boulot.

— Mais votre boulot n'est pas du tout ennuyeux. Allez, racontez-nous ! insista-t-elle.

— Oui, je vous en prie, Marcus, renchérit Lily. De toute façon, j'ai besoin de savoir, parce que j'ai envie de faire un article sur vous.

— Qu'est-ce qui vous plaît le plus ? demanda Phyllis tandis qu'un petit garçon se penchait pour caresser les chiots. Les cascades à cheval ?

— Non, les chevaux, ce n'est pas vraiment mon domaine. Ce que je préfère, ce sont les cascades aériennes : parachute, avion, parapente... tous ces trucs-là. J'aime les chutes en escalier, les dérapages en moto ; et j'adore les carambolages.

Je remarquai que le petit garçon regardait étrangement Marcus.

— J'aime bien aussi me faire exploser quand ça se trouve, ajouta-t-il. Les béliers à air comprimé sont parfaits pour ça.

— Qu'est-ce que c'est qu'un bélier à air comprimé ? demanda Phyllis, suspendue à ses lèvres.

— Ce sont des plates-formes propulsées par de l'azote. On marche dessus et elles vous propulsent en l'air. On s'en est servi pour *Le Soldat Ryan*... on obtient des explosions fabuleuses.

Phyllis soupirait de bonheur.

— Quelle est la meilleure cascade de votre carrière ? s'enquit Lily tandis que nous passions devant le Queens Pub.

— Il faut vraiment que je vous raconte ? grogna-t-il.

— Oui, il le faut, intima-t-elle.

— D'accord. Mais c'est bien parce que c'est vous. C'était un combat en altitude.

— Quelle altitude ? demanda Phyllis.

— Eh bien, vous voyez la statue du Christ au-dessus de Rio de Janeiro ?

— Doux Jésus ! s'exclama Lily.

— Lui-même. Il a fallu que je grimpe jusqu'à la tête à travers un petit trou et que je m'accroche à la couronne d'épines. Puis j'ai descendu un bras, à sept cent soixante-deux mètres au-dessus de la ville et je me suis battu contre un autre cascadeur.

Phyllis avait plaqué la main contre sa poitrine, en pleine extase terrifiée. Un instant, j'eus peur qu'elle ne s'effondre.

— Vous aviez un harnais de sécurité ? continua Lily, les yeux écarquillés.

— Non.

— Vous êtes tombé ? ajouta Phyllis. C'est comme ça que vous vous êtes cassé le nez ?

— Si j'étais tombé d'une hauteur de sept cent soixante-deux mètres, Phyllis, je peux vous assurer que je me serais cassé autre chose que le nez. Non, un hélicoptère m'a hélitreuillé au bout d'une corde et m'a déposé sur la plage de Copacabana.

— Avez-vous toujours été un casse-cou ? demanda Phyllis tandis que nous traversions Primrose Hill Road.

— Non, en fait, j'étais assez trouillard. J'étais très angoissé et on se moquait toujours de moi. C'est comme ça que je me suis fait casser le nez. C'est peut-être pour cette raison que j'ai choisi ce métier – pour conquérir ma peur.

— Et comment va votre nouvelle amie ? demanda Phyllis avec un sourire égrillard.

— Elle va... bien, répliqua-t-il. Très bien.

— Elle a dû adorer les chocolats, dis-je.

— Euh, oui, fit-il. Sauf que, malheureusement, le chocolat donne la migraine à Natalie.

— Vraiment ? Quel dommage !

— Ouais.

Il haussa les épaules.

— Je l'ignorais. C'est un problème assez grave pour elle, en fait, ça l'affecte beaucoup mais... tiens, la voilà !

Une blonde élancée d'une beauté exquise s'avançait vers nous. C'était elle – la fille de la pub Timotei. La fille que j'avais aperçue sur le Mews était donc la nouvelle conquête de Marcus.

— Elle est vraiment jolie, admira Phyllis.

— Oui... sublime, souffla Marcus.

Il agita la main à l'intention de Natalie. Celle-ci s'arrêta, puis traversa la rue. Elle sortit son téléphone portable et composa un numéro. Celui de Marcus gazouilla.

— Salut, Nat ! fit-il. Ça va ? Bien. Oui, moi aussi... sauf que je suis un peu enrhumé. Tu vas où ? Chez le pharmacien ? Pour ton rhume des foins ? Ah, je vois. On va sur la colline avec les chiens.

— Pourquoi fait-elle ça ? chuchota Phyllis à Lily.

Lily haussa ses minces épaules.

— Aucune idée. C'est peut-être sa façon de se faire désirer.

— D'accord, dit Marcus. À plus tard.

Il referma son téléphone, agita à nouveau la main vers Natalie qui lui adressa un petit salut avant de poursuivre sur Regent's Park Road.

— Qu'est-ce que c'était, cette histoire ? s'enquit Lily.

— Malheureusement, Natalie est allergique aux chiens. Quand elle a vu tous les chiots, elle savait que ça lui donnerait de l'eczéma.

— Seigneur ! dis-je.

— Oui, ça peut devenir assez grave, en fait... Elle a préféré ne pas prendre de risque. Avec les chats, c'est encore pire. Elle fait de très vilaines réactions.

— Mais ça doit poser des problèmes, dit Phyllis en désignant Twiglet.

— Non... pas vraiment, dit-il en se dandinant. Non, non, je ne dirais pas que ça pose des problèmes.

— Je l'ai déjà vue passer dans la rue, précisai-je tandis que nous franchissions la grille. Assez souvent, d'ailleurs. Je pensais qu'elle travaillait ici. Je ne savais pas que c'était elle, votre petite amie.

— Elle fait une séance d'aromathérapie une fois par semaine pour se déstresser, puis elle consulte l'homéopathe pour ses allergies, et elle va chez le chiropraticien pour ses douleurs lombaires. Elle se fait faire un massage crânien tous les quinze jours pour ses migraines, et elle prend des remèdes chinois à base de plantes pour améliorer son yin et son yang. C'est comme ça que j'ai appris ton existence, dit-il. Parce qu'elle a aperçu ta plaque sur le mur quand tu as ouvert ton cabinet.

— Je vois.

Nous rattrapâmes le reste du groupe.

— Bon, tout le monde, on va faire des « assis et reste ». Détachez les chiots de leurs laisses et mettez-les en rang, ici, à côté d'Herman. Puis, avec des signaux comme celui-ci... faites-les attendre jusqu'à cinq, puis ouvrez grands vos bras et ils viendront vers vous. S'ils réussissent, récompensez-les par des compliments et une croquette au foie... j'ai le sac, ici... En revanche, ne faites rien jusqu'à ce qu'ils y parviennent.

— Reste, Bentley.

— Reste, Lola.

— Maisie, reste...

— Reste là, Gwyneth ma chérie, ne bouge pas d'un centimètre.

— RESTE !! !! !! !!

— Pas un centimètre, Gwyneth. Tu m'entends ?

Au début, les chiots avaient l'air stupéfaits, mais ils finirent par comprendre.

— Ma chérie, bravo, c'était grandiose – mon petit génie !

— Bonne fille, Roxy !

— Bon garçon, Cosmo !

— Bien joué, Twiglet... tape là.

Soudain, le portable de Marcus gazouilla.

— Salut, Nat ! s'exclama-t-il joyeusement.

Nous relevâmes la tête. Natalie était de l'autre côté de Regent's Park Road, son rideau de cheveux blond-blanc soulevés doucement par la brise.

— Ah, dit Marcus, l'air abattu. Oh. Ce n'est qu'un petit reniflement. Honnêtement, ce n'est rien du tout. Je n'aurais même pas dû en parler. Ce n'est qu'un petit rhume d'été. Non, non, non, je suis certain que ce n'est pas contagieux. Des streptocoques ? J'en doute. Un virus ? Mais non... évidemment, que je suis sûr. D'accord, soupira-t-il. Si c'est ce que tu veux. Bon, très bien. Je te rappellerai plus tard.

Il referma le téléphone et sourit tristement.

— Je crois que votre rendez-vous vient d'être annulé, dit Lily tandis que Natalie s'éloignait.

— Oui, fit-il. Elle a décidé de ne pas me voir, elle craint d'attraper mon rhume. Elle est très sensible, vous savez.

— Du genre délicat, décréta Phyllis.

— Oui, elle est très délicate, assura-t-il.

— Fragile.

— Oui, fit-il avec un sourire un peu idiot. Très fragile.

— J'imagine que, dans ce cas, elle n'est pas très sportive, non plus ? demanda Phyllis.

— Non, pour ça, elle n'est pas du tout sportive, répondit-il avec indulgence.

Elle n'aime pas le grand air.

— Loin de là.

— Alors elle est assez différente de vous, non ? insista Phyllis.

— Oui. Mais les contraires s'attirent, n'est-ce pas ?

— Oui, dit-elle. Parfois.

Un ange passa.

— Et... elle assiste aux cours d'autodéfense ? m'enquis-je.

Il secoua la tête.

— J'ai tenté de la persuader, mais elle prétend que c'est trop dur. Et c'est vrai ; on fait beaucoup de simulations d'agressions, de chutes... C'est très physique, naturellement. Tu viens demain, au fait ?

— Certainement.

Je jetai un coup d'œil à ma montre.

— D'accord, tout le monde, le soleil va se coucher, on peut arrêter là. À la semaine prochaine, même heure. Et à demain soir, Marcus.

— À demain, sourit-il.

Mais quand je rentrai, je trouvai un message de David me demandant d'avancer notre rendez-vous à jeudi parce qu'il devait être vendredi à Stockholm pour des prises de vue.

— J'aimerais beaucoup te voir, annonça-t-il lorsque je rappelai. D'autant que je voyage pas mal en ce moment. Je pensais qu'on pourrait aller à la Photographers' Gallery – c'est le vernissage d'un de mes copains. On pourrait peut-être aller au cinéma ensuite, ou bien au restaurant chinois. Comme tu veux. Ça te dit ? Tu es libre demain ?

Je repensai au cours d'autodéfense avec un petit pincement.

— Ou... ui. Je suis libre.

— Je suis vraiment désolée de te laisser tomber une fois de plus, expliquai-je à Daisy quelques minutes plus tard. Mais, tu comprends, David part pour la Suède vendredi matin et il sera absent cinq jours, alors j'ai...

— Pas de souci, dit-elle. Ça va. J'appellerai Marcus demain matin pour le prévenir que, finalement, tu ne peux pas venir. Tu sais ça va être vraiment extra cette semaine. Il va nous enseigner le coup de coude et la prise de poignet. Ensuite, nous allons apprendre à mettre hors de combat un agresseur seul et non armé. Marcus va porter un costume matelassé pour supporter les chocs les plus durs. Je vais enfin savoir ce que ça fait de vraiment frapper quelqu'un.

— Mince.

— Tu as bien noté l'anniversaire de Nigel, au fait ?

— Oui. Le 2 août.

— N'oublie pas – il n'est pas au courant, pour les cours.

— Ne t'en fais pas. Je serai muette comme une carpe.

Le lendemain matin, lorsque les prospectus « Lama Karma » de ma mère arrivèrent par la poste, avec une photo de Carlos et José, l'air sensible et compatissant, je me rappelai mon idée. Je pris le téléphone et composai le numéro de papa.

— Tu peux prendre une journée de congé ? lui demandai-je.

— C'est un peu délicat en ce moment, parce qu'on est en plein compte à rebours pour l'ouverture.

— Mais pourrais-tu prendre au moins une matinée ? Ou juste deux heures ?

— Je crois que c'est possible. Pourquoi me poses-tu la question ?

— Je vais t'expliquer dans un instant, mais es-tu certain de vouloir revoir maman ?

Il soupira.

— Bien sûr. Je pense que, si je pouvais seulement lui parler, je tenterais de neutraliser son hostilité envers moi et tâcherais de changer son attitude. Je veux juste qu'on ait des relations... courtoises, reprit-il. Mais je ne sais pas comment m'y prendre.

— Moi, je crois que je sais.

Je lui parlai des journées « Lama Karma ».

— Pourquoi tu ne t'inscris pas ?

— Mais comment ? Elle filtre ses appels téléphonique. Et si je réserve par la poste, elle reconnaîtra mon écriture... et elle verra mon nom sur le chèque.

— Hum. C'est vrai.

Je me tournai vers la fenêtre.

— Je pourrais toujours la payer en liquide, reprit-il. Mais elle pourrait parfaitement refuser, me claquer la porte au nez.

— Je sais, moi, comment on va s'y prendre. C'est moi qui lui enverrai un chèque en prétendant qu'il s'agit d'un de mes amis. Je vais préciser que je lui dois cent livres, et que, par conséquent, je lui offre la thérapie par les lamas. Elle est fauchée en ce moment, elle encaissera donc le chèque tout de suite et sera obligée de respecter la réservation.

— Elle voudra sans doute savoir de qui il s'agit, non ?

— Oui... je lui donnerai un pseudonyme.

— Par exemple ?

Je jetai un coup d'œil à mon rayon de livres. Charles Darwin... Konrad Lorenz...

— Lawrence Darwin, dis-je.

— Il est parent *du* Darwin ? demanda maman en notant les détails, une demi-heure plus tard.

— Euh, je crois.

— Comme c'est intéressant. Et tu le connais d'où ?

— C'est un ami de...

— Daisy ? anticipa maman.

— Oui.

— C'est vrai, Daisy connaît des tas de gens, avec toutes les soirées qu'elle organise. Mais pourquoi est-ce toi qui paies ?

— Parce que nous sommes allés à...

— Un bal ? anticipa-t-elle à nouveau.

— Oui.

— Je suis ravie que tu te remettes à sortir, ma chérie. Alors il t'a offert le ticket d'entrée, c'est ça ?

— Exactement. Je lui ai donc dit que je lui offrais cette séance.

— C'est très gentil à toi. Et qu'est-ce qu'il fait dans la vie ?

Ah.

— C'est un... act...

— Pas encore un acteur, interrompit-elle. J'espère que non.

— Non, c'est un actuaire. Dans une grande compagnie d'ass...

— ... surances ?

— Oui.

— Pas étonnant qu'il soit stressé. Jongler avec tous ces chiffres, ça doit être exténuant.

— C'est ça. Il est vraiment stressé. Il vient de changer de job et les gens qui l'entourent ne sont pas vraiment sympas, en plus il doit travailler de longues heures et il y a des milliards en jeu s'il se plante dans ses calculs, et il se demande si tout ça en vaut le coup... D'ailleurs, il est sur le point...

— De craquer ?

— J'allais dire, de tout laisser tomber. Oui. Il craque. C'est ça.

Ma mère émettait des « tut-tut » de sympathie.

— Eh bien, ne t'inquiète pas, je vais m'occuper de lui. Nous allons nourrir les lamas, faire leur toilette, et puis je le laisserai seul avec eux, en tête à tête. Je crois que je vais lui donner Sancho, reprit-elle. Sancho est très compréhensif. Lawrence pourra se promener avec lui et lui parler de tous ses problèmes. Je garantis que tout lui apparaîtra sous un jour très différent à la fin de la journée.

Je l'espère tellement.

— Tout ça me paraît... formidable.

— Quand veut-il passer ?

— Il aimerait venir dans huit jours, si ça te convient.

— Jeudi trente et un, dit-elle. Je l'inscris tout de suite dans l'agenda. Merci, Miranda. Mon premier client !

Le reste de la journée s'écoula agréablement. La production de *Folies animales* m'appela pour dire que notre Audimat avait grimpé de dix pour cent depuis la saison dernière. Puis je reçus un appel de PetWise, les assureurs qui sponsorisaient le concours de « l'Animal de l'année qui a le plus minci », pour me rappeler que j'avais accepté de juger la finale, dans trois semaines. L'après-midi, j'avais rendez-vous avec un couple de furets qui se bagarraient sans arrêt, puis à six heures et quart, j'installai Herman dans son sac-haricot, puis je pris la Northern Line jusqu'à Leicester Square.

La Photographers' Gallery était située sur Great Newport Street. En entrant dans l'espace étroit en forme de tunnel, je fus prise à la gorge par un arôme puissant d'alcool mêlé de fumée. Je scrutai la foule pressée, sans apercevoir David. Mais j'eus un coup au cœur en repérant Caroline Mulholland, qui me tournait le dos à quelques mètres de moi, en pleine conversation avec une femme en imper vert. Et si Jimmy était là ? Avec une panique croissante, je scrutai la mer de visages sans l'apercevoir. Puis David émergea de la foule.

— Salut !

Il m'embrassa, et le contact de sa joue sur la mienne me rendit flageolante de désir.

— Je suis ravi que tu sois là. Viens, on va te trouver à boire.

— C'est l'expo de qui ? demandai-je alors que nous fendions la foule.

— Celle d'Arnie Noble. C'est un vieil ami. Il était photo-reporter dans le temps, lui aussi... pour l'agence Sygma. Je vais te présenter.

À mon grand soulagement, il me guida vers le fond de la galerie, loin de Caroline. Si elle me voyait, je pourrais bien me retrouver dans la situation grotesque de devoir présenter David à Jimmy. Et cette seule idée me coupait les jambes.

— David et moi, on s'est souvent retrouvés dans les mêmes enfers, m'expliqua Arnie en me serrant la main.

C'était un rouquin d'environ quarante-cinq ans. Son

visage, assez beau, constellé de taches de rousseur, était marqué par la vie.

— C'est vrai, fit David en me tendant une coupe de champagne. On a échappé aux mêmes balles.

— Exact, s'esclaffa Arnie. Nous nous sommes également disputé la meilleure photo et, parfois, les meilleures femmes, fit-il en tapant dans le dos de David.

— Ne l'écoute pas, sourit David.

Je regardai les murs. Ils étaient couverts de paysages.

— Mais ce ne sont pas des photos de reportage.

Arnie secoua la tête.

— Comme David, j'ai laissé tomber. Je fais du paysage maintenant. C'est plus paisible. La guerre, c'est pour les jeunes.

Quelqu'un aborda Arnie pour le féliciter et David m'entraîna à travers la foule, la main sur ma taille.

— Superbe ! déclara-t-il.

Nous nous trouvions devant l'image d'un canyon en Arizona.

— Je n'avais jamais vu les paysages d'Arnie auparavant, reprit-il. La composition est fantastique.

— Elles sont très spectaculaires, renchéris-je.

Tandis que David examinait la photo, je jetai un coup d'œil à la foule pour m'assurer que Caroline n'était pas dans les parages immédiats.

— Elles sont spectaculaires... mais pas du tout idéalisées. Elles sont pleines de ténèbres, ajouta David, admiratif.

Je contemplai les arbres dépouillés de leurs feuilles et les nuages gris éclairés par en dessous.

— Et l'ambiance y est particulièrement menaçante.

— En effet. Regarde cette chaîne de montagnes, on dirait un dragon assoupi. Et la façon dont le vent balaie les herbes, au premier plan. (Il me prit par la main.) Viens, on va voir les autres.

J'aurais été ravie de quitter au plus tôt la galerie mais David s'enthousiasmait toujours sur les photos d'Arnie.

— Sombre... menaçant..., marmonnait-il tandis que je jetais un coup d'œil par-dessus mon épaule pour tenter de repérer Jimmy. Un noir et blanc parfait... mais aussi éloigné que possible d'Ansel Adams... le paysage n'est pas tant majestueux que menaçant... une sensation de violence suspendue... l'héritage de vingt ans passés en zones de guerre... c'est inévitable, ça a formé sa vision des choses...

Soudain, le portable de David gazouilla et il l'ouvrit.

— Ah, salut ! Oui, un moment. Je dois prendre cet appel, me dit-il. Ce ne sera pas long.

Tandis qu'il se dirigeait vers l'entrée de la galerie, je décidai de rester où j'étais. Tout en regardant les photos, je captais des bribes de conversation.

— Un contraste fabuleux !

— Tu as vu les paysages de Don McCullins ?

— Ce sont les Quantock, là-bas ?

— Elle est là, en Issey Miyake.

— On dirait plutôt le Dorset que le Somerset.

— Miranda ?

Je me retournai. Caroline se tenait à côté de moi, me souriant largement. Je fus étonnée de constater qu'elle avait l'air un peu pompette.

— J'ai bien pensé que c'était vous, Miranda.

Ses yeux bleus scintillaient et elle avait les pommettes roses.

— Comment allez-vous ? reprit-elle.

— Très bien, merci.

Je regardai anxieusement par-dessus son épaule, sans apercevoir son mari.

— Je suis tellement ravie de *vous* voir, dit-elle en accentuant des mots au hasard, comme le font les gens qui ont bu un verre de trop. Et vous connaissez *Arnie* ?

s'enquit-elle en reprenant un verre sur le plateau du serveur.

— Je ne le connais pas. Je l'ai rencontré ce soir. Je suis ici avec... un ami à lui, expliquai-je. Un autre photographe.

— Moi c'est pareil. Moi aussi, je suis avec une amie. Elle indiqua de la tête la femme en imper vert.

— C'est l'agent d'Arnie, Jessica. On est de vieilles amies, et elle m'a demandé de l'accompagner, et comme James a un dîner mortellement ennuyeux ce soir, j'ai pensé que ce serait amusant.

Une vague de soulagement m'envahit. Jimmy n'était pas là. Mon rythme cardiaque s'apaisa.

— Vous savez, fit-elle en gloussant sur le ton de la confidence, je crois que j'ai bu un peu trop de champagne. Les serveurs ont été très zélés, hélas... ce qui est fatal quand on a le ventre vide, n'est-ce pas ?

J'acquiesçai.

— Et pas de canapés ! Pas même une chip ! Au fait, vous avez fait des miracles avec Trigger, ajouta-t-elle chaleureusement. J'étais complètement dépassée ce jour-là mais, depuis, le gredin est pratiquement réformé !

— Vraiment ? fis-je. C'est formidable.

— Il n'est plus du tout aussi vilain qu'avant. Votre amie Daisy m'a rendu un fier service en vous recommandant, reprit-elle. Mais je n'avais pas... compris...

Elle sembla hésiter.

— Compris quoi ?

— Eh bien... que c'était... une coïncidence.

Je la fixai, électrifiée.

— Que voulez-vous dire ?

— Eh bien, gloussa-t-elle à nouveau, je veux dire que vous connaissiez déjà James.

J'eus l'impression d'avoir reçu un coup de poing en plein plexus.

— Je, hum... en fait, je ne le connais pas.

— Mais vous le connaissiez ?

Je la fixais toujours.

— Non ? Pourtant, c'est ce qu'il a prétendu.

C'était comme si on m'avait lâché un glaçon sur la nuque.

— Je vous ai vus parler ensemble après la fête, alors évidemment je lui ai posé la question, comme n'importe quelle épouse...

— Ah bon, dis-je en reprenant mes esprits. Je l'ai... en effet connu, c'est vrai, mais c'était... il y a long-temps.

— Ne vous inquiétez pas, dit-elle en plaçant une main sur mon avant-bras en signe de solidarité. Je comprends parfaitement.

— Vous comprenez quoi ?

Je souriais toujours pour cacher ma déconfiture.

— Eh bien, au début il ne voulait pas m'en parler. Maintenant, j'étais aussi brûlante qu'une flamme.

— C'est typique de la part de James, reprit-elle. Il est tellement attentif aux sentiments des autres.

— Je vous demande pardon ?

— Eh bien, il ne voulait pas vous gêner. Mais il ne faut pas, Miranda... Quand je pense à tous les béguins que j'ai eus quand j'étais adolescente...

Mes paumes étaient moites.

— Je sais que James était très mignon quand il était plus jeune... Ces boucles blondes ! s'exclama-t-elle dans un éclat de rire. J'ai vu les photos, Miranda... je suis certaine qu'il était irrésistible.

— Je... le connaissais à peine, fis-je en haussant les épaules. C'était une connaissance très... éloignée.

— Oh ! Mais ce n'est pas ce qu'il a dit ! Il a raconté

que vous étiez folle de lui. Mais ne vous inquiétez pas, murmura-t-elle avec une générosité un peu éméchée mais sincère. Je voulais simplement vous prévenir que ça ne fait rien ; je ne suis pas du genre jaloux, car je suis très heureuse avec lui. Je ne voudrais pas que vous vous imaginiez, si jamais vous nous croisez ensemble, qu'il y aura le moindre...

Elle tâtonna pour trouver l'expression appropriée.

— ... malaise.

L'alcool l'avait rendue discourtoise et triviale.

— Je suis ravie d'être l'amie des ex de James, conclut-elle chaleureusement.

Elle posa à nouveau la main sur mon bras.

— C'est ce que je voulais vous dire.

— Merci, parvins-je à articuler.

— Je dois reconnaître que je vous trouve très courageuse, reprit-elle en sirotant son champagne.

— Pardon ?

— Oui, fit-elle en écarquillant les yeux. Il m'a raconté ce que vous fabriquiez.

Je la regardai fixement, le cœur battant contre mes côtes.

— Quand vous étiez à Brighton. Il a dit que vous étiez... une vilaine fille, sourit-elle. Je pense que bomber des graffitis sur la vitrine d'un fourreur est assez héroïque. Bravo, Miranda ! J'aurais aimé avoir le culot de faire ce genre de choses, mais mon père m'aurait aussitôt coupé les vivres !

— Caroline...

— Ah, te voilà, Miranda !

C'était David.

— Désolé.

Il scrutait mon visage.

— Tu vas bien ? Tu es toute rouge. C'est un peu étouffant, ici. Allons manger un truc.

278

Il remarqua soudain la présence de Caroline.

— Bonsoir, David White, annonça-t-il en tendant la main.

Je la vis jeter un coup d'œil à ses cicatrices, puis regarder son visage.

— Caroline Mulholland, répliqua-t-elle avec un sourire. Enchantée de faire votre connaissance. Bon, ravie de vous avoir revue, Miranda. J'espère vraiment que nous nous rencontrerons encore.

Je lui adressai un faible sourire.

— Alors, on y va ? demanda David.

Je hochai la tête.

— Au revoir, Caroline, balbutiai-je.

— C'était qui ? s'enquit David tandis que nous quittions la galerie.

L'épouse de l'homme qui t'a défiguré.

— Mulholland, ça me dit quelque chose, reprit-il.

— C'est l'une de mes clientes.

— Il n'y a pas un homme politique qui s'appelle Mulholland ?

— Si... je crois... Elle a un braque de Weimar assez difficile, tu comprends...

— Quel est le problème ?

— C'est une charogne.

— Une quoi ?

— ... avec les autres chiens. Il était très... dominateur. En fait, il avait besoin qu'on lui rabatte son caquet.

— Ça a marché ?

— Apparemment. Elle m'en parlait justement.

Tout en traversant Charing Cross Road, je réfléchis à la raison pour laquelle Jimmy avait dit tout ça à Caroline. Oui, elle nous avait bien vus en train de parler devant la maison. Et, oui, elle avait dû se poser des questions – d'autant qu'elle ne pouvait pas savoir que nous nous étions déjà rencontrés. Mais Jimmy ne s'était pas contenté de se protéger contre les soupçons de sa femme. Il avait lancé une attaque préventive. En lui racontant que j'étais « folle » de lui, et que j'avais été « vilaine », il m'avait efficacement discréditée, au cas où je parlerais. Son prétexte – avoir voulu me protéger de l'embarras en ne lui avouant pas qu'il m'avait connue jadis – me remplissait de rage.

— Tu aimes la cuisine chinoise ? demandait David alors que nous descendions Cranbourn Street.

— Oui, j'adore.

— Parce qu'il y a un bon restau chinois sur Lisle Street.

Le crépuscule tombait et je vis un nuage d'étourneaux zigzaguer dans le ciel obscurci. En tournant sur Leicester Square, nous entendîmes de la musique. Côté est, il y avait une foire, avec un carrousel à l'ancienne et des montagnes russes. Nous contemplâmes le Meccano géant avec son cargo humain hurlant, têtes en arrière, cheveux aux vent.

— HIIIIIIIIIIIII !!!!!

— AAAAAAAAHHHHHHH !!!!!

— Confessez vos péchés et soyez sauvés !

À quelques mètres de là, un homme en blouson agrippait un microphone puissant. Une petite foule s'était assemblée en demi-cercle pour l'écouter distraitement.

— Confessez vos péchés et soyez sauvés ! tonitruait-il. Car il est dit dans Ézéchiel, chapitre dix-huit, verset trente : « Repentez-vous et détournez-vous de toutes vos transgressions. Que l'iniquité soit chassée ! »

— Allez, dit David en me prenant la main. On peut se passer des tourments de l'enfer.

— Car Dieu se réjouit de ceux qui se repentent, rugissait l'homme. Car, comme il est écrit dans Luc,

CHAPITRE QUINZE, VERSET SEPT : « JE VOUS DIS QU'IL Y AURA PLUS DE JOIE AU CIEL POUR UN PÉCHEUR REPENTI QUE POUR QUATRE-VINGT-DIX-NEUF JUSTES QUI N'ONT PAS BESOIN DE REPENTANCE !! »

— Bon, nous vivons dans un pays libre, marmonna David.

— ALORS JE VOUS LE RÉPÈTE, MES FRÈRES ET SŒURS, CONFESSEZ VOS PÉCHÉS ET REPENTEZ-VOUS !

Je dois me confesser à David, songeai-je amèrement tandis que nous traversions Leicester Place. Je n'avais plus aucune excuse de ne pas le faire. Au début, je pouvais me convaincre que je ne le connaissais pas assez ; mais nous nous étions vus quatre fois maintenant, alors ce n'était plus le cas. Je parlerai. Ce soir. Je le ferai enfin.

— Nous voici, dit-il.

Nous nous étions arrêtés devant un restaurant appelé le Feng Shing.

— Ils font de bonnes nouilles au homard, ici. Tu manges des fruits de mer ou c'est exclu ?

— Non. J'en mange de temps en temps.

On nous escorta jusqu'à une table au fond de la salle.

— Je suis affamé, dit David. Calamars frits ?

Je hochai la tête.

— Coquilles Saint-Jacques à la sauce aux haricots noirs ?

— Ça me va.

— Ça te gêne que je prenne du poulet ?

— Non. Comme tu le disais, nous vivons dans un pays libre.

— Et puis on va prendre des légumes sautés avec des pousses de bambou.

Il héla le serveur et passa la commande.

— On va prendre des entrées mixtes, des algues croustillantes et deux bières Tsing-Tao ?

Je hochai la tête.

— Parfait, dit-il. Tu es facile à contenter.

Il me sourit tout d'un coup, et sa petite cicatrice disparut.

— Je suis tellement content de te revoir, miss Behaviouriste.

Si tu savais ce que j'ai fait, tu ne dirais pas ça.

Il prit ses baguettes, puis me sourit à nouveau.

— Je crois que je commence à me faire à toi.

— Vraiment ? Et alors, qu'est-ce que tu me racontes ?

— Je suis allé à Glasgow pour deux jours, j'ai fait des photos pour Action contre l'Addition, puis j'ai passé pas mal de temps dans le labo ; j'ai tellement de travail à rattraper avant de partir pour Stockholm.

— Et qu'est-ce que tu vas faire là-bas ?

— Une prise de vue pour illustrer un sujet sur les demandeurs d'asile éthiopiens, pour *Newsweek*.

— Des Éthiopiens à Stockholm ? C'est difficile à imaginer.

— Eh bien, on vit dans un village global, aujourd'hui. Ensuite, je dois prendre des photos de la Fondation Nobel. Et toi ?

Je lui racontai la fête de chiots et la psychothérapie par les lamas de ma mère – ce qui le fit éclater de rire –, puis ma ruse pour l'obliger à parler à mon père.

— Elle ne se doute pas qu'il s'agit de lui ?

— Non, elle s'attend à voir arriver « Lawrence Darwin », un soi-disant ami à moi, alors elle va avoir un sacré choc. Mais si je dois lui faire une petite tromperie pour la contraindre à être courtoise avec mon père, alors tant pis.

Le serveur arriva avec nos bières.

— Tu crois que ton père tient toujours à ta mère ? demanda David.

— Je crois que oui. Je suis certaine que c'est pour ça qu'il est parti vivre aux États-Unis quand elle s'est remariée. Il ne supportait pas.

— Lui ne s'est jamais remarié ?

Je secouai la tête.

— Il a eu des copines. Elles étaient toujours assez glamour, et elles faisaient de gros efforts pour m'impressionner. Je me souviens d'une certaine Sheryl, qui m'a offert un bracelet en argent que j'ai toujours. Puis il y a eu Nancy, une prof de tennis. Je l'aimais beaucoup. Elle m'a emmenée au Seaworld de San Diego un week-end pendant que papa travaillait – elle paraissait folle de lui. Mais aucune n'est restée, alors je le soupçonne d'être toujours amoureux de ma mère.

— Comment crois-tu qu'elle réagira quand il se pointera ?

— Elle sera blême. Ça peut même aggraver la situation, mais j'ai pensé que cela valait le coup d'essayer. Enfin, vous êtes amis, avec ton ex-femme, non ?

— Oui. Dans la mesure où l'on peut se parler de temps à autre, et qu'on ne s'en veut pas. Le fait qu'elle ait décidé de ne plus être ma femme ne signifie pas que je doive la détester jusqu'à la fin de mes jours.

— Alors, tu lui pardonnes ?

— De m'avoir quitté ? Oui. Je l'ai rendue malheureuse, alors pourquoi aurait-elle dû rester ?

— Mais tu m'as dit que tu serais incapable de pardonner à quelqu'un qui t'aurait... blessé ?

— J'ai dit que je ne croyais pas pouvoir lui pardonner. Mais c'est totalement théorique, puisque je ne connais pas cette personne. Comment pardonner à quelqu'un qu'on n'a jamais rencontré ? Et comme il y a très peu de risques que cette rencontre se produise, la question n'est pas pertinente. Je ne découvrirai

jamais qui a fait ça, dit-il. Je l'ai accepté depuis longtemps et j'ai tourné la page. C'est très gentil à toi de
t'inquiéter, Miranda, mais je m'en suis remis depuis
plusieurs années.

— David, dis-je faiblement, j'ai quelque chose à te
dire.

Il me dévisagea en souriant.

— Ça recommence. L'heure de la confession.

Je le fixai.

— Tu ne veux pas manger de fruits de mer, c'est
ça ?

Je secouai la tête.

— Tu préfères un plat complètement végétarien ?

— Non, non... c'est sérieux... Je...

Soudain, le serveur surgit avec nos entrées – mais
sans les algues croustillantes, ce qu'il fallut rectifier.

— David, tentai-je à nouveau en jouant avec mes
baguettes.

— Avant que tu me dises quoi que ce soit, est-ce
que je peux moi aussi te demander quelque chose
d'important ?

— D'accord.

— Je voulais savoir si tu pouvais m'accompagner,
dans quinze jours...

Mon cœur fit le saut de l'ange.

— Je sais qu'on ne se connaît pas depuis longtemps...

Il jouait avec son verre.

— ... mais j'ai pensé que ce serait... bien.

Je le dévisageai.

— Où ?

— Dans le West Sussex. Je dois prendre des photos
de Petworth et Arundel pour l'Office du tourisme
anglais. Ils m'ont réservé un hôtel sublime et j'ai pensé
que ce serait bien que tu viennes, toi aussi. Ils acceptent

les petits chiens..., reprit-il avant que je puisse répondre. Alors Herman ne posera aucun problème. Tu pourrais m'accompagner pendant que je travaille, ou rester à l'hôtel pour bouquiner. Je ne veux pas te mettre la pression, ajouta-t-il sans me regarder. Mais je voyage beaucoup en ce moment, alors j'ai pensé que, si tu avais envie de venir avec moi ce week-end-là, ça nous permettrait d'être un peu plus ensemble. Ne te sens pas obligée de répondre maintenant. Réfléchis.

Il tripotait son porte-couteau.

— Si tu veux, tu peux attendre le dernier jour pour te décider.

— J'adorerais venir, dis-je.

Il me regarda.

— Vraiment ?

Il paraissait étonné.

— Oui. Rien ne me ferait plus plaisir.

Il sourit.

— C'est bien. C'est même génial.

Il prit ma main gauche et la caressa.

— Mais ça ne te dérangerait pas qu'on prenne des chambres séparées ? Ça me mettrait... plus à l'aise.

Il hocha la tête lentement.

— Je comprends. Pas de problème. Tu es toujours en train de te remettre de ta rupture.

D'une certaine façon, mais ce n'est pas la vraie raison.

— Alors, dis-moi, ajouta-t-il doucement, qu'est-ce que c'était, ce truc « sérieux » que tu voulais me dire ?

— Ah, fis-je en agrippant ma serviette. Eh bien...

— Allez, qu'est-ce qui te tracasse, cette fois ?

— C'est juste que...

J'inspirai profondément, puis sentis mon courage s'égrener, comme du sable dans un sablier.

— Je... je voulais savoir si tu pouvais m'accompagner à un anniversaire, samedi ?

— C'est tout ?

Il éclata de rire.

— C'est tout.

— Tu es une drôle de fille. Eh bien, je te remercie.

Il se pencha au-dessus de la table pour m'embrasser.

— J'accepte.

10

— Il t'a demandé de partir en week-end avec lui ? s'étrangla Daisy le lendemain.

J'étais à Stroud, en train de filmer une chatte qui avait adopté deux lapereaux orphelins que sa propriétaire avait trouvés dans une haie. Nous avions tourné pendant que la chatte les allaitait aussi paisiblement que si elle leur avait donné naissance. J'avais ensuite fait un sujet sur d'autres exemples d'adoptions interespèces – une chienne de berger qui avait nourri quatre porcelets, une lionne qui avait « materné » un bébé gazelle, l'Alsacienne qui avait nourri deux renardeaux et l'ânesse qui avait adopté un agneau. Puis, pendant que l'équipe remballait le matériel, j'avais appelé Daisy.

— Un week-end à la campagne ! répéta-t-elle. Bon sang. Ça chauffe ! Alors, c'est pour quand ?

— Le week-end d'après l'anniversaire de Nigel. David est à Stockholm cette semaine, puis il revient pour trois jours, ensuite il part à Paris pour quelques jours. Mais on doit prendre la voiture pour se rendre à Petworth vendredi huit.

— Alors tu pars avec David ?

Je me sentis sourire.

— Je pars avec David. Exact.

— Et il s'est passé quelque chose hier soir... pour provoquer ça ? s'enquit-elle en gloussant.

— Non. Il m'a raccompagnée jusqu'à un taxi, et il est rentré.

— Pauvre mec, souffla-t-elle. C'est clair, il t'adore... il doit vraiment être en manque.

— Je crois que oui, dis-je tristement. Mais il n'insiste pas. Il est gentil. De toute façon, il avait un avion à la première heure ce matin.

— Tu ne veux pas... aller plus loin ?

— Oui, en fait. Je suis tellement attirée par lui.

— Alors pourquoi pas ?

— Parce que je ne peux pas vivre une histoire avec lui, à moins qu'il ne sache qui je suis vraiment.

— Hum.

— Ce ne serait pas bien, Daisy. J'y ai beaucoup réfléchi.

— Je comprends. Mais ça te freine.

— C'est vrai, ça complique énormément les choses. Au moins, grâce à toute cette histoire avec Alexander, je gagne du temps.

— Tu pourrais peut-être lui parler durant ce week-end.

Mes entrailles se tordirent d'anxiété.

— C'est ce que j'ai décidé de faire. Je l'aurai connu depuis six semaines à ce moment-là. Je ne peux pas attendre plus longtemps. Plus de faux-fuyants. Alors, c'était comment, ce cours ?

— Merveilleux ! répliqua-t-elle. On a passé en revue toutes sortes de scénarios d'agression. Tu savais que, si quelqu'un t'agrippe par-derrière, il ne faut pas avancer pour tenter de fuir ; au contraire, il faut reculer d'un pas, puis donner de grands coups de coude, ou un coup de talon dans le tibia. Nous nous sommes exercés

288

sur Marcus. Il était tout matelassé et il nous a « attaqués », et il fallait se défendre. C'était super-marrant.

— J'espère que tu ne lui as pas fait mal.

— Oh non. Marcus est indestructible, Miranda. C'est quelqu'un de tellement solide. Quand je pense à tout ce à quoi il a survécu ! On lui a posé des questions là-dessus au pub, après le cours.

— J'espère simplement que tu n'auras jamais à mettre en pratique dans la vraie vie ce qu'il t'a enseigné.

— Je l'espère aussi. Mais le simple fait de savoir me défendre me donne davantage confiance en moi. Tu promets de venir la semaine prochaine ?

— Je t'en fais la promesse solennelle. Qu'est-ce que tu fais ce week-end ? Tu vois Nigel ?

— Je... je n'en suis pas sûre, dit-elle vaguement. Il travaille toute la journée demain, puis j'ai la soirée « Tombouctou » le soir. Je vais sans doute devoir rester jusqu'à dix heures au moins. Alors, ensuite, je rentrerai à la maison pour dormir.

— Et dimanche ? Tu veux qu'on prenne un thé ?

— Désolée, je ne serai pas là.

— Tu seras avec Nigel, évidemment. Ne t'en fais pas. Tu as besoin de passer du temps avec lui, vous avez été tellement pris ces derniers jours.

— Non, ce n'est pas ça. Je vais faire de l'ULM.

— De l'ULM ?

— Oui. Je n'en ai jamais fait. C'est comme un gros cerf-volant avec un moteur de moto. Apparemment, ça fait revivre l'époque romantique des débuts de l'aviation, on vole en faisant « tut-tut ». Et comme dernièrement on m'a... proposé d'essayer, alors je me suis dit, pourquoi pas ? La vie est trop courte, Miranda, reprit-elle avec enthousiasme. Il faut saisir toutes les occasions qui se présentent. Et toi, qu'est-ce que tu fais ce week-end ?

289

— Pas grand-chose. J'ai deux clients samedi, alors dimanche, je vais me détendre.

Cela n'allait pas être le cas.

Pourtant, tout avait commencé bien tranquillement. Je prenais mon petit déjeuner à la Primrose Pâtisserie, assise en terrasse au soleil en train de lire mon journal, lorsque je vis Natalie avancer en flottant, aussi fragile et délicate que ses bijoux en verre. Ce devait être pour cela qu'elle plaisait autant à Marcus. Elle s'arrêta, prit une chaise à la table voisine et commanda un thé aux airelles. Je lui adressai un bref sourire de semi-connivence mais elle ne sembla pas me reconnaître. Soudain, son téléphone gazouilla.

— Ah, bonjour, Marcus, dit-elle.

Ils avaient sans doute rendez-vous.

— C'est comment, le Bedforshire ?

Alors non.

— Ah, très bien. Les conditions sont excellentes, alors. Non, ça ne me dérange pas du tout... je sais bien que j'aurais pu venir. Mais je ne voulais pas. Ça a l'air épouvantablement dangereux... Ce soir ? D'accord. Mais ne réserve surtout pas dans un endroit où il y a des fumeurs. Tu sais très bien que je ne supporte pas... Mais je ne peux pas... Je m'en fiche, que ce soit difficile, Marcus, je refuse que quiconque fume à moins de vingt mètres de moi. Je suis très asthmatique... Oui, je te l'ai déjà dit... C'est leur problème, non ?

Je me demandais ce que Marcus fabriquait dans le Bedfordshire et ce qui pouvait être « épouvantablement dangereux », lorsque mon téléphone sonna à son tour.

— Miranda Sweet ?

— Oui.

— Ken Bigley à l'appareil. Je vous appelle d'Oxford à propos du chat que je viens d'adopter, Ali.

— Quel est le problème ?

— En fait, nous croyons qu'il est fou. Ma femme et moi sommes d'ailleurs très préoccupés, nous vous avons vue sur *Folies animales*, je sais que c'est le week-end, mais on se demandait si vous pouviez venir.

Tant pis pour mon dimanche tranquille, songeai-je. Enfin, l'argent serait le bienvenu. Je payai mon petit déjeuner et partis.

Keith avait expliqué que le chat « n'arrêtait pas de jouer dans l'eau ». Il était « fatalement attiré », prétendait-il. J'avais ma petite idée, mais je devais le voir pour en être certaine. Je mis Herman dans la voiture et démarrai.

— Dieu merci, vous êtes là, s'exclama Keith en m'ouvrant une heure et demie plus tard. Ce chat nous fait complètement flipper.

Nous enfermâmes Herman dans la salle à manger, puis je suivis Keith dans la cuisine, où sa femme faisait la vaisselle. Debout sur l'égouttoir, un gros chat blanc et roux essayait de se mettre la tête sous le jet d'eau.

— On l'a seulement depuis quatre jours, expliqua-t-il. On l'a adopté dans un refuge local. Mais il est complètement fasciné par l'eau. Je prenais un bain hier soir et il essayait tout le temps d'y entrer avec moi. Il essaie de plonger dans les toilettes. On est terrifiés à l'idée d'oublier d'abaisser la lunette, de crainte qu'il se noie.

Soudain, le chat bondit à terre, s'élança dans le jardin et plongea dans l'étang avec un énorme plouf.

— Vous voyez, fit la femme de Keith. C'est étrange. On a peur de quitter la maison, au cas où il lui arriverait un pépin en notre absence.

— Alors vous jouez aux maîtres nageurs ?

Elle hocha la tête.

— On a commandé une bâche pour la piscine, expliqua-t-elle, mais on ne l'aura pas avant une semaine. On devrait peut-être lui acheter des bouées, s'interrogea-t-elle.

— Qu'est-ce qu'il a ? demanda son mari.

Le chat nageait vigoureusement dans l'étang entre les nénuphars.

— Est-ce qu'il est fou ? Une tumeur au cerveau, peut-être ?

— Il va parfaitement bien, répliquai-je.

— Mais quel chat peut aimer nager ?

— Le turc van, répondis-je.

— Le quoi ?

— C'est un turc van, expliquai-je tandis qu'il se hissait hors de l'étang et se secouait. Ils viennent du sud-est de la Turquie, près du lac de Van, et ils sont fascinés par l'eau. J'ai pensé que ce pouvait être le cas quand vous avez appelé, mais j'avais besoin de le voir pour m'en assurer. Je crois que c'est un croisement...

Je regardai le chat, allongé sur l'herbe, ronronnant comme une moto et léchant l'eau de sa fourrure.

— ... mais il possède la plupart des caractéristiques des chats turcs – les oreilles hautes, la fourrure rousse et blanche, le long corps trapu.

— Je me disais bien que c'était un costaud.

— En effet. Ils peuvent mesurer jusqu'à un mètre de long... et ils sont très malins. Vous pouvez leur enseigner des tours et les promener comme des chiens. Il a passé combien de temps au refuge ?

— Cinq jours seulement. Quelqu'un l'a déposé là, mais personne ne connaissait sa race. On nous l'a décrit comme écaille de tortue.

— Parce que ce n'est pas un pure race... il a des taches brunes sur le ventre. S'il était placé dans un enclos normal, ils n'ont pas pu le voir agir et n'ont

292

donc pas pu l'identifier. Il a dû être ravi d'arriver ici et de barboter.

— Alors qu'est-ce qu'on doit faire ?

— Rien, répondis-je. Ne recouvrez pas l'étang, sauf l'hiver, à cause de la glace. Ne prenez pas de poissons d'aquarium – pour des raisons évidentes. Ah... et ne le laissez pas nager le ventre plein au cas où il ait des crampes.

Keith me regarda.

— Ah. Bien. Alors c'est tout ?

Je hochai la tête.

— C'est tout. Votre chat n'est pas fou, il sort juste du commun, ajoutai-je en rentrant dans la maison.

— Nous devrions peut-être l'emmener à la plage, suggéra sa femme.

Sur la route du retour, David m'appela de son hôtel à Stockholm. Il me raconta ses prises de vue, et moi je lui parlai de mon client.

— On les appelle les chats nageurs, expliquai-je. Ils sont très rares. Je n'en avais jamais vu.

— Comme c'est bizarre. Il y a des chiens qui grimpent aux arbres ?

— Pas que je sache, quoique les bull-terriers du Stafforshire y parviennent presque, tellement ils aiment les bâtons.

— Alors, ta journée a été intéressante ?

— Oui. Maintenant, je vais passer une soirée tranquille, rattraper mes paperasses, peut-être regarder un peu la télé et...

— Penser à moi ? dit-il en riant.

— Oui. Penser à toi. Je pense à toi, tu sais, David.

— De bonnes choses ?

— De très bonnes choses.

Et d'autres encore que tu ne pourrais deviner.

— Bon, avant que je raccroche, est-ce que tu as des

trucs importants à me confesser, demanda-t-il d'un ton faussement grave. D'habitude, c'est le cas.

— Non, rien, David.

Du moins, pas aujourd'hui.

— Eh bien moi, j'ai une confession à te faire.

— Quoi ?

— Tu me manques. Crois-tu qu'il s'agisse d'une angoisse d'abandon ?

Je souris.

— Ça se pourrait bien.

— Alors tu es la personne tout indiquée pour m'en guérir. D'ailleurs, tu es la seule qui en soit capable. J'espère que je te connaîtrai toujours, ajouta-t-il.

Mon cœur chavira.

— Moi aussi, je l'espère, répondis-je.

Folies animales était diffusé le mardi, et le lendemain matin je reçus un appel d'un documentaliste de London FM me demandant de participer à un programme « Les auditeurs ont la parole » sur le comportement animal.

— On va appeler ça « Dingues des bêtes », précisat-il. C'est demain soir, de dix-neuf à vingt heures. Désolé de vous appeler à la dernière minute.

J'acceptai, tout en regrettant de rater une fois de plus le cours d'autodéfense. Je savais que l'émission pouvait augmenter ma clientèle. J'appelai Daisy pour la prévenir. Ce qui ne sembla pas la déranger ; d'ailleurs, elle avait l'air un peu distraite – sans doute les soucis. Je lui demandai comment s'était passée sa séance d'ULM. Elle me répondit que c'était « l'extase ».

— C'était tellement romantique, dit-elle. On s'envole dans les airs, avec la terre en dessous. C'est tellement euphorisant – je me sentais libre.

— Tu es allée jusqu'à quelle altitude ?

— Pas très haut. Rien que trois cents mètres.

— C'est terrifiant !

— Non, ce n'est pas dangereux... Tu sais, si le moteur tombe en panne, on plane. En revanche, l'atterrissage a été un tout petit peu effrayant, parce qu'il faut plonger directement vers le sol, la tête la première, puis se redresser à la dernière minute. Il faut réussir à faire atterrir l'engin sans l'enterrer.

— Tu ne volais pas en solo, dis, Daisy ?

— Non, penses-tu !

— Tu avais un instructeur chevronné avec toi, j'espère ?

— Euh, oui. Il m'a dit qu'il m'aiderait à passer ma licence. Je n'ai besoin que de vingt-cinq heures de vol. Enfin, et toi, comment s'est passé *Folies animales* ? reprit-elle rapidement. Je voulais regarder mais j'ai oublié.

— Ah. Pas grave. C'était très bien.

— J'ai trouvé *Folies animales* formidable, déclara papa en m'appelant le lendemain pour notre conversation hebdomadaire. Tu t'y es très bien prise avec cette tortue hyperactive.

— En effet, elle était assez irascible.

— Et ces lapins agressifs ! Starsky et Hutch.

— De vrais durs à cuire. À propos, es-tu prêt pour ton rendez-vous demain chez maman ?

— Aussi prêt que possible. Je vais m'armer de fleurs, et je vais lui parler, Miranda. Je ne lui ai pas vraiment parlé depuis des années. Tu pourrais me conseiller ?

— Oui. Intéresse-toi aux lamas de façon extravagante. Dis-lui qu'ils sont beaux, sensibles, intelligents, etc., et elle te mangera dans la main.

Jeudi matin, je me préparai à recevoir un coup de fil furieux de ma mère – mais, à mon grand étonnement, rien. Je me rendis à deux rendez-vous et ne rentrai qu'à cinq heures. Je pensais trouver un message déchaîné sur mon répondeur. Mais toujours rien. Rien encore, quand je partis pour London FM. J'essayai de joindre papa du taxi ; en vain, son téléphone portable était éteint. J'espérais qu'il avait survécu à la journée. Ou alors, maman l'avait trucidé et elle était en train de faire disparaître le corps.

— Merci d'être venue, fit le producteur, Wesley, en m'accueillant à sept heures et quart. L'émission dure une heure, expliqua-t-il en me faisant entrer. Nous filtrons les appels, dont nous espérons qu'ils proposeront un assortiment de problèmes de comportement, en plus des histoires d'animaux que nos auditeurs souhaitent raconter. Nous aimons que l'émission soit informative mais légère, ajouta-t-il en appelant l'ascenseur.

— Je ferai de mon mieux.

Dans le studio, l'animatrice, Minty Malone, m'accueillit chaleureusement, puis je passai les écouteurs, le régisseur fit les réglages de son et, à sept heures moins trois minutes, la ligne s'ouvrit.

— Alors..., commença Minty en se penchant vers le micro. Avez-vous un barzoï barjot ? Un iguane introverti ? Des poissons tropicaux psychologiquement fragiles ? Si c'est le cas, appelez-nous ce soir, car aujourd'hui, nous nous intéressons aux animaux et à leurs particularités. Et notre invitée spéciale est la psychologue animalière, Miranda Sweet, de l'émission *Folies animales*. Miranda, je vous souhaite la bienvenue.

Minty passa deux minutes à bavarder avec moi, puis elle prit la première question.

— Sur la ligne un, nous avons Pam de Penge, et Pam aimerait savoir pourquoi son chat dort autant.

— C'est vrai. Il dort tout le temps. Il n'a que cinq ans, ce n'est donc pas parce qu'il est trop vieux. Je voudrais savoir pourquoi... Il est crevé ou juste paresseux ?

— Ni l'un, ni l'autre, répliquai-je. Il se comporte simplement comme le prédateur qu'il est. Si les chats dorment – comme les lions, d'ailleurs – jusqu'à seize heures par jour, c'est parce qu'ils font des réserves d'énergie afin d'en avoir le plus possible pour la chasse.

— Ah, d'accord ! fit Pam. Alors je ne m'inquiète plus. Merci.

— Merci d'avoir appelé, Pam, répondit Minty. Et maintenant, voici Patrick, qui souhaite poser une question sur son chien de berger, Murphy, qui est fou des voitures. Racontez-nous ce qu'il fait, Patrick.

— C'est un chien super, mais Murphy est très facile à exciter, expliqua Patrick. Vraiment. Très excitable. Très, très excitable, répéta-t-il, apparemment assez excité lui-même. Il aime s'asseoir sur la banquette arrière avec la tête sortie...

— Ce n'est pas une bonne idée, l'interrompis-je. À votre place, je ne le laisserais pas faire ça.

— Mais le plus énervant, c'est qu'il ne cesse de répéter « Est-ce qu'on est arrivé ? », « Est-ce qu'on est arrivé ? » tout le long du trajet. Ça me rend complètement marteau, je vous jure !

Minty faisait un cercle de l'index sur sa tempe.

— En effet, ce doit être très agaçant, conclus-je.

— Et maintenant, Mme Edith Witherspoon sur la ligne trois, qui s'inquiète pour son bouledogue, Archie.

— Je suis vraiment très préoccupée, dit Mme Witherspoon. Il a un comportement des plus...

Elle hésita.

— ... des plus répugnants.

Minty avait écarquillé les yeux, mais je connaissais déjà le fin mot.

— Quel est le problème, au juste ? demandai-je.

— Eh bien... il est parfait quand je suis seule. Mais si j'invite mes amies pour le thé – ou si c'est à moi d'accueillir le groupe de dames de l'institut –, Archie est très vilain. Si je le sors, il se met à aboyer pour qu'on le laisse rentrer. Alors je cède. Mais si j'affecte de l'ignorer et que j'ose parler à mes amies, il... il... doux Jésus... j'ose à peine vous le dire.

— Il monte des objets, madame Witherspoon ?

— Non, non, c'est bien pire.

— Il se traîne le derrière sur la moquette ? C'est ça ?

— Non, non, non. C'est que, enfin, il...

Sa voix n'était plus qu'un chuchotement à peine audible.

— Oui... ?

— Il se tripote.

— Aïe.

— Tout va bien si je m'occupe de lui, reprit-elle, s'il est sur mes genoux, si je lui donne des bouts de gâteau en lui disant qu'il est très beau... Là, il se tient bien. Mais si je me mets à bavarder avec mes amies, alors il va dans un coin et il commence à...

— Je vois, intervins-je. C'est dégoûtant. C'est une demande d'attention de la pire espèce. Pas étonnant que vous vouliez qu'il arrête... ce doit être très embarrassant pour vous, madame Witherspoon.

— Ah, mais ce n'est pas ce qui m'inquiète le plus.

— Ah bon ?

— Non.

— Alors quoi ?

— Eh bien... j'ai peur qu'il ne devienne sourd !

Nous reçûmes des appels à propos de furets kleptomanes et de lézards en mal d'amour. Puis il y eut une femelle labrador qui accaparait le téléviseur.

— Chaque fois qu'on allume, elle s'installe directement en face, avec son museau collé à l'écran, raconta Kevin sur la ligne deux. Elle est en train de le faire en ce moment même.

En bruit de fond, on entendait la musique du générique de *Eastenders*, et des cris de « Allez, bouge-toi, Goldie ! Bouge, tu veux ? Bouge !... On ne voit rien ! ».

— Je vous suggère de placer la télé en hauteur, afin que vous puissiez tous voir l'écran. Vous pourriez la placer sur une étagère.

— Tiens, c'est vrai ! Quelle bonne idée, s'esclaffa-t-il. Je n'y avais même pas pensé. Oui, on va essayer ça.

— Vous vous y connaissez en mainates, Miranda ? demanda Minty. Parce qu'en ligne trois, nous avons notre ancienne miss Détresse, Rose Costelloe.

Ah oui, Rose Costelloe. J'avais déjà entendu parler d'elle.

— Rose a un gros problème avec son mainate. N'est-ce pas, Rose ?

— En effet. Vous comprenez, j'ai des jumeaux de cinq mois et, en ce moment, ils pleurent beaucoup. Mais le problème n'est pas là... Le problème, c'est que mon mainate, Rudy, a appris à les imiter.

— Quelle horreur ! fis-je.

— À qui le dites-vous... mais, le plus horrible, c'est qu'il le fait uniquement quand ils dorment.

— Vous devez être épuisée, intervint Minty avec un petit rire de sympathie.

— Oui. Quand ce ne sont pas les bébés qui hurlent, c'est Rudy. Je me demandais si Miranda avait une suggestion.

— Aïe, vous me posez une colle. Vous pourriez

299

peut-être lui faire écouter des berceuses toute la journée, pour qu'il les apprenne, à la place des pleurs.

— D'accord, je vais tenter le coup.

Puis, des gens appelèrent pour raconter les trucs marrants que faisaient leurs animaux.

— Mon siamois peut faire la brouette.

— Mon lapin fait le salto arrière.

— Mon cacatoès adore Picasso.

— Mon perroquet d'Amazone peut chanter des sérénades napolitaines.

— Mon cochon d'Inde adore la musique classique, disait Bill de Totteridge en ligne quatre. Alors je lui passe Radio Classique. Vivaldi, c'est ce qu'il préfère.

— Vivaldi ? répliqua Anita de Stoke Newington, hautaine. Mon cochon d'Inde, lui, aime Mozart.

— Le mien a opté pour Schoenberg, dit Malcolm de Weybridge. La période tardive.

— Eh bien moi, mon cochon d'Inde aime Harrison Birtwistle, dit Roger de Hanwell en ligne cinq. Il est allé au Festival Hall.

— On a le temps de prendre un dernier appel, reprit Minty en surveillant les voyants de sa console. Au sujet... tiens, voici quelque chose d'assez inhabituel... les lamas. J'ignorais qu'on pouvait avoir des lamas comme animaux de compagnie.

— Mais, bien sûr, fit ma mère en ligne un. J'ai pensé que vos auditeurs aimeraient connaître les bienfaits thérapeutiques de la compagnie de ces charmantes créatures. J'organise des excursions avec les lamas dans le Sussex, tous les week-ends – vous les retrouverez sur Lamatreks.com – mais, en semaine, je propose aussi une psychothérapie par les lamas. Si certains de vos auditeurs se sentent stressés ou déprimés, alors « Lama Karma » pourrait leur convenir – c'est l'équivalent terrestre de nager avec les dauphins.

300

Je fis glisser un mot sur la table. *C'est ma mère. Désolée.*

— Ça semble formidable, observa Minty.

— En effet. Les lamas peuvent faire des miracles pour l'esprit humain, reprit inlassablement ma mère, tandis que je levais les yeux au ciel. Par exemple, j'ai eu un client aujourd'hui qui est arrivé complètement stressé et épuisé, et je peux vous dire que c'était un autre homme à la fin de la journée.

Ah.

— Eh bien, merci à vous, dit Minty.

— Vous pouvez m'appeler au 01473 289340.

— Merci.

— Je répète, 01473 289340. Laissez un message sur le répondeur si je n'y suis pas.

— Merci, répéta Minty avec une emphase polie. Et voici qui conclut notre émission de ce soir. Merci de vos appels, et merci mille fois à Miranda Sweet de nous avoir rejoints ; vous pouvez la contacter directement sur son site web, AnimauxIdéaux.com.

— Merci, maman, m'énervai-je sur mon téléphone dans le taxi. Bien joué !

— Eh bien, toi aussi, Miranda, tu m'as joué un bon tour aujourd'hui. Alors j'ai pensé que je pouvais te renvoyer l'ascenseur. Et puis je te répète que j'ai besoin de publicité nationale, en ce moment !

— Comment as-tu su que j'étais à l'antenne ?

— Parce qu'une amie m'a appelée pour me dire que l'émission venait de commencer.

— Ça va. Alors, comment ça s'est passé avec papa ?

— Comment ça s'est passé avec ton père ? répéta-t-elle en écho.

Lorsque je l'entendis souffler entre ses dents, je me préparai au pire.

— Eh bien, en fait, ça s'est... très bien passé. Au début, bien sûr, j'étais extrêmement fâchée contre toi. Et puis je me suis rendu compte que j'avais encaissé le chèque ; je ne pouvais donc plus le refuser. Et, en fin de compte, il s'est révélé assez...

Elle fit un drôle de petit bruit chantonnant tout en recherchant l'expression adaptée.

— ... intéressant.

— Et qu'est-ce que vous avez fait ?

— Je l'ai traité comme n'importe quel client. Il a fait la toilette des lamas, il les a nourris... je dois reconnaître qu'il en est fou. Et puis Sancho et lui se sont assez bien entendus, alors, oui, finalement, c'était assez... raisonnable.

— Il est resté combien de temps ?

— Jusqu'à quinze heures trente, ensuite il devait retourner travailler. Je suis allée jeter un coup d'œil au club, d'ailleurs.

— Tu as fait quoi ?

— Je suis passée au club de golf.

La mâchoire m'en dégringola.

— Mais tu détestes le golf, maman. Tu l'abhorres. Depuis toujours. Tu prétends que « ce n'est pas un sport, c'est une insulte aux pelouses ».

— J'ai dit ça ?

— Et qu'on devrait tous les transformer en parcs publics.

— Eh bien...

— Tu as un tee-shirt avec « Je hais le golf » inscrit dessus.

— Hum. C'est vrai. Mais j'ai bien le droit de changer d'avis. Je trouve d'ailleurs que le club de golf de ton père a un potentiel immense, et j'espère qu'il parviendra à résoudre ses problèmes.

— Comment diable as-tu réussi à charmer maman à ce point ? demandai-je à mon père dix minutes plus tard.

— Facile, répondit-il. Au départ, elle a été assez désagréable... Tu aurais dû voir sa tête quand elle a ouvert la porte ! Mais elle savait qu'elle ne pouvait pas se dédire, alors elle m'a emmené à la grange et j'ai suivi ton conseil : j'ai inondé de compliments ses lamas. Ce sont des bêtes adorables, d'ailleurs. Alors je les ai soignés, j'en ai parlé avec elle, et puis, enfin... je ne sais pas, elle a semblé se calmer et nous avons parlé... de toutes sortes de choses. J'ai enfin pu lui demander pardon de ne pas avoir été un très bon mari... Ça, ça l'a un peu dégelée. Et je lui ai demandé si nous ne pouvions pas être amis. Ensuite, je lui ai parlé de mes problèmes au club et de mes inquiétudes, et, enfin...

— Quoi ?

— Elle a été étonnamment compatissante.

— Je sais. Elle m'a dit qu'elle était passée faire un tour là-bas.

— En effet. Nous avons eu une conversation assez intéressante sur le club... Très intéressante.

Avant de pouvoir lui en demander davantage, un signal d'appel se fit entendre – c'était Daisy. Et Papa proposa de me rappeler.

— Le cours d'autodéfense de ce soir était le meilleur de tous ! exulta Daisy. J'ai dû faire tomber Marcus – et j'y suis arrivée. Il était vraiment impressionné ! ajouta-t-elle en riant. On a aussi appris à donner un coup de pied dans les tibias et un coup de talon mortel. On peut faire ça aussi, quand quelqu'un vous attrape par-derrière, tu leur écrases le pied, super fort.

— On dirait que c'est poilant.

— Oui, oui !

Je racontai à Daisy l'étrange conversation que je venais d'avoir avec mes parents.

— Tu dois être ravie, dit-elle.

— Oui, si on veut. Mais je suis aussi perplexe. Pourquoi diable maman voudrait-elle voir le club de golf de mon père ?

— Je ne sais pas. Tu penses qu'elle...

— Quoi ?

— Qu'elle craque pour lui ?

— Peu probable.

— Pourtant elle a été amoureuse de lui dans le temps. Elle est seule à nouveau, elle ne l'a pas vu depuis des années, et ton père est un bel homme. Peut-être que la petite étincelle s'est rallumée...

— Je n'y crois pas. Pourquoi éprouverait-elle des sentiments, après avoir passé deux décennies à vilipender mon père ? Je n'y comprends rien, Daisy.

— À ta place, je ne me plaindrais pas. Tu as manigancé une belle rencontre parentale que tu n'aurais jamais crue possible.

— Ça semble être le cas. Au fait, comment ça se passe, pour toi ? demandai-je. Tu es prête pour l'anniversaire de Nigel ?

— Ouais. Je suis en train de vérifier les RSVP. Tu viens avec David ?

Mon cœur fit un saut à l'élastique.

— Oui.

— Tant mieux. Je vais l'inscrire sur la liste. On sera environ cinquante. Alan et Jon veulent que tout le monde arrive pour sept heures trente au plus tard. Pour que Nigel ne nous voie pas entrer.

— Dans quelle section du zoo cela se passera-t-il ?

— Ils n'ont rien dit. Il faudra juste suivre les indications. Puis Nigel et moi, on arrivera en taxi peu après huit heures. Les panneaux auront été retirés. Le type de

304

la sécurité nous indiquera où aller, en prétendant qu'il est gardien.

— C'est un subterfuge compliqué.

— En effet.

— Et Nigel, il pense qu'il fait quoi, samedi ?

— Il pense qu'on va à un concert avec feux d'artifice à Kenwood, suivi d'un dîner à Hampstead. Il va avoir un choc.

Samedi soir, David vint me prendre aux Mews à sept heures. Il m'embrassa, et un courant électrique passa entre nous.

— Bonjour. Je peux encore t'embrasser ?

Je hochai la tête.

— Quelle charmante façon de commencer la soirée, murmura-t-il en me serrant dans ses bras.

Je pouvais sentir son eau de toilette dans son cou.

— Alors on va au zoo, c'est ça ?

— C'est ça. Mais je dois emballer le cadeau de Nigel, alors tu pourrais... mettre ton doigt... ici ?

Je tranchai des dents un peu de papier adhésif.

— ... voilà. C'est fait.

Puis je sortis la carte.

— Tu veux la signer, toi aussi ?

— Je n'ai jamais rencontré ce mec, mais pourquoi pas ?

Il inscrivit sa signature à côté de la mienne. *Miranda et David.* De voir nos noms rassemblés comme ça me rendit soudain inexplicablement heureuse, comme si je venais de recevoir une bonne nouvelle.

— C'est charmant, dit David tandis que nous marchions main dans la main.

En traversant le canal pour entrer dans Regent's Park, je vis une affiche pour le théâtre en plein air. Je songeai à Alexander, et je me rendis compte pour la

305

première fois que, malgré ma colère, je lui étais curieusement reconnaissante de ce qu'il avait fait. Car s'il ne m'avait pas abandonnée cette nuit-là, je ne serais pas ici, maintenant, avec David – et j'avais voulu retrouver David pendant la moitié de ma vie.

— À quoi penses-tu ?

— Je me dis que je suis heureuse de t'avoir rencontré.

Il pressa ma main.

— Je suis très heureux, moi aussi. C'était le destin, j'imagine.

Non, tu n'y es pas. Ce n'était pas le destin.

— J'ai l'impression qu'on était destiné à se rencontrer.

Nous le sommes.

— Bon, alors dis-moi qui sera là ce soir.

Je lui expliquai qui étaient Nigel et Daisy.

— Cinq ans et demi ? C'est un bon bout de temps.

— Je sais. Daisy meurt d'envie de se marier. Elle en a assez d'attendre.

— Mais est-ce qu'elle est amoureuse de lui ?

— Je pense que oui.

— Tu penses ?

— Eh bien, ils sont ensemble depuis longtemps, et elle s'est faite à lui.

— C'est ça, l'amour ?

— Il y a des gens qui se marient pour bien moins. Et je la comprends de ne pas avoir envie de tout recommencer avec quelqu'un d'autre, après si longtemps. Elle aimerait se fixer. Nigel est un peu plan-plan. Pourtant c'est quelqu'un de bien...

— Toi, tu l'aimes bien ?

— Oui, mais...

— Mais quoi ?

— Il est très égoïste. Il se sert du fait que Daisy ne

306

l'ait jamais obligé à s'engager, par crainte de l'affrontement.

Nous traversâmes jusqu'à l'Inner Circle, et vîmes des gens élégants se diriger par petits groupes vers l'entrée latérale du zoo, l'Albert Gate.

— Suivez les panneaux à droite, nous indiqua un employé en cochant nos noms.

Il y avait effectivement de grands panneaux, décorés de ballons, qui annonçaient « Le quarantième de Nigel, par ici ». Nous passâmes devant une cage renfermant d'énormes macaques hyacinthe, puis l'enclos des gibbons, et les singes diane. Près de l'entrée principale, à présent fermée pour la soirée, nous aperçûmes le dernier panneau. Une grosse flèche, avec un ballon bleu, nous indiquait la maison des reptiles.

J'émis un grognement d'étonnement.

— Ça se passe dans la maison des reptiles ?

— Pauvre mec, rigola David. C'est Daisy qui le punit ?

— Non, elle n'a rien à voir avec ça ; tout a été organisé par les amis de Nigel, Alan et Jon.

— Je vois. Alors c'est une blague de mecs.

— J'imagine.

Les autres invités souriaient tous à cause du choix des lieux en entrant. Je reconnus la mère de Nigel, son frère et certaines personnes qui étaient au barbecue, y compris sa collègue au visage pointu, Mary, que je ne saluai pas.

Alan, l'avocat pénaliste, nous accueillit.

— Je vous en prie, allez tout au fond de la salle, et mettez-vous derrière la vitrine principale.

Nous passâmes devant les vivariums, en jetant un bref coup d'œil aux alligators chinois, aux tortues, aux vipères heurtantes et aux serpents à sonnettes ; puis nous nous entassâmes derrière le lézard moniteur géant, en chuchotant comme des conspirateurs.

— Il va être stupéfait.

— Tu crois qu'on donne des animaux vivants aux serpents ?

— Tu ne crois pas qu'il sera vexé ?

— Je suis sûre que je vais avoir le fou rire.

— Moi, je sais que je serais vexé.

— J'ai déjà vu un mamba noir, une fois.

— Nigel va arriver dans cinq minutes, déclara Alan. Mais au lieu de sauter tous ensemble en criant « Surprise », j'aimerais que tout le monde sorte tranquillement, par deux ou trois, comme si tout était parfaitement normal. Il n'y comprendra plus rien.

Soudain, son téléphone portable sonna.

— Ils y sont ? D'accord. Je vais leur dire. Ils arrivent. Alors silence tout le monde, s'il vous plaît.

Nous nous sourîmes dans la semi-obscurité. J'observai le lézard moniteur géant, qui se dandinait lentement dans son parc, les coudes sortis, sortant paresseusement sa langue fourchue. Puis nous perçûmes des pas, et le grincement de la porte.

— Daisy, je ne comprends pas, entendis-je Nigel dire.

Sa voix réverbéra sur le sol en pierre.

— On n'aurait pas pu venir demain ? On va arriver en retard au concert.

— Ce n'est qu'un petit détour, répliqua-t-elle. Je voulais juste voir la... euh... les vipères. Et regarde, une grenouille arboricole empoisonnée, Nigel. Et tiens, regarde ce mamba vert, on dit qu'il faut « faire très attention ».

— Je suis sûr que c'est le cas. Mais le concert commence maintenant !

— Peu importe que nous arrivions un peu en retard.

— Mais je ne veux pas rater le Beethoven.

Alan sortit alors de notre cachette avec sa femme, Jane, puis, quelques secondes plus tard, le petit frère de Nigel, Jack. Nous entendîmes leurs pas résonner sur le sol.

— Tu as vu ce cobra, Nigel ? entendis-je Daisy demander. Et, là, la belle tortue.

— Alan... ? fit soudain Nigel. Mais qu'est-ce que... ?

Il émit un son curieux, comme un croisement entre un rire et un hoquet.

— Jane ! Mais qu'est-ce que vous fabriquez ici ?

— Nous voulions te souhaiter un heureux anniversaire, Nigel, répliqua Alan.

— Jack ! s'exclama alors Nigel. Mais qu'est-ce que... ? Christine ? Jon ?

Nous sortions tous de nos cachettes par deux ou trois.

— Edward ? Mary ! Maman ?

— Bon anniversaire, mon chéri ! lança la mère de Nigel.

— Miranda ? Mais que... ?

Nigel arborait un air de totale stupéfaction.

— Joyeux anniversaire, m'écriai-je. Je te présente David.

— Bon anniversaire, Nigel.

— BON ANNIVERSAIRE ! reprit tout le monde en chœur.

Nigel se tourna vers Daisy, leva les yeux au ciel, puis éclata de rire en secouant la tête.

— Voilà pourquoi on ne va pas à Kenwood, s'écria-t-il.

Daisy acquiesça.

— Eh bien, que dire ? Bon sang !

— On n'a pas tous les jours quarante ans, Nigel, fit remarquer Alan. Alors on a tous pensé que tu devrais fêter ça.

— C'est comme dans *Surprise sur prise* !

Des serveurs en tablier blanc franchirent les portes, avec champagne et canapés. Et la fête démarra. Le visage de Nigel était toujours un masque d'amusement ébahi, tandis qu'il saluait ses invités.

— Je n'y crois pas, répétait-il sans arrêt. Je n'arrive pas à y croire.

Très vite, la salle résonna des rires et des conversations.

— As-tu vu l'anaconda ? Il doit mesurer six mètres.

— Et les autres !

— Tu es allé à l'école avec Nigel ?

— Il y a un serpent là-bas qui produit assez de venin pour tuer cinquante mille souris.

— C'est vrai.

— Hou là ! Et ça fait combien d'humains ?

Puis nous sortîmes dans la lumière du soleil couchant, près de l'enclos des ibis rouges, pour écouter les cris lointains des gibbons et les hululements des chimpanzés. Alan expliqua à Nigel pourquoi il avait choisi l'endroit.

— En fait, nous voulions la terrasse aux lions, mais elle était déjà réservée pour une autre fête. En plus, on n'aurait pas pu cacher tout le monde, alors c'est pour ça qu'on a choisi la maison des reptiles.

— Je suis ravi que ce soit pour cette raison, rigola Nigel en avalant une gorgée de champagne. Vous m'avez inquiété. Et vous préparez tout ça depuis combien de temps ?

— Un peu moins de trois semaines. Daisy a dressé la liste des invités.

Daisy sourit.

— Eh bien, c'est... insensé, dit Nigel en contemplant la foule. C'est tout simplement... insensé, répéta-t-il, émerveillé.

Il passa la main dans sa chevelure dégarnie.

— Quelle immense surprise !

Il termina son champagne et reprit une coupe. Le vin coulait à flots, remarquai-je tandis que je présentais Daisy à David.

— Je suis tellement heureuse de vous voir, dit-elle. J'ai tellement entendu parler de vous.

Bien plus que tu ne le sais.

— Que des bonnes choses, naturellement !

David sourit aussi.

— Je suis ravi de vous connaître, moi aussi, Daisy. J'ai apporté un petit appareil photo, ajouta-t-il. Vous voulez que je fasse quelques clichés ?

— Vous n'êtes pas obligé, dit-elle. Vous n'êtes pas en service.

— Cela ne me dérange pas du tout.

— Alors, ce serait merveilleux ! s'exclama-t-elle. Mais laissez-moi d'abord en prendre une de vous et Miranda.

David lui remit l'appareil, puis m'enlaça la taille. Je me penchai vers lui.

— Vous êtes parfaits tous les deux ! lança Daisy. Encore une !

David me planta un baiser extravagant sur la joue.

— Très bien ! gloussa Daisy.

Elle rendit son appareil à David.

— Il est très séduisant, me souffla-t-elle tandis que David déambulait entre les invités. En plus, il est fou de toi, ça se voit.

— Tu crois vraiment ?

— Mon Dieu, oui. Ça crève les yeux. La façon dont il te regarde. Alors accroche-toi à lui, Miranda.

— Si je peux.

Dieu sait que je le veux.

Tout en suivant David, je croisai Mary.

— Eh oui, l'éternel célibataire, disait-elle d'une voix lasse. Mais adorable. Non, non, il ne m'a jamais intéressée.

Je souris toute seule.

— Alors là, pas du tout. Il n'est pas mon genre.

J'observai David tandis qu'il prenait des photos. Il était si discret que personne ne remarquait son manège. Il se déplaçait dans la foule, cadrait et cliquait en douce, puis s'éloignait sans se faire remarquer. Ce détachement semblait lui convenir, psychologiquement. Comme s'il avait besoin du filtre de son viseur.

— Je veux prendre tout le monde pendant qu'il y a de la lumière, dit-il lorsque je le rejoignis.

— Je vais te chercher une autre coupe de champagne ?

— Volontiers.

En m'approchant du serveur le plus proche, j'entendis les camarades amateurs de bonsaïs de Nigel admirer l'eucalyptus.

— Il serait magnifique s'il faisait vingt centimètres, non ?

— Moui, mais les eucalyptus sont extrêmement difficiles.

— Mais tellement gratifiants.

— Il faut les laisser au froid pour décourager la croissance.

Tout en prenant une coupe de champagne pour David, je remarquai que Nigel avait englouti la sienne en deux gorgées. Il ne boit pas beaucoup en général. Je supposai donc que c'était parce qu'il était ému. En même temps, je trouvais Daisy tendue.

— C'est très réussi, chuchotai-je. Tu t'amuses ?

— Mais... oui. C'est réussi, en effet.

Au loin, nous entendions un quatuor à cordes.

— Ce doit être l'autre réception, dit-elle. On aurait pu avoir des musiciens, mais on a décidé que non.

— Que fais-tu demain ?

— Euh... je fais de l'ULM.

— Encore ?

— Oui. Tu comprends, j'ai adoré, la semaine dernière. Vraiment... adoré.

— Mais tu ne veux pas faire quelque chose avec Nigel ?

Elle haussa les épaules.

— J'aurais bien aimé. Mais il doit travailler. Tu connais Nigel. Il n'arrête jamais. Surtout en ce moment.

— Au moins, il a l'air de s'amuser ce soir.

— C'est vrai, mais il boit trop.

Je le regardai. Il était effectivement assez rouge.

— Enfin... S'il ne peut pas prendre une cuite le soir de son quarantième anniversaire, quand le fera-t-il ?

— Au fait, je vais me taire... à propos de la question en « M », murmura-t-elle.

— Vraiment ?

— Oui.

— Pourquoi ?

Elle haussa les épaules.

— Je... l'ignore. J'ai simplement décidé que... *ché sera, sera*.

Soudain, David reparut.

— Je crois que j'ai pris tout le monde, Daisy. Je les enverrai par e-mail à Miranda, qui vous les transmettra. Pensez-vous qu'il soit possible de se promener dans le zoo ?

— Je ne crois pas que l'on puisse aller très loin. Alan nous a avertis qu'ils voulaient qu'on reste dans cette zone, pour ne pas déranger les animaux. Ah, il faut que je dise un mot au serveur – vous m'excusez ?

David et moi partîmes nous promener. Nous étions

en train de contempler les paresseux lorsque nous entendîmes des pas rapides derrière nous.

— Où est cette foutue sortie ? demanda une voix familière.

Je me retournai et Lily était là, élégante mais indignée.

— Comment diable sort-on d'ici ?

— Lily ?

— Miranda ?

— Bonsoir. Vous n'êtes pas invitée à cette fête, dites-moi ?

— Non. Je viens d'assister à celle que l'on donne sur la terrasse aux lions – la réception de Nancy de Nobriga – et je me suis perdue en essayant de trouver la sortie.

— Les lions, c'était bien ?

— Non, ils étaient endormis, les gros flemmards.

Soudain, elle remarqua David.

— D.J. White ? Mon Dieu !

— Salut, Lily.

— Qu'est-ce que vous faites là ?

— Eh bien, j'accompagne...

Il me désigna d'un signe de tête et les sourcils délicatement épilés de Lily remontèrent de deux bons centimètres sur son front bombé.

— Je vois..., fit-elle avec un sourire de connivence. Alors, vous... sortez ensemble, c'est ça ?

— Si vous voulez, répondit David.

— Quelle cachottière, Miranda, hoqueta Lily. Je n'avais aucune idée... Vous vous connaissiez avant ?

— Non, répliquai-je.

— En fait, nous nous sommes connus grâce à vous, ajouta David.

— Vraiment ?

— Oui.

Mon pouls s'emballa.

— Si vous ne m'aviez pas commandé des portraits de Miranda, je ne l'aurais jamais connue.

— Bien sûr. Maintenant, je me rappelle, fit Lily.

J'eus tout d'un coup la chair de poule.

— Je ne sais pas pourquoi vous avez songé à moi pour ce boulot, reprit David, mais j'en suis ravi.

— Mais ce n'était pas mon idée ! s'exclama Lily.

— Que voulez-vous dire ?

— C'était l'idée de Miranda.

J'eus l'impression de dégringoler dans un puits de mine.

— Miranda ? répéta David.

Il me considéra, stupéfait.

— Oui, reprit Lily. C'est elle qui a proposé votre nom... N'est-ce pas, Miranda ? Et je dois reconnaître que c'était une idée géniale. Enfin, je ne peux pas rester à bavarder, j'ai deux autres soirées et mon chauffeur m'attend... Pouvez-vous, s'il vous plaît, m'expliquer comment sortir ?

David lui indiqua le chemin, et elle s'éloigna en nous envoyant un baiser de félicitations.

— C'est toi qui as demandé à Lily de me passer la commande ? s'enquit David, les sourcils froncés.

— Oui, murmurai-je. C'est exact.

— Mais pourquoi ? Tu ne savais rien de moi, Miranda.

Si, je savais.

— Je ne comprends pas.

— C'est parce que... j'ai vu la photo... Celle de la couverture du *Guardian* G2.

Le front de David se dérida.

— Et je la trouvais... tellement bien. J'étais avec Lily à ce moment-là, et elle se demandait qui prendrait les photos et alors... j'ai parlé de toi.

David secoua la tête, surpris. Puis il sourit.

— Alors tu voulais me connaître ?

Oh oui.

— Oui, c'est ça.

— Parce que tu aimais mes photos ?

— C'est... ça.

— Alors tu as tout manigancé ?

Je hochai la tête. Il sourit, puis éclata de rire.

— Tu es vraiment une cachottière. Mais pourquoi ne pas m'en avoir parlé auparavant ?

Je détournai la tête.

— Je ne sais pas.

— Eh bien... je suis... assez flatté. Alors tu me voulais, moi, spécialement, pour te prendre en photo ?

Je hochai la tête.

— Et... Lily a trouvé que c'était une bonne idée, alors elle t'a appelé, et tu es venu chez moi et tu as pris ma photo.

Un instant, David retint son souffle puis partit d'un brusque éclat de rire.

— Tu es vraiment une drôle de fille, miss Behaviouriste.

Apparemment, il m'avait crue. Mon angoisse s'évanouit.

— C'est pour cela que tu m'as demandé de rester prendre une bière ce soir-là ?

Non, ce n'est pas pour ça.

— Oui, répliquai-je d'une petite voix. Pour cela.

— Tu es vraiment une femme surprenante, Miranda Sweet.

Plus que tu ne le crois. C'est horrible.

— Parfois, je ne sais que penser de toi, dit-il. Je... tiens, qu'est-ce qui se passe ?

Alan avait tapé dans ses mains.

— Mesdames et messieurs ! Puis-je avoir votre attention, s'il vous plaît... s'il vous plaît, tout le monde ?

Le bourdonnement des voix s'estompa, puis une serveuse surgit de l'obscurité, portant un énorme gâteau enflammé. La foule chanta *Happy Birthday*, tout le monde applaudit et Nigel s'avança, ou plutôt tituba jusqu'au gâteau pour souffler bruyamment les bougies.

— Un discours !

— Allez, Nigel, un discours !

Nigel poussa un soupir aviné, puis passa la main gauche dans ses cheveux.

— Eh bien...

Même dans la demi-obscurité, on voyait qu'il était rouge.

— Qu'est-ce que j'peux dire ? Qu'esseke j'peux dire ? J'suis toootalement scotché.

— Et bourré ! cria Jon.

— Oui, gloussa Nigel.

Il ajusta ses lunettes, qui étaient un peu de travers.

— Probablement. Mais bon... c'est une soirée... insensée... Et puis...

Il cligna lentement des yeux.

— J'aimerais remercier... Alan... Jon... Daisy... pour tout ça. Insensé. Et merci... à tous... d'être venus. J'savais pas... que j'passerais la soirée comme ça, reprit-il. 'cune idée... J'pensais... qu'c'était un concert avec Daisy et pis... restau. À vrai dire...

Il sembla hésiter. Ses yeux scrutèrent la foule.

— À vrai dire... j'avais... une p'tite surprise pour elle. Daisy ? T'es où ?

À présent, il scrutait la foule, comme s'il voyait flou.

— Elle est là, imbécile ! lança Jon.

— Ah. Merci. Là.

Il regarda Daisy, qui se tenait près de moi, puis poussa un nouveau soupir éméché.

— J'voulais t'donner quelqu'chose. Ça.

Il fourra la main gauche dans sa poche, la rata deux fois ; mais à la troisième, il en tira une petite boîte rouge.

— M'f'rais-tu l'honneur... de d'venir... ma femme ?

— Quoi ? souffla-t-elle.

Nigel avança de deux pas vers elle, puis ouvrit la boîte. Il le fit un peu trop vigoureusement et, tout d'un coup, un petit objet doré scintillant s'envola dans les airs, puis retomba avec un petit « clic ».

— Oh, putain...

Nigel s'agenouilla, tâtonna de la main gauche, puis la tendit à Daisy entre le pouce et l'index, comme un petit four. C'était un énorme saphir, flanqué de deux diamants en baguette. Daisy la fixa, tétanisée.

— M'f'rais-tu l'honneur... d'venir... ma femme ? marmonna à nouveau Nigel.

— Tu veux que je t'épouse ?

Elle semblait authentiquement stupéfaite – et, dans le même temps, légèrement consternée. Je la vis regarder les invités rassemblés. Nous étions tous immobiles. Puis, elle se retourna vers Nigel.

— Oui, répondit Nigel. Je veux.

— Mon Dieu ! fit Daisy tout bas.

Nigel lui agrippa la main – surtout pour se stabiliser, me sembla-t-il – et lui passa la bague au doigt. Quelqu'un se mit à taper dans ses mains et, brusquement, nous applaudîmes tous à tout rompre.

— Il l'a fait ! s'exclama Alan tandis que Nigel se relevait maladroitement et époussetait ses genoux. Il l'a enfin fait ! Levez vos verres, les amis ! Pas juste au quarantième anniversaire de Nigel, mais à ses fiançailles avec Daisy ! À Nigel et Daisy !

— Nigel et Daisy !

Je regardai le visage de mon amie. Il était baigné de larmes.

11

— Ça devait être le choc, dis-je à Daisy lorsqu'elle me téléphona le lendemain matin.

— Oui, grinça-t-elle. C'était le choc.

— Tu ne t'y attendais pas, c'est ça ?

— Ce n'est rien de le dire ! Le plus bizarre, c'est que j'avais décidé d'attendre un peu plus avant d'aborder le sujet avec lui – je te l'ai dit. J'étais, je ne sais pas... moins obsédée qu'avant.

— C'est justement pour cela que c'est arrivé. Quand on désire quelque chose très intensément, souvent on ne l'obtient pas, et c'est seulement quand on y renonce qu'on l'obtient.

— Quelle ironie du sort ! lâcha-t-elle.

— Pardon ?

— *Le timing.*

— Qu'est-ce que tu veux dire ?

Il y eut un drôle de petit silence.

— ... Dès que ça a cessé de me turlupiner, il fait enfin sa demande.

Elle semblait légèrement exaspérée, presque irritée.

— Mais c'est merveilleux ! protestai-je.

Il y eut encore un silence bizarre.

— Oui, souffla-t-elle. C'est vrai.

— Tu es heureuse ? Non ?

Je l'entendis soupirer.

— Je crois... Ou plutôt, oui, bien sûr. C'est vrai, merde, j'ai enfin obtenu ce que je voulais. Ou plutôt... mais... en même temps... Je ne... sais pas. Je ne sais pas ce que j'éprouve, conclut-elle d'un ton sinistre.

— C'est le trop-plein d'émotion qui te perturbe. Pas étonnant : se fiancer, c'est un grand pas.

— Non, ce n'est pas ça.

— Le contrecoup, peut-être.

— Non plus.

— Alors quel est le problème ? Tu devrais être folle de joie.

— Je le sais bien.

— Et pourquoi pas ?

Elle inspira à nouveau.

— Parce que... parce que...

Il y eut un silence lourd de sens.

— Parce que...

— Parce qu'il a demandé ta main comme ça ? suggérai-je. C'est pour ça ?

— Ou... ui.

— Parce qu'il était ivre ?

— C'est... ça. Parce qu'il était ivre. Voilà pourquoi j'éprouve ce sentiment. Parce que c'était tellement... décevant. Il m'a demandée en mariage, soûl comme un cosaque, devant tout le monde... Ça aurait dû être un moment privé, intime.

— Eh bien, le fait qu'il ait eu la bague sur lui laisse supposer qu'il avait l'intention de le faire au restaurant, en privé. Mais les événements l'en ont empêché.

— Oui, soupira-t-elle. C'est ce qu'il m'a dit.

— C'est sans doute pour cette raison qu'il s'est enivré, repris-je. Tout ça l'a stressé.

— Sans doute. Il a vomi deux fois sur le trajet de retour. Alors si je n'ai pas l'air très enthousiaste, c'est

320

parce que... la demande n'était pas aussi romantique que je l'aurais voulu.

— Au moins, il l'a fait, Daisy. C'est le principal, car c'est Nigel que tu veux.

— Oui, lâcha-t-elle. Enfin... Oui, bien sûr que si.

— Et la bague est superbe.

— En effet.

— Et puis tu pourras porter la robe.

Cela parut soudain lui remonter un peu le moral.

— Oui, je vais pouvoir porter la robe. Quoique... Nigel parle d'un mariage en décembre. Avant de partir au bureau ce matin il a consulté son agenda et m'a proposé le 20 décembre.

— Peu importe, tu porteras un châle, ou un pashmina doré, ou tu peux te faire confectionner une veste assortie.

— Ce n'est pas ce que je veux dire.

— Alors qu'est-ce qui te tracasse, Daisy ? Je ne comprends pas.

— Eh bien, tu ne trouves pas que décembre, c'est un peu... trop tôt ?

— Elle a la trouille, dis-je à David plus tard, pendant que nous faisions un debriefing de la fête.

Nous déjeunions dans mon restaurant végétarien local, Manna.

— Depuis trois ans, Daisy meurt d'envie que Nigel lui demande de l'épouser – comme si tout son bonheur en dépendait –, et maintenant qu'il l'a enfin fait, elle n'a pas l'air contente. C'est l'énormité de l'engagement, dis-je en harponnant le dernier gnocchi au potiron. Elle vient de s'en rendre compte. Elle ira parfaitement bien dans quelques jours.

— Tu n'as pas remarqué, Miranda ?

— Remarqué quoi ?

— Ce qu'elle a dit quand Nigel lui a posé la question ?

— Quand Nigel lui a posé la question ? répétai-je en écho. Je ne me souviens pas de l'avoir entendue répondre.

Il posa sa fourchette.

— Précisément.

— Où veux-tu en venir ?

— Qu'elle n'a pas vraiment dit « oui ».

Je le regardai.

— Ah bon ?

— Non.

Je me repassai le film.

— Ah. Tu as raison... C'était sans doute le choc. Vu les circonstances, elle a eu du mal à observer les règles d'usage.

David haussa les épaules.

— Peut-être.

— En plus, elle était humiliée parce qu'il était ivre. Je n'avais jamais vu Nigel boire auparavant.

— Qu'est-ce qu'ils font aujourd'hui ? me demanda-t-il tandis que le garçon desservait.

— Daisy va faire de l'ULM.

— Avec Nigel ?

— Tu plaisantes. Ce n'est pas son genre. Lui, il est au bureau.

— Drôle de façon pour un couple qui vient de se fiancer de passer son dimanche.

— Je sais. Mais pour eux, c'est normal. Leurs centres d'intérêt ont toujours... divergé.

— Au fait, je t'ai envoyé par e-mail des photos pour Daisy. Il y en a quelques-unes qui sont très bien.

— Merci. Ça lui fera plaisir.

— C'était curieux de tomber sur Lily, non ? reprit David en souriant, pendant que je demandais l'addition.

(Il secoua la tête.) Je n'en reviens pas. Je n'arrêtais pas d'y repenser hier soir, quand je suis rentré. Alors c'est pour ça que tu étais si bizarre quand on s'est rencontrés. Parce que tu voulais me connaître depuis le début...

Cela fait seize ans que je veux te connaître.

— Oui, répondis-je prudemment. C'est vrai. Si j'avais su combien tu étais adorable, David, j'en aurais eu davantage envie. C'était parce que... j'avais vraiment aimé cette photo dans le *Guardian*. C'est pour cela que j'ai parlé de toi à Lily.

— Je suis ravi que tu l'aies fait. Autrement, nous ne serions pas ici, non ?

Je sentis son pied nu caresser ma cheville.

— Non, sans doute pas.

— Et nous ne partirions pas ensemble le week-end prochain.

— C'est vrai.

— Ce sera merveilleux, dit-il tandis que nous repoussions nos chaises. L'une de mes plus belles commandes.

— J'ai hâte d'y être, ajoutai-je.

Mais je redoutais ce week-end, parce que c'était le moment où David apprendrait enfin la vérité. Je savais que l'on ne pouvait pas continuer comme ça. Mon cœur s'affola. D'ici dimanche prochain, il saurait...

— Il faut que j'y aille, annonça-t-il tandis que nous sortions du restaurant.

— À quelle heure est ton Eurostar ?

— Trois heures et demie. J'ai trois quarts d'heure pour me rendre à Waterloo et m'enregistrer.

Il m'embrassa, et un nuage de papillons envahit mon estomac.

— Je t'appellerai en arrivant. À bientôt, miss Behaviouriste.

Il se dirigea vers la station de métro, puis se retourna pour agiter la main.

— À bientôt, dis-je.

Tout en remontant Regent's Park Road, j'aperçus Natalie installée en terrasse au café près des Mews, en train de parler sur son téléphone portable. Donc, elle n'était pas avec Marcus cet après-midi. Curieusement, cela me fit plaisir. Non que la vie sentimentale de Marcus me concernât, mais les manies de Natalie m'agaçaient au plus haut point. Si ça se trouvait, elle ne l'embrassait même pas, par crainte des microbes.

— Et il m'apporte des fraises, maman, l'entendis-je dire de sa voix douce et pourtant pénétrante. Oui... une irruption terrible. Je sais... Il est nul... Ce soir. Il voulait passer me prendre à huit heures, mais j'ai exigé que ce soit à sept heures... Je lui ai expliqué que je devais être au lit à dix heures, sinon je ne fonctionne pas bien. Oui, je pense que ce pourrait être un syndrome de fatigue chronique.

Je la rebaptisai mentalement Gnagnatalie, parce qu'elle ne cessait de geindre. Pauvre Marcus.

En rentrant à la maison, je téléchargeai les photos de David et les imprimai pour les remettre à Daisy. Les deux premières étaient celles qu'elle avait prises de David et moi.

Je fus frappé de notre expression de bonheur. Nous avions l'air d'un vrai couple. Si je ne disais rien, nous le deviendrions sans doute. Personne ne m'obligeait à lui dire la vérité.

— C'est tellement tentant de se taire, confiai-je à Herman.

Il tourna son petit visage inquiet vers moi, sourcils frétillants.

— Mais je ne pourrais plus jamais me regarder dans la glace.

Herman grimpa sur son pouf avec un air de résignation tragique.

En attendant l'impression des photos, j'ouvris le premier cahier du *Sunday Telegraph*. En dernière page, il y avait une photo d'Alexander, légendée *Ohé Hollywood !* Je parcourus l'article, l'estomac noué.

Avant même le générique du premier épisode de Ohé, terre ! *Alexander Darke a attiré l'attention des plus grands agents d'Hollywood. Le mois prochain, il s'envole pour Los Angeles pour faire des bouts d'essai... Reese Witherspoon semble être très désireuse de travailler avec lui dans son nouveau film... Darke déclare qu'il est plus qu'heureux de troquer Archway contre Beverly Hills.*

— Je lui souhaite bonne chance ! déclara Daisy un peu plus tard.

Elle avait surgi à six heures, sans s'annoncer, en m'expliquant que son camarade d'ULM vivait près d'ici et l'avait déposée à Chalk Farm.

— Je me suis dit que ce serait sympa de faire un saut chez toi, expliqua-t-elle avec un sourire un peu tendu, que j'attribuai au stress postfiançailles. J'étais dans le coin.

Elle jeta un dernier coup d'œil au journal avant de le laisser tomber.

— Eh oui, bonne chance, Alexander ! lâcha-t-elle dédaigneusement. Hollywood peut se le garder. De toute façon, tu t'en fiches.

— Effectivement. J'imagine que je ne le reverrai plus jamais. C'est drôle, non ? repris-je, comme on peut être fiancé un jour, étranger le lendemain... Enfin, comment c'était, l'ULM ?

Un air de parfait ravissement, curieusement mêlé à une ombre de regret, passa sur le visage de Daisy.

— Ah... merveilleux, fit-elle presque tristement. C'est l'une des choses les plus fabuleuses que j'aie jamais faites. C'est tellement enivrant, Miranda ! Une sensation d'euphorie. D'être à trois cents mètres dans les airs, avec les champs et les collines qui s'incurvent sous toi, en train de bavarder avec ton copilote. C'est tellement excitant, et c'est aussi assez... intime, curieusement.

— Vous avez parlé de quoi ?

— Ah, de toutes sortes de choses, répliqua-t-elle, rêveuse. La vie. L'amour. L'univers. L'escalade. La varappe. Le parapente. Le parachute.

Elle soupira.

— La plongée sous-marine...

Elle reprit soudain ses esprits.

— Bref, toutes sortes de choses.

— Et c'est qui, ce type ?

— Ah...

Une tache rouge apparut sur sa gorge.

— Ce... ce type ? Il s'appelle... Mar... tin. Et il vient d'acheter une demi-part d'ULM, et sa copine n'aime pas, alors... il m'a demandé si j'aimerais en refaire, parce que c'est plus marrant à deux. Comme Nigel travaillait encore toute la journée, j'ai accepté.

Je remarquai soudain sa main gauche.

— Merde ! Tu n'as pas perdu ta bague de fiançailles, dis ?

— Quoi ? Ah, non. Non. Je ne l'ai pas passée ce matin, je... euh... je ne voulais pas la perdre. De toute façon, elle est un peu grande, dit-elle. Je dois la faire rétrécir.

— Et tu te sens comment ?

— Très bien, fit-elle distraitement.

— Tu as intégré ce qui s'est passé hier soir ?

— Oui, soupira-t-elle. Je vais... très bien, insista-t-elle. Je suis... fiancée, reprit-elle, comme si elle était désolée. Je suis enfin... fiancée, Miranda.

— Eh bien, heureusement. Et il vaut mieux qu'il l'ait finalement fait de lui-même, sans que tu aies été obligée de le contraindre.

Il y eut un silence, rompu par le ronronnement de mon disque dur.

— C'est curieux, non ? fit Daisy d'une petite voix. J'avais tellement peur de tout faire rater... Et à présent que j'ai obtenu ce que j'ai toujours attendu, je ne sais plus ce que je ressens.

Je remarquai qu'il y avait de petits poils blancs sur son pull marin.

— Je me demande pourquoi il l'a fait ? s'interrogea-t-elle.

Elle se tourna vers la fenêtre.

— Pourquoi ? Mais parce qu'il t'aime, voilà tout.

— Tu le crois vraiment ?

— Oui. Nigel n'est pas quelqu'un de très... démonstratif.

— C'est le moins qu'on puisse dire.

— Pourtant, je suis certaine qu'il est sincère.

Daisy haussa les épaules.

— Et puis ça va être drôle, d'organiser enfin ton propre mariage. Combien en as-tu organisés pour d'autres ?

— Je l'ignore. Cinquante, soixante, peut-être plus.

— Maintenant, c'est ton tour !

Elle sembla plus joyeuse tout d'un coup.

— Oui, oui, maintenant c'est mon tour.

— Vous allez annoncer les fiançailles dans le journal ?

Cette perspective sembla l'alarmer.

— Ah. Euh... sans doute pas tout de suite, non. Enfin, il n'y a pas d'urgence, non ?

— Et tu vas faire une fête pour les fiançailles ?

— Je n'en suis pas certaine. D'ailleurs, Miranda...

— Oui ?

La sonnerie du téléphone nous interrompit. C'était un client potentiel. Je pris le temps de lui parler un moment.

— Désolée, Daisy. Où en étions-nous ? Ah, oui, et tu as choisi l'église ?

— Ah. Non. Non.

Cela m'étonna. Je me figurais qu'une femme capable d'acheter une robe de mariée sans avoir été demandée en mariage devait avoir planifié tous les aspects de l'hypothétique Grand Jour.

— En tout cas, il va falloir réserver rapidement si vous voulez faire ça un samedi. Cela dit, ce ne sera peut-être pas un problème en décembre.

— Décembre ? répéta-t-elle. C'est un peu... tôt. Enfin, j'aimerais bien m'habituer au fait d'être fiancée dans un premier temps, avant de... faire le grand saut... Jusqu'à ce que la mort nous sépare, etc., ajouta-t-elle anxieusement.

— Et j'imagine que tu vas bientôt emménager chez lui ?

— Ah. Oui. Je n'y avais pas songé.

Cette perspective sembla l'effarer.

— Emménager chez lui ? Je ne sais pas... Mon Dieu... Miranda...

— Tu es bouleversée, Daisy. Parce que, même si tu en rêvais depuis longtemps, le mariage implique une perte d'indépendance. D'où tes sentiments ambivalents. Tiens...

Je lui remis une liasse de photos de la veille. Elle les feuilleta rapidement, sourcils froncés.

— Tu as l'air tellement heureuse avec David, remarquat-elle comme à regret. Plus heureuse que moi avec Nigel.

— Je ne trouve pas.

Quand elle eut fini de regarder les photos, je la regardai à mon tour. En effet, Daisy semblait tendue et troublée, comme si quelque chose la préoccupait. Son sourire n'allait pas tout à fait jusqu'aux yeux.

— Miranda.... dit-elle.

— Oui ?

— Miranda...

Elle me fixait avec une intensité qui me déconcerta.

— Qu'est-ce qu'il y a, Daisy ?

— Eh bien, je voulais te poser une question, en fait, je, euh...

La sonnerie du téléphone lui coupa la parole. C'était David, qui prévenait qu'il venait d'arriver à Paris.

— Je suis désolée, Daisy, qu'est-ce que tu voulais me dire ?

— Je me demandais...

Elle me fixa à nouveau.

— Je me demandais simplement...

— Qu'est-ce qui te tracasse ? Si tu as un problème, tu peux m'en parler, Daisy. Tu le sais.

Elle sembla hésiter, puis secoua la tête.

— Non. Rien.

Elle soupira douloureusement.

— Je me demandais simplement quand tu allais parler à David, c'est tout.

Elle en parle comme si c'était la chose la plus simple du monde.

— Ah. Ce week-end. C'est certain. J'ai décidé. Mais je croyais te l'avoir dit.

— Tu me l'as dit. Mais quel jour ? Samedi ou dimanche ?

Quelle drôle de question.

— Dimanche, répondis-je. Il travaille samedi, alors ce sera plus facile le dimanche.

Elle hocha la tête.

— Eh bien je crois que ça ira. Maintenant que je l'ai rencontré, que je t'ai vue avec lui, je ne crois pas que tu aies à t'en faire. L'appréhension d'un moment pénible est bien pire que la chose en soi, non ?

— C'est vrai.

— C'est comme un examen difficile à passer... Comment vas-tu aborder le sujet ?

— Je vais m'asseoir avec lui après le petit déjeuner, et lui raconter toute l'histoire.

— Tu vas lui dire que c'était Jimmy ?

— Je ne sais pas. J'espère ne pas en arriver là.

— Mais David voudra savoir. Et il en aura le droit, Miranda.

— En effet. Mais je ne veux pas avoir l'air vindicative – et en plus, je ne veux pas faire de tort à Caroline... Et puis, de toute façon, il ne s'agit pas de Jimmy, mais de moi. Mon objectif est simplement de me soulager de ce fardeau. Surtout, il y a un problème plus grave : David va vouloir savoir pourquoi Jimmy l'a fait – et je serai incapable de le lui dire, parce que je n'en ai pas la moindre idée.

— Bienvenue à *Question Time*, fit David Dimbleby ce jeudi-là. Cette semaine, nous vous parvenons en direct de l'hôtel de ville de Leeds. Et nos invités cette semaine sont : le porte-parole du parti conservateur pour la santé, Alan Duncan ; le député indépendant Martin Bell ; l'évêque de Londres, Richard Charteris ; la comédienne Jenny Eclair ; et enfin, le ministre d'État à l'Éducation, James Mulholland, MP. Bienvenue à tous.

Un régisseur avec une oreillette leva les mains

comme pour applaudir et nous produisîmes une volée d'applaudissements obéissants.

— Notre première question est celle de Mme Kay Spring, professeur de biologie à la retraite.

Le bras du microphone se balança au-dessus de nos têtes jusqu'à ce qu'il se place au-dessus de Mme Spring, une rangée derrière moi.

— D'après les invités, le gouvernement a-t-il mal évalué l'attitude du public envers les OGM ?

Dimblebly répéta la question en scrutant ses invités par-dessus ses lunettes en demi-lune.

— Alan Duncan ? Je vous en prie, votre avis sur la question ?

Tandis qu'Alan Duncan s'exprimait, je fixai Jimmy, assis du côté droit du bureau, les mains fermement nouées devant lui, immaculé dans son costume sur mesure et sa cravate en soie jaune. De temps à autre, il prenait des notes, avalait une gorgée d'eau, ou clignait les yeux d'un air sagace tout en considérant les opinions de Duncan. Je savais qu'il ne m'avait pas repérée car j'avais fait exprès de m'asseoir derrière un homme de haute taille. Tout en jetant un coup d'œil à la question sur la carte que j'agrippais d'une main tremblante, je remerciai mentalement Daisy d'avoir passé un coup de fil à son amie Jo, une documentaliste, qui m'avait garanti une place dans le public de l'émission.

— Extrême prudence..., disait Alan Duncan.... Manque de preuves scientifiques... dangers potentiels encore indécelables.

Je vis Jimmy secouer la tête. Puis nous applaudîmes Alan Duncan et ce fut le tour de l'évêque, qui exprima son inquiétude face aux « aliments Frankenstein » et à « l'avidité des grandes entreprises »... comme la plupart des invités, avec des variations mineures. Puis, ce fut au tour de Jimmy.

— James, dit David Dimbleby. Vous avez fait des études scientifiques à l'université, n'est-ce pas ?

Jimmy hocha la tête.

— D'ailleurs, d'après mes notes, vous êtes sorti major de votre promotion.

Jimmy s'empourpra de modestie.

— Alors, quelle est votre opinion ?

— Je pense qu'il n'existe pas la moindre preuve permettant d'affirmer que les aliments génétiquement modifiés sont dangereux. D'ailleurs, les opposants aux OGM en Occident choisissent d'ignorer les nombreux bienfaits qu'ils représentent pour les pays en voie de développement. Un riz auquel on implante un certain gène peut pousser dans l'eau salée ; des pommes de terre génétiquement modifiées peuvent résister au mildiou ; le blé peut recevoir un gène prévenant la cécité des rivières...

« La voix de son maître. » C'était ainsi que l'avait surnommé le *Guardian* dans le portrait que j'avais lu ; de fait, Jimmy répétait loyalement la ligne du gouvernement. Il parlait avec passion et indignation morale – comme s'il croyait à ce qu'il disait. Qui sait, peut-être y croyait-il vraiment ? Mais je savais aussi que, si la ligne officielle avait été hostile aux OGM, il les aurait dénoncés avec le même zèle.

Jimmy fut respectueusement applaudi, ce qui lui arracha un demi-sourire légèrement contrit, comme s'il souffrait d'avoir à apprendre aux imbéciles du public ces simples, mais irréfutables, arguments.

Ma bouche commençait à se dessécher tandis que les invités passaient à la question suivante : la taxe sur les embouteillages devait-elle être étendue à d'autres villes ? Puis il y eut des questions sur les prisons, l'asile politique et la criminalité. Il y eut une question sur les libertés civiques face aux menaces terroristes. Puis, le cœur battant, je sus que c'était à moi.

— Et notre dernière question nous vient de Miranda Sweet, vétérinaire comportementaliste. Où êtes-vous, Miranda ? s'enquit David Dimbleby en scrutant le public. Ah, vous voilà, derrière ce monsieur très grand avec un pull bleu.

Je vis l'ingénieur du son s'avancer vers moi avec le micro et aperçus, derrière lui, Jimmy passer nerveusement un doigt sous son col de chemise. J'inspirai profondément.

— Et votre question concerne l'exportation des animaux vivants ? lança Dimbleby en jetant un coup d'œil au conducteur.

Je sentis la caméra se tourner vers moi.

— Non, dis-je. J'avais l'intention de poser cette question, mais j'en ai une autre, si vous le permettez.

Dimblebly fronça les sourcils, mais je n'allais pas me laisser intimider.

— D'accord, allez-y.

— J'aimerais demander à James Mulholland pourquoi, en mars 1987, quand il venait d'obtenir sa licence en sciences, il a envoyé un colis piégé à Derek White, professeur de biochimie à l'université de Sussex, qui a grièvement blessé le fils du professeur, David ?

Un halètement collectif parcourut le public, comme une ola. Les autres invités regardaient fixement Jimmy, bouche bée. Jimmy avait blêmi.

— Cela est assez irrégulier, fit remarquer Dimbleby. Mais comme nous avons encore trois minutes, peut-être pourriez-vous tenter de répondre à cette question, James.

— Oui, répondez, dit Jenny Eclair.

— Oui, renchérit l'évêque. Nous aimerions tous

savoir pourquoi vous avez fait cette chose affreuse... si c'est bien vrai.

— Il l'a faite ! criai-je. Aucune doute là-dessus.

— Alors comment est-il devenu député ? s'enquit quelqu'un à trois rangées de moi.

— Oui, comment est-il devenu député ?

— Quel geste choquant ! dit quelqu'un derrière moi.

— Quelle horreur !

— À le voir, on a du mal à le croire !

— Il a l'air si bien élevé !

— Silence, s'il vous plaît ! déclara Dimbleby. Laissez James répondre, je vous en prie.

— Eh bien..., balbutia Jimmy.

Son front était constellé de gouttelettes de sueur.

— Eh bien, je, euh... je nie absolument l'accusation scandaleuse de Mlle Sweet.

— Inutile de nier, hurlai-je, parce que je suis prête à témoigner sous serment que c'est ce que tu as fait... Parce que j'étais là à l'époque ; tu t'en souviens sûrement, Jimmy.

— Je m'appelle James, dit-il. Et il s'agit d'une allégation sans le moindre fondement. Je vais vous poursuivre pour diffamation, Miranda.

— Vas-y... mais tu ne gagneras pas.

— Nous voulons savoir si cela est vrai, demanda Alan Duncan en regardant fixement Jimmy.

— Oui, nous voulons savoir, insista Martin Bell. Ce que vous avez fait – si vous l'avez fait – est un crime affreux.

— Oui ! criai-je. Il s'en est tiré pendant seize ans, mais c'est fini maintenant. Alors, Jimmy, réponds et dis-nous pourquoi ?

En bruit de fond, j'entendis une cloche sonner.

— Hélas, cette cloche signale la fin de cette édition

334

de *Question Time*, fit David Dimbleby imperturbablement.

Curieusement, la cloche n'arrêtait pas de sonner. Sauf que ce n'était pas une cloche, c'était un téléphone. Pourquoi ne répondait-on pas ?

— Rendez-vous la semaine prochaine à la même heure, pour un direct de Swansea. En attendant, bonne soirée.

Le téléphone sonnait toujours. C'était insupportable. Je tendis la main gauche, émergeant de mon rêve, encore un peu vaseuse. J'étais troublée, mais curieusement heureuse. Si seulement je pouvais démasquer Jimmy comme ça dans la vraie vie.

— Allô ? répondis-je d'une voix rauque, la bouche pleine de sable.

— Miss Sweet ?

— Oui ?

— C'est l'inspecteur Cooper à l'appareil. Désolé de vous appeler de si bon matin, mais il y a du nouveau dans votre affaire.

Je repoussai la couette.

— Quoi ? Vous les avez arrêtés ?

— Hélas non. Mais je crois que nous avons retrouvé votre bague de fiançailles.

— Vraiment ? Où ?

Je mis les pieds à terre.

— Chez un prêteur sur gages à Kilburn.

— Vous êtes sûr que c'est la mienne ?

— Absolument. Il s'agit d'un solitaire avec un anneau en or à 18 carats. Il porte une inscription à l'intérieur : « Admirable Miranda ! »

— Oui, soufflai-je, c'est ma bague.

— Je suis certain que vous serez ravie de la récupérer. Vous pouvez venir la chercher quand vous voulez. Pouvez-vous passer aujourd'hui ?

Je levai les stores et regardai par la fenêtre.

— Non.

— Alors demain ?

— Non. Demain non plus. D'ailleurs, je ne viendrai pas.

— Je vous demande pardon ?

— Je ne désire pas récupérer cette bague.

— Vous n'en voulez plus ?

— C'est ça.

— Vous en êtes absolument certaine ?

— Je le suis.

— Mais c'est un objet de grande valeur, miss Sweet. *Pas pour moi.*

— Effectivement.

— Alors, que voulez-vous que nous en fassions ?

— J'aimerais que vous la renvoyiez à mon ex-fiancé, Alexander Darke. Je vous enverrai une lettre d'autorisation, avec confirmation de son nom et de son adresse, que vous avez déjà, je crois, avec sa déposition.

— Bon, alors d'accord, mademoiselle Sweet. Si c'est ce que vous souhaitez.

— C'est ce que je veux. Merci encore de m'avoir prévenue.

Je refusais de revoir cette bague, tout comme les mauvais souvenirs qu'elle évoquait. Alexander pouvait faire retirer l'inscription et la revendre – ou l'offrir à quelqu'un d'autre. « Admirable Miranda ! » songeai-je amèrement. J'avais été tout sauf admirable. Comme David était sur le point de le découvrir. « Misérable Miranda », voilà ce qu'il dirait de moi. Et il aurait raison.

Les deux jours suivants passèrent lentement. Je reçus plusieurs appels de David entre les prises de vue, puis, mercredi, ce fut la cinquième et dernière fête de chiots. Ce groupe va me manquer, songeai-je en plaçant les chaises. C'est l'un des plus sympathiques que j'aie eus. J'entrouvris la porte d'entrée, comme d'habitude, pour que chacun puisse entrer sans sonner, lorsque le téléphone sonna. C'était maman, plus guillerette que d'habitude.

— Ma chérie, je suis tellement ravie que Daisy soit fiancée, et je voulais juste que tu lui transmettes un message de ma part. J'ai pensé qu'elle aimerait faire une randonnée avec les lamas pour son enterrement de vie de jeune fille – tu ne crois pas que ce serait amusant ? Je viens d'y penser.

— C'est en effet assez inédit.

— Ce serait gratuit, évidemment – j'organiserai le pique-nique – elle n'aura qu'à fournir le champagne. Mais je pensais développer l'idée sur une base commerciale, alors pourrais-tu lui demander si elle veut bien la tester ?

— D'accord.

— Je pourrais peut-être décrocher un article dans *Mariées*, dit-elle d'un ton rêveur. Voire dans *Harpers and Queen*. Au fait, comment s'appelle ce garçon dont tu m'as parlé, celui qui travaille à l'*Independent on Sunday* ?

— Tim... un instant.

Je fouillai dans le tiroir du bureau pour retrouver sa carte.

— Tim Charlton. Il travaille pour l'agenda mais il pourra t'indiquer qui contacter pour un article.

Je l'entendis noter le nom.

— J'ai pensé à autre chose, pour le mariage. Daisy pourrait emprunter Carlos pour le grand jour. Ce serait le portier parfait. Dis-lui qu'il se tiendra devant l'église avant et après, avec une guirlande de fleurs autour du cou, ce sera adorable. Qu'en penses-tu ?

— Ce pourrait être très mignon, d'autant qu'il est blanc, mais...

Je sentis un courant d'air derrière mes jambes. On avait ouvert la porte.

— ... Daisy va sans doute se marier en décembre, maman.

Je me retournai et vis Marcus avec Twiglet. Je les saluai de la main.

— Oui, c'est ça. Alors s'il pleut, Carlos pourrait se tacher. Mais je vais lui parler de ta suggestion, d'accord ? Écoute, je ne peux pas rester au téléphone, ma fête commence... Oui, d'accord... hum... On se rappelle bientôt.

— Désolée, dis-je à Marcus.

Il me dévisageait bizarrement.

— Ça va ? lui demandai-je.

— Euh, oui. Ça va. Je... euh... pardon, je ne voulais pas être indiscret à l'instant, mais c'était difficile de ne pas entendre... Est-ce que... est-ce que je t'ai entendue dire que... hum... que Daisy se marie ?

— Oui. Elle vient de se fiancer.

Il hocha lentement la tête, comme s'il trouvait la nouvelle déconcertante.

— Ah. Elle ne m'en a rien dit.

— Elle ne le savait pas jeudi dernier, expliquai-je. Ça s'est passé samedi, alors elle n'a pas pu t'en parler.

— Samedi ? répéta-t-il.

— Oui.

Son visage exprimait un mélange de perplexité et de déception.

— Elle s'est fiancée samedi ?

— Oui, samedi soir.

— Avec... euh... Nigel ?

— C'est ça. Elle t'a parlé de lui, je vois.

— Oui, en effet.

— De toute façon, je suis certaine qu'elle t'en informera pendant le cours d'autodéfense. À propos, je ne viendrai pas demain non plus, si ça ne te dérange pas. Je suis désolée, mais je trouve un peu idiot de suivre le dernier cours alors que je n'ai pas assisté aux trois premiers. Tu vas peut-être donner une autre série de cours, repris-je en posant le bol d'eau.

— Oui, fit-il distraitement. Peut-être. Enfin, probablement.

— Je viendrai à ce moment-là, alors. Daisy m'a dit que les cours étaient géniaux.

— Vraiment ?

— Oui. Elle a adoré.

Cela parut lui remonter un peu le moral.

— Eh bien... on en reparlera.

Puis Lily fit son entrée, suivie de Sue et Lola. À sept heures dix, nous nous passions les chiots, comme d'habitude.

— C'est moins facile qu'avant, pas vrai ?

— Oui, ils ont vraiment grandi.

— Bentley a doublé de taille.

— Et Roxy est un vrai petit cochonou... Pas vrai, chérie ?

— Ne vous en faites pas, c'est du gras de bébé.

— Vous avez été un groupe merveilleux, dis-je à la fin. Vous allez me manquer.

— Moi, ça va me manquer de venir, dit Phyllis. Je sais que Maisie va être très triste, mais elle passe à l'école des grands maintenant, pas vrai, Maisie ?

— Oui, il faut qu'ils aillent chez les grands maintenant, reprirent-ils tous.

— C'est cela. Mais nous allons organiser une Olympiade de chiots pour eux sur Primrose Hill après Noël,

alors on pourra se revoir à cette occasion. Mais je vous
en prie, frappez à ma porte si jamais vous passez dans
le coin.

— À bientôt, Marcus, dis-je tandis qu'il mettait sa
laisse à Twiglet. On va sans doute se revoir, non ?

Il me regarda sans comprendre.

— Ah bon ?

— Oui. À cause de ta petite amie. Je suis sûre que
je vais te croiser dans le quartier.

— Ah. Oui..., fit-il sans conviction. C'est vrai.

Plus tard, ce soir-là, j'appelai Daisy pour lui trans-
mettre le message de ma mère, à propos de l'enterrement de vie de jeune fille.

— Marcus était tout bizarre ce soir, ajoutai-je.

— De quelle manière ?

— Eh bien, il m'a entendue parler à maman de ton
mariage et il a réagi bizarrement.

Il y eut un drôle de petit silence.

— Ah bon ? chuchota-t-elle.

— Je l'aime bien, mais il est un peu bizarre, non ?

— Miranda... ?

— Oui.

— Miranda ? Je sais que tu as d'autres soucis en ce
moment, mais tu te souviens de ce que tu m'as dit quand
on parlait dans mon jardin, il y a un mois ?

— Oui... ?

— Tu m'as dit une chose à laquelle je repense beaucoup ces derniers temps ; en fait, j'y pense énormément ; je n'arrive pas à me la sortir de la tête... Ah,
désolée, Nigel vient d'arriver. Je ne peux pas parler. Je
te rappelle demain.

Mais le lendemain, elle n'appela pas. Ni après le
cours d'autodéfense. Vendredi, je n'avais toujours pas
eu de nouvelles d'elle. Je lui laissai un message et préparai mon sac de voyage, l'estomac secoué comme un

tambour de sèche-linge. David devait passer me prendre à dix-huit heures. À dix-huit heures dix, je commençai à m'inquiéter. À dix-huit heures quinze, il m'appela.

— J'ai des ennuis, dit-il.

Mon cœur se serra et je me préparai à entendre que
le week-end était annulé.

— Je suis incapable de faire démarrer la voiture. J'ai
l'horrible sensation qu'il s'agit d'un problème dans le
circuit électrique. Tu crois qu'on pourrait prendre la
tienne ?

J'éclatai de rire.

— Bien sûr que oui.

— Génial ! Je serai là avant sept heures.

Il apparut à sept heures dix, avec un grand sourire,
et m'enveloppa de ses bras.

— Mi-ran-da, dit-il en faisant traîner les voyelles.
J'adore ce prénom. Mi-ran-da.

Il m'embrassa et me berça dans ses bras.

— Je suis tellement heureux que tu viennes. Nous
allons passer un très beau week-end.

Oui... à part la fin.

Il me dévisagea.

— Hé, ne prends pas cet air triste.

— Je ne suis pas triste, David.

Je suis juste affreusement inquiète.

Il prit mon sac.

— Allez, on y va.

Nous nous dirigeâmes vers le sud, avec David au
volant, à travers Vauxhall, Battersea et Putney, pour
prendre l'A3. Des panneaux annoncèrent Petworth et
Pulborough.

— On va arriver juste à temps pour dîner.

— L'hôtel est comment ? demandai je.

— Eh bien... à l'ancienne.

— D'accord.

J'imaginai un cottage de campagne avec des fenêtres à meneaux et du chintz fané.

— J'aime bien les trucs à l'ancienne.

— Tant mieux, parce qu'en fait c'est vraiment très ancien.

— Ah bon ?

— Oui. Extrêmement.

— Qu'est-ce que tu veux dire ?

— Eh bien, regarde.

Je regardai. Deux tours crénelées se dressaient devant nous, de part et d'autre d'une immense herse.

— C'est un château ?

— En effet. Le château d'Amberley. En réalité, c'est un manoir fortifié... avec des remparts gigantesques.

Nous passâmes à l'intérieur.

— C'est incroyable.

— Ils descendent encore la herse tous les soirs.

— Ça date de quand ?

— Au moins neuf siècles.

Une immense pelouse menait à l'entrée principale. Sur le lac, à droite, nous devinions les silhouettes de deux cygnes noirs dans le crépuscule.

Nous nous garâmes, je promenai Herman, puis nous franchîmes la cour circulaire jusqu'à la réception de l'hôtel, décorée de deux armures et d'un assortiment de piques redoutables.

— Vous êtes dans l'Arundel, monsieur White, dit le concierge en lui remettant la clé, et Mlle Sweet est à côté, dans l'Amberley. À quelle heure souhaitez-vous dîner ?

David se tourna vers moi. Je haussai les épaules.

— Dans une demi-heure ?

— Vingt et une heures trente ? Très bien.

Nous gravîmes derrière le concierge le grand escalier en bois, au sommet duquel étaient calés deux canons en bronze. Les portes des chambres avaient la taille de celles d'une cathédrale, et quand le concierge les poussa, j'écarquillai les yeux devant le gigantesque lit à baldaquin en acajou à rideaux bordeaux.

David siffla.

— Pas mal, s'exclama-t-il en déposant mon sac.

Il jeta un coup d'œil à la salle de bains.

— Hé, tu as un jacuzzi là-dedans. Le summum du luxe, ajouta-t-il. Tu ne mérites rien de moins.

La chambre de David, à côté de la mienne, était semblable, mais décorée en bleu canard.

— Je vais prendre une douche rapide, annonça-t-il. Je passe te prendre dans vingt minutes.

En déballant mes affaires, je fus soulagée d'avoir apporté mes tenues les plus soignées. Je me brossai les cheveux, passai ma robe en lin blanc avec un cardigan en cachemire lilas, et déposai un peu de *Femme* sur mes poignets.

À neuf heures vingt-cinq, David frappa à ma porte. Ses cheveux étaient encore mouillés et il était superbe dans son costume de lin vert, avec un tee-shirt blanc, embaumant le bain moussant.

— Très joli, fit-il, admiratif, en entrant.

Il jeta un coup d'œil à la table près de la fenêtre.

— Hé, il y a un jeu d'échecs ! Tu voudras faire une partie après dîner ?

— D'accord.

Nous traversâmes le palier jusqu'au restaurant.

— Le réceptionniste a dû être un peu étonné, glissa-t-il tandis qu'on nous conduisait vers notre table, près de l'immense cheminée en pierre. Un couple séduisant qui arrive ensemble, mais dort dans des chambres séparées. Ça ne doit pas se produire souvent.

— J'imagine que les autres invités n'y croiraient pas

non plus, chuchotai-je en contemplant le plafond à caissons.

— On leur demande ?

— Non.

— Champagne, miss Behaviouriste ?

— Ce serait merveilleux.

Tout en étudiant le menu, je cillai.

— David, c'est vraiment ton client qui paie les frais ? fis-je tout bas.

— Désolé, je n'entends pas très bien ce soir. Je crois que j'ai encore de l'eau dans les oreilles.

— J'espère que ce n'est pas toi ?

— Je n'ai rien entendu.

— S'il te plaît, permets-moi de t'offrir le dîner.

— Je n'ai pas la moindre idée de ce que tu peux dire.

— C'est superbe, ici, David. Merci de m'y avoir emmenée.

— Merci d'être venue. Tu n'étais pas obligée.

— J'en avais envie.

— C'est vrai ?

Je souris.

— Oh oui.

Repus et légèrement grisés, nous fîmes un tour, après le dîner, dans la propriété avec Herman. La lune était si brillante qu'on voyait nos ombres.

— C'est divin, dis-je alors que nous contemplions les remparts en ruine découpés sur le ciel bleu nuit.

Nous marchâmes jusqu'au lac pour regarder la lune scintiller sur l'eau. Puis nous retournâmes à ma chambre pour une partie d'échecs.

— Je prends les blancs, dit David.

— Évidemment.

— Tu es douée pour ça ? me demanda-t-il en avançant un pion.

— Non. Tu vas me battre d'ici cinq coups. La pensée stratégique n'a jamais été mon point fort.

— Hum, je vois ce que tu veux dire. Miranda, je ne sortirais pas mon cavalier tout de suite, si j'étais toi.

— Non ? D'accord, alors je vais faire... ça.

— Ouais... C'est beaucoup mieux... Hum..., fit-il après quelques coups. Tu es meilleure que tu ne le prétends. Mais on peut finir demain... ?

Il se leva.

— Parce qu'il faut que je me couche... je dois me lever tôt.

— Je peux venir avec toi ?

— Au lit ? sourit-il.

Je sentis mon visage s'enflammer.

— Non. Non, je...

— Bien sûr que tu peux. D'ailleurs, j'aimerais bien.

— Je voulais dire... Est-ce que je peux venir avec toi pendant que tu travailles ? Demain matin ?

— Si tu veux, mais je pars à cinq heures.

— C'est bon.

— Vraiment ? Ce serait formidable. Tu pourras peut-être même me donner un coup de main.

— Évidemment.

Il se pencha pour m'embrasser, puis pressa son visage contre le mien. Je fus tentée de l'attirer vers moi.

— Dors bien, miss Behaviouriste.

— J'essaierai.

Un peu avant cinq heures, David frappa à ma porte. Il était en peignoir blanc avec une tasse de thé à la main.

— Si tu veux venir, je pars dans dix minutes.

— Parfait, chuchotai-je.

Je me brossai les dents, m'habillai rapidement et mis sa laisse à Herman. Puis nous chargeâmes l'équipement de David dans la voiture et filâmes vers Petworth. Bientôt, nous longeâmes les murs de la propriété.

— On va m'ouvrir l'entrée de service à cinq heures quinze, expliqua-t-il.

— Et qu'est-ce que tu dois photographier ?

— Ils veulent une très belle photo de la maison et du parc. Mais elle doit être absolument parfaite parce que c'est destiné à une campagne de pub de l'Office du tourisme anglais.

— Comment as-tu obtenu cette commande ? Je ne savais pas que tu faisais des paysages.

— Normalement non, mais j'ai toujours adoré en faire quand j'avais du temps. Ils ont d'abord demandé à Arnie, cela dit, mais comme il allait être à l'étranger, il a eu la gentillesse de me recommander. C'est toujours bon à prendre... C'est intéressant et assez bien payé, alors j'étais plus qu'heureux d'accepter.

Nous nous garâmes à l'est de la grille, juste au moment où les premières lueurs éclairaient le ciel d'obsidienne ; puis nous traversâmes la propriété dans l'obscurité. Le lac était devant nous, frangé de saules pleureurs et légèrement voilé de brume. David le contourna à la recherche du meilleur angle, cadrant avec ses mains ; puis il installa le trépied près de l'île.

— Ici, dit-il en vissant l'appareil photo.

— Tu ne prends pas ton Leica ?

— Non, pour ceci, j'utilise le Hasselblad. Le négatif est plus grand, ce qui permet plus de détails et une meilleure qualité de ton. Peux-tu me passer le Polaroïd dans le sac qui est là ? Dans le compartiment du milieu.

— Cette chose ?

Je le brandis.

— C'est ça.

Je le lui remis, heureuse d'être utile.

— Très bien, dit-il.

Il le fit glisser derrière l'appareil photo.

— Tu as une trotteuse sur ta montre ?

— Oui.

— Alors minute ça pour moi, tu veux bien ?

J'entendis le déclic grave de l'obturateur. Puis il retira le Pola et me le passa.

— Glisse-le sous ton bras, tu veux ?

— Pourquoi ?

— Pour le réchauffer – il se développera plus rapidement. Puis, ouvre-le dans exactement... deux minutes.

Je jetai un coup d'œil à ma montre.

— C'est alcalin, dit-il. Fais attention, ne te brûle pas les mains.

Je fis précisément ce que David m'avait indiqué, puis je lui remis l'image.

— Hum, murmura-t-il en l'évaluant. Oui... ça devrait aller.

Il regarda le ciel, puis consulta sa cellule.

— On va commencer la prise de vue dans dix minutes environ, au début de l'heure magique.

— L'heure magique ?

— L'heure qui succède juste au lever du soleil, ou qui précède le coucher ; c'est là que la lumière est la meilleure. Il ne faut pas que le soleil soit trop haut... il doit être bas, latéral, c'est ce qui donne de la profondeur et de la texture, et les couleurs sont chaudes et douces.

Tandis que David observait le ciel, consultait sa cellule de temps à autre ou essayait différentes focales, je compris à quel point son travail le passionnait, à sa façon de se concentrer, à l'exclusion de presque toute autre chose.

— Tu aimes ça, non ? m'enquis-je.

— Oui, répondit-il sans me regarder. J'adore ça.

347

C'est ma raison de vivre. Je suis heureux que tu sois ici pour la partager, ajouta-t-il en scrutant le viseur.

— Moi aussi, je suis heureuse.

Je l'étais. J'adorais le regarder travailler. J'adorais son intensité. Je me sentais gagnée par sa passion. Je trouvais cela... oui, romantique. Absolument. Voire sexy. Maintenant, alors que le ciel passait de la couleur d'une pierre de lune au turquoise lumineux, je vis David se tendre dans l'attente du moment optimal. J'avais l'impression d'être un homme de l'âge de bronze, venu adorer le soleil levant à Stonehenge. Nous étions assis, immobiles, sur le gazon, à écouter les oies sur le lac et les trilles des foulques. Nous aperçûmes une harde de cerfs qui venait des collines.

— Ça y est ! souffla David.

La lumière était d'or pâle, et l'air si translucide qu'il semblait scintiller.

— Si je peux les avoir aussi dans le cadre, ça y est.

Il leva la main droite.

— Ne bouge surtout pas, articula-t-il. Ils arrivent par ici.

Et, de fait, les cerfs s'approchèrent à une vingtaine de mètres de nous, penchant leurs têtes vers l'eau pour s'abreuver. Soudain, une brindille craqua sous mon pied, et le plus grand cerf releva la tête, nous fixant directement pendant environ cinq secondes. J'entendis le déclic étouffé de l'obturateur, puis un autre et un autre encore. Puis l'animal s'éloigna paisiblement. David fit un cercle de son pouce et son index gauche.

— Parfait, murmura-t-il. Plus que parfait.

— Merci de ne pas avoir aboyé, dis-je à Herman.

David passa la demi-heure suivante à prendre des photos depuis le même endroit, avançant ou reculant l'appareil de temps en temps. Puis il s'installa plus près de la maison. Quand il terminait une pellicule, il me la passait : je la scellais et l'étiquetais, puis je la glissais dans une pochette spéciale de son sac. À huit heures et quart, il avait terminé.

— Voi... là, dit-il. Quelle matinée fantastique !

Il glissa la dernière pellicule dans son sac.

— Je sais qu'il y a au moins quatre ou cinq images géniales là-dedans. On va retourner à l'hôtel pour le petit déjeuner, puis on fera Arundel plus tard cet après-midi.

Je croyais que ce lever au petit jour avait épuisé David, et que, comme moi, il n'avait qu'une envie : se recoucher. Mais il semblait galvanisé, et sur le trajet du retour, il ne cessa de parler de son travail – il était comme grisé.

— Quelle exaltation quand tu sais que tous les éléments d'une belle photo sont réunis ! dit-il tandis que nous approchions d'Amberley. Il n'y a rien qui puisse l'égaler. Edward Weston, un photographe américain, appelle l'art de la photographie « l'apogée de l'émotion », parce qu'il s'agit de trouver la fraction de seconde où la lumière et ce que tu vois dans le viseur et tes propres instincts artistiques se réunissent pour capter un moment... un moment qui ne se répétera pas, pour l'éternité. C'est l'essence même de la photographie. Et c'est ce que j'ai ressenti quand le cerf a regardé droit vers l'objectif ce matin.

Nous prîmes le petit déjeuner à l'hôtel, puis, épuisés, nous retournâmes dans nos chambres dormir deux heures. J'adore tout ça, me dis-je en m'assoupissant. J'adore être avec David. Par pitié, faites que cela ne s'arrête jamais.

À l'heure du déjeuner, nous allâmes faire un tour dans Amberley pour visiter l'église du village et déambuler dans le cimetière. Je lisais les épitaphes des pierres tombales. *En mémoire de Sarah Hunt... En souvenir de Richard Freeman...* Une inscription retint mon attention. *En mémoire affectueuse de William Galpin, qui a quitté ce monde le 10 mai 1873, et de son épouse bien-aimée Alice, décédée le 19 octobre 1875. Unis dans la vie pendant quarante-cinq ans, maintenant réunis jusqu'à la fin des temps.* Je fus soudain frappée par le désir morbide – mais réconfortant – d'être ensevelie un jour avec David. Pourtant, je ne le connaissais que depuis six semaines.

Nous rentrâmes à l'hôtel pour finir notre partie d'échecs puis, à quatre heures et demie, nous partîmes pour Arundel.

David installa son matériel juste au-dessous du château.

— J'utilise une focale grand-angle, expliqua-t-il, pour compenser la perspective un peu vertigineuse. La lumière est assez belle en ce moment, ajouta-t-il en clignant les yeux. Avec une belle nuance rosée dorée. Tu la vois ?

— Oui. On est encore à l'heure magique, là ?

— Presque.

Il jeta un coup d'œil dans le viseur.

— Je vais prendre mon temps. Je veux que ce soit... parfait.

Il regarda à nouveau le ciel puis se pencha une fois de plus vers l'appareil.

— D'accord, on y va.

Soudain, un vol de corbeaux s'égailla, et j'entendis le déclic de l'obturateur.

— Oui, l'entendis-je dire en cliquant encore. Oui... oui. Mon Dieu, c'était fantastique, s'exclama-t-il doucement. L'envolée des oiseaux, tout ce mouvement contre la solidité de la pierre, et ce noir luisant contre l'or.

Il prit toute une pellicule au même endroit, puis il dévissa l'appareil et nous descendîmes la colline pour trouver un autre point de vue. Je lui repassai le Polaroïd.

— Tu es une excellente assistante.

— Ça me plaît.

— Pourquoi ?

— C'est intéressant. Et tu me fais voir des choses que je n'avais jamais saisies auparavant. Comme la couleur de la lumière, par exemple. Ou la forme des nuages, ou le sens du vent.

— Pourtant, on passe beaucoup de temps à attendre, quand on fait de la photo, dit-il en regardant dans le viseur. Tu ne t'ennuies pas ?

— Non. Parce que j'attends avec toi.

Il ne me regarda pas, mais je le vis sourire.

À sept heures et demie, David jugea qu'il avait assez d'images.

— J'ai pris trois pellicules, de trois endroits différents. On va pouvoir rentrer. À quelle heure souhaites-tu dîner ?

— Je ne sais pas ? Huit heures et demie ? J'aimerais prendre un bain avant.

— Bien sûr.

De retour dans ma chambre, je commençai à remplir le jacuzzi, m'y plongeai, ajoutai un petit peu de bain moussant et pressai un bouton pour faire démarrer le remous. Ce fut un peu compliqué, parce qu'il s'agissait d'un panneau électronique avec des icônes illustrant les différentes fonctions, mais je finis par trouver la bonne. Je venais de m'allonger pour un massage des omoplates par les jets, lorsque mon téléphone portable sonna.

— Merde !

Je fermai les robinets, puis traversai la chambre pour répondre.

— Miranda !

C'était ma mère.

— C'est à propos des lamas.

— J'ai déjà parlé à Daisy de ton idée, maman. Elle réfléchit... elle te le fera savoir dans quelques jours.

— Non, ce n'est pas pour cela que j'appelle. Je voulais juste te dire que je pense avoir résolu le problème des garçons à long terme : quelque chose qui, si ça marche, devrait les employer lucrativement durant les jours de la semaine.

— Qu'est-ce que c'est ?

Lorsqu'elle me l'expliqua, je levai les yeux au ciel.

— C'est complètement fou ! Franchement, maman. Quelle idée saugrenue ! Des enterrements de vie de jeune fille, passe encore, mais ça, c'est ridicule.

— Non, je trouve que c'est une idée merveilleuse. Et ton père aussi, je dois dire, et... qu'est-ce que ce drôle de bruit que j'entends ?

— Ça ? C'est un jacuzzi.

— Mais tu n'as pas de jacuzzi.

— Je sais, mais je suis dans un hôtel.

— Lequel ?

— Amberley.

— Quoi ? Le château d'Amberley ? C'est merveilleux, ma chérie, mais pourquoi ne pas m'en avoir parlé... tu aurais pu passer me voir. Ce n'est pas loin.

— Ah. Je, euh...

Je n'avais aucune envie de lui expliquer.

— Je devais voir un client... alors tu comprends...

Je jetai un coup d'œil vers la salle de bains.

— Oh ! Merde !

— Miranda ! Miranda ?

Une marée de mousse blanche avançait sur le sol. Je fonçai vers la salle de bains où, dans le ronflement des jets du jacuzzi, les bulles continuaient à monter et à se déverser par-dessus le rebord de la baignoire, comme la mousse d'un verre de champagne trop plein. Je tâtonnai désespérément pour trouver la manette, et quand je la localisai enfin, je ne trouvai pas l'endroit où il fallait appuyer. Les jets rugissaient toujours, les bulles tombaient en cascade par-dessus bord, progressant sur le sol pour se déverser hors de la salle de bains et gagner le tapis de la chambre...

— Et merde !

Paniquée, je me mis à presser comme une folle sur la manette. En vain. Les jets continuaient de ronfler et de fouetter la mousse blanche. Je saisis une serviette, m'en enveloppai et allai frapper à la porte de David. Un moment plus tard, il parut en peignoir.

— Qu'est-ce qui se passe ?

— Le jacuzzi ! haletai-je. Je ne parviens pas à l'arrêter.

Il entra dans la chambre.

— Merde alors ! Où est la manette ?

— Là ! De ce côté !

Il tâtonna pendant quelques secondes, tandis que j'essayais en vain de repousser la progression de la mousse dans la chambre.

— Je n'arrive pas à voir... Ce n'est pas le même que le mien... et zut... Ah !

Subitement, le silence se fit. Je portai la main à ma poitrine dans une extase de soulagement.

— Dieu merci !

— Eh bien, dis donc, fit-il en contemplant la mousse luisante. Quel bordel...

— Je n'ai mis qu'un tout petit peu de bain moussant, répliquai-je, penaude.

— C'est suffisant. Tu as laissé couler sans surveiller ?

— Ma mère a appelé. Je suis désolée. Je suis tellement confuse.

— Ne t'en fais pas.

Il saisit l'autre serviette de bain et se mit à éponger le sol, tandis que je plongeais la main dans l'eau pour ouvrir la bonde.

— Désolée, répétai-je. D'habitude, je sais bien me tenir dans les hôtels.

Il me regarda et sourit. Je pris soudain conscience d'être nue sous ma serviette de bain.

— La manette est électronique, pas mécanique, alors elle est difficile à manier... Mon Dieu...

Il contempla à nouveau le marécage blanc.

— Quel bordel...

Brusquement, il se mit à rire, et moi aussi. En épongeant la mousse avec les serviettes d'appoint et le tapis de bain, nous riions tous les deux, les épaules secouées. Et, tout à coup, nos regards se croisèrent et nous cessâmes de rire. La main de David se tendit vers mon visage.

Il m'attira vers lui, sa bouche se posa sur la mienne. Je le sentais dur à travers son peignoir. Puis David tira sur ma serviette, qui tomba par terre. Je dénouai la ceinture de son peignoir, le repoussai sur ses épaules, et nous marchâmes à moitié et tombâmes vers le lit dans un enchevêtrement de membres mouillés et mousseux. Lorsqu'il fut nu près de moi, il caressa mon visage et mes seins, m'embrassa, en répétant mon nom.

— Ah, Miranda, gémit-il. Miranda.

Il se haussa au-dessus de moi et j'aperçus les cicatrices lisses et plates sur ses cuisses, où on avait dû prélever la peau pour réparer ses mains. J'avais pensé

354

ne pas le faire avant que David ne sache... qu'il sache... mais, maintenant, il était impossible d'arrêter. Il se déversait en moi, les yeux grands ouverts fixés sur les miens, jouissant dans un grand spasme tremblant.

— Miranda. Mi-ran-da, gémit-il.

12

Dimanche, je me réveillai enlacée par les bras de David. Un mince rai de lumière traversait l'interstice entre les rideaux. Je me sentais à la fois euphorique et consternée. Car j'avais précisément fait ce que je m'étais juré de ne pas faire. Mais, aujourd'hui, David allait savoir qui j'étais. Terrifiée à cette seule idée, je contemplai son visage endormi en écoutant son souffle doux et régulier. Puis ses paupières clignotèrent et s'ouvrirent.

— Miranda Sweet, sourit-il.

Il me serra si fort contre lui, que j'eus du mal à respirer.

— Tu es vraiment adorable, murmura-t-il. Je crois que je suis tombé amoureux de toi. Je n'en suis pas absolument certain, ajouta-t-il en caressant mon visage. Mais j'en suis sûr à quatre-vingt-dix-neuf pour cent.

— Seulement quatre-vingt-dix-neuf pour cent ?

Il hocha la tête.

— Moi, je suis certaine à cent vingt pour cent que je suis amoureuse de toi.

— Impossible.

— L'amour n'obéit pas aux impératifs mathématiques.

— C'est vrai.

Il fit courir sa main de mon visage à mon sein gauche, puis changea d'expression.

— C'est curieux, dit-il doucement.

— Quoi ?

— Ton cœur bat à toute vitesse. Tu n'es pas angoissée, dis ?

Si. Je suis très, très angoissée.

— Non, c'est juste l'effet que tu me fais.

Il attira ma main droite vers sa poitrine.

— Sens le mien.

Son pouls était lent, régulier et fort.

— Je me sens inattaquable, dit-il en s'étirant voluptueusement.

Il réunit les mains derrière sa tête.

— J'ai l'impression qu'aujourd'hui, rien au monde ne peut m'atteindre. Je me rappellerai très longtemps cette journée.

Oui. Tu te la rappelleras. Tu te la rappelleras toute ta vie.

Le cœur toujours battant, je me glissai hors du lit.

Je passai mon peignoir et ouvris les croisées. Dans la cour, en bas, les buis taillés projetaient de longues ombres en losange dans la lumière du matin. Deux paons blancs se pavanaient sur la pelouse ; une volée de tourterelles se réchauffaient dans une tache de soleil sur le toit voisin.

— Qu'est-ce que tu fais ? questionna David doucement. Reviens, Miranda. Reviens ici. Je veux te faire encore l'amour.

Je laissai le peignoir tomber au sol...

Plus tard, nous prîmes un bain ensemble, puis, pendant qu'il se rasait, je m'habillai et sortis Herman.

— C'est pour aujourd'hui, lui chuchotai-je tristement en traversant les douves pour aller vers le lac. C'est pour aujourd'hui.

Herman releva la tête et m'adressa un regard de sollicitude absolue.

Quand nous revînmes, David était à la réception, en train d'étudier un dépliant.

— Qu'est-ce que tu aimerais faire ? me demanda-t-il tandis que nous remontions. D'après cette brochure, nous pourrions aller à Goodwood, Parham House ou bien, et je cite, « aux charmantes villes côtières de Chichester, Worthing et... Brighton ». Brighton, répéta-t-il avec un sourire radieux. Je ne suis pas retourné à Brighton depuis quinze ans. Je n'ai jamais voulu y retourner, dit-il pendant que je plaçais Herman sur sa couverture. Après ce qui s'est passé... Pourtant, je crois que j'ai envie d'y aller. Maintenant que je t'ai rencontrée, et sachant que, toi aussi, tu y as vécu, je pense que je pourrais supporter. Allons à Brighton ce matin, répéta-t-il tandis que nous descendions prendre le petit déjeuner. J'ai une envie inexplicable de le revoir. Ça te va ?

Non, ça ne me va pas.

Je lui adressai un faible sourire.

— Oui... Ce serait très bien.

Après le petit déjeuner, nous escaladâmes les remparts en ruine pour regarder les South Downs onduler sous nos yeux jusqu'à l'horizon. Puis nous remontâmes chercher nos affaires. Je venais de boucler mon sac et j'attendais David, assise sur le lit – *David, j'ai quelque chose à te dire* – quand mon téléphone sonna. C'était Daisy.

— Ça va ? demandai-je.

— Ça... ça va.

Elle n'avait pas l'air dans son assiette.

— Qu'est-ce qui se passe ?

— C'est juste que... enfin, j'allais faire de l'ULM aujourd'hui, mais mon ami vient d'annuler, alors, je ne peux pas m'empêcher d'être assez... déçue.

— Aïe. Et quand avais-tu pris le rendez-vous ?

— La semaine dernière.

— Il a expliqué pourquoi il annulait ?

— Non. Il a juste dit que, finalement, ça ne l'arrangeait pas.

— Je suis désolée, Daisy. De toute façon, je pense que tu devrais vraiment passer ton temps libre avec Nigel.

— C'est ce que je vais faire, dit-elle. Il a décidé de ne pas travailler aujourd'hui, alors on va déjeuner avec ses copains... y compris cette saleté de Mary.

— C'est vrai que c'est une saleté. Je compatis.

— Et alors, l'hôtel est comment ?

— Le paradis. C'est un château en ruine.

— Un château en ruine, répéta-t-elle douloureusement. Comme c'est romantique.

Sa voix était tellement nostalgique.

— Et tu as parlé à David ?

Mon pouls s'accéléra.

— Non. Je vais le faire aujourd'hui. Mais pas ici. Je ne veux pas gâcher le souvenir de cet endroit sublime. Comme il veut déjeuner à Brighton, alors je vais trouver un endroit tranquille là-bas, et je lui dirai.

— Eh bien... je penserai à toi... Bonne chance. Ne t'en fais pas, Miranda. Il tient beaucoup à toi, c'est évident... Je suis sûre que tout ira bien.

Soudain, David apparut dans l'encadrement de la porte.

— Me dire quoi ? s'enquit-il tandis que je rangeais le téléphone dans mon sac à main.

Mon cœur fit un saut à l'élastique.

— Me dire que tu me trouves irrésistible ?

Je hochai la tête.

— C'est vrai. Je te trouve irrésistible. Je te trouve...

Tout à coup, je m'élançai vers lui et lui passai les bras autour du cou.

— Je te trouve tellement adorable, David, tellement beau, et je suis si heureuse de t'avoir trouvé.

Et j'ai un truc affreux, affreux à te dire maintenant. Et ça risque de tout gâcher.

Les larmes me vinrent aux yeux.

— Hé, fit-il, réconfortant. Tu ne pleures pas, dis ?

Il me dévisagea.

— Tu n'as aucune raison de pleurer.

Oh si, j'ai toutes les raisons du monde.

— Ne me dis pas que tu pleures de bonheur ?

— Si, reniflai-je. C'est pour ça.

De bonheur, et d'angoisse folle.

Il me passa un mouchoir.

— Ne pleure pas, Miranda. Allez, je t'en prie. Non... Bon, ajouta-t-il après un moment, on va se rendre directement là-bas, et on se promènera sur le front de mer. Puis on trouvera un endroit sympa pour déjeuner... Peut-être Beachy Head ?

J'acquiesçai.

— Je conduis, d'accord ?

Pourquoi ne pas lui dire maintenant ? À la seconde. Pour en finir une fois pour toutes.

— David, je...

Son téléphone portable m'interrompit.

— Ah, salut, maman.

Il retourna à sa chambre pour parler à sa mère, puis réapparut avec ses sacs.

— Désolé. En général, on bavarde tous les dimanches matin. Elle dit qu'elle adorerait faire ta connaissance.

Elle ne voudra pas. Pas quand elle saura.

Tout en traversant les villages du Sussex et les routes sinueuses frangées tour à tour de hêtres et de fougères, je ne cessais de m'imaginer la réaction de David. Brighton n'était plus qu'à quarante kilomètres : en moins d'une heure, je saurais.

Nous avions maintenant atteint les abords de la ville et traversions Hove, le long de la promenade et des hôtels. Je contemplai la mer et les voiliers blancs sur l'eau scintillante, et les baigneurs sur la plage en galets.

— Tu sais ce que je veux faire avant le déjeuner ? dit David.

Je me retournai vers lui.

— Non. Quoi ?

— Je veux te montrer où j'habitais.

Une décharge électrique me parcourut l'épine dorsale.

— Voyons si je peux retrouver la maison.

Nous dépassâmes le West Pier dilapidé, puis le Palace Pier et le Marine Parade, et il prit à gauche. Il négocia les rues de Brighton, avec leurs villas Régence peintes en rose pâle, vert et bleu, avant de grimper au-dessus de la ville.

— Egremont Palace, dit-il. C'est ça.

— Oui, c'est ça, ajoutai-je avant de pouvoir m'en empêcher.

David m'adressa un regard de vague curiosité.

— Tu as raison. Et ça, c'est l'arche du Mémorial. Mon Dieu, je me souviens de tout ! fit-il.

Nous passâmes sous l'arche pour prendre West Drive, avec Queens Park à notre droite ; les cris des enfants en train de jouer sur les balançoires résonnaient, ainsi que le « poc » sourd des balles de tennis. David roula lentement jusqu'au bout, et je vis ses mains se resserrer sur le volant lorsqu'il s'arrêta devant son ancienne maison.

— Bon sang, Miranda ! souffla-t-il.

Mon cœur battait à tout rompre.

— Ça me fait... tout drôle. En fait... c'est assez émouvant pour moi, ce petit voyage dans le passé.

Et pour moi.

Il secoua la tête et je vis les muscles autour de ses yeux se crisper.

— Tu as l'air émue, toi aussi.

Il posa sa main sur la mienne.

— Ça me touche de ta part, Miranda, mais tout cela s'est produit il y a seize ans et je m'en suis remis depuis longtemps. C'est juste que...

Il haussa les épaules.

— ... c'est le fait de revoir la maison. D'être ici, en vrai. Ça me rappelle des souvenirs... c'est tout. Nous étions assez heureux ici, jusqu'à ce que, enfin...

Il poussa un soupir douloureux.

— Jusqu'à ce que... ça. C'était agréable de vivre ici. Nos voisins étaient gentils, ajouta-t-il soudain. Les McNaught. Je me demande s'ils vivent toujours ici.

J'allais me trouver mal.

— J'aimerais bien les revoir. D'ailleurs...

Non ! Non ! Non ! Ne fais pas ça !

Sa main était posée sur la portière.

— Je vais sonner. Ça ne te dérange pas, dis ?

Si !

— Non, bien sûr, m'entendis-je articuler.

— Tu peux venir avec moi, si tu veux.

— Non !

David me regarda bizarrement.

— Enfin... non, répétai-je. Je... ne veux pas.

— Pourquoi pas ?

— Eh bien... parce que s'ils ne vivent plus ici, et qu'on soit deux sur le pas de la porte, les propriétaires actuels pourraient être intimidés.

David hocha la tête.

— C'est vrai. D'accord, reste ici. Je vais frapper, et

s'ils sont toujours là, je te ferai signe et tu pourras venir dire bonjour.

Mon Dieu, je vous en supplie – faites qu'ils soient sortis.

Je regardai David traverser la rue, le cœur battant comme une grosse caisse. Je le vis fixer un instant le numéro quarante-quatre, puis il ouvrit la grille du quarante-six, remonta la petite allée et sonna. *Faites qu'ils soient sortis. Pitié, pitié, faites qu'ils soient sortis.* Je le vis sonner à nouveau. Puis une troisième fois. Mon cœur commença à s'apaiser. David regardait maintenant la fenêtre de l'étage, puis il sonna une dernière fois, fit demi-tour et revint à la voiture.

— Ils ne sont pas là.

Merci mon Dieu.

— Ou bien ils ont déménagé. Ça va, Miranda ?

— Bien sûr.

— Tu as l'air un peu... agitée.

Je le suis.

— Mais non.

— Tu veux qu'on passe devant ton ancienne maison ? Ce n'est pas loin d'ici, pas vrai ?

— Non. C'est sur Sandown Road, mais je m'en fiche.

— D'accord, alors on n'y va pas.

Nous retournâmes sur le front de mer pour nous promener, puis nous traversâmes jusqu'au Pier avec ses kiosques clinquants.

— Nous adorions ça, expliqua David tandis que nous traversions la galerie de jeux. Michael et moi, on traînait ici quand on était gamins. Je me souviens d'une fille que je retrouvais ici. J'étais dingue d'elle, me confia-t-il en riant. C'était une étudiante française, Chantal. C'est avec elle que j'ai perdu ma virginité en 1982. Et toi, c'était avec qui ?

Jimmy. Jimmy, en mars 1987.

— Pardon, Miranda, je t'ai gênée. Oublie cette question totalement indigne d'un gentleman.

Il retira sa veste en lin.

— Il fait chaud, n'est-ce pas ? On va marcher sur la plage.

Nous marchâmes vers l'est en direction de la marina, main dans la main, la brise dans les cheveux. Il jeta un coup d'œil à sa montre.

— Il est une heure. On déjeune dans une demi-heure ? Ou tu as faim maintenant ?

Pas du tout. Je suis bien trop stressée.

— Ça va, répliquai-je.

Les galets craquaient sous nos pieds. Dans une partie assez tranquille de la plage, j'aperçus un banc vide.

— David, dis-je, on peut s'asseoir un peu ?

— Évidemment.

Nous nous assîmes côte à côte, cuisse contre cuisse, doigts entrelacés, à écouter les cris des enfants, les couinements plaintifs des mouettes qui tournoyaient au-dessus de nous et le ronflement des vagues sur les galets. Je fermai les yeux... On aurait dit une immense respiration. J'y accordai mon souffle, pour calmer mes nerfs.

C'est le moment. Maintenant.

— David, dis-je, j'ai quelque chose à te dire.

Il éclata de rire.

— Pas encore ce petit jeu. Je croyais que tu y avais renoncé.

Je fixai un bout d'algue séchée à mes pieds. Elle était noire et friable.

— Ce n'est pas un jeu. J'ai vraiment quelque chose à te dire. Quelque chose de très sérieux, à propos de moi, que j'aurais dû te dire dès que nous nous sommes rencontrés.

Son visage se crispa quand il réalisa que, finalement, je ne plaisantais pas.

— Mais si je ne t'ai rien dit, c'est parce qu'un truc complètement imprévu s'est produit. Je suis tombée amoureuse de toi. Et une fois que c'est arrivé, ça a été non seulement difficile, mais presque impossible de t'en parler. Ça me tourmente depuis le début.

David secoua la tête, ébahi.

— Tu parais tellement sérieuse, Miranda.

— C'est très sérieux.

Il cligna les yeux.

— Qu'est-ce que c'est ?

Je ne répondis rien.

— Tu as un enfant ?

— Non.

Si seulement c'était aussi simple. Je fixai les galets, en remarquant que le beige était piqueté du bleu sombre du silex.

— Tu ne peux pas avoir d'enfants ? C'est ça ? Parce que, si c'est le cas, peu importe. Il y a d'autres façons...

Je secouai la tête.

— Ce n'est pas ça non plus.

Si ce n'était que ça, ce serait tellement plus facile à dire. Derrière nous, le camion du glacier passait avec son petit jingle à la fois joyeux et mélancolique.

— Tu es malade, dit soudain David. Je t'en supplie, ne m'annonce pas que tu es malade, Miranda.

— Non, je ne suis pas malade.

Une lueur de soulagement passa dans ses yeux.

— Alors c'est quoi ? Cette chose sérieuse ?

— C'est quelque chose que j'ai fait, expliquai-je. Quand j'étais jeune. Une chose terrible.

— Ah, fit-il d'une voix sourde. Je vois.

Il se tut pendant un moment et nous restâmes assis,

à écouter les vagues se briser sur la plage, et se retirer en faisant doucement crépiter les galets.

— Drogue ?

— Non.

Je regardai la mer au loin ; un hors-bord lançait des plumeaux jumeaux d'écume.

— Tu as... dévalisé une banque ? C'est ça ? Tu as commis un crime ? Tu as été en prison ?

— Tu chauffes, lâchai-je d'un ton sinistre, sans quitter l'horizon des yeux. Quoique, non, je n'aie jamais fait de prison, j'aurais pu... et peut-être que j'aurais dû.

— Qu'est-ce que tu veux dire ?

J'inspirai puis soufflai profondément pour vider mes poumons.

— Mais de quoi parles-tu, Miranda ? Qu'as-tu fait ? *Le moment est venu. Maintenant.*

— J'ai fait du mal à quelqu'un, murmurai-je, le cœur battant.

— Tu as fait du mal à quelqu'un ? Mon Dieu... Qui ?

— Voilà... C'est ça qui est horrible...

— David ! s'exclama une voix derrière nous. David White ?

David releva la tête, puis se mit à sourire en reconnaissant son interlocuteur.

— Je ne le crois pas ! s'exclama-t-il doucement. Monsieur McNaught. Et madame McNaught. Bonjour !

— J'avais bien pensé que c'était vous, dit Bill McNaught.

Leur cocker noir était nez à nez avec Herman, et tous les deux agitaient la queue nerveusement.

— J'ai dit à Shirley « c'est le jeune David, le voisin ». Tu n'as pas beaucoup changé, mon garçon.

Il lui tendit la main.

— Ravi de te revoir.

— Moi aussi. D'ailleurs, je viens de passer par West

Drive, expliqua David. J'ai même sonné chez vous. En vain.

— Nous nous promenons toujours sur la plage dimanche matin, expliqua M. McNaught. Beau temps, mauvais temps.

— Beau temps, mauvais temps, renchérit sa femme.

— Beau temps, mauvais temps, répéta-t-il. Puis on rentre déjeuner.

À présent, à ma grande horreur, il me regardait en souriant. *Ne le dites pas ! Taisez-vous !*

— Alors je vois que vous avez retrouvé ce jeune homme.

Pendant une fraction de seconde, David absorba l'information, puis, comme au ralenti, il tourna sa tête vers moi.

— Curieux, n'est-ce pas, Shirley ? reprit joyeusement Bill McNaught. Voici Miranda. La jeune femme qui recherchait David, il y a quelques semaines.

— Ah, dit-elle, agréablement surprise. Eh bien, bonjour. Enchantée de vous connaître.

— Bonjour, fis-je faiblement.

— Alors les renseignements de Shirley vous ont bien aidée, reprit-il chaleureusement. Vous n'avez pas mis longtemps à retrouver David. Je lui ai indiqué que vous étiez photographe, expliqua-t-il à David qui me fixait, bouche bée. Nous sommes ravis d'avoir pu l'aider, Shirley et moi. Elle était très désireuse de vous retrouver, n'est-ce pas ? Il est vrai que c'est toujours agréable de retrouver d'anciens camarades d'études. Et comment va ta mère, David ? J'ai entendu dire qu'elle s'était installée à Norwich.

— Oui, fit-il faiblement.

— Pour se rapprocher de Michael et de sa famille ?

— C'est ça.

— Eh bien, je suis enchanté de vous voir ensemble,

dit-il affablement. Enfin, notre déjeuner nous attend, alors nous allons y aller. C'était très agréable de te revoir. Nos meilleurs souvenirs à ta mère et à Michael. Je suis enchanté que vous vous soyez retrouvés. Au revoir !

Je leur adressai un sourire piteux.

— Au revoir.

Nous les regardâmes redescendre le long de la plage, puis grimper les marches, avec le chien qui tirait sur la laisse. Je sentais les yeux de David me fixer avec l'intensité d'un chalumeau. Sa bouche était légèrement entrouverte.

— Qu'est-ce que c'est que cette histoire ? demanda-t-il d'une voix blanche.

Je ne répondis rien.

— Je ne comprends pas, reprit-il. Qui es-tu, Miranda ?

Qui je suis ? Bonne question.

— Et comment connais-tu les McNaught ? Et pourquoi diable leur as-tu raconté que nous étions en fac ensemble ?

Je m'effondrai sur le banc puis relevai les yeux vers lui.

— Parce que je voulais te rencontrer, voilà pourquoi. Je le veux depuis des années, mais j'avais trop peur. Et puis... il y a quelques semaines, j'ai trouvé le courage de me mettre à ta recherche. Alors je suis allée sur West Drive, et j'ai demandé à M. McNaught où tu vivais maintenant. Il ne le savait pas, mais il a promis qu'il poserait la question à sa femme, qui était absente... Comme il me demandait comment on s'était connus, je lui ai raconté qu'on avait été en fac ensemble... parce que je ne pouvais vraiment pas lui dire la vérité.

— Et la vérité, c'est quoi ? Et comment savais-tu que j'avais vécu sur West Drive ?

Ses traits commençaient à se brouiller.

— Je t'en supplie, dis-moi, Miranda ? Je ne comprends pas.

— Je sais, gémis-je. Parce que je suis déjà venue là. Il me fixa.

— Tu es déjà allée chez nous ? répéta-t-il faiblement. Mais comment ?

Je ne répondis rien.

— Tu connaissais Michael ? demanda-t-il. C'est de ça qu'il s'agit ? Tu as eu une histoire avec Michael, mais tu ne voulais pas m'en parler ?

Je secouai la tête.

— Non, non. Je ne l'ai jamais rencontré.

— Alors comment m'as-tu connu ?

— Parce que... parce que... depuis seize ans, toi et moi, on est reliés par une chose affreuse, sans que tu le saches... Mais aujourd'hui, je vais te confier ce que c'est.

Et, enfin, je le lui dis.

Quand j'eus terminé, David était trop stupéfait pour parler. Son visage était aussi livide que les galets en craie à nos pieds.

— C'était moi, dis-je, sanglotant doucement. C'était moi. Moi qui ai fait ça. Je ne savais pas ce que c'était. Je croyais sincèrement qu'il s'agissait d'une cassette vidéo... parce que c'est ce que Jimmy m'avait dit. Mais ce n'était pas une cassette... c'était un colis piégé... et c'est toi qui l'as ouvert, et tu as été blessé, et je suis très, très désolée.

— Je...

Les mots lui manquaient. Son visage était déformé par la douleur.

— Je veux juste te dire que tout ce que tu as souffert, je l'ai souffert aussi. Je souffre depuis seize ans parce que je n'ai jamais... jamais oublié. Je porte ça avec moi comme un gigantesque boulet. Ça m'a écrasée.

— Tu aurais dû en parler à quelqu'un.

— Je sais. J'avais tellement peur d'aller en prison. C'est ce que Jimmy a dit. J'avais seize ans, j'étais sous son emprise, et j'avais tellement peur... alors je me suis tue. Cependant, il y a quelques semaines, par hasard, je l'ai revu... et c'est ce qui a permis de rompre la paralysie morale qui me handicape depuis si longtemps.

David me regardait fixement, muet. J'avais l'impression d'avoir été transformée en monstre hideux – un mélange de gorgone et de harpie.

— Alors c'était toi ? murmura-t-il.

Il secoua la tête, comme pour repousser l'idée.

— Toi ? répéta-t-il.

Je hochai la tête.

— C'est toi qui es responsable de ce qui est arrivé ce jour-là ?

Responsable ?

— Indirectement, sanglotai-je. Oui. C'est moi. J'ai été tellement... horrifiée quand j'ai su. J'ai entendu des femmes en parler à l'arrêt de bus. C'est comme ça que j'ai appris. Alors j'ai couru jusque chez Jimmy et je l'ai accusé, mais il m'a répondu que j'irais en prison si jamais je parlais à qui que ce soit. Et je l'ai cru. Alors je n'ai rien dit.

— Tu t'es tue pendant toutes ces années ?

— Oui. Par peur et par lâcheté. Et puis, il y a six semaines, j'ai résolu d'être enfin courageuse et de te retrouver... si c'était possible... et de te dire la vérité. Mais ça a été tellement dur, David.

Je sentis une larme brûlante sillonner ma joue et un goût salé s'infiltrer entre mes lèvres.

— Parce que tu avais toujours peur ?

— Oui. Mais surtout, à cause de ce que j'éprouvais

pour toi. Cela ne faisait qu'empirer les choses. Chaque fois que j'essayais de te parler, les mots mouraient sur mes lèvres.

David ne me regardait plus. Il fixait la mer, en clignant lentement les yeux, comme s'il commençait enfin à saisir ce que je lui disais.

— Alors ce n'était pas un jeu.

— Non.

— Tu avais vraiment une confession horrible à me faire.

Je hochai la tête.

— J'ai tant de fois essayé de te parler. Mais, chaque fois, le courage me manquait, et puis tu t'es mis à plaisanter là-dessus, ce qui rendait les choses encore plus difficiles.

Il resta muet, puis tourna vers moi un regard de tristesse indicible.

— Je ne sais pas qui tu es, murmura-t-il. Je croyais le savoir. Je ne sais plus. Je ne te connais pas du tout. Maintenant, j'ai l'impression que tu es une étrangère.

Mon cœur se serra.

— Tous ces mensonges, reprit-il. Tes mensonges aux McNaught sur la façon dont on se serait connus. La manière dont on a fait connaissance. Mais Lily t'a trahie, pas vrai ? Le week-end dernier... Ça a dû être gênant pour toi, cette rencontre au zoo. Elle a laissé échapper que c'était toi qui avais souhaité que je te prenne en photo, pas elle.

Je hochai la tête.

— Tu as prétendu que c'était parce que tu avais admiré une de mes photos dans le *Guardian*. C'était faux, n'est-ce pas ?

— C'était vrai ! protestai-je. J'admire ton travail. Et si j'ai demandé à Lily que ce soit toi, c'était parce que j'avais appris grâce à Bill McNaught que tu étais devenu photographe. Alors je t'ai trouvé grâce à l'Association des photographes et j'ai cherché une façon de te rencontrer ; puis Lily m'en a procuré l'occasion.

Il secoua à nouveau la tête.

— J'ai l'impression d'avoir été... traqué comme un gibier. Pourchassé.

La nausée me gagnait.

— Pas étonnant que tu aies été aussi bizarre quand nous nous sommes vus pour la première fois. Je comprends à présent. C'était à cause de ce que tu avais fait. C'est pour ça que tu m'as posé toutes ces questions incongrues, sur l'endroit où j'avais grandi et où mon père travaillait...

— Je n'avais pas compris qu'il s'agissait de toi. À cause de ton accent américain, j'ai supposé que tu n'étais pas le bon David White. Mais lorsque tu es arrivé, j'ai tout de suite su que c'était toi.

— À cause de mes cicatrices.

— Oui.

Je jetai un coup d'œil à ses mains, fermement posées sur ses genoux, comme s'il luttait contre la douleur.

— J'étais tellement... sous le choc, poursuivis-je. Mais j'étais aussi bizarre parce que je me rendais compte, au même moment... pendant ces premières minutes, que tu me plaisais beaucoup. J'étais bouleversée.

— Et c'est pour cette raison que tu m'as invité à prendre un verre ?

— Oui. Parce que je voulais te parler tout de suite. Mais je ne savais pas comment entamer une conversation aussi terrible. Alors j'ai décidé de te rappeler peu après et de trouver un prétexte pour te revoir... À mon grand étonnement, c'est toi qui as téléphoné le premier. Et nous sommes allés dîner.

— Nous sommes allés dîner, répéta-t-il, tandis que

je voyais des larmes perler à ses paupières. Et nous sommes allés dîner.

— Oui, lâchai-je, la gorge nouée.

— Je ne savais pas qui tu étais..., grinça-t-il.

Je vis ses lèvres trembler.

— Non. J'avais l'intention de te l'avouer ce soir-là, mais dans le restaurant, c'était impossible. Et puis j'ai essayé de te le dire dans la chambre noire, mais... je n'ai pas pu. Je le souhaitais, mais en même temps je le redoutais, parce que tu me plaisais tant... Le courage m'a manqué. Une fois de plus.

— C'est drôle, fit-il en déglutissant. Ta sollicitude à propos de ce qui m'était arrivé m'a étonné. Je trouvais ta compassion vraiment touchante. Comme si cela t'affectait personnellement. Maintenant, je sais que c'était le cas... mais pour d'autres raisons... différentes de celles que je m'imaginais. Quelle ironie du sort ! ajouta-t-il amèrement. Je trouvais ta sensibilité très émouvante. En fait, ce n'était que de la culpabilité.

— Oui. C'était de la culpabilité. C'était horrible... c'est horrible... de voir ce qui t'est arrivé, en connaissant ma part de responsabilité.

— Ah, fit-il en hochant la tête. À présent, je comprends tes questions concernant mon attitude envers la personne qui avait fait ça. Comme c'est étrange... Je t'ai répondu que j'aimerais rencontrer cette personne. Que j'aimerais me retrouver face à elle. (Il me regarda.) Alors que je l'étais depuis le début.

Il se détourna vers l'horizon.

— Tu voulais savoir si je pourrais jamais pardonner à cette personne... Maintenant, je comprends que c'était par intérêt personnel.

— C'est vrai. Je voulais t'entendre dire que tu pourrais me pardonner, parce que je savais déjà que j'étais amoureuse de toi.

— Tu le savais, Miranda ?

— Oui.

— Tu en es sûre ?

— Bien sûr, que j'en suis sûre.

— Je ne crois pas que ce soit vrai.

— *C'est* vrai !

— Non. Tu as simplement confondu amour et culpabilité. C'est ça que tu as éprouvé pour moi ces dernières semaines. Tu compensais le mal que tu m'avais fait. Et je suis à peu près certain que ce n'est pas de l'amour.

— *C'est* de l'amour.

— Comment le sais-tu ?

— Parce que je le sais.

— Mais comment ?

— Parce que hier, quand nous étions dans le cimetière d'Amberley, j'ai tout à coup compris que j'aimerais être enterrée avec toi. C'est comme ça que je le sais ! Tu dois me croire, David.

— Non, soupira-t-il. C'est là que tu te trompes. Je n'ai pas à te croire.

— Je dis la vérité !

— Comment pourrais-je le savoir ? Tu es une menteuse professionnelle.

— Non..., pas vraiment.

— Si, tu l'es... toi et tous tes subterfuges !

— J'y étais obligée !... Pour te retrouver, pour apprendre à te connaître... En réalité, je ne suis pas du tout comme ça, même si je sais que ça n'est pas bien, et que je t'aie induit en erreur...

— Tu peux le dire ! Combien de mensonges, pour en arriver ici, Miranda ? J'en ai presque de la peine pour toi. Garder la face, éviter d'être démasquée... ça a dû être épuisant... Mais, Miranda, il y a quelque chose de plus important que tout le reste... comment puis-je être certain que tu ignorais, en toute bonne foi, que cette cassette vidéo n'en était pas une ?

Mon corps se glaça.

— Parce que c'est la vérité. Je n'en avais absolument aucune idée. Si je l'avais su, jamais, ô grand jamais, je n'aurais porté le paquet, même si j'étais amoureuse.

— Tu t'es peut-être tout simplement persuadée de cela.

— Non, c'est la pure vérité. Je croyais Jimmy... parce que je n'avais aucune raison de ne pas le croire. Il n'avait jamais commis de tels actes auparavant.

— Aujourd'hui c'est normal que tu dises ça, n'est-ce pas ?

Je le fixai, désespérée.

— Comment est-ce que je peux savoir, vraiment ? continua-t-il. Il est parfaitement possible que ce... Jimmy et toi ayez visé mon père, ensemble, pour des raisons aberrantes. Et, là, seize ans plus tard, tu préfères te faire passer pour sa dupe innocente.

— C'est exactement ce que j'étais ! C'est pour cette raison que Jimmy m'a demandé, à moi, de porter le colis. Parce qu'il était trop lâche pour le faire lui-même.

David me considéra avec attention, puis se détourna à nouveau vers la mer, l'air pensif.

— Le colis a été glissé à travers la porte très tôt le matin. Ce qui laisse croire que tu craignais d'être aperçue.

— Évidemment. Parce que je ne voulais pas être traînée devant les magistrats pour avoir diffusé de la propagande pour la défense des animaux, comme je le croyais. Je savais que c'était du harcèlement – mais j'étais persuadée que c'était justifié, à cause de ce qu'on faisait aux animaux de laboratoire ; et parce que j'ai cru les mensonges de Jimmy sur ton père.

— Alors tu t'es levée de bonne heure, exprès pour livrer le colis.

— Non, je... non, soupirai-je. Ce n'est pas comme ça que cela s'est passé. J'étais... j'étais amoureuse de Jimmy. Je te l'ai déjà dit. Et cette nuit de mars... cette nuit, je l'avais passée dans son appartement d'East Street. Et, pour la première fois, nous avions...

— Épargne-moi les détails, grommela-t-il.

— C'était un truc énorme pour moi, murmurai-je. Je n'avais jamais couché avec un homme... j'étais folle de Jimmy jusqu'à l'obsession... Et, pour moi, c'était la preuve qu'il m'aimait. Alors cette nuit-là, je suis restée chez lui. Mais comme je craignais que ma mère remarque mon absence, je savais que je devais retourner dans ma chambre avant qu'elle se lève... Et comme elle se levait très tôt à cause de mes petites sœurs, j'ai quitté l'appartement de Jimmy vers cinq heures du matin. Au moment où je partais, il a pris un colis sur la table d'entrée – maintenant que j'y pense, il traînait là depuis un bon bout de temps – et il me l'a remis, en me priant de le livrer chez le professeur White. Comme je m'étonnais qu'il me le demande, à moi, il a répondu que c'était parce que West Drive était sur mon chemin... ce qui était exact. Alors j'ai accepté.

— Et tu ne l'as pas interrogé sur le contenu du paquet ?

— Si. Il m'a déclaré que c'était une vidéo antivivi-section sur les singes, parce que ton père faisait des expériences neurologiques.

David gémit tout bas et secoua la tête.

— Et je l'ai cru. Jimmy était un homme de paix. Un héros, un militant des droits des animaux, qui avait publiquement dénoncé les actions violentes... Personne n'aurait imaginé qu'il soit un extrémiste. Je n'avais aucune raison de douter de lui... En plus, je tenais à l'impressionner, alors j'ai accepté. Il m'a dit que ça donnerait « un choc » à ton père. C'est seulement le lendemain, quand j'ai découvert la vérité, que j'ai compris ce que « choc » signifiait.

— Tu étais à vélo, n'est-ce pas ?

— Oui.

— C'était donc toi, la silhouette féminine aperçue par le laitier ?

Je hochai la tête.

— Et merde ! C'était toi.

Il passa la main dans ses cheveux.

— Eh bien, merci de m'avoir tout avoué, Miranda. Combien de temps as-tu mis ? Six semaines ? À présent, j'aimerais te demander quelque chose.

Mon cœur se serra.

— Qui est Jimmy ? (Il se tourna vers moi.) Qui est-il ? J'aimerais savoir son nom, et ce qu'il fait dans la vie. Tu l'as revu récemment, alors tu peux me le dire.

— Impossible, fis-je, désespérée.

— Tu le peux.

— D'accord, je peux... je pourrais. Mais je ne veux pas.

— J'ai le droit de savoir.

— C'est vrai. Mais j'ai aussi le droit de ne pas te le dire. Je suis vraiment désolée, David. J'aimerais te le dire mais dans cette histoire, c'est de moi qu'il s'agit. Pas de Jimmy. Trahir Jimmy – malgré l'horreur qu'il m'inspire – me donnerait l'impression d'être fourbe et méchante. En plus, je connais sa femme... Et je suis certaine qu'il n'a plus rien fait d'horrible depuis. Il ne menace plus personne.

— Alors pourquoi a-t-il fait cela autrefois ?

— J'aimerais bien le savoir ! Il ne m'a jamais donné d'explications. Je ne l'avais revu qu'une fois... le lendemain. Puis, peu de temps après, j'ai appris qu'il avait quitté Brighton, et par la suite nous n'avons plus eu de contact.

Nous restâmes assis un temps, à écouter les cris des mouettes suspendues au-dessus de nos têtes.

— Comme c'est étrange ! reprit David au bout d'un moment. Toi et moi, de part et d'autre du même événement terrible.

— Oui, murmurai-je. Au cours des seize dernières années, j'ai tellement pensé à toi. J'essayais d'imaginer ce qui t'était arrivé. Si tu avais été grièvement blessé. Tout ce que je savais, c'était ce que j'avais lu dans les journaux le lendemain. J'étais tellement malheureuse, David... Tout ça m'a causé un choc terrible.

— C'est ce que tu dis.

— Parce que c'est vrai ! J'ai écrit tant de lettres, dans lesquelles je te racontais toute l'histoire et te demandais pardon. Mais je les déchirais toujours, parce que j'étais terrifiée à l'idée que tu avertisses la police ; que ma vie soit détruite.

— Pauvre Miranda, fit-il. Misérable Miranda...

Une étincelle d'espoir s'alluma dans mon cœur.

— Je suis vraiment désolé pour toi. Vraiment. Peut-être dis-tu la vérité... (Il haussa les épaules.) Je ne sais pas. Tout ce que je sais, continua-t-il en se levant, c'est que nous n'allons pas déjeuner ensemble. On peut retourner à la voiture ?

— Pourquoi ?

— Je veux reprendre mes affaires. Je vais rentrer en train à Londres.

— David, je t'en supplie, ne pars pas ! On peut en parler autant que tu le désires, mais, je t'en supplie, ne pars pas comme ça... Pas maintenant.

— Il n'y a rien d'autre à ajouter. Tu m'as enfin avoué la vérité. Je n'ai pas envie d'être avec toi, Miranda. Pas à cause de mes blessures. Pas même à

379

cause des conséquences qu'elles ont eues sur ma vie. Mais parce que cette bombe était destinée à tuer mon père. Alors excuse-moi si je n'ai pas très envie de fraterniser avec la femme qui l'a glissée sous la porte.

Il reprit sa veste.

— Je n'ai... plus les mêmes sentiments pour toi, à présent. Je n'ai plus confiance. Tu m'as dit, quand nous jouions aux échecs, que la pensée stratégique n'était pas ton point fort... mais je crois que si. Je te soupçonne même de m'avoir manipulé pour que je tombe amoureux de toi, dans le but d'obtenir mon pardon. Eh bien, je ne te pardonne pas. Et même si... je suis tombé amoureux de toi, ces sentiments s'adressaient à une autre... celle que j'imaginais être toi. Bon, on peut aller prendre mes affaires, maintenant ?

Nous marchâmes en silence jusqu'à la voiture. J'ouvris le coffre, il en tira son sac de voyage, son sac de photographe et le trépied. Puis il tourna les talons et s'en alla tandis que je restais plantée là, à fixer sa silhouette qui s'éloignait, jusqu'à ce qu'elle soit floue, qu'elle ne devienne qu'un point, puis une poussière, puis plus rien.

13

— J'aurais préféré qu'il se mette en colère contre moi, sanglotai-je à Daisy lorsque je rentrai à Londres. Mais il était trop secoué.

— Pauvre Miranda, dit-elle. J'avais vraiment cru qu'il le prendrait mieux que ça.

— Enfin... c'est un truc tellement énorme. Je n'avais aucune idée de la façon dont il réagirait. J'espérais juste qu'il le supporterait... Apparemment, c'était illusoire.

— Qu'est-ce que tu as fait quand il est parti ?

— Je suis restée assise à pleurer pendant une heure dans la voiture. Puis je suis allée voir ma mère.

— Tu ne lui as rien dit ?

— Non. Elle a vu que j'étais bouleversée, mais elle a pensé qu'il s'agissait d'Alexander et je ne l'ai pas détrompée. Mon père était là, lui aussi.

— Vraiment ?

— Ils déjeunaient.

— Bon sang !

— Je sais, dis-je tandis que je me calmais. Très courtoisement. Mais ils ont un projet dément pour les lamas... totalement insensé.

— Quoi ?

J'essuyai mes yeux.

— C'est tellement dingue que cela me gêne de te le

dire... Enfin, ils étaient en train de discuter de ça. Je suis restée environ une heure, puis je suis rentrée à Londres.

— Aucun message de David ?

— Non. Je savais qu'il n'appellerait pas.

— Et qu'est-ce que tu vas faire ?

Ce que je vais faire ?

— J'aimerais bien le savoir, Daisy. Je suis si malheureuse.

— Qu'est-ce que tu veux faire ?

— J'aimerais juste convaincre David que je dis la vérité. Mais, maintenant, il me croit manipulatrice et menteuse... ce que j'ai été.

— Seulement parce que tu y étais contrainte.

— Je sais. Malheureusement, il a l'air de penser que je suis tout le temps comme ça.

— S'il te connaissait bien, il saurait que non.

— C'est justement le problème. Il me connaît depuis à peine deux mois. Je ne pouvais pas lui parler avant, Daisy. J'ai essayé, mais j'en étais incapable... Et maintenant, je me suis fourrée dans cet horrible pétrin. David pense aussi que mes sentiments pour lui ne sont pas authentiques, qu'il s'agit de culpabilité, pas d'amour.

Daisy hésita.

— Il y a du vrai là-dedans ?

— Non. Je suis tombée amoureuse de lui parce que je suis tombée amoureuse de lui. L'amour ne naît pas de la mauvaise conscience – contrairement au ressentiment.

— C'est vrai. Et j'imagine qu'il a voulu connaître l'identité de Jimmy ?

— Oui, mais je n'ai rien révélé. Même si Jimmy a été ignoble, j'ai le sentiment que... ce serait mal. Et puis de toute façon, Jimmy n'a rien à voir avec moi dans tout ça.

— Mais pour David, ça compte.

Je soupirai.

— Je sais. Mais tant pis. David a aussi voulu savoir ce qui avait motivé Jimmy... évidemment... Là, je n'ai pas pu lui répondre, parce que moi-même, je l'ignore.

— Alors je crois vraiment que tu dois le découvrir, Miranda. Parce que, si tu arrivais à le dire à David, ça l'aiderait. Il doit être très mal, tu sais.

— Oui. Il est très mal. D'ailleurs, il a pleuré, Daisy.

Ma gorge se serra douloureusement.

— Bien... je n'en suis pas étonnée. Tout ça lui a sauté au visage pour la seconde fois, sans toutefois qu'il puisse tourner la page. Il souffre parce qu'il revit toute cette histoire, sans pouvoir y mettre un terme... en plus, il vient d'apprendre que tu étais impliquée. Tu dois absolument découvrir pourquoi Jimmy a fait ça, insista-t-elle.

— Mais comment ?

— Eh bien... pose-lui la question.

— Quoi ? Poser la question à Jimmy ? Comme ça ?

— Oui.

— Il ne dira rien. C'est trop dangereux.

— C'est aussi dangereux que de se taire.

— Où veux-tu en venir ?

— Je veux dire que tu pourrais, enfin... le menacer. Non ?

Je la fixai.

— Quoi ?

— Écoute, Miranda, Jimmy n'est peut-être pas quelqu'un de nuisible, mais le fait est qu'il y a seize ans il a commis un acte très répréhensible. Et comme il t'a impliquée malgré toi, il te doit au moins une explication. Je te suggère d'exiger un rendez-vous avec lui, et ensuite, annonce-lui que tu as tout avoué à David.

— Il va complètement péter les plombs !

— En effet. Depuis toutes ces années, il compte sur ton silence. À présent tu as rompu ce silence... Mais dis-lui que tu n'as pas révélé son identité à David. Et précise-lui que tu ne le feras pas, si – et seulement si – il accepte de s'expliquer.

— Mais c'est du chantage, Daisy.

— Oui !!!!

Ce soir-là, j'écrivis une lettre à David pour répéter tout ce que je lui avais dit à Brighton. Quand je l'eus postée, je décidai de suivre les conseils de Daisy. J'allais voir Jimmy... dès demain. Je n'appellerais pas. J'irais simplement à la Chambre des députés – elle est ouverte au public – et j'attendrais dans le hall aussi longtemps qu'il faudrait. Le Parlement était en vacances, mais les députés travaillaient toujours, et Jimmy était ambitieux. Il ne se tournait sûrement pas les pouces. Et s'il était en déplacement ? Je consultai son site web. On y indiquait qu'il partait en vacances en Écosse pendant deux semaines, à partir du 16 août... Il devait donc être à son bureau. Mais Herman ? Je ne pouvais pas l'emmener, et je ne pouvais pas le laisser pendant de si longues heures. J'appelai Daisy et elle accepta de le prendre avec elle au travail.

— J'arrive tôt demain, viens à neuf heures. Je suis si contente que tu le fasses, Miranda. Il n'y a pas que David qui ait besoin de savoir... Toi aussi.

Oui, songeai-je, malheureuse. J'ai besoin de savoir.

Le lendemain matin je me levai tôt, passai une tenue chic puis traversai le pont avec Herman pour prendre le métro jusqu'à Tottenham Court Road. Daisy m'accueillit à la réception.

— Mon Dieu, qu'est-ce que tu es pâle. Tu n'as pas dormi ?

Je secouai la tête.

Je lui remis Herman, puis elle me passa un objet.

— Glisse-le dans ton sac, chuchota-t-elle. Je crois que tu le trouveras utile. C'est très facile d'emploi... et discret.

— Ce n'est pas illégal ?

— Je ne sais pas au juste. En revanche, je sais que d'envoyer des colis piégés, ça l'est ! Jimmy refusera peut-être de te recevoir, reprit-elle. Mais, s'il accepte, j'ai pensé qu'il serait utile d'enregistrer la conversation. Quant à le persuader de te parler, imagine que c'est un chien difficile et dominateur que tu dois mater. Prends un journal roulé si tu penses que c'est nécessaire. Je te souhaite bonne chance !

Puis elle me serra dans ses bras et repartit.

Je pris le métro à Charing Cross et descendis Whitehall à pied jusqu'à Westminster. En voyant Big Ben marquer la demi-heure, mon rythme cardiaque se mit à accélérer. J'étais à la fois malade de peur et malheureuse à cause de David. Mais il fallait que je le fasse. Pour lui. Je franchis l'attroupement de touristes à la porte St. Stephen's, les genoux tremblants. Comme je m'y attendais, le filtrage de sécurité était rigoureux.

— Qui venez-vous voir ? demanda l'agent de sécurité à l'entrée.

— James Mulholland.

— Il vous attend ?

— Oui, mentis-je.

— S'il vous plaît, videz vos poches et passez votre sac à main dans le détecteur.

Tout en traversant le portique électronique, je vis le minuscule magnétophone très nettement sur l'écran, mais cela ne sembla gêner personne ; ils pensaient sans doute que j'étais journaliste. Puis je pris mon sac et parcourus le couloir dallé de pierre, par-delà Westminster Hall, jusqu'au Central Lobby.

— J'aimerais voir James Mulholland, annonçai-je, avec autant d'assurance que possible, même si mes genoux tremblaient.

— Vous avez rendez-vous ? demanda l'huissier.

— Oui.

— Puis-je vous demander votre nom ?

Je le lui dis.

— Un instant, s'il vous plaît.

Il composa le numéro, mais n'obtint pas de réponse.

— Son poste est sur répondeur actuellement. Asseyez-vous, je vous prie, et je réessaierai dans quelques minutes.

Un quart d'heure plus tard, je m'approchai du bureau tandis que l'huissier tentait à nouveau de joindre Jimmy. Cette fois, il eut quelqu'un.

— Sa secrétaire me répond qu'elle n'a aucun rendez-vous à votre nom.

— Puis-je lui parler, s'il vous plaît ?

Il me passa le combiné.

— M. Mulholland ne sera pas là avant dix heures trente, expliqua-t-elle. Mais de toute façon, je n'ai aucune note vous concernant dans son agenda. Puis-je vous demander de quoi il s'agit ?

— C'est au sujet de... l'université de Sussex, dis-je. M. Mulholland doit avoir oublié de vous en informer. Si vous le prévenez que Miranda Sweet voudrait lui parler d'urgence à propos du laboratoire de biochimie de l'université de Sussex, je crois qu'il comprendra.

— Je le ferai, mais je crois qu'il est très pris ce matin. S'il décide qu'il a le temps de vous recevoir, j'appellerai.

— Merci.

Je poussai un soupir de soulagement.

Tout en patientant, j'examinai autour de moi le hall octogonal avec son plafond voûté. Il y avait plusieurs groupes d'étudiants étrangers, et quelques employés polissaient le sol en mosaïque. À dix heures quarante-cinq, toujours pas de nouvelles. Puis à onze heures dix, j'entendis mon nom.

— Miss Sweet, répéta l'huissier tandis que je me précipitais vers le bureau. Veuillez inscrire vos nom et coordonnées ici, puis on vous conduira au bureau de M. Mulholland.

J'inscrivis mon nom dans le registre d'une main tremblante, puis suivis un autre huissier dans le couloir à moquette verte, escaladai trois étages et me retrouvai devant une lourde porte en chêne. Le nom de Jimmy y était inscrit. Je frappai et entrai.

Sa secrétaire, une femme à la cinquantaine avenante, était assise à un bureau. Derrière une autre porte, je pouvais voir Jimmy. Il était au téléphone.

— Oui, l'entendis-je dire. Je suis d'accord, ça devrait être ajouté au cursus national. Bien entendu.

Lorsqu'il s'aperçut de ma présence, il mit poliment un terme à la conversation. Quand il s'avança vers moi, avec sa démarche un peu chaloupée, il me parut calme et serein. Je perçus néanmoins une étincelle d'anxiété dans son regard.

— Bonjour, Miranda, fit-il d'un ton affable. Je suis ravi de te voir. Tu veux un café ?

— Oui, s'il te plaît.

Je regardai autour de moi. Il y avait des dossiers, deux paysages assez beaux, une horloge élégante et la même photo de mariage que j'avais vue chez lui.

— J'aimerais un café aussi, je vous prie, Sarah, dit-il à sa secrétaire. D'ailleurs, ajouta-t-il tandis qu'elle versait, je me demandais si vous pouviez me rendre un immense service, en allant me chercher un sandwich... Je n'ai pas pris de petit déjeuner ce matin.

— Bien sûr, dit-elle en me remettant la tasse. Qu'est-ce qui vous ferait plaisir ?

— N'importe quoi. Ça m'est égal.

Il lui remit un billet de dix livres, puis m'indiqua le grand fauteuil en cuir rouge sombre, face à son bureau. Il attendit que la porte se soit refermée, puis son expression se durcit.

— Bon, dit-il. Qu'est-ce que c'est que cette histoire ?

Je posai le café. Je n'en voulais pas.

— J'ai tout raconté à David White.

Les yeux gris de Jimmy s'écarquillèrent un instant, puis sa bouche se pinça jusqu'à ne former qu'une mince ligne blanche.

— Je lui ai tout dit, répétai-je. Il sait.

— Espèce. De. Connasse, dit-il posément.

Il secoua la tête, outragé.

— Et pourquoi es-tu allée lui raconter ça ?

— Pour la simple raison que cela me tourmente depuis seize ans.

— Tu aurais dû oublier ! Je te l'ai dit à la fête !

— Je sais, mais je n'ai aucun ordre à recevoir de toi. Je voulais arranger les choses... Je l'ai toujours voulu. Alors j'ai décidé d'essayer de retrouver David.

— Tu es partie à sa recherche ? s'étonna-t-il.

— Oui.

— Tu veux dire que tu as délibérément fait remonter tout ça à la surface, alors que tout était mort et enterré ?

— Pas pour moi.

— Est-ce que tu mesures le tort que tu pourrais nous causer... à toi et à moi... si jamais cela s'ébruitait ?

Je hochai la tête.

— Oh oui. Je m'en rends parfaitement compte.

388

Il se leva et marcha vers la fenêtre. Je voyais les muscles de sa mâchoire se tendre.

— Tu veux de l'argent, Miranda ? C'est ça ? s'enquit-il posément.

— Ne sois pas obscène.

Il se retourna pour me regarder droit dans les yeux.

— Alors qu'est-ce que tu veux ? Quelle est ta véritable motivation... si ce n'est de vouloir me nuire ?

— Ce n'est pas du tout la raison. Je veux la justice pour David. Sa vie a été brisée ce jour-là. À cause de toi. Et chaque fois qu'il regarde ses mains, il se souvient de ce qui s'est passé.

Il y eut un moment de silence. Jimmy déglutit.

— Et tu lui as donné mon nom ?

Je me contentai de le regarder, de le faire languir, pour savourer son angoisse.

— Tu l'as fait ? insista-t-il.

Il me lança un regard noir, en se dandinant d'un pied sur l'autre.

— Non.

Son visage s'affaissa presque de soulagement.

— Il m'a posé la question, bien entendu, mais j'ai décidé que, pour l'instant, je ne lui dirais rien.

— Alors tais-toi ! Ferme ta gueule, je te le répète une dernière fois !

— Ce que je lui ai dit, repris-je très calmement, c'est que même si j'ai livré la cassette vidéo, je n'avais aucune idée de ce qu'elle contenait vraiment. Ce qui est la vérité, n'est-ce pas ?

Il y eut un autre silence.

— Oui, concéda-t-il. C'est vrai.

Je sentais les vibrations du minuscule magnétophone et priai pour qu'il fonctionne correctement.

— Tu m'as dupée pour que je participe à un acte qui aurait pu causer la mort de David, de son père, de sa mère ou de son frère. Et maintenant je vais t'en demander la raison. Tu as trois minutes avant le retour de ta secrétaire, Jimmy, alors je te conseille de parler tout de suite.

— Cesse donc de m'appeler Jimmy. Je m'appelle James, grogna-t-il. D'ailleurs, je vais appeler la sécurité pour qu'on te jette dehors.

— Si tu fais ça, j'alerte les journaux.

— Ils ne pourront pas publier ça.

— Et pourquoi donc ?

— Parce que je leur collerai un procès en diffamation... voilà pourquoi. J'en ai les moyens, Miranda... et je gagnerai.

— Alors, tu seras traîné dans la boue, Jimmy. Imagine les gros titres. Ça te collera aux basques jusqu'à la fin de tes jours.

— Ce sera ta parole contre la mienne. La parole d'une femme qui était folle de moi... et qui, en outre, était bien connue des services de police pour ses petites aventures sur le front de la défense des animaux. Personne ne te croira, Miranda, reprit-il sans se laisser ébranler. Tu n'arriveras qu'à te détruire toi-même. Au fait, j'ai conservé toutes tes lettres.

Mon cœur se serra.

— Ça ne m'étonne pas de toi.

— Eh bien je m'étais dit – et j'avais raison – que tu pourrais me causer des ennuis un de ces jours. Ces lettres prouvent à quel point je t'obsédais.

— Oui, c'est vrai. Et j'en ai honte.

— Maintenant que tu m'as revu, que tu as pu constater ma réussite, mon bonheur en ménage, tu as décidé de te venger... C'est exactement ce que l'on pensera de toi quand mon avocat en aura fini avec toi. Que tu es une femme amère, frustrée, qui veut détruire un homme de bien.

— Je m'en fous. La seule chose qui m'importe, c'est que David sache la vérité. Alors, aujourd'hui, je veux que tu m'expliques. Et si tu refuses, je vais appeler David sur mon portable, là, maintenant, et je lui révélerai ton identité.

Je sortis le téléphone de mon sac à main.

— Une fois qu'il la connaîtra, David aura parfaitement le droit d'aller à la police, et tu risques de te retrouver au cœur d'un procès retentissant. David a droit à un dédommagement pour ses blessures, et il pourrait très bien l'exiger.

Le visage de Jimmy avait viré au gris.

— Toi aussi, tu seras traînée dans la boue, marmonna-t-il. Ta carrière à la télé sera finie.

— Je sais. Mais j'en prends le risque.

— Je ne comprends toujours pas, geignit-il. Pourquoi es-tu allée rechercher ce type ?

— Je te l'ai déjà expliqué : je ne veux plus vivre avec cette culpabilité... Et si tu ne me dis pas dans les deux prochaines minutes pourquoi tu as visé Derek White, Jimmy, j'appelle David.

— Je te répète que je m'appelle James, siffla-t-il. James Mulholland... compris ?

— Désolée. J'ai du mal à retenir ce nom, parce que quand je t'ai rencontré, tu étais tout bêtement Jimmy Smith. Surtout, tu étais un militant pour la défense des animaux qui déplorait la violence. Quoique... maintenant que j'y repense... Je me souviens de ce que tu répétais : que la violence était inacceptable parce qu'elle « faisait de la mauvaise pub au mouvement pour les droits des animaux »... pas parce que c'était mal. Même là, je n'avais aucune idée de ce que tu étais capable de faire. Peut-être que tu avais déjà commis de tels actes, d'ailleurs...

— Non, dit-il soudain.

Il se rassit.

— Je ne l'avais jamais fait.

— Alors pourquoi cette fois-là ?

Un muscle, à la commissure de ses lèvres tressauta.

— Pourquoi as-tu essayé de tuer Derek White ?

— Je n'essayais pas de le tuer, gémit-il, en baissant la tête. Je voulais juste... lui faire peur. Il avait été tellement salaud avec moi, après tout.

— Ah bon ?

— Oui, dit-il, furieux.

J'eus soudain la chair de poule. La vérité allait enfin éclater.

— Qu'est-ce qu'il avait fait ? demandai-je doucement, presque gentiment.

— Des tas de choses, répondit-il entre ses dents. Sans lui, j'aurais...

Il se tut, puis inspira longuement par le nez.

— Sans lui, tu... quoi ?

Il y eut un long silence, ponctué par le tic-tac régulier de l'horloge.

— Il voulait ma peau, reprit Jimmy amèrement. Il voulait vraiment ma peau.

Tout à ses souvenirs, il semblait presque oublier ma présence.

— White ne m'a jamais aimé... D'ailleurs, il me détestait. Il me l'a très bien fait comprendre dès le début.

— Tu étais l'un de ses étudiants ? Je ne le savais pas.

Il hocha la tête.

— J'étais dans son cours de microbiologie. Et, quoi que je fasse, ce n'était jamais assez bien pour lui, cracha-t-il. Même si je travaillais d'arrache-pied, je n'avais que des mauvaises notes. Puis, dans ma dernière année, il m'a baisé. Pourquoi ? Parce qu'il ne m'aimait pas.

J'aurais dû porter plainte. Parce que sans ça, tout aurait été parfait ; j'aurais eu un...

Il sembla soudain se reprendre.

— Tu aurais eu un...

— Peu importe, marmonna-t-il. Le principal, c'est que je n'ai jamais eu l'intention de lui nuire sérieusement. Je voulais seulement lui faire peur. Ce ne devait être... qu'un feu d'artifice, reprit-il. Un feu d'artifice avec un peu de nitrate de sodium. Mais, apparemment, j'ai mal calculé mes doses. Puis j'ai appris ce qui s'était passé, et... Oui, c'était... (Il haussa les épaules.) Regrettable.

J'éclatai de rire.

— Je ne voulais blesser personne.

— David White a subi treize opérations aux mains. Cinq à la gauche, huit à la droite. Il a dû quitter Cambridge où il faisait des études de médecine. Il a eu des flash-back pendant des années. Il supportera les cicatrices physiques et affectives de ce que tu lui as fait jusqu'à la fin de ses jours.

Jimmy cilla.

— Ne lui dis pas mon nom, Miranda. Je t'en supplie, non. Ce n'est pas nécessaire.

Je le dévisageai.

— D'accord. Je ne dirai rien. Mais s'il décide de me poursuivre au tribunal – ce qui reste possible – alors je devrai déclarer, sous serment, que c'était toi. Il faut que tu le saches.

Jimmy sembla soudain aussi seul et perdu qu'un petit garçon.

— Je l'ai tellement redouté. Pendant des années.

— J'en suis convaincue. Merci de m'avoir dit la vérité.

Tout à coup, la porte s'ouvrit et la secrétaire de Jimmy apparut avec un sac en papier.

— Je vous ai pris un sandwich aux œufs. Ça vous va ?

Il hocha la tête distraitement tandis qu'elle lui remettait le sac.

— Oui, souffla-t-il. Très bien.

Je me levai.

— Eh bien, merci de m'avoir reçue. Ce rendez-vous m'a été très utile. Ne te dérange pas, James. Inutile de me raccompagner.

En parcourant le couloir, j'étais euphorique de soulagement. Enfin, je connaissais la vérité. Je pourrais la dire à David. Et, même si cela ne me le rendait pas, au moins, peut-être pourrait-il comprendre.

Je retrouvai Daisy vers midi trente, et nous pûmes déjeuner rapidement dans son bureau. Elle referma la porte et, tout en grignotant nos sandwiches, je lui fis écouter des passages de la cassette. Non seulement le magnétophone avait fonctionné, mais tout était parfaitement audible.

— Alors c'était une vengeance d'étudiant, dit-elle en me passant la bouteille d'eau.

Je contemplai ses dossiers et leurs titres bizarres : « Location de chameaux », « Hélicoptères de mariage », « Pays des merveilles » et « Moulin rouge ».

— Une vengeance d'étudiant... mais pourquoi ?

— Parce qu'il était recalé en microbiologie, c'est évident.

— C'est ça que je ne comprends pas. Jimmy n'a pas été recalé.

— Qu'est-ce que tu dis ?

Elle s'essuya les mains sur sa serviette en papier.

— Il a été major de sa promotion.

— Ah bon ?

— Oui. En sciences naturelles... Alors pourquoi s'attaquer ainsi au père de David ?

Daisy me fixait, aussi perplexe que moi. Puis elle sourit.

— Je sais pourquoi.

— Pourquoi ?

— Parce qu'en fait ce n'est pas vrai.

Ce fut à mon tour de la fixer. Je n'y avais jamais songé.

— Je suis sûre que si. Cela figure sur son site web. Il ne le mettrait pas en avant si c'était faux.

— Tu crois ? Je n'en suis pas sûre. Beaucoup d'hommes politiques mentent.

— Mais prétendre qu'on est sorti major de sa promotion quand ce n'est pas le cas, c'est courir un énorme risque, me semble-t-il.

Daisy haussa les épaules.

— Les politiciens passent leur vie à courir des risques. Et puis, de toute façon, comme personne ne vérifie leurs diplômes, il a dû croire qu'il pourrait s'en tirer.

— Tu as peut-être raison, dis-je. Oui... et c'était peut-être ça que Jimmy était sur le point de dire. Que, sans le professeur White, il aurait eu... quelque chose. Ensuite il s'est arrêté. Il aurait été major... voilà ce qu'il allait lâcher, mais il s'est retenu juste à temps. Bon sang, gloussai-je. Tu as raison. Quelle révélation ! Maintenant, tout est clair.

— Je me demande quel diplôme il a obtenu en réalité.

— Je ne sais pas.

— Qu'est-ce qu'il te racontait, à l'époque ?

— Je ne me rappelle pas qu'il ait raconté quoi que ce fût. Tout ce que je sais, c'est qu'il avait obtenu sa licence l'été précédent et qu'il était resté à Brighton en attendant de trouver un emploi.

— Qu'est-ce qu'il voulait faire ?

— Il avait postulé pour différents postes : consultant en management, stage à la BBC... Il avait aussi passé les examens du ministère des Affaires étrangères.

— Il avait de l'ambition ?

— Oui, mais la plupart du temps il n'était même pas reçu pour un simple entretien.

— Peut-être à cause de ses activités de militant.

— J'en doute, puisque tout était de notoriété publique. Il passait son temps à donner des interviews aux journaux locaux pour déclarer que la violence n'était pas une solution. Il représentait la façade honorable du mouvement, il s'exprimait bien, il était séduisant, pas crado ni agressif.

— Alors ce devait être parce qu'il avait eu de mauvaises notes.

— C'est très possible. Oui. Et c'est alors que, se sentant floué et plein de ressentiment, il a blâmé son professeur et... boum !

— Et il a trouvé du boulot ?

— La bio du Net raconte qu'il est devenu journaliste pour une radio locale à York. Il semble avoir occupé ce poste pendant au moins cinq ans.

— Donc, il ne projetait pas de carrière politique ?

— Non. S'il avait eu cette ambition, il n'aurait jamais fait ce qu'il a fait – c'était beaucoup trop risqué – peu importe à quel point il détestait Derek White. Sa carrière politique doit être fortuite : il a interviewé Jack Straw qui lui a offert un boulot comme documentaliste parlementaire, puis les choses se sont enchaînées.

— Alors il s'est lancé en politique tout en sachant qu'il avait ce cadavre dans son placard. Mon Dieu, souffla-t-elle. Il devait être terrifié à l'idée que ça se sache.

— Oui. C'est ce qu'il vient de m'avouer.

— Il a dû prier pour ne jamais te revoir.

— Il espérait sans doute que j'étais morte.

Je retirai la cassette du petit magnétophone, l'étiquetai et la glissai soigneusement dans mon sac à main.

— Ne la perds pas, dit Daisy.

— Je ne la perdrai pas.

— Et tu vas la faire écouter à David ?

— Je... n'en suis pas sûre.

— Au moins, elle prouve que tu disais la vérité.

— Mon problème, c'est que Jimmy dit son nom, alors je ne veux pas. Je vais réfléchir.

Je rendis le magnétophone à Daisy.

— Merci. Merci, Daisy... pour tout.

— Ce fut un plaisir.

Elle chiffonna l'emballage de son sandwich et le jeta dans la corbeille.

— J'aimerais tellement que Jimmy se fasse pincer.

— Moi aussi... Mais ce n'est pas à moi de le faire. C'est à David.

— Toujours pas de nouvelles ?

Mon cœur se serra.

— Non... Et toi, comment ça va ? demandai-je, tandis que Daisy me passait un Mars et en déballait un pour elle. Alors, l'enterrement de vie de jeune fille avec les lamas ? Ma mère en meurt d'envie.

— Je sais bien. Je ne suis pas sûre...

— Tu ne vas pas faire de fête, alors ?

— Sans doute, fit-elle distraitement.

Elle ne portait toujours pas sa bague de fiançailles.

— As-tu au moins choisi l'église ?

— Ah. Non. Enfin... toujours pas, dit-elle vaguement. Nigel veut que je me décide, mais... je ne sais pas...

— Qu'est-ce qui t'arrive, Daisy ?

Elle ne répondit rien.

— Ce n'est pas uniquement le stress des fiançailles, pas vrai ? suggérai-je tout doucement.

— Eh bien, je...

Elle soupira. Herman trottina vers elle avec une expression de sympathie.

— Je me sens un peu... ailleurs, c'est tout.

Elle prit Herman dans ses bras pour le câliner.

— J'ai du mal à planifier le mariage.

— C'est bizarre. Pour planifier ceux des autres, tu es géniale.

— Je sais. Mais, comme tu dis, je n'arrive pas vraiment à intégrer le fait d'être fiancée. Je me sens... curieusement... vide. En plus...

— En plus, quoi ?

— Eh bien, il s'est passé un truc hier, Miranda. Quelque chose qui m'a vraiment déplu. Je t'en aurais parlé hier soir, si tu n'avais été aussi bouleversée à cause de David.

— Qu'est-ce que c'est ?

— Eh bien, quand on a déjeuné au pub, Mary était là.

— Oui, tu m'as dit qu'elle y serait. Et... ?

— Quelqu'un a parlé du mariage, et elle a glissé à Nigel : « Maintenant, tu vas passer partenaire, c'est sûr. » Elle a parlé à la légère, comme si de rien n'était, mais le sous-entendu était clair. Nigel peut tirer profit de son mariage pour sa carrière.

— Foutaises ! Ça ne fait plus aucune différence de nos jours.

— Mais Bloomfields est une firme traditionnelle, alors peut-être...

— Oui. Cependant, on ne refuse pas une promotion à quelqu'un parce qu'on n'est pas d'accord avec son mode de vie.

— Son nouveau chef de service est très vieux jeu. Et Nigel essaie de passer partenaire depuis assez long-temps... C'est pour cela qu'il travaille si dur. Je soup-çonne qu'entre Nigel et un autre candidat de même profil, marié avec des enfants, le candidat marié rem-porterait le poste. Nigel est très ambitieux, comme tu le sais, alors il l'a compris. C'est ce que laissait enten-dre Mary.

— Je n'écouterais pas ce qu'elle raconte – elle veut foutre la merde entre vous parce que Nigel ne s'est jamais intéressé à elle.

— ... quand elle l'a dit, Nigel a rougi et a aussitôt changé de sujet.

— Écoute, Daisy, Nigel t'aime. Voilà pourquoi il veut t'épouser. C'est tout.

— Hum. Tu as peut-être raison. Je ne sais pas. De toute façon, il n'y a pas que ça. C'est... plus grave, en fait.

Elle poussa un profond et douloureux soupir, ce qui provoqua un gémissement de compassion chez Her-man.

— Merde, Miranda, je me sens idiote de te dire ça, mais...

— Quoi ?

— Eh bien, tu te rappelles, quand nous bavardions dans mon jardin il y a quelques semaines, et que je t'ai confié que j'avais l'impression de pouvoir te raconter n'importe quoi – vraiment n'importe quoi – sans que tu me juges ?

— Oui. Évidemment que je m'en souviens.

— Eh bien, il y a un truc qui me tracasse, et j'aime-rais beaucoup t'en parler, même si ça va te paraître totalement dingue. Tu vas penser que j'ai complète-ment pété les plombs...

— Tu peux me parler, Daisy. Qu'est-ce qu'il y a ?

— Eh bien, je n'arrête pas de repenser à ce que tu m'as dit ce jour-là.

Elle jouait avec son pot à crayons.

— Dernièrement, ça m'obsède.

— Vraiment ? Et qu'est-ce que je t'ai dit ?

— Que, si ça ne marchait pas avec Nigel, c'était que...

Soudain, mon téléphone gazouilla.

— Miranda Sweet ? fit une voix féminine inconnue.

— Oui.

— Ici Karen Hall.

Qui ?

— Du concours « Sveltesse animale ».

— Et merde !

Je bondis.

— C'est aujourd'hui, c'est ça ?

— Oui, en effet. Où êtes-vous ?

— Je suis désolée ! m'étranglai-je.

Je paniquais tellement que je crus que j'allais faire une crise cardiaque.

— Nous vous attendons depuis onze heures et demie. Le déjeuner est presque terminé.

J'entendais le cliquètement des couverts et le bruit des conversations.

— Je suis vraiment désolée. Ça m'était complètement sorti de l'esprit.

— C'est ce que nous avons pensé, mais nous ne trouvions pas votre numéro de téléphone portable, puis quelqu'un l'a enfin déniché sur votre site web. Pourriez-vous arriver le plus vite possible, je vous en prie ? Nous devons annoncer les résultats à quatorze heures quinze et les journalistes sont là.

Je jetai un coup d'œil à ma montre. Il était treize heures quinze.

— Je vais sauter dans un taxi. Rappelez-moi où c'est.

— À l'hôtel Méridien de Piccadilly, indiqua-t-elle d'un ton exaspéré.

— J'arrive.

Je refermai le téléphone et calai Herman sous mon bras.

— Merde, Daisy, je suis tellement à côté de mes pompes en ce moment que j'ai oublié que je devais annoncer le résultat de ce concours. Je n'arrive pas à me concentrer sur autre chose que mes problèmes personnels, en ce moment.

Elle leva les yeux au ciel.

— J'ai remarqué.

— Je suis désolée. C'est une période compliquée pour moi. Et, oh là là, on reprendra cette conversation plus tard, d'accord ? Il faut que je file tout de suite.

Dieu merci, j'étais bien habillée, songeai-je en me précipitant dehors pour héler un taxi. Tout en filant à travers Soho, je tentai de me rappeler ce que je savais du concours. Ils m'avaient envoyé des tas de documentation sur les diètes de dalmatiens et les chats obèses, dont je n'avais rien lu. J'allais devoir improviser. Tout en cahotant sur Charing Cross Road, je griffonnai quelques notes pour mon discours. « Un animal obèse n'est pas un animal heureux... mieux vaut guilleret que grassouillet... exercices réguliers... importance d'une nutrition saine... les risques sanitaires de l'excès pondéral. » Enfin. On y était. Le cœur battant, je payai le chauffeur et courus dans l'hôtel, où l'on m'indiqua la suite Ewdardian, à l'étage. Je passai les doigts dans mes cheveux, inspirai profondément, plaquai un sourire sur mon visage et fis mon entrée.

Karen Hall me vit arriver et se leva. Je me frayai un chemin jusqu'à sa table, où l'on servait le café.

— Je suis vraiment désolée, chuchotai-je en m'asseyant.

Mon visage était en flammes. Elle me remit le dossier de presse que l'on m'avait déjà envoyé, sans que je l'aie étudié.

— Nous avons les cinq finalistes régionaux avec nous, expliqua-t-elle. En votre absence, j'ai déjà choisi le gagnant, mais si vous pouviez l'annoncer, puisque c'est vous qu'attendent les journalistes...

— Bien entendu.

L'identité du vainqueur m'était parfaitement égale, songeai-je tout en parcourant rapidement le dossier. Il y avait Dixie, un teckel de Stratford-sur-Avon, qui était passé d'un monstrueux seize kilos à douze kilos. J'étudiai les photos « avant » et « après ». Il était tellement gros avant que son ventre traînait par terre. Aujourd'hui, il semblait mince et svelte. Puis il y avait Dalila le labrador – ou plutôt, le « labraporc » : quarante kilos avant, trente après. Puis, une chatte persane prénommée Sweetie, qui était passée d'un peu plus de treize kilos à un sept kilos très acceptable. Le quatrième était un lapin, Fluffy, qui pesait un invraisemblable dix kilos et qu'il fallait pousser dans une brouette avant qu'il ne perde six kilos. Enfin, il y avait une souris, nommée Maurice, qui était parvenue à passer d'un effroyable soixante-dix grammes à un fringant quarante grammes.

Le dossier de presse relatait les épreuves et les tribulations qu'avaient subies tous les animaux dans leur quête de minceur. Dalila le labrador avait fait de grands progrès jusqu'à ce que, dans un moment de faiblesse, elle voie un gigot dans la cuisine et l'engloutisse entièrement. *Ç'a été un moment très difficile*, témoignait sa propriétaire, Brenda. *Elle a pris un kilo et elle s'est bien fait gronder*. Sweetie, le poussah persan, avait grossi parce que la petite fille de sa maîtresse lui refilait des sardines en douce. *On ne savait pas si elle attein-drait son poids idéal à temps*, déclarait avec soulage-ment Julia, sa propriétaire. *Mais toute la famille est très fière d'elle, maintenant.*

Nous devons applaudir la volonté et la détermina-tion de tous nos concurrents, concluait le communiqué de presse. *Ils représentent un exemple à suivre pour nous tous !*

J'engloutis mon café, puis Karen Hall se leva.

— Mesdames et messieurs, voici le moment que vous attendez tous.

Quelques aboiements excités nous parvinrent du fond de la salle.

— Et pour proclamer le vainqueur 2003 du concours de l'animal le plus svelte de l'année, voici Miranda Sweet, de la très populaire émission *Folies animales* !

Je me levai, genoux flageolants. Je déteste parler en public.

— Merci d'être venus aujourd'hui, commençai-je. Je voudrais simplement vous dire, avant d'ouvrir l'enveloppe dorée, que tous les animaux qui sont ici sont vainqueurs. Leur détermination à perdre du poids est très impressionnante et nous prouve ce à quoi on peut arriver avec de la volonté... et une nourriture soi-gneusement contrôlée. Et maintenant, sans plus atten-dre... J'ai le très grand plaisir de vous annoncer que le gagnant du concours de l'animal le plus svelte de l'année est décerné à... Fluffy le lapin !

Des applaudissements polis crépitèrent tandis que Fluffy progressait jusqu'au podium dans les bras de sa propriétaire. Sur un écran derrière nous, on projeta la photo de Fluffy tel qu'il était avant. Il ressemblait à Hulk.

Les flashes crépitèrent quand je remis à Fluffy, ver-sion Slimfast, son prix – une année de couverture d'assurance gratuite avec PetWise, et une provision de croquettes pour un an.

— Par ici, Fluffy ! s'écria un photographe.

— Non, ne le regarde pas ! Regarde-moi !

— Un sourire, Fluffy. Montre-nous tes dents.

— Miranda ! Embrassez-le !

Je n'avais pas imaginé qu'il y aurait autant de publicité. Les paparazzis étaient venus en nombre. Pendant qu'ils mitraillaient, j'entendais des bribes de dispute entre les autres concurrents.

— D'accord, le lapin était gros, disait la propriétaire du persan. Mais Sweetie était tellement énorme qu'il avait fallu agrandir la chatière... de vingt-cinq centimètres !

— Dalila était une dondon. Regardez-la maintenant, une vraie Kate Moss !

— Je trouve que ce n'est pas juste de faire un concours interespèces.

— Maurice a perdu quatre-vingts grammes ! C'est soixante pour cent de son poids total !

— Vraiment ? Alors il aurait peut-être dû gagner.

Je levai discrètement les yeux au ciel... Voilà ce que je déteste dans ce genre de concours. Les perdants mécontents. Tout en scrutant la salle, je repérai le journaliste, Tim Charlton, qui m'avait interviewée pour le *Camden New Journal*. Il devait faire un petit papier pour l'agenda de l'*Independent on Sunday*. Il croisa mon regard et je souris.

— Bonjour ! fit-il tandis que je descendais du podium.

— Salut, Tim. Ça va, au canard ?

— Très bien, merci. Je peux avoir un mot de vous ?

— Bien sûr.

Nous concoctâmes un discours sur les animaux de

compagnie de Grande-Bretagne, qui étaient devenus une nation de poussahs poilus trop gâtés.

— Fluffy devrait peut-être sortir une vidéo de fitness, ajoutai-je.

— C'est parfaitement raisonnable, opina-t-il très sérieusement en notant mes propos. En fait, je voulais vous demander quelque chose.

— Quoi donc ?

— Vous savez que je veux faire du journalisme politique ?

— Oui, vous me l'avez dit.

— Alors j'ai rédigé un ou deux portraits anonymes ces derniers temps pour la page des commentaires. Et je vous ai aperçue à la Photographers' Gallery le mois dernier... à l'expo d'Arnie Noble.

— C'est vrai ? Je ne vous ai pas vu.

— Il y avait beaucoup de monde, mais je m'y trouvais. Et je n'ai pas pu m'empêcher de remarquer que vous bavardiez avec la femme de James Mulholland, Caroline Hornbury.

— Ou... ui, dis-je lentement. C'est exact.

— Et ce matin, le rédacteur en chef m'a demandé de faire un portrait de James Mulholland pour l'édition de dimanche, parce qu'on dit qu'il va faire partie du cabinet lors du prochain remaniement.

— Vraiment ? fis-je faiblement.

— Alors je me demandais si vous pouviez me fournir une petite info à utiliser – même infime, peu importe – pour égayer un peu le papier.

— Une petite info ? répétai-je.

Je luttai contre ma conscience pendant moins d'une seconde.

— Oui, dis-je. En fait, j'en ai quelques-unes.

14

Ce soir-là, j'appelai Daisy. En vain : elle était chez Nigel et ne pouvait pas parler. Elle avait visiblement de graves problèmes mais j'étais tellement bouleversée par mes propres difficultés que j'avais négligé les siennes. Je me sentais affreusement coupable à son égard – elle m'avait soutenue, elle. Que m'avait-elle dit, déjà ? Quelque chose dont je lui aurais parlé quelques semaines auparavant ? Avec tous mes problèmes, j'avais du mal à m'en souvenir. Je lui laissai donc un message et allai me coucher. Je dormis à peine, et m'assoupis peu avant l'aube.

Je me réveillai trois heures plus tard en sachant que, ce matin, David recevrait ma lettre. Peut-être même que, si le facteur était passé tôt, il l'avait déjà lue. Mon pouls s'affola à cette idée. Toutefois, je savais que je ne pouvais, sous aucun prétexte, lui téléphoner : c'était à lui de me contacter.

À dix heures il n'avait pas appelé, et je sus qu'il ne le ferait pas. J'imaginai ma lettre dans la corbeille, déchirée en mille morceaux. Je réécoutai la cassette. Tout y était. C'était une matière explosive, songeai-je, sans jeu de mots. De la dynamite. Ça pourrait pulvériser toute son existence. Comme il était bête ! me dis-je. Jimmy avait beau être manipulateur, il n'avait jamais pensé un seul instant que je puisse enregistrer notre conversation. Je remis la cassette dans le fond du tiroir, puis me levai pour aller acheter le journal. Je me demandais si j'allais prendre le *Guardian* ou l'*Independent* quand je remarquai que le numéro de septembre de *Moi !* était sorti. Je l'achetai et, encore fragile après ma nuit blanche, je commandai un crème réconfortant à la Pâtisserie, puis m'assis en terrasse au soleil pour lire le magazine. L'article sur moi occupait deux pages au milieu. La photo principale était la première qu'avait tirée David. En la voyant, je fus submergée de tristesse. Je me rappelais ce que David avait dit en la prenant – *Ne souriez pas. Un sourire peut être un masque. Je veux voir la vraie vous* – puis, plus tard, quand j'avais vu la photo émerger – *Tu as une expression fascinante. Tu as l'air légèrement troublée. Comme si quelque chose de très complexe se passait dans ta tête.* En effet. Aujourd'hui, David savait ce que c'était.

L'article était vivant et bien écrit. En dépit de ses questions insistantes, India Carr avait assez peu évoqué ma vie privée – ma circonspection et ma discrétion avaient été efficaces. Je savais que l'article me vaudrait sans doute beaucoup de clientèle et je décidai d'envoyer des fleurs à Lily. Je terminai mon crème et traversai la rue pour aller chez le fleuriste. Je choisissais justement des roses abricot lorsque je vis Gnagnatalie arriver, portable collé à l'oreille, comme d'habitude.

— Non, maman, l'entendis-je dire lorsqu'elle passa derrière moi. Je ne crois pas qu'il me comprenne du tout. Enfin... de la crème glacée ? Oui, exactement... Il sait très bien que je ne tolère pas le lactose... Oui... moi aussi, je le trouve égoïste... Hum... Mais d'un autre côté, il est drôle... oui, bien sûr qu'il est fou de moi... Oui... je le vois ce soir.

Pourquoi ? me demandai-je en sélectionnant des gerberas blancs. Pourquoi le vois-tu ce soir ? Ou n'importe quel soir ? D'ailleurs, pourquoi sors-tu avec lui, espèce d'idiote geignarde ? Quelle déloyauté ! Sortir avec Marcus et ne cesser de s'en plaindre à sa mère ! On ne peut pas avoir le soja et l'argent du soja, me dis-je, irritée, en me dirigeant vers la maison.

— Marcus est un gentil garçon, dis-je à Herman. Il mérite mieux, tu ne crois pas ?

Herman poussa un soupir compatissant.

J'avais rendez-vous à Islington à midi. Ensuite, je rentrai le plus vite possible dans l'espoir que David aurait laissé un message.

Rien. À quinze heures, je n'avais toujours pas de nouvelles. À seize heures trente, je vis mon second client de la journée : un colley désobéissant qui faisait le contraire de ce que lui demandait sa maîtresse.

— Il est trop vilain, disait-elle tandis que nous nous promenions sur Primrose Hill, avec le chien qui tirait sur sa laisse. Au pied ! Veux-tu ! Il est trop vilain, répéta-t-elle. Il sait très bien ce que je veux qu'il fasse, mais il refuse de le faire.

— Les chiens ne sont pas vilains, expliquai-je. En disant cela, on leur prête des motivations humaines dont ils sont incapables. Les chiens n'ont aucun sens du bien ou du mal. Ils ne connaissent pas ce qui est bon ou pas bon. Ils n'ont pas de conscience, ni de concept de culpabilité (je songeai à Jimmy) et ils ne font que ce qui leur paraît gratifiant.

Je révisai avec elle les principes de base : ignorer les comportements « mauvais » ou non désirés et renforcer positivement les comportements « bons » ou désirés. Puis nous revînmes chez moi, où je trouvai les coordonnées d'un cours de dressage accrédité auquel elle pouvait assister. En m'asseyant à mon bureau je remarquai que j'avais deux messages. Je mourais d'envie de les écouter. Le stress me tordait le ventre.

— Merci, dis-je quand elle me remit le chèque. Et bonne chance... je suis sûre que tout ira bien !

Je la raccompagnai jusqu'à la porte et j'étais sur le point d'écouter mon répondeur quand le téléphone sonna. C'était ma mère, tout excitée par son nouveau projet ridicule pour ses lamas. Lorsqu'elle raccrocha, et que j'allais enfin écouter mes messages, j'entendis frapper discrètement à la porte. Je suspendis mon geste. On frappa à nouveau, un peu plus fort, cette fois. C'était David ! Je courus jusqu'à la porte.

— Oh !

On m'avait tiré une balle en plein cœur.

— Bonjour, Miranda, dit Alexander.

— Alexander, marmonnai-je par automatisme.

J'allais me trouver mal. J'étais en même temps furieuse. Il esquissa un petit sourire à moitié contrit, et je me sentis soudain terriblement triste.

— Désolé de me pointer comme ça, fit-il d'un air désinvolte. Je t'ai laissé un message, mais je pensais que tu ne voulais peut-être pas me parler, alors j'ai décidé de... faire un saut.

— Ah... eh bien... ce n'est pas que je ne veuille pas te parler. C'est juste que je n'ai pas encore eu le temps d'écouter mes messages. J'ai été trop occupée.

Je le dévisageai. J'avais oublié – non, je l'avais refoulé – combien il était beau.

— Je peux entrer ?

— Ah, oui, dis-je faiblement. Entre...

Quand Alexander franchit le seuil, Herman trottina vers lui, queue frétillante.

— Salut, Herman.

Il s'accroupit pour le caresser.

— Salut, mon petit bonhomme.

Il le prit dans ses bras et Herman lui lécha l'oreille.

— Tu m'as manqué.

— Euh... tu veux un thé ? proposai-je, faute de savoir quoi dire d'autre.

Le sang me battait aux oreilles et mes joues étaient en feu.

— Je veux bien. Ou alors, de la bière, si tu en as ?

— Bien sûr.

Pourquoi es-tu ici ?

J'ouvris le frigo.

Pourquoi ?

— Budweiser ?

— Merci. J'espère que tu vas m'accompagner.

— D'accord.

Ce dont j'aurais vraiment besoin, c'est d'un Valium.

— Ça te gêne que je fume ?

— Non, fis-je faiblement. Vas-y.

Il était debout dans l'encadrement de la porte de la cuisine, si grand que sa tête touchait presque le linteau. Il tira un paquet de Gitanes de sa poche de veste, en prit une et l'alluma d'une main qui tremblait visiblement. L'arôme familier gagna mes narines et je fus presque terrassée par une vague de détresse nostalgique.

— Tu as fait des merveilles dans cette maison, dit-il tandis que je lui passais un cendrier. Je me souviens, c'était une ruine quand nous...

Il hésita.

— ... quand nous l'avons vue la première fois.

À l'époque où nous étions « nous ».

— Alors ça marche, le cabinet, lâcha-t-il nerveusement en soufflant sa fumée. J'ai vu un papier sur toi dans *Moi !* La photo est bien, ajouta-t-il tandis que je lui tendais sa bière.

Si seulement tu en connaissais l'histoire.

— Il y en a encore une de toi dans le *Times* d'aujour-d'hui, reprit-il.

— Vraiment ?

— Avec un lapin.

— Ah. Le concours de régimes pour les animaux ?

Il hocha la tête.

— Moi aussi, j'ai vu plein d'articles sur toi.

Il sourit puis regarda le parquet.

— J'ai regardé le premier épisode de *Ohé, terre !*

— C'est vrai ?

Il paraissait sincèrement étonné.

— J'avais imaginé que ça ne te dirait rien.

— Mais non, protestai-je.

En fait, tu as raison, je ne voulais pas... mais je me suis forcée.

— C'était très bien. Tu étais... formidable. Tu as eu d'excellentes critiques, pas vrai ?

Il s'assit sur le canapé. M'efforçant toujours de paraître poliment détachée, je m'installai sur une chaise à un mètre et demi de lui.

— Oui, répondit-il en tirant profondément sur sa cigarette. J'ai eu de bons papiers. Ça s'est très bien passé. J'ai vraiment eu...

Il exhala une bouffée de fumée argentée.

— ... j'ai eu un vrai coup de chance.

Je hochai à nouveau la tête. Puis nous restâmes à nous regarder en chiens de faïence tout en sirotant nos bières, comme des adolescents à leur première boum.

— Alors, ça va, Miranda ? reprit-il d'une voix douce.

— Si ça va ?

Non. Ça ne va pas. Je suis en plein désarroi.

— Euh... oui, merci. Oui. Tout va bien.

— Et tes parents ? Et Daisy ?

Il retira délicatement un bout de tabac de sa langue.

— Ils vont bien.

Je lui racontai le retour de mon père en Angleterre, ainsi que la nouvelle idée de ma mère pour les lamas. Ses yeux bleus scintillaient de rire.

— Incroyable !

— Non, franchement. Elle est tout à fait sérieuse. C'est insensé.

L'atmosphère s'était un peu détendue. J'avais même réussi à sourire.

— Et tu pars pour Hollywood ?

— C'est ça.

— Quand ?

— Demain.

Demain ? Je sentis soudain ma gorge se serrer.

— Mon vol est à midi. C'est pour ça que je suis venu, d'ailleurs. Au cas où tu te poses la question.

— Oui. Effectivement.

— C'est parce que je ne voulais pas partir sans t'avoir revue.

— Ah.

Je fixai une tache de soleil sur le parquet.

— Je voulais juste m'assurer que... tu allais bien.

— Ça va, murmurai-je. Ça va.

Non, ça ne va pas. Je suis malheureuse ! Et maintenant, je suis encore plus malheureuse qu'avant. Pourquoi es-tu venu, Alexander ?

— Parce que je voulais te dire au revoir.

Au revoir ?

— Ça a l'air... définitif.

— Sans doute. Je prévois de m'installer là-bas.

— Vraiment ?

— C'est une vie très agréable. Plein de compatriotes. Plein de soleil...

— Et plein de boulot... avec un peu de chance.

Il haussa les épaules.

— J'ai quelques essais prévus. On s'intéresse beaucoup à moi en ce moment parce que *Ohé, terre !* vient d'être diffusé aux États-Unis.

— Reese Witherspoon, murmurai-je. J'ai lu que tu allais peut-être faire un film avec elle.

— Oui. C'est possible. Elle est géniale.

— Je l'ai adorée dans *Sweet Home Alabama*.

— Moi aussi.

— Bien... alors tu vas sans doute devenir une grande star.

Il haussa les épaules.

— Je ne sais pas. J'espère simplement que... ça va marcher, ajouta-t-il avec un optimisme un peu forcé. C'est sans doute une bonne chose que nous ayons rompu, n'est-ce pas ?

Il m'adressa un sourire hésitant, comme s'il recherchait mon approbation.

— Je ne t'imagine pas en train de vivre à L.A.

— Non, je ne crois pas. J'en ai assez vu quand papa vivait là-bas pour le savoir.

— Cela dit, tu aurais été très prise, fit-il remarquer. Plein d'animaux névrosés.

Je souris.

— Ou plutôt, plein de propriétaires névrosés. Mais tu as raison. L.A., ce n'est vraiment pas pour moi. Alors, non. Ça n'aurait sans doute pas marché entre nous à long terme... c'est aussi bien...

Que tu m'aies abandonnée. Je me tournai vers la fenêtre. *Si tu ne l'avais pas fait, nous nous serions mariés le mois prochain.* Il y eut un long silence.

— Je te demande pardon, l'entendis-je dire tout d'un coup.

Je me tournai vers lui. À mon grand étonnement, il avait les larmes aux yeux.

— Je te demande pardon, Miranda, répéta-t-il. C'est ça que je suis venu te dire.

J'étais trop stupéfaite pour répondre, et le silence entre nous s'intensifia à tel point que j'entendais mon souffle. Puis, soudain, Alexander se leva. Je crus qu'il allait partir. Mais il m'enveloppa d'une étreinte maladroite.

— Je me suis comporté... si mal, dit-il, la voix cassée d'émotion. Mais je ne pouvais pas supporter l'idée de quitter Londres sans te dire à quel point je regrette. Tu ne le croiras peut-être pas, mais j'ai été... très malheureux, ces dernières semaines.

— Ça va.

Mes yeux aussi débordaient de larmes.

— Ça va, Alex...

— Je ne comprends pas... ce qui est arrivé ce soir-là. Je crois que j'ai... paniqué. Et puis je t'ai retrouvée...

Sa voix s'étrangla. *À l'hôpital.*

— Mais j'espère simplement que tu pourras... me pardonner.

— Oui. Bien sûr que je peux te pardonner... Je... te pardonne.

En prononçant ces mots, je sentis quelque chose de sombre et ténébreux quitter soudain mon âme.

— Je sais que tu n'avais pas l'intention...

Je m'arrêtai. *De m'abandonner*

— Tout s'est passé si vite.

— Je sais.

Nous nous affalâmes sur le canapé, côte à côte, main dans la main.

— Ça m'a tellement tourmenté, Miranda. De savoir que tu avais été blessée. Que j'aurais dû te protéger... Que je ne l'ai pas fait... Je t'ai laissée tomber.

— Écoute, je suis complètement guérie maintenant. C'est allé assez vite. Je m'en suis remise. Il y a pire.

— Quand j'ai reçu la bague de fiançailles, j'ai été bouleversé. J'ai cru que tu me détestais.

Je secouai la tête.

— C'est faux. Je ne t'ai pas renvoyé la bague pour te punir. Je pensais juste que la garder... n'était pas bien.

— Je l'ai vendue, murmura-t-il.

— Vraiment ?

— J'ai donné l'argent à une association caritative.

— C'est gentil.

— J'essaie de trouver le courage de te contacter, depuis le moment où j'ai décidé de partir aux États-Unis... je croyais que tu refuserais de me voir, ce qui m'aurait rendu encore plus malheureux. Et, en recevant la bague, j'ai su que je devais te parler. Je ne pouvais pas quitter le pays en pensant que tu me méprisais.

— Je ne te méprise pas.

Du moins, plus maintenant.

— Je savais que je ne pouvais pas aller de l'avant, passer à un nouveau chapitre dans ma vie, en traînant ça. Alors j'avais besoin de venir te dire... ce que je t'ai dit.

— Ça va, dis-je, la gorge serrée. C'est oublié. Et curieusement, de bonnes choses en sont sorties.

Je songeai à David et à ma propre quête de pardon.

— Quelles sortes de choses ?

— Je ne... je ne peux pas t'en parler. Mais peut-être qu'un jour, je te raconterai.

En prononçant ces mots, je savais que ce ne serait jamais le cas.

Il soupira en se levant.

— Bon, il faut que j'y aille, je crois. Je n'ai pas terminé mes valises.

— Qu'est-ce que tu fais de ton appartement ?

— Je le loue.

— Merci d'être venu, Alexander. Je suis heureuse que tu l'aies fait. Tu me feras savoir comment ça se passe ?

— Oui, dit-il. Bien sûr. Si j'ai un gros contrat, je t'enverrai un e-mail. Ça me fera plaisir.

Je lui remis ma carte.

— J'espère que tout ira bien... vraiment.

— Merci. Toi aussi. Je suis heureux de t'avoir revue.

Ses yeux bleu sombre scintillaient à nouveau. Il se pencha pour déposer un baiser sur ma joue.

— Je peux te poser une question ? ajoutai-je alors qu'il tendait la main vers la poignée de porte.

— Bien sûr.

— À quelle association as-tu offert l'argent ?

Il fit une pause, et je vis ses joues s'empourprer.

— Les... Samaritains. Je trouve qu'ils font du bon boulot.

Après le départ d'Alexander, je demeurai sur le canapé à fixer le parquet, en me rejouant la scène, séquence par séquence. Puis je mis sa laisse à Herman, et nous contournâmes Primrose Hill dans le crépuscule tombant, jusqu'à Regent's Park. Nous traversâmes l'Inner Circle et passâmes devant le théâtre. Il n'y avait pas de représentation ce soir. Tout était tranquille. Tandis que le rose du ciel virait au mauve, puis au cobalt, assise dans la roseraie, je me remémorai la première fois que j'avais vu Alexander. *Admirable Miranda !*

Je me levai et revins sur mes pas.

L'action la plus rare est dans la vertu, non dans la vengeance...

C'était vrai, tellement vrai. J'avais eu envie de me venger d'Alexander ; j'avais voulu le punir... Et lui

417

avait souffert tout ce temps-là. Il avait été facile de lui pardonner – si facile – alors que j'avais imaginé que cela serait presque impossible.

Comme de tes crimes tu veux le pardon,
Que ton indulgence me libère !

En rentrant à la maison, je vis le répondeur clignoter et je me rendis compte que je n'avais toujours pas écouté mes messages. J'avais été tellement ébranlée par la visite d'Alexander que j'avais complètement oublié de le faire. Le premier message était de lui, me demandant timidement de le rappeler. Le second était de Daisy. Elle paraissait bouleversée. Je la rappelai immédiatement sur son portable mais il était éteint. Sans doute était-elle sortie avec Nigel, ou alors à l'une de ses fêtes. Je mourais d'envie de lui raconter, pour Alexander, et je voulais savoir ce qu'il se passait. Que disait-elle hier ? Elle avait parlé de quelque chose que j'avais dit, moi, quand nous étions dans son jardin, près de deux mois auparavant. Mais, malgré tous mes efforts, je n'arrivais pas à m'en souvenir.

À dix heures, je lui laissai un second message pour lui demander de me rappeler à toute heure du jour et de la nuit. En vain. Je n'eus aucune nouvelle d'elle le lendemain. Ni le surlendemain. Elle n'était pas au bureau, et la réceptionniste m'annonça qu'on ne savait pas au juste quand elle repasserait – personne ne semblait savoir où elle était. À présent, j'étais inquiète. J'étais sur le point d'appeler Nigel ou sa mère lorsque enfin, le vendredi, elle appela. Le téléphone sonna à sept heures du matin. C'était elle.

— Miranda, fit-elle d'une voix enrouée. C'est moi. Je n'ai pas dormi de la nuit. Je peux venir prendre le petit déjeuner ?

— Bien sûr. Je vais aller chercher des croissants au chocolat.

Elle arriva une heure plus tard, pâle et tendue.

— Je voulais te voir. Ces trois derniers jours ont été un enfer.

Je jetai un coup d'œil à sa main gauche et elle surprit mon regard.

— Je l'ai rendue.

— Quoi ?

— Je ne l'épouse pas, Miranda. J'ai pris la décision mardi.

— Merde, fis-je à mi-voix. Pourquoi ? À cause de la façon dont il te l'a demandé ?

— Oui. En partie. C'était trop horrible. Je me sentais... humiliée. Il n'aurait pas pu être moins romantique s'il s'était forcé. Mais c'est aussi parce que j'ai découvert que Mary disait vrai. Je l'ai interrogé là-dessus lundi soir et, sous contrainte, il l'a pratiquement admis. Mais surtout, je n'épouse pas Nigel parce que... ce n'est pas bien. Et je le sais depuis très longtemps.

— Alors veux-tu bien me dire pourquoi...

— Parce que je suis une lavette ! Je me suis accrochée à Nigel parce que je croyais que c'était ma meilleure chance de me marier... et parce que j'avais peur de tout recommencer avec quelqu'un d'autre. J'avais pris l'habitude d'être avec lui, c'est tout. Il semblait être un bon parti, tellement solide. Miranda, qu'est-ce qu'on a en commun, Nigel et moi ? Zéro ! Moins que zéro, d'ailleurs, et tu comprends...

Elle se tut.

— ... tu comprends...

Elle avait les larmes aux yeux et son menton tremblait. En tendant la main vers la boîte de Kleenex, je me rappelai soudain ce que je lui avais dit quelques semaines plus tôt, dans son jardin. *Si ça ne marche pas avec Nigel, c'est peut-être parce que tu es destinée à rencontrer quelqu'un d'autre.*

— Enfin, ce que je veux dire...

Elle tenta à nouveau de parler, puis s'effondra dans une chaise.

— ... c'est que j'ai...

— Rencontré quelqu'un d'autre... c'est ça, non ? C'est ça qui se passe.

Elle acquiesça, puis laissa retomber son menton contre sa poitrine.

— Daisy...

— Je pensais que tu avais deviné, sanglota-t-elle. Pourtant, c'était assez évident... mais tu étais tellement prise par tes problèmes.

— Je sais, dis-je en lui tendant un Kleenex. Je regrette. Ça m'a rendue folle. Tu crois que ça peut... marcher... avec ce type ?

— Non ! Non, ça ne marchera pas ! gémit-elle.

— Pourquoi pas ?

— Parce qu'il est avec quelqu'un... Mais là n'est pas la question. Le plus important, c'est que je le connais depuis un mois seulement, et que, au cours de ce mois, je me suis amusée dix fois plus que pendant mes six ans avec Nigel. C'est ce qui m'a finalement obligée à admettre que ce serait mal d'épouser Nigel. Jusqu'à ce que ça m'arrive, j'aurais été heureuse de continuer à croire que Nigel était bien. Qu'il allait me « suffire »... mais ce n'est pas vrai, parce qu'il a mis trop longtemps à s'engager, et qu'il l'a fait pour de mauvaises raisons... et que cela ne suffit pas, Miranda... Je veux davantage !

— C'est le type avec qui tu fais de l'ULM, c'est ça ?

Elle ravala ses larmes.

— Oui, c'est lui. Tu aurais pu piger avant.

— Pas vraiment. Parce que tu fais ce genre de truc depuis des années, Daisy. Avec des tas de gens. Alors je n'y ai pas attaché de signification particulière... d'autant que tu venais de te fiancer. Tu ne peux pas lui avouer tes sentiments ?

— Non, sanglota-t-elle, c'est trop humiliant. Il est avec quelqu'un, je te le répète.

— Depuis combien de temps ?

— Environ trois mois. Mais il en est fou... c'est clair. Pourtant, le simple fait de rencontrer quelqu'un qui puisse me faire éprouver de tels sentiments m'a fait comprendre que je ne pouvais absolument pas épouser Nigel.

Elle essuya ses larmes.

— J'ai rendu la robe de mariée, au fait. Ils m'ont remboursée... moins dix pour cent.

— C'est très correct.

— Je sais. Manifestement, ils ont eu pitié de moi. C'est pour ça que je ne suis pas allée au bureau. Il a fallu que je fasse plein de choses – rendre la bague à Nigel. Rapporter la robe. Voir quelques personnes... En plus, je suis allée reprendre mes affaires chez Nigel. D'ailleurs ça, c'est encore un signe... il n'y avait pas grand-chose à moi chez lui.

— Je sais. Je l'ai toujours remarqué.

— Tu sais ce qu'il y avait ? Une chemise de nuit, une trousse de toilette, mes affaires de tennis et quelques livres de recettes. Après cinq ans et demi, c'est tout. Il ne voulait pas vraiment que je partage sa vie... jusqu'à ce qu'il pense que cela lui serait utile. Pourtant, il devait savoir ce que j'éprouvais.

— Je suis certaine qu'il le savait. Mais tu ne l'as jamais poussé à s'engager.

— Je sais. Quelle idiote ! Je l'ai laissé me faire tourner en bourrique ! J'avais trop...

Elle soupira.

— ... trop peur de l'affrontement, au cas où tout serait fini entre nous. Tandis que, lorsque j'ai rencontré cet autre homme, je me suis sentie courageuse. Alors, non, je ne vais pas me contenter de Nigel. Quant aux enfants... ça peut attendre. Je n'ai que trente-trois ans, j'ai le temps. Tout ce que je sais, c'est que je ne vais pas épouser un homme qui ne me donne pas le sentiment d'être... essentielle à son bonheur. Je veux un homme à qui je manque quand je ne suis pas là... Et je ne crois pas que je vais manquer à Nigel. En tout cas pas longtemps. Mais cet autre mec... Je me suis tellement amusée avec lui, Miranda. On a tant de choses en commun... il est tellement vivant !

Je remarquai soudain, une fois de plus, les petits poils blancs sur son pull. Et je me rendis compte, brusquement, qu'il s'agissait des poils de Twiglet. Comment avais-je pu être aussi aveugle !

— C'est Marcus !

Elle leva les yeux au ciel.

— Bravo, Sherlock.

— Je suis désolée, je n'avais pas... réfléchi. J'ai été comme dans un tunnel ces derniers temps... Et franchement, Daisy, tu aurais pu me le dire. Pourquoi n'as-tu pas appelé ?

— Parce que j'avais l'impression d'être une telle idiote. Après avoir attendu Nigel pendant des années, et m'être finalement fiancée... Qu'est-ce qui se passe ? Je tombe immédiatement sous le charme d'un autre... qui n'est même pas disponible ! Je sais qu'on est amies, Miranda, mais je n'arrivais pas à t'expliquer ce qui se passait parce que je me sentais tellement bête ! Je me suis retrouvée face à un véritable dilemme, car, pendant un moment, durant les cours d'autodéfense, j'ai vraiment cru que je plaisais à Marcus.

— Voilà pourquoi tu étais si enthousiaste !

— Oui, je m'amusais comme une folle. Et comme tu n'es jamais venue, j'ai dû m'entraîner avec lui, puisque tous les autres étaient en duo. À ce moment-là, j'avais l'impression que... qu'il m'aimait bien. C'est alors qu'à ma grande stupéfaction Nigel a demandé ma main. Alors que je n'en avais plus vraiment envie. Je ne savais plus où j'en étais... À présent... eh bien, peu importe... Si jamais tu revois Marcus, tu ne diras rien, tu promets ?

Elle prit sa tête entre ses mains.

— C'est tellement... absurde.

— Bien sûr que je ne dirai rien. Mais, Daisy, qu'est-ce qu'il t'a raconté sur sa copine ?

Daisy soupira.

— Pas grand-chose. Je ne connais que son nom ; qu'elle crée des bijoux ; qu'elle a beaucoup de succès et qu'elle est très belle. À part ça, il ne m'en a pratiquement jamais parlé.

— Alors il n'a pas été négatif à propos d'elle ?

— Mon Dieu, non ! s'étrangla Daisy.

— Il est vraiment gentil, et très loyal. Tu sais, Daisy, je ne m'inquiéterais pas pour Natalie.

— Qu'est-ce que tu veux dire ?

— Juste ça : oublie-la et continue de voir Marcus.

— Le problème c'est que je ne peux pas... Les cours d'autodéfense sont terminés, et, un jour, il m'a brusquement annoncé qu'il n'avait plus le temps de faire de l'ULM avec moi.

Je me souvins soudain que Marcus avait réagi bizarrement à la nouvelle des fiançailles de Daisy. Elle lui plaisait. Bien sûr. Lui-même était en plein dilemme.

— Je crois que, si tu le préviens que tu n'es plus fiancée, il acceptera de te revoir.

Elle me considéra avec curiosité.

— Je n'en dirai pas plus, Daisy. Oublie Natalie. Rapproche-toi de Marcus, en amie... comme avant. Après tout, maintenant, tu es libre de faire ce que tu veux... avec qui tu veux.

— Oui, soupira-t-elle. Je suis libre.

Samedi, je passai la journée à m'occuper de mes courriels. J'en avais reçu un de Lily qui me remerciait des fleurs – elle y avait joint un portrait « officiel » de Jennifer et Gwyneth ; puis un autre du monsieur à la perruche, pour m'informer que l'arrivée d'une compagne avait considérablement amélioré l'humeur de Tweetie. J'en avais aussi reçu un des Green, les propriétaires du setter irlandais que j'avais vu fin juin.

Nous voulions vous dire qu'il y a quinze jours nous avons fait accoupler Sinead avec un gentil setter irlandais appelé Patrick. Maintenant, Sinead est une future maman. Je souris. *Et moi aussi ! Quand nous sommes venus vous consulter, j'ignorais totalement que j'étais enceinte de quatre semaines, par les méthodes naturelles comme on dit, et je viens de passer mon échographie du troisième mois.*

Je répondis pour leur dire à quel point j'étais heureuse pour eux. Les choses s'arrangent parfois lorsqu'on s'y attend le moins, songeai-je en répondant au reste de mon courrier.

« *Dès que j'essaie d'embrasser ma copine, son chien m'attaque... au secours !* » « *Vous croyez que mon pékinois est un pervers ? Il n'arrête pas d'essayer de faire l'amour au chat.* » Un autre provenait d'un homme dont la lapine refusait de se reproduire. « *C'est une très jolie petite Angora. Nous lui avons présenté trois mâles, tous trois éminemment convenables à notre avis... mais rien ne s'est produit. Croyez-vous qu'elle soit trop difficile ? Ou est-ce qu'on s'y prend mal ?* » Je conseillai la patience. « *Les lapins sont des individus...* », écrivis-je. J'allais poursuivre en détaillant un peu la psychologie sexuelle des lapins femelles, lorsque le téléphone sonna. C'était ma mère... sur son portable.

— Ma chérie, tu dois regarder les infos du soir. On y passe !

— Maman, je ne peux pas croire que l'ouverture d'un club de golf soit un événement d'importance nationale !

— Regarde, Miranda. Ils m'ont interviewée toute la matinée... Ah, désolée, je dois raccrocher, le type de *London Tonight* me fait signe.

À dix-sept heures, j'allumai la télé. Après les sujets principaux, on arriva au sujet « et enfin ».

— Et enfin, dit Trevor McDonald, un nouveau club de golf vient d'ouvrir dans le Sussex aujourd'hui. Rien de spécial à cela, me direz-vous. Mais le Lower Chelverton Golf Club près d'Alfriston dans l'East Sussex propose à ses membres un service absolument unique en son genre, comme l'a découvert notre collaboratrice, Lucy Bowles.

Le sujet s'ouvrit sur un plan général du terrain de golf et du club-house – qui était tout à fait charmant – puis passa à un plan d'un joueur plaçant une balle sur le tee.

— Voici le fondateur du Lower Chelverton, Tom Williams... (La caméra fit un travelling arrière pour un gros plan.) Aidé d'un ami à quatre pattes...

Je poussai un petit cri d'étonnement. Pedro, patiemment installé derrière le joueur, sa laine ondulant doucement dans la brise, portait les clubs de golf.

— Voici le caddy de Tom Williams : Pedro le lama.

Alors, ils avaient osé ! Jamais je n'aurais cru que cela puisse être sérieux.

— Depuis des milliers d'années, les lamas sont des

bêtes de charge dans les Andes, expliquait Lucy Bowles tandis que Tom Williams menait Pedro au trou suivant. Mais, au cours des quinze dernières années, ils ont attiré un groupe d'amateurs passionnés au Royaume-Uni. La plupart des lamas sont des animaux de compagnie, mais Pedro et ses compagnons aiment travailler. Ils emmènent des randonneurs en excursion dans les South Downs tous les week-ends, ils visitent des malades dans les hôpitaux et figurent de temps en temps dans une campagne publicitaire. Dorénavant, ils passeront la semaine à faire les caddies pour les membres de Lower Chelverton. Les lamas appartiennent à Alice Ingram qui affirme que ce sont des parfaits caddies.

La caméra passa sur maman, qui semblait aux anges.

— Ils sont vraiment formidables, disait-elle. Comme ils n'ont pas de sabots, les lamas ont le pied très léger... donc ils n'abîment pas les greens. Ils sont extrêmement propres – ils n'utilisent que des latrines communales –, donc ils ne font pas de saletés. Ce sont aussi des animaux très patients, sensibles et doux. Ils restent tranquilles pendant aussi longtemps qu'il le faut entre les coups, en rêvant à de jolies choses et en admirant le paysage.

Retour à Tom Williams.

— Alors, que pensez-vous des qualités de Pedro en tant que caddy ? lui demandait la journaliste en souriant.

— Il est exceptionnel, répondit-il. Je joue avec lui depuis ce matin, et il se révèle être le meilleur caddy que j'aie connu... Il ne se plaint pas d'avoir à transporter les clubs, il se passe de commentaires désobligeants quand je ne joue pas bien. Et, curieusement, il me procure une sensation de calme qui me permet de mieux jouer. En revanche, il n'excelle pas à la sélection des clubs... On ne peut pas tout avoir, n'est-ce pas ? Allez, Pedro.

Il offrit une carotte à Pedro, puis le mena au troisième trou. La caméra revint sur Lucy.

— Les caddies lamas ont été engagés par le gérant du club, Ted Sweet, expliqua-t-elle.

Papa souriait largement.

— Alors, comment avez-vous eu cette idée ?

— Eh bien, j'ai été gérant de clubs de golf aux États-Unis depuis plus de vingt ans, et je sais qu'un club en Caroline du Nord employait un ou deux lamas. J'en ai parlé, en passant, à Mme Ingram, il y a environ un mois. À mon grand étonnement, elle a proposé qu'on tente le coup ici. Nous avons donc mis en œuvre notre projet – dans de très brefs délais. Nous avons commandé en urgence des sacs de golf spécialement adaptés aux lamas. Ils ne sont arrivés qu'hier, juste à temps pour l'ouverture d'aujourd'hui. Les lamas les supportent très bien. Ils portent deux sacs, un de chaque côté pour l'équilibre.

— Ce n'est pas simplement un gadget ? suggéra affablement la reporter.

— Peut-être. Mais, pour ce nouveau club, nous recherchions quelque chose de vraiment exceptionnel... ce que sont les lamas. Et dans un domaine plus pratique, ils aident aussi à aplanir le terrain.

— Alors ce sont les premiers caddies lamas du Royaume-Uni ?

— Exactement. D'ailleurs, je crois que ce sont les seuls en Europe.

La caméra fit un travelling arrière pour un plan général et l'on découvrit tous les lamas, qui parcouraient le terrain d'un pas doux, ou qui se tenaient debout près des trous. Puis nous revînmes à Trevor McDonald.

— Qu'est-ce qu'on va bien pouvoir inventer maintenant ? sourit-il. Des lamas arbitres de foot ? Avec l'équipe du journal télévisé, je vous souhaite une bonne soirée.

— Génial, soufflai-je. Carrément génial.

Alors c'était pour cela que maman avait sympathisé avec papa... elle avait saisi l'occasion de gagner de l'argent avec ses lamas. Si le club réussissait, elle se ferait une petite fortune. J'étais en train d'essayer de la joindre quand on frappa à la porte.

— Mademoiselle Sweet ?

— Oui.

Le livreur portait un immense bouquet.

— C'est pour vous. Veuillez signer ici.

Je fixai la gerbe gigantesque de roses et de lys tigrés. Qui avait bien pu me les envoyer ? J'ouvris la petite enveloppe blanche d'une main tremblante en espérant... oui, en espérant qu'elles étaient de David... c'est moi qui aurais dû lui envoyer des fleurs. Je pensai aussi qu'elles pouvaient être d'Alexander, pour mon anniversaire le lendemain. À mon grand étonnement, elles me venaient de Tim. Je lus la carte : « *Merci pour la "petite info", Miranda. Je ne pourrai jamais assez vous remercier !* »

Dimanche matin, je fus réveillée à sept heures et demie par ma mère.

— Bon anniversaire, ma chérie !

— Merci, fis-je d'une voix enrouée. Il n'est pas un peu tôt ?

— Désolée. Je suis debout depuis six heures. Tu nous as vus hier soir ?

— Oui, c'était génial.

Je repoussai la couette en bâillant.

— Je regrette d'avoir douté de toi.

— Eh bien, on a une formidable couverture dans la

428

presse écrite. Va vite acheter le *Sunday Independent*...
on est en page quatre. C'est énorme !

Je m'habillai rapidement pour passer chez le marchand de journaux. Et quand je vis l'*Independent*, j'eus le souffle coupé. « LE MENSONGE ÉHONTÉ DE JAMES MULHOLLAND ! » tonnait la une, avec, en dessous : « L'ARNAQUE DU MINISTRE DE L'ENSEIGNEMENT SUPÉRIEUR SUR SON DIPLÔME. » L'article portait la mention « en exclusivité », mais les autres journaux avaient repris l'info. « LE MINISTRE DE L'ÉDUCATION A TRICHÉ AUX EXAMENS », claironnait le *Sunday Telegraph* au-dessus d'une énorme photo de Jimmy. « PAS QUALIFIÉ POUR SON POSTE ! » reprochait le *Mail*. Tout en parcourant la une de l'*Independent*, signée par Tim Charlton, en toutes lettres, j'étais tellement absorbée que je faillis sortir du magasin sans payer. Je remis la somme à tâtons, puis, toujours rivée à l'article, je rentrai chez moi en tâchant de ne pas me cogner aux lampadaires. Puis, mains tremblantes, je m'assis à mon bureau.

Le ministre de l'Éducation James Mulholland, promis aux plus hauts échelons du gouvernement, vient de connaître une dégringolade professionnelle. L'enquête de notre rédaction révèle que le rang de « major de sa promotion », qu'il prétend avoir décroché à l'université de Sussex en biochimie en 1986, n'était en réalité qu'une troisième place. Ce mensonge éhonté – qui figure même sur son site web – n'a pas été remis en question pendant des années. Le ministre, actuellement en vacances en Écosse, a prétendu, lorsque nous l'avons contacté, qu'il s'agissait simplement d'un « malentendu », bien qu'il ait ensuite parlé d'une « erreur ». Ses collègues se sont dit choqués, et on parle de « déception » à Billington, sa circonscription. Aucune déclaration n'a été faite pour l'instant par le Premier ministre et, loin d'être promu au cours du remaniement ministériel de l'automne prochain, on prédit maintenant que l'ambitieux M. Mulholland va être renvoyé directement au fond de classe.

À l'intérieur, il y avait un second article en pleine page, intitulé : *L'ascension et la chute de James Mulholland*, où l'on mentionnait son changement de nom. Le commentaire éditorial était particulièrement cinglant. *En tant que ministre délégué à l'enseignement permanent, M. Mulholland a pu maintenant retenir deux importantes leçons : a) l'honnêteté est toujours la meilleure politique et b) la vérité finit toujours par percer. Ses ambitions ministérielles sont désormais nulles et non avenues*, concluait l'article. Je posai le journal, avec un large sourire. La carrière politique de Jimmy était désormais anéantie. Et je m'en réjouissais.

— Merci, Daisy, murmurai-je. Merci d'avoir suggéré le fin mot de l'histoire... Tu es vraiment une fille intelligente.

Je l'appelai. Aucune réponse. Son portable était éteint. Peut-être était-elle avec sa mère. Puis je passai à la page quatre du journal, entièrement consacrée aux garçons. Au milieu, il y avait une photo de Henry portant ses sacs de golf, légendée *Henry Kissinger*.

« *Ce qui est génial avec Henry, déclare un membre, Sarah Penrose, c'est qu'il vous embrasse chaque fois que vous frappez la balle... que ce soit réussi ou pas !* »

« *Mais les lamas crachent, non ?* » demandait le journaliste. « *Non* », répondait maman. « *Seulement à l'occasion, l'un sur l'autre... s'ils se disputent.* » « *Et pourquoi fredonnent-ils ?* » « *C'est facile* », disait papa. « *Les lamas fredonnent parce qu'ils ne connaissent pas les paroles des chansons.* »

— Bonnes nouvelles ! annonçai-je à Herman. Très bonnes nouvelles. Sur deux fronts, au moins.

Il fit de son mieux pour paraître heureux.

— Et aujourd'hui, j'ai trente-trois ans.

Curieuse journée d'anniversaire car personne ne viendrait me voir. Daisy m'avait proposé de passer la journée avec moi, mais je préférais rester seule. Je branchai London F.M. comme bruit de fond pour travailler... j'avais au moins huit comptes rendus à rédiger.

« *Pression croissante sur M. Mulholland...* », entendis-je tout en écrivant. « *M. Mulholland n'a toujours pas fait de déclaration... Absence manifeste de soutien de ses collègues ministériels... L'aveu de son mensonge sur ses résultats à l'université rendent sa position au ministère de l'Éducation intenable... il ne s'agit plus de savoir s'il partira, mais... le ministre de l'Éducation, James Mulholland, vient de remettre sa démission au gouvernement* », entendis-je en ouverture du flash d'information de seize heures. Jimmy, comme Trigger, avait été un animal dominant et, maintenant, il avait été débarqué de son piédestal... Enfin.

Je passai sa laisse à Herman pour une promenade sur Primrose Hill. Le soleil, qui était encore haut dans le ciel, commencerait bientôt à décliner. Joggers et lanceurs de cerfs-volants étaient en nombre. Je m'assis sur le banc au sommet de la colline, pour savourer la vue, en me souvenant de mon anniversaire, l'année précédente. Je l'avais passé avec Alexander. Il m'avait emmenée à Paris. Aujourd'hui, j'étais toute seule. Mais j'avais vécu pire, songeai-je en fermant les yeux. Bien pire...

Je pensai à Daisy et à son courage de quitter Nigel. Ce saut dans le vide avait exigé plus de bravoure que vingt sauts en parachute. Je restai un moment à écouter les cris lointains des enfants et le vrombissement assourdi des voitures. Puis je redescendis la colline. Je fixais le sol, perdue dans mes pensées, quand soudain Herman aboya. Je relevai la tête et m'arrêtai pile, le cœur cognant contre mes côtes. Il gravissait la colline, dans ma direction. Était-il réel, ou mon esprit exténué avait-il suscité ce mirage ?

— Je pensais bien te retrouver ici.

Je le contemplai : il semblait fatigué, mal rasé.

— Alors, tu ne me dis pas bonjour ?

— Bonjour, murmurai-je.

Il sourit.

— Bonjour, Miranda.

— Mais... pourquoi es-tu venu ?

— Tu ne devines pas ?

— Non. Non, à vrai dire.

— Parce que c'est ton anniversaire. Tu ne te souviens pas ? J'avais promis de t'emmener dîner.

— Ah... oui. Mais tu n'es pas obligé...

La phrase mourut sur mes lèvres.

— J'ai toujours tenu parole. À moins que tu n'aies d'autres projets pour la soirée ?

— Non, je n'ai rien.

— Et comment vas-tu ?

— Ça va. Et toi ?

— Ça... ça va. Mais tu sais quoi ? J'ai passé toute la journée dans la chambre noire, et j'aimerais bien prendre un verre.

— Tu veux une bière ?

Il sourit.

— J'adorerais.

Nous redescendîmes la colline ensemble, parfaitement synchrones.

— Alors, dis-moi, comment s'est passé ton anniversaire ?

— Merveilleusement bien, en fait. Et c'est de mieux en mieux.

J'ouvris la porte. Le journal était posé sur la chaise longue. David le prit.

— Quelle affaire, n'est-ce pas ?

— Oui, fis-je avec enthousiasme. Une affaire incroyable.

— Imagine... cacher quelque chose comme ça.

Il cache bien plus que ça.

— Tu veux vraiment une bière ? fis-je. Ne préfères-tu pas un gin-tonic, ou un verre de vin, ou...

En ouvrant le frigo, j'aperçus la bouteille de champagne millésimé offerte par Jimmy.

— On pourrait boire ça.

Je la brandis. David l'examina.

— Pol Roger 1987 ? Tu devrais la garder pour une occasion spéciale.

— C'est une occasion spéciale. Tu n'imagines pas à quel point.

Je sortis deux verres et ouvris un bocal d'olives pendant que David débouchait la bouteille. En voyant la mousse déborder du goulot, je revis le jacuzzi inondé et éprouvai une brusque bouffée de désir pour David qui me fit mal aux os.

Il leva son verre.

— À toi, Miranda ! Bon anniversaire. C'est tellement bon de te revoir.

— Je ne croyais pas... que tu en aurais envie.

— Moi non plus... au début. J'avais besoin...

Il se tut, puis haussa les épaules.

— J'avais besoin d'un peu de temps. C'est tout. Pour réfléchir. Ça m'a fait un choc, c'est le moins qu'on puisse dire.

— Je sais...

— J'avais besoin de digérer, j'imagine. D'aller dans ma chambre noire pour tirer des images, jusqu'à ce que je perçoive tout avec netteté. Deux choses m'ont aidé à le faire. Tu veux savoir lesquelles ?

— Seulement si tu le souhaites.

— J'ai reçu ta lettre, ce qui m'a fait réfléchir. Et puis, quelques jours plus tard, Daisy est venue me voir.

— Ah bon ? Je l'ignorais totalement.

— Je le sais. Elle a trouvé mon numéro de téléphone sur mon site web et elle m'a appelé. On s'est vus pour prendre un verre. Elle m'a juré que tout ce que tu m'avais raconté était absolument véridique. Elle m'a expliqué à quel point tu étais bouleversée.

— Je l'étais.

— Elle m'a aussi dit à quel point tu tenais à moi.

— C'était vrai.

C'était ? Je souris.

— C'est vrai.

— Mais surtout elle a ajouté un truc en particulier, auquel je n'ai cessé de repenser. Elle m'a dit que tu n'avais aucun besoin de venir me retrouver. Personne ne t'y a contrainte. Tu aurais pu laisser les choses comme elles étaient... surtout après autant d'années. Alors j'ai commencé à comprendre, à mesurer combien cela avait dû être affreux pour toi... Ensuite, mon attitude a changé.

Je me tournai vers la fenêtre.

— J'ai compris à quel point tu avais dû souffrir toi aussi.

Mes yeux s'emplirent de larmes.

— Oui, David, j'ai souffert. Daisy t'a-t-elle dit qui était responsable de tout ça ?

— Non. Je lui ai posé la question, mais elle m'a répondu qu'elle ne pouvait révéler son identité sans ta permission.

Je jetai un coup d'œil au journal.

— Tu veux toujours le savoir ?

— Évidemment. Je le souhaite depuis seize ans.

— Si je te le dis, qu'est-ce que tu feras ?

— Ce que je ferai ? Qu'est-ce que je peux faire ? La loi ne me permet pas d'aller le tabasser.

— Non, mais tu pourrais le poursuivre. Même maintenant. Bien qu'il ait déjà été puni récemment... d'une autre manière.

— C'est vrai ?

— Oh oui.

— Vraiment ? Qui est-ce ?

— Je vais te le dire.

C'est ce que je fis.

— James Mulholland ! fit David, stupéfait, en parcourant le journal. Ce mec-là ? Tu plaisantes.

— Non, pas du tout.

Il lut rapidement l'article.

— On dit qu'il a étudié la biochimie à Sussex.

— Oui. Il s'appelait Jimmy Smith à l'époque.

— Alors il connaissait mon père ?

— Il suivait son cours de microbiologie. Voilà pourquoi. Ton père l'a recalé à deux examens finals. Et, par conséquent il... enfin, il n'a pas réussi aussi bien qu'il s'y attendait. Alors il a décidé de se venger. Il a prétendu qu'il n'avait pas l'intention de blesser ton père... il voulait juste lui faire une grosse frayeur. Il a menti sur son diplôme, parce qu'il voulait se faire passer pour un crack. Il ne supportait pas qu'on connaisse la médiocre vérité. C'est pour ça qu'il s'est fait virer.

— Parce qu'on a découvert le pot aux roses.

— Oui. Grâce à moi, d'ailleurs.

David m'adressa un regard interrogateur.

— Je connaissais le journaliste, expliquai-je. Et, il y a quelques jours, je lui ai donné un... petit indice à propos des qualifications de Jimmy... Il a creusé ça.

Puis j'ouvris le tiroir et en sortis la cassette.

435

— Voici l'enregistrement d'une conversation que j'ai eue avec Jimmy la semaine dernière, à la Chambre des députés, au cours de laquelle, sans le vouloir, il a pratiquement tout avoué. Tu peux la prendre, si tu veux.

Je la lui remis. Il haussa les épaules et la fourra dans sa poche.

— Tu ne veux pas l'écouter ?

— Pas maintenant. Peut-être plus tard. Ça va. C'est du bon champagne, ajouta-t-il.

— Oui, souris-je, et c'est une journée parfaite pour le boire. Parce que, aujourd'hui, toi et moi, on est tous les deux libres. Nous nous sommes libérés du passé.

Je me sentais tellement libre que j'aurais aimé renverser la tête avec un grand éclat de rire.

— Alors on va où ? reprit David. Pour fêter notre liberté... et ton anniversaire ?

— Je ne sais pas, à vrai dire.

— Chez Odette ? Ou Lemonia. Ou tu préfères aller dans mon quartier ? Pas le St. John, évidemment. À moins que tu n'aies envie d'amourettes de porc.

Je souris à nouveau.

— Pas vraiment.

— On pourrait aussi dîner sur ma terrasse... J'ai du saumon fumé dans le frigo. On pourrait préparer une salade et acheter un bon pain.

Il se leva.

— Alors, qu'est-ce qui te tente ?

— Allons à l'Engineer. Ce n'est pas loin, et il y a une jolie cour. C'est assez romantique.

— Ça me semble très bien.

J'installai Herman dans son sac-haricot et nous partîmes. Pendant que nous marchions, mon portable sonna.

— Miranda ! Joyeux anniversaire !

C'était Daisy.

— Pardon de ne pas t'avoir appelée avant. Mais j'ai été tellement occupée aujourd'hui, et le réseau ne passe pas très bien.

— Je t'entends mal.

— C'est parce que je suis à trois cents mètres d'altitude !

En bruit de fond, j'entendis le teuf-teuf du moteur de l'ULM.

— Je m'envole ! s'écria-t-elle. Je suis au septième ciel ! Le coucher de soleil est sublime, regarde !

Je relevai la tête. Il l'était. Son rouge flamboyant promettait une nouvelle journée ensoleillée. J'entendis alors un aboiement très reconnaissable en arrière-fond.

— C'est qui je pense ?

— Oui. Twiglet est en l'air lui aussi. Il est calé dans mon blouson, Marcus est aux commandes. Il adore... Pas vrai, Twiglet ?

— Yip ! Yip !

— Il a ses propres lunettes protectrices ! Il est tellement mignon ! Merci de ton conseil, Miranda, gloussa-t-elle. Tu avais absolument raison. Natalie a plaqué Marcus.

— Vraiment ?

J'étais ravie, mais pas franchement étonnée.

— Mais Marcus dit que ça lui est égal, parce qu'elle est allergique à lui... Je ne sais pas ce que ça signifie.

— Moi, je sais. Je t'expliquerai ça plus tard. Et merci à toi de tes conseils, dis-je en riant.

— Salue David de ma part.

— D'accord... Hé, comment sais-tu qu'il est là ?

— Parce que je sais.

David prit ma main dans la sienne et nous descendîmes tranquillement Gloucester Avenue, par-delà le pont ferroviaire, au bout duquel nous aperçûmes une poubelle verte. David s'en approcha soudain.

— Qu'est-ce que tu fais, David ?

Il ne répondit rien. Mais il fouilla sa poche, en sortit la cassette que je lui avais donnée, et la jeta dans la poubelle.

— Tu es sûr ?

— Sûr.

L'action la plus rare est dans la vertu et non dans la vengeance.

— À quoi bon essayer de punir ce type ? Il a déjà été assez puni... et, de toute façon, grâce à lui, j'ai la belle vie. Je ne serais jamais devenu photographe s'il n'avait pas fait ce qu'il a fait. Je serais un médecin généraliste de plus. Alors que j'ai fait le tour du monde et vu des choses incroyables. Ça a vraiment changé ma vie, Miranda... en pire, d'abord, et puis ensuite en mieux.

Je repensai alors à Alexander. Le fait de lui avoir pardonné m'avait peut-être, d'une manière mystérieuse, ramené David, comme si un acte de réconciliation en avait engendré un autre. *Comme tu veux être pardonné de tes crimes...* David me prit la main. *Que ton indulgence m'affranchisse.*

— On va faire des trucs sympa, dit-il. Je ne vais plus voyager aussi souvent désormais.

— C'est bien.

— On pourrait partir en week-end.

— Hum.

— On pourrait jouer au tennis. Ce serait bien, non ?

— Oui... même si je ne joue pas bien.

— Et on pourra retourner patiner. Ça te plairait, non ?

— Si, mais...

— Mais quoi ?

— Je vais tomber.

— Non, tu ne tomberas pas, dit David. Parce que je vais te retenir, Miranda. Je vais te retenir.

Je le regardai et l'embrassai sur la joue.

— Oui, fis-je doucement. C'est ce que tu feras !

Remerciements

Comme toujours, j'adresse toute ma reconnaissance à mon formidable agent, Clare Conville, et à ma merveilleuse éditrice, Lynne Drew. J'aimerais aussi remercier Rachel Hore pour les conseils éditoriaux qu'elle m'a dispensés. Sans ces trois femmes, ce livre n'aurait jamais vu le jour. Je suis aussi très reconnaissante aux vétérinaires comportementalistes Roger Mugford, Emma Magnus, Fiona Redworth, Sarah Whitehead et à Celia Haddon dont le site web consacré aux problèmes des animaux – celiahaddon.co.uk – m'a été d'une grande utilité. Pour les renseignements sur la vie quotidienne des vétérinaires, j'aimerais remercier Russel Horton du cabinet vétérinaire de Canonbury, ainsi que Meg Henry de m'avoir invitée à ses fêtes de chiots. Steve Waxman de The Main Event m'a très aimablement montré les coulisses de la vie d'un organisateur de fêtes, et Richard Simmonds de Golf international a patiemment répondu à mes questions sur le golf. Pour mes recherches approfondies sur les lamas, je suis extrêmement reconnaissante à Steve Young de Southdown Llama Trekking, et pour les explications détaillées de l'art de la photographie, j'aimerais remercier Joe Cornish et David Mossman, ainsi que Susie Lawson de la Photographers' Gallery. En ce qui concerne la politique, je dois exprimer toute ma reconnaissance à George Jones, rédacteur politique du *Daily Telegraph*, et à Patricia Constant. Geoff Finchley, consultant urgentiste au Barnet Hospital, m'a fourni de récieuses informations sur les greffes de peau et les brûlures. Également un grand merci à Ben Buttery du zoo de Londres, ainsi qu'à Joy et Martin Cummings d'Amberley Castle, qui tiennent à signaler que, bien qu'ils aiment les animaux, en réalité ils n'accueillent pas les chiens dans leur hôtel. Une fois de plus, j'aimerais remercier mon père, Paul, pour ses judicieux commentaires en cours d'écriture ; je suis aussi très reconnaissante à Louise Clairemonte, Ellie Howarth, Katy Gardner et Amanda Denning qui m'ont toutes aidée, chacune à leur façon. Je suis profondément reconnaissante à tous les collaborateurs de HarperCollins pour leur travail exceptionnel, leur amitié, le soutien inébranlable qu'ils m'accordent et leur enthousiasme très touchant pour mes livres. J'aimerais en particulier remercier Amanda Ridout, Nick Sayers, Fiona McIntosh, Maxine Hitchcock, John Bond, Venetia Butterfield, Jane Harris, Martin Palmer et James Pritchard. Parce qu'elles ont peaufiné ma prose avec tant d'habileté et de sensibilité, je suis aussi très reconnaissante à Jennifer Parr et Sarah Walsh. Enfin, j'aimerais remercier Greg, qui m'a aidée et encouragée tout au long de l'écriture de ce livre, que je lui dédie avec beaucoup d'amour.

Apprendre à dire non !

(Pocket n° 11090)

Minty Malone se marie. Folle de joie, entourée de sa famille, de ses amis et de ses collègues de London FM, elle exulte en arrivant devant l'autel avec son fiancé Dominic. Mais devant les 280 invités, à la question rituelle, Dominic lâche un « non » sonore, prétendant ne pas vouloir s'engager pour la vie entière. Minty Malone s'écroule. Effondrée, elle décide de faire le point sur sa vie, de cesser enfin d'être la trop gentille Minty qui dit toujours oui à tous.

Il y a toujours un Pocket à découvrir

La vie en rose

(Pocket n° 12057)

À presque 40 ans, la vie sentimentale de Rose est un désastre. Plaquée par Ted l'Apollon, son futur ex-mari, pour leur conseillère conjugale, Miss Jambonneau, elle ne voit d'autre solution que de s'anesthésier au champagne. Un comble quand on sait qu'elle est la « Madame détresse » du *Daily Post*, et que toutes les âmes perdues d'Angleterre l'appellent pour surmonter leurs crises d'angoisse. Heureusement, il y a Théo, son nouveau locataire, une tête en l'air aux allures de psychopathe. De quoi retrouver une vie équilibrée !

Il y a toujours un Pocket à découvrir

Impression réalisée sur Presse Offset par

BRODARD & TAUPIN

GROUPE CPI

29839 – La Flèche (Sarthe), le 18-05-2005
Dépôt légal : juin 2005

POCKET – 12, avenue d'Italie - 75627 Paris cedex 13
Tél. : 01.44.16.05.00

Imprimé en France